Diogenes Taschenbuch 21185

de
te
be

Edgar Allan Poe

Der Teufel im Glockenstuhl

und andere Scherz- und Spottgeschichten

Diogenes

Die vorliegende deutsche Übersetzung
erschien erstmals als Band VI der
Gesamtausgabe der Werke Edgar Allan Poes,
herausgegeben von Theodor Etzel
im Propyläen Verlag Berlin, 1922
Umschlagillustration: Aubrey Beardsley,
Die Morde in der Rue Morgue, 1895
Eine der 4 Illustrationen Beardsleys
zu ›Tales of Edgar Allan Poe‹,
die gleichnamige Geschichte ist im Band
›Die schwarze Katze‹ enthalten

Veröffentlicht als Diogenes Taschenbuch, 1984

60/95/36/4
ISBN 3 257 21185 6

Inhalt

Der Löwe 7
Bon-Bon 14
Der verlorene Atem 35
Der Duc de l'Omelette 52
Vier Tiere in einem 57
Eine Geschichte aus Jerusalem 67
Wie man einen Blackwoodartikel schreibt 72
Ein furchtbares Erlebnis 86
Der Teufel im Glockenstuhl 99
Der Mann, der aufgerieben worden war 109
Eine Fopperei 122
Warum der kleine Franzose die Hand in der Schlinge trägt 134
Der Geschäftsmann 141
Verwette niemals dem Teufel deinen Kopf 153
Die Brille 166
Über den Schwindel als Wissenschaft 196
Des wohlachtbaren Herrn Thingum Bob, früheren Herausgebers der »Blechschmiede«, literarischer Werdegang 210
Unterredung mit einer Mumie 238
Von Kempelen und seine Entdeckung 257
Der ver-x-te Artikel 266

Der Löwe

--------- und alles kam
Auf den Zehen herbei in tollem Erstaunen.
Bischof Halls Satiren

Ich bin, das heißt, ich war ein großer Mann, ob ich auch den Junius nicht verfaßt habe und auch nicht der Mann mit der eisernen Maske bin; ich heiße, glaube ich, Robert Jones und erblickte das Licht der Welt in irgendeinem Winkel der Stadt Fum-Fudge.

Die erste Tat meines Lebens war, daß ich mich mit beiden Händen bei der Nase packte. Meine Mutter sah es und nannte mich ein Genie; mein Vater vergoß Freudentränen und überreichte mir eine Abhandlung über Nasologie. Mit dieser kam ich zu Rande, noch ehe ich die ersten Hosen bekam.

Ich begann nun, mich in den Wissenschaften umzusehen, und gelangte zu der Erkenntnis, daß ein Mann, wenn er eine leidlich hervorragende Nase hatte, der Löwe des Tages werden konnte, wenn er dieser Nase nur beharrlich folgte. Ich beschränkte mich natürlich nicht auf das Theoretische. Jeden Morgen verabreichte ich meinem Gesichtsvorsprung etliche Stüber und verschlang ein halbes Dutzend Dramen.

Als ich älter war, bat mich eines schönen Tages mein Vater, ihm auf sein Arbeitszimmer zu folgen.

»Mein Sohn«, sprach er, nachdem wir Platz genommen hatten, »was ist der Zweck deines Daseins?«

»Vater«, antwortete ich ihm, »ich will Nasologie studieren.«

»Und worin, Robert«, fragte er, »besteht Nasologie?«

»Mein Herr«, erklärte ich, »sie ist die Lehre über die Nasen.«

»Und kannst du mir erklären«, fragte er, »was eine Nase bedeutet?«

»Über die Nase, Vater«, entgegnete ich sehr gemäßigt,

»haben sich an die tausend verschiedene Autoren in unterschiedlicher Weise geäußert.« Ich sah auf meine Uhr. »Wir haben jetzt Mittag oder so; bleibt uns also Zeit genug, vor Mitternacht noch mit ihnen allen fertig zu werden. Beginnen wir: Die Nase ist nach Bartholinus derjenige Vorsprung – diejenige Ausbeulung – derjenige Auswuchs – diejenige ...«

»Genügt, Robert«, unterbrach der gute alte Herr. »Ich bin sprachlos über die Fülle deiner Kenntnisse – tatsächlich – bei meiner Seligkeit!« Hier schloß er die Augen und legte die Hand aufs Herz. »Komm her!« Er ergriff meinen Arm. »Deine Erziehung kann jetzt als vollendet gelten – es ist Zeit, daß du dich aus eigener Kraft durchs Leben schlägst – und du kannst ja wirklich nichts Besseres tun, als unentwegt deiner Nase folgen. – So – so – so –« (damit beförderte er mich mit etlichen Fußtritten die Treppe hinab und zur Tür hinaus) – »so scher' dich aus meinem Haus, und Gott sei mit dir!«

Da ich in mir den göttlichen Afflatus fühlte, so betrachtete ich dieses Ereignis eher als einen Glücksfall denn als das Gegenteil. Ich war willens, mich nach dem väterlichen Hinweis leiten zu lassen. Ich beschloß, meiner Nase nachzugehen. Sogleich versetzte ich ihr einen oder zwei Stüber und schrieb sogleich anschließend ein Pamphlet über Nasologie.

Ganz Fum-Fudge geriet in Aufruhr.

»Wunderbares Genie!« sagte der Quarterly.

»Staunenswerter Physiologe!« schrieb die Westminster.

»Prächtiger Junge!« bemerkte der Foreign.

»Tadelloser Stilist!« erklärte die Edinburgh.

»Tiefer Denker!« urteilte die Dublin.

»Großer Mann!« äußerte sich Bentley.

»Erhabene Seele!« ließ sich Fraser vernehmen.

»Einer von uns!« prophezeite Blackwood.

»Wer kann es sein?« fragte Mrs. Bas-Bleu.

»Was kann er sein?« fragte die ältere Miß Bas-Bleu.

»Was kann er sein?« fragte die jüngere Miß Bas-Bleu.

Aber ich schenkte diesen Leuten weiter keine Beachtung. Ich betrat das Atelier eines Künstlers.

Die Herzogin von Gotthabsieselig saß gerade für ihr Porträt; der Marquis von Soundso hielt Ihrer Durchlaucht Pudel; der Earl von Dieserundjener flirtete mit ihr auf Leben und Tod; und Seine Königliche Hoheit von Rührmichnichtan neigten sich über die Lehne ihres Sessels.

Ich trat auf den Künstler zu und erhob meine Nase.

»O herrlich!« seufzten Ihro Gnaden.

»O Gott!« stöhnte der Marquis.

»O, shocking!« brummte der Earl.

»O abscheulich!« murmelten Seine Königliche Hoheit.

»Was verlangen Sie dafür?« fragte der Künstler.

»Für seine Nase!« riefen Ihro Gnaden.

»Tausend Pfund!« sagte ich und setzte mich.

»Tausend Pfund?« fragte der Künstler und lächelte.

»Tausend Pfund!« sagte ich.

»Großartig!« rief er voll Begeisterung.

»Tausend Pfund!« sagte ich.

»Leisten Sie Garantie?« fragte er und drehte meine Nase dem Licht zu.

»Jawohl«, sagte ich und blies die Nase auf

»Ist es die Originalnase?« erkundigte er sich und berührte sie voll Ehrerbietung.

»Humps!« machte ich und drehte die Nase zur Seite.

»Besteht noch keine Nachbildung davon?« fragte er und untersuchte die Nase durch ein Mikroskop.

»Keine«, sprach ich und hob die Nase hoch.

»Fabelhaft!« entfuhr es ihm. Er geriet durch die Schönheit dieser Bewegung ganz außer Fassung.

»Tausend Pfund!« sagte ich.

»Tausend Pfund?« fragte er.

»Jawohl«, sagte ich.

»Sie sollen sie haben«, sagte er. »Welch ein Prachtexemplar!« Auf der Stelle überreichte er mir den Scheck und fertigte eine Skizze von meiner Nase. Ich mietete ein Appartement in Jermynstreet und übersandte Ihrer Majestät die neunundneunzigste Auflage der »Nasologie« mit einem Bildnis des Vorsprungs. Dieser Tunichtgut von einem Prince of Wales lud mich zum Diner.

Es waren lauter Löwen und Recherchés anwesend.

Da war ein Neuplatoniker. Er zitierte Porphyry, Jamblicus, Plotinus, Proclus, Hierocles, Maximus Tyrius und Syrianus.

Da war einer von den Moralisten. Er sprach über Turgôt, Price, Priestley, Condorcet, De Staël und über den »Ambitious Student in Ill Health«.

Da war ein Herr Positive Paradox. Er tat den Ausspruch, daß die Narren Philosophen und die Philosophen Narren seien.

Da war Ästhetikus Ethix. Er redete von Feuer, Einheit und Atomen, von der Teilung und dem Vorleben der Seele, von Affinität und Mißklang, Primitivismus und Homoömeria.

Da war Theologos Theology. Er sprach über Eusebius und Arianus, über Ketzerei und das Konzil zu Nizäa, Puseyismus und Konsubstantialismus, Homoousios und Homoiousios.

Da war Fricassee von Rocher de Cancale. Er dozierte über Muriton und Seezunge, Blumenkohl in Sauce velouté, Kalbsbraten à la St. Menehould, Eingepökeltes à la St. Florentin und Orangengelee EN MOSAIQUES.

Da war Bibulus O'Bumper. Er erwähnte Latour und Markbrünnen, Mousseux und Chambertin, Richbourg und St. George, Haubrion, Léonville und Médoc, Barac und Preignac, Grâve, Sauterne, Lafitte und St. Peray. Er kopfschüttelte über Clos de Vougeot und erklärte mit geschlossenen Augen den Unterschied zwischen Sherry und Amontillado.

Da war Signor Tintontintino aus Florenz. Er disputierte

über Cimabue, Arpino, Carpaccio und Argostino, über die Farbenglut eines Caravaggio, über die Lieblichkeit des Albano, über das Kolorit eines Tizian, über Rubens' Frauengestalten und über die Launen des Jan Steen.

Da war der Präsident der Universität Fum-Fudge. Er vertrat die Ansicht, daß der Mond in Thrazien Bendis, in Ägypten Bubastis, in Rom Dian und bei den Griechen Artemis geheißen habe.

Da war ein Großtürke aus Stambul. Er stellte sich die Engel als Pferde, Hähne und Stiere vor; im sechsten Himmel habe einer 70000 Köpfe, und die Erde werde von einer himmelblauen Kuh getragen, die unzählige grüne Hörner habe.

Da war Delphinus Polyglott. Er erzählte, was aus den dreiundachtzig verlorengegangenen Tragödien des Äschylus geworden sei, von den vierundfünfzig Reden des Isäus, von den dreihunderteinundneunzig Ansprachen des Lysias, von den hundertachtzig Abhandlungen des Theophrastus, vom achten Buch der Kegelschnitte des Apollonius, von den fünfundvierzig Tragödien des Homer Junior.

Da war Ferdinand Fitz-Fossilus Feldspat. Er klärte uns auf über die verschiedenen inneren Feuerherde und Tertiärformationen, über gasförmigen, flüssigen und festen Aggregatzustand, über Quarz und Mergel, über Schiefer und Schörl, über Gips und Trapp, über Talg und Kalk, über Blende und Hornblende, über Glimmerschiefer und Puddingstein, über Zyanit und Lepidolith, über Hämatit und Tremolit, über Antimon und Chalzedon, über Mangan und weiß Gott was noch alles.

Da war ich selbst. Ich sprach von mir selbst, von mir selbst, von mir selbst und von mir selbst – von Nasologie, von meinem Pamphlet und von mir selbst. Ich hob die Nase hoch und sprach von mir selbst.

»Erstaunlich kluger Mann!« sagte der Prinz.

»Süperb!« tuschelten die Gäste – und am nächsten Morgen besuchten mich Ihro Gnaden von Gotthabsieselig.

»Wollen Sie zu Almack gehen, süßer Junge?« fragte sie und kraulte mich unterm Kinn.

»Auf Ehre!« sagte ich.

»Nase und alles Übrige?« fragte sie.

»Wie ich dastehe«, entgegnete ich.

»Hier ist die Karte, mein Herzensjunge. Darf ich darauf zählen, daß Sie kommen werden?«

»Teuerste Herzogin, mit meinem ganzen Herzen.«

»Ums Himmels willen nicht – aber mit Ihrer ganzen Nase?«

»Mit jedem Zoll der Nase, Geliebte«, sagte ich – gab dem Gesichtsvorsprung ein, zwei Drehungen und befand mich bei Almack.

Die Säle waren voll zum Ersticken.

»Er kommt!« rief jemand im Treppenhause.

»Er kommt!« rief jemand weiter oben.

»Er kommt!« rief jemand noch weiter oben.

»Er ist da!« rief die Herzogin aus. »Er ist da, der liebe, süße Junge!« Und sie ergriff meine beiden Hände und küßte mich dreimal auf die Nase.

Das verursachte eine ungeheure Sensation.

»DIAVOLO!« rief Graf Capricornutti.

»DIOS GUARDA!« stieß Don Stiletto hervor.

»MILLE TONNÈRES!« entfuhr es dem Prinzen von Grenouille.

»Tausend Teufel!« grunzte der Kurfürst von Bluddennuff.

Es war nicht zum Aushalten. Ich wurde wütend. Ich wandte mich kurzerhand an Bluddennuff.

»Mein Herr!« sagte ich zu ihm, »Sie sind ein Pavian.«

»Herrrrr!« gab er zurück; nach einer Weile rief er »Donner und Blitz!« Das war alles, wie ich es wünschte. Wir tauschten die Karten. Bei der Chalkfarm schoß ich ihm am nächsten Morgen die Nase aus dem Gesicht – darnach machte ich bei meinen Freunden Besuch.

»Hornvieh!« sagte der erste.

»Narr!« sagte der zweite.
»Tölpel!« sagte der dritte.
»Esel!« sagte der vierte.
»Dummkopf!« sagte der fünfte.
»Schafskopf!« sagte der sechste.
»Scher dich raus!« sagte der siebente.

Über all das fühlte ich mich gekränkt und suchte deshalb meinen Vater auf.

»Vater«, fragte ich, »was ist der Zweck meines Daseins?«

»Mein Sohn«, sprach er, »immer noch das Studium der Nasologie; aber da du den Kurfürsten auf die Nase trafst, hast du dein Ziel überschossen. Du hast eine ausgezeichnete Nase, zugegeben, aber Bluddennuff hat jetzt keine. Du wirst verdammt, und *er* ist der Löwe des Tages geworden. Ich stehe dafür ein, daß in Fum-Fudge die Größe eines Löwen im Verhältnis steht zur Größe seines Gesichtsvorsprungs – aber beim Himmel! es läßt sich nicht Schritt halten mit einem Löwen, der überhaupt keine Nase hat.«

Bon-Bon

Quand un bon vin meuble mon estomac,
Je suis plus savant que Balzac,
Plus sage que Pibrac;
Mon bras seul faisant l'attaque
De la nation Cossaque,
La mettroit au sac;
De Charon je passerois le lac
En dormant dans son bac;
J'irois au fier Eac,
Sans que mon cœur fit tic ni tac,
Présenter du tabac.

Französisches Vaudeville

Bon-Bon war ein Wirt von vielen Gaben. Keiner, der je im CUL-DE-SAC LEFEBVRE zu Rouen seine kleine Kneipe besuchte, wird es, glaube ich, bestreiten. Noch unbegreiflicher aber ist Pierre Bon-Bons Bewandertsein in der Philosophie seiner Zeit. Seine PÂTÉS À LA FOIE waren zweifellos von höchster Vortrefflichkeit; aber welche Feder könnte seinen Essays »SUR LA NATURE«, seinen Gedanken »SUR L'AME«, seinen Betrachtungen »SUR L'ESPRIT« Gerechtigkeit widerfahren lassen! Wohl waren seine Omelettes und Frikandeaus unschätzbar, doch welcher damals lebende Schriftsteller hätte nicht doppelt soviel für eine »IDÉE DE BON-BON« gegeben als für den ganzen Ideenplunder aller übrigen »Weisen«? Bon-Bon hatte Bibliotheken durchstöbert, die noch niemand sonst durchforscht hatte, unwahrscheinlich viel gelesen und Dinge begriffen, deren Auffaßbarkeit jeder andere für ausgeschlossen gehalten hätte. Trotz alledem gab es selbst zu der Zeit, da er auf seiner Höhe war, Autoren in Rouen, die behaupteten, daß »seine Dikta weder die Klarheit der Akademiker noch die Tiefe der Lyzeisten« aufwiesen. Ich kann versichern, daß seine Lehren durchaus nicht allgemein verstanden wurden, obgleich daraus keineswegs gefolgert werden darf, daß sie schwer zu verstehen waren. Ich glaube, es war gerade ihre Selbstverständlichkeit, die sie vielen so verworren erscheinen ließ. Sagt es nicht weiter – aber selbst Kant verdankt im wesentlichen Bon-Bon seine metaphysischen Begriffe. Bon-Bon gehörte weder zur Schule Platos, noch, streng genommen, zu der des Aristoteles, noch verschwendete er, wie der neuzeitlichere Leibniz, kostbare Stunden, die der Erfindung eines Frikassees oder, in leichter Abstufung, der Analyse einer Empfindung gewidmet werden konnten, in leichtfertigen Versuchen, die unverträglichen Öle und Wasser einer Moraldisputation zu verbinden! Ganz und gar nicht. Bon-Bon war ionisch; Bon-Bon war aber auch italisch. Er überlegte A PRIORI; er überlegte A POSTERIORI. Seine Ideen waren angeborene oder erworbene. Er glaubte an Georg von Trapezunt, er glaubte an Bossarion. Bon-Bon war ganz überzeugt ein – Bonbonist.

Ich habe bereits davon gesprochen, wie hochbegabt der Philosoph als Wirt war. Es wäre aber falsch, wenn einer meiner Freunde mutmaßen wollte, daß der Held unserer Geschichte bei der Erfüllung seiner Standespflichten sich nicht vollständig ihrer Wichtigkeit und Würde bewußt gewesen wäre. Weit entfernt. Es war unmöglich zu sagen, auf welchen seiner »Berufe« er am meisten stolz war. Nach seiner Meinung waren die Geisteskräfte innig mit der Leistungsfähigkeit des Magens verbunden. Ich glaube, daß sich seine Auffassung fast mit der der Chinesen deckte, die der Meinung sind, der Aufenthaltsort der Seele sei der Bauch. Auf alle Fälle gab er den Griechen recht, die für Geist und Zwerchfell das gleiche Wort gebrauchten. Natürlich fällt es mir nicht bei, durch diese Äußerung die Metaphysiker der Schlemmerei oder ähnlicher Untugenden anzuklagen. Wenn Pierre Bon-Bon seine Fehler hatte – und welcher große Mann hätte nicht tausende! – also, wenn Bon-Bon seine Schwächen hatte, waren sie sehr geringfügiger Art – Fehler, die bei anderen Naturen oft eher als Tugenden angesehen werden. Was nun die eine dieser Schwächen betrifft, so würde ich sie überhaupt hier nicht erwähnen, wenn sie nicht so außerordentlich hervorstechend, so sehr in ALTO RILIEVO aus der Ebene seines sonstigen Wesens herausragend gewesen wäre. Nie konnte er sich die Gelegenheit entschlüpfen lassen, Geschäfte zu machen.

Nicht, daß er habgierig gewesen wäre – o nein! zum Vergnügen des Philosophen war es durchaus nicht notwendig, daß der Handel zu seinem eigenen Vorteil ausfiel. Wenn nur ein Geschäft zustande kam – irgendein Handel irgendwelcher Art unter irgendwelchen Bedingungen –, so erstrahlte tagelang sein Antlitz in triumphierendem Lächeln, und ein schlaues Augenzwinkern war der Verkünder seiner Klugheit.

Ein solches Benehmen würde sicher zu jeder Zeit die Aufmerksamkeit und das Befremden der Umwelt herausgefordert haben. Überaus erstaunlich aber wäre es gewesen, wenn diese Eigenheit zur Zeit unserer Erzählung nicht ganz besonders beachtet worden wäre. Bald lief ein Gerede herum, daß jedesmal dann das von Bon-Bon zur Schau getragene Lächeln sich grundsätzlich von dem Grinsen unterschied, wenn er seine eigenen Witze belachte oder einen guten Bekannten begrüßte. Und aufregende Anspielungen wurden gemacht auf gefährliche Handelsgeschäfte, die schnell abgeschlossen und später bereut worden seien; und Umstände wurden des weiteren angeführt, die irgendwie den Beweis führen sollten für unverständliches Können, für unbestimmte Wünsche und unnatürliche Neigungen, die vom Urheber allen Übels zur Erreichung seiner eigenen klugen Zwecke in Bon-Bon eingepflanzt worden seien.

Der Philosoph hat andere Schwächen, aber sie sind kaum einer Betrachtung wert. Zum Beispiel gibt es wenige Männer von außerordentlicher Tiefe, denen eine Neigung zur Flasche fehlt. Ob diese Neigung die Ursache oder der Beweis dieser Tiefe ist, ist schwer zu sagen. Soweit ich im Bilde bin, hat Bon-Bon es nicht für nötig gehalten, die Frage gründlich zu durchdenken; ich stimme mit ihm überein. Ich halte es nicht für ausgemacht, daß der Restaurateur bei seiner Nachgiebigkeit gegen eine so wirklich klassische Neigung das intuitive Unterscheidungsvermögen verlor, welches zugleich seine Essays und seine Omelettes auszeichnete. In den Stunden seiner Einsamkeit hatte der Burgunder seine Zeit, und auch für die Côtes du Rhône hatte er seine bestimmten Stunden. Sauternes und Médoc verhielten sich für ihn zueinander wie Catull und Homer. Er konnte mit Syllogismen spielen, während er St. Peray schlürfte, bei Clos de Vougeot war er analytisch, und der Chambertin baute ihm seine Theorien. Es wäre gut gewesen, wenn Bon-Bon diese abwägende Genauigkeit auch auf vorbesagte Handelsneigung ausgedehnt hätte. Aber das war keineswegs der Fall. Um die Wahrheit zu sagen, die Leidenschaft für den Handel begann bei unserem Philosophen allmählich immer intensiver und mystischer zu werden, und die Diablerie der deutschen Schriften, mit denen er sich beschäftigte, drückte seinem Denken immer mehr ihren Stempel auf.

Man schritt in das Heiligtum eines genialen Mannes, wenn man in jener Zeit die Kneipe im CUL-DE-SAC LEFEBVRE betrat. Bon-Bon war ein Genie. In ganz Rouen gab es nicht den kleinsten Koch, der nicht darauf geschworen hätte, daß Bon-Bon ein Genie sei. Sogar seine Katze wußte es und hörte auf mit dem Schweife zu wedeln, wenn er anwesend war. Seinem großen Neufundländer war die Tatsache ebenfalls wohlbekannt; wenn der Herr sich ihm näherte, so zeigte er deutlich sein Unterwürfigkeitsgefühl durch unschuldsvolles Benehmen, Niederhängen der Ohren und Herabfallenlassen des Unterkiefers, ein Benehmen, das eines Hundes würdig war. Andrerseits ist nicht zu leugnen, daß viel von dem dem Metaphysiker gezollten Respekt auf die Einwirkung seiner persönlichen Erscheinung zurückzuführen war. Meiner Meinung nach beeinflußt ein auffallendes Äußeres sogar das Tier; und ich muß zugeben, daß in der

Erscheinung Bon-Bons sehr viel dazu angetan war, die Einbildungskraft eines Vierfüßlers anzuregen. Die kleinen Großen (sofern es mir gütigst gestattet ist, diesen Ausdruck anzuwenden) tragen oft etwas Majestätisches zur Schau, ein Eindruck, den die Körpergröße an und für sich nicht hervorzubringen vermag. Wenn Bon-Bons Länge auch nicht mehr als drei Fuß betrug, wenn sein Kopf auch winzig klein war, so war es doch beim Anblick der Rundung seines Bauches unmöglich, sich eines Gefühls der Ehrerbietung, ja der Verehrung zu erwehren. In seiner Gestalt müssen Hunde und Menschen eine Verkörperung des Geistes, in seinem Umfang eine passende Behausung für seine unsterbliche Seele erblickt haben.

Ich könnte, wenn es mir Freude machte, nun auf Fragen des Aufputzes oder andere gleichgültige Äußerlichkeiten unseres Helden eingehen. Ich könnte sein Haar erwähnen, das kurz getragen und leicht über die Stirne gekämmt war und das eine kegelförmige, weiße, mit Quasten ausgezierte Flanellmütze überragte; ich könnte anführen, daß seine erbsengrüne Weste nicht den Schnitt zeigte, der bei den anderen Restaurateurs jener Zeit üblich war; daß die Ärmel etwas weiter waren, als die herrschende Mode vorschrieb; daß seine Manschetten nicht, wie es in jener barbarischen Geschmacksperiode üblich war, einen Umschlag von gleicher Farbe und Qualität wie der Anzug zeigten, sondern daß sie in zierlicher Weise mit dem verschiedenfarbig abgetönten Sammet von Genua überkleidet waren; daß seine Pantoffeln ein strahlendes Purpurrot in Durchbruchsarbeit zeigten und solch raffiniert spitze Form, solch herrliche Tönungen in Einfassung und Stickerei aufwiesen, daß man den Eindruck gewann, sie seien in Japan angefertigt; daß seine Kniehosen aus dem gelben atlasartigen Stoffe waren, den man »AIMABLE« nannte, daß sein himmelblauer Überrock einem Morgenrock ähnlich, reich mit Hochrot gemustert und verziert war und so stolz um seine Schultern wallte, wie Morgennebel; daß sein »TOUT ENSEMBLE« die Benvenuta, eine florentinische Improvisatrice, zu der bemerkenswerten Äußerung veranlaßte: »Es ist schwer zu sagen, ob Bon-Bon ein Paradiesvogel oder die Vollkommenheit des Paradieses selbst ist.« Ich könnte, wie gesagt, über all diese Punkte weitläufig sprechen, aber ich enthalte mich solcher Ausführlichkeit; solche persönlichen Einzelheiten gehören ins Gebiet der historischen Novelle, sind aber unter der sittlichen Würde nüchterner Tatsachenschilderung.

Ich habe vorher gesagt, daß »man in das Heiligtum eines genialen Mannes schritt, wenn man die kleine Kneipe im CUL-DE-SAC betrat«; aber nur geniale Leute konnten die Vorzüge des Heiligtums richtig würdigen. Ein Aushängeschild in Gestalt eines großen Foliobandes schwebte vor der Eingangstür. Auf dem einen Deckel erblickte man eine gemalte Flasche, auf dem anderen eine Pastete, auf dem Buchrücken stand in großen Buchstaben »OEUVRES DE BON-BON«. Auf diese Weise war der zwiefache Beruf des Besitzers zart angedeutet.

Beim Überschreiten der Schwelle hatte man sofort eine vollständige Übersicht über das Hausinnere. Das ganze Café enthielt nur einen einzigen, langgestreckten, niedrigen Raum von altertümlicher Bauweise. In einer Ecke des Zimmers stand das Bett des Metaphysikers. Eine Vorhangumkleidung und ein Betthimmel À LA GRECQUE gaben der Lagerstatt ein zugleich klassisches und behagliches Aussehen. In der Ecke, die der vorgenannten diagonal gegenüber lag, erschienen in engster Verbindung die Küchengeräte und die Bibliothek. Auf der Anrichte stand friedlich eine Platte mit polemischen Schriften. Hier lag ein Ofen voll ethischer Veröffentlichungen, dort ein Kessel voller Aufsätze in Duodezformat. Deutsche Moralschriften lagen in innigster Nachbarschaft beim Rost; Plato dehnte sich behaglich in der Bratpfanne; auf dem Spieß steckten zeitgenössische Manuskripte.

In anderer Beziehung jedoch unterschied sich Bon-Bons

Kneipe wenig von den Durchschnittsrestaurants jener Periode. Gegenüber der Türe gähnte ein großer Kamin. Und rechts von diesem Kamin stellte ein offener Schrank eine stattliche Reihe von etikettierten Flaschen zur Schau.

Es war eines schönen Abends im harten Winter des Jahres –. Pierre Bon-Bon hatte den Bemerkungen seiner Nachbarn über seine eigentümliche Schwäche für den Handel zugehört und sich endlich von ihnen befreit, indem er ihnen nahelegte, nach Hause zu gehen; dann verriegelte er, eine Verwünschung vor sich hinmurmelnd, die Tür und überließ sich in nicht gerade rosigster Laune der Bequemlichkeit, die ihm ein lederner Armstuhl und ein loderndes Feuer boten.

Es war eine jener grausigen Nächte, wie sie nur ein- oder zweimal im Laufe eines Jahrhunderts vorkommen. Der Schnee wirbelte in dichten Flocken, und das Haus erbebte bis in seine Grundfesten bei den Stößen des Windes, die in alle Risse und Ritzen der Mauern drangen, heulend den Kaminschlot herabfuhren, die Vorhänge am Bett des Philosophen unheimlich hin- und herwehen ließen und die Ordnung in seinen Pastetengeräten störten. Das große Schild, das draußen im wütenden Sturmwinde hin- und herschwankte, knarrte unheilverkündend, und ein schauriges Ächzen ging von seinen alten Eichenstützen aus.

Wie ich schon gesagt habe, rückte der Metaphysiker seinen Stuhl nicht gerade in der rosigsten Laune an seinen gewohnten Platz am Herde. Viele Umstände verwirrender Art hatten sich im Laufe des vergangenen Tages vereinigt, um seine Seelenruhe zu stören. Beim Versuche, OEUFS À LA PRINCESSE zuzubereiten, hatte er das Versehen begangen, eine OMELETTE À LA REINE zu machen; die Entdeckung eines ethischen Prinzips war durch das Überlaufen eines Stews zunichte gemacht worden; und was am schlimmsten war, eines jener bewunderswerten Handelsgeschäfte, deren erfolgreicher Abschluß ihm so sehr am Herzen lag, war ihm durchkreuzt worden. Aber seiner inneren Aufregung diesen seltsamen Wechselfällen gegenüber war bis zu einem gewissen Grade jene nervöse Beklemmung beigemischt, die durch die Wildheit einer stürmischen Nacht so leicht ausgelöst wird. Er pfiff den großen schwarzen Hund zu sich her, damit er ihn in seiner unmittelbaren Nähe habe, warf sich mit dem Gefühl des Unbehagens in seinen Stuhl und konnte sich nicht enthalten, seine Augen vorsichtig und unruhig in jene entfernteren Winkel des Raumes wandern zu lassen, deren schwer durchdringliche Schatten nicht einmal durch das rote Licht des Feuers völlig verdrängt werden konnten. Nachdem er diese Durchforschung des Raumes, deren eigentlicher Zweck ihm selbst vielleicht nicht ganz klar war, beendigt hatte, zog er einen kleinen, mit Büchern und Papieren bedeckten Tisch zu sich heran und war bald in die letzte Durchsicht eines dicken Manuskripts vertieft, das am nächsten Morgen veröffentlicht werden sollte.

Diese Beschäftigung dauerte kaum einige Minuten, als eine weinerliche Stimme plötzlich durch den Raum flüsterte: »Mir eilt es ganz und gar nicht, Herr Bon-Bon.«

»Zum Teufel!« stieß unser Held hervor, indem er aufsprang, den Tisch an seiner Seite umstieß und erstaunt im Zimmer umherstarrte.

»Stimmt genau!« antwortete die Stimme in größter Ruhe.

»Stimmt genau! – was stimmt genau? Wie kamen Sie hier herein?« schrie der Metaphysiker, als sein Blick auf ein gewisses Etwas fiel, das lang ausgestreckt auf dem Bette lag.

»Ich habe gesagt«, sprach der Eindringling, ohne auf die Fragen zu achten, »ich habe gesagt, daß ich es ganz und gar nicht eilig habe. Das Geschäft, um dessentwillen ich mir die Freiheit genommen habe, vorzusprechen, ist nicht von so großer Dringlichkeit – kurz, ich kann sehr wohl warten, bis Sie Ihre Darlegungen dort vollendet haben.«

»Meine Darlegungen! – nun aber! – wieso wissen *Sie* denn? Wie kamen *Sie* dazu, zu wissen, daß ich Darlegungen schreibe? Gütiger Himmel!«

»Pst!« antwortete der andere mit merkwürdig schriller Stimme, sprang vom Bette auf und machte einen einzigen Schritt auf unseren Helden zu. Eine eiserne Lampe, die von oben herabhing, zuckte bei seiner Annäherung zurück.

Die Überraschung des Philosophen hinderte ihn nicht, Erscheinung und Kleidung des Fremden genau zu mustern. Die Umrisse der äußerst dürren, aber übermenschlich hohen Gestalt wurden deutlich hervorgehoben durch einen schäbigen Anzug aus schwarzem Tuch, der, abgesehen davon, daß er dem Körper ganz eng anlag, ziemlich nach der Mode des verflossenen Jahrhunderts geschnitten war. Diese Kleidung war offenbar für eine viel kleinere Gestalt als die des nunmehrigen Besitzers bestimmt gewesen. Seine Fuß- und Handknöchel ragten ein paar Zoll weit aus der Bekleidung hervor. Die glänzenden Schnallen seiner Schuhe straften jedoch den Eindruck Lügen, der durch die Armseligkeit seines übrigen Äußeren hervorgerufen wurde. Sein Kopf war unbedeckt und vollständig kahl, mit Ausnahme des hinteren Teiles, von dem ein Zopf in respektabler Länge herabhing. Eine grüne Brille mit Seitengläsern schützte seine Augen vor der Einwirkung des Lichtes und hinderte zugleich Bon-Bon daran, die Farbe oder die Form derselben festzustellen. An der Persönlichkeit war nicht die Spur von einem Hemd zu erblicken, hingegen schlang sich um seinen Hals eine mit außerordentlicher Genauigkeit gewundene Krawatte, deren beide Enden feierlich dicht nebeneinander herabhingen und so (meiner Überzeugung nach allerdings unabsichtlich) den Eindruck erweckten, man habe einen Geistlichen vor sich. Sowohl in seinem Benehmen als auch in seiner Erscheinung zeigte sich außerdem noch manches, was diesen Eindruck bestätigen konnte. Hinter seinem linken Ohre steckte nach Art und Gewohnheit moderner Schreiber ein Ding, das dem Stylus der Alten ähnlich war. Aus einer Brusttasche seines Rockes lugte deutlich ein kleiner, schwarzer, mit stählernen Klammern zusammengehaltener Band hervor. Ob aus

Absicht oder nicht, jedenfalls war dieses Buch auf eine Weise in die Tasche gesteckt, daß die in weißen Buchstaben auf den Rücken aufgedruckten Worte »RITUEL CATHOLIQUE« sichtbar wurden. Sein Gesicht flößte durch einen seltsam finsteren Ausdruck und eine leichenhafte Blässe Interesse ein. Die hohe Stirn war von tiefen Falten gefurcht, die auf andauerndes Nachdenken schließen ließen. Die Mundwinkel waren herabgezogen, so daß der Mund einen Ausdruck unterwürfigster Demut zur Schau trug. Als er nun mit gefalteten Händen, tiefen Seufzern und Blicken innigster Frömmigkeit auf unseren Helden zuschritt, machte er einen unzweifelhaft fesselnden Eindruck. Auch der letzte Schatten von Ärger verschwand vom Antlitz unseres Metaphysikers, als er nach einer offenbar zufriedenstellenden Inspektion seinem Besucher die Hand schüttelte und ihm einen Sitz anbot.

Es würde jedoch ein schwerer Irrtum sein, wollte man den plötzlichen Wechsel der Gefühle bei unserem Philosophen einem der Gründe zuschreiben, die man logischerweise als ausschlaggebend annehmen könnte. Aus allem, was uns über die Veranlagung Pierre Bon-Bons bekannt ist, geht klar hervor, daß gerade er unter allen Menschen am wenigsten dazu neigte, sich durch äußeren Schein imponieren zu lassen. Ein so scharfer Beobachter der Menschen und der Dinge mußte natürlich sofort das wahre Wesen desjenigen erkennen, der sich auf solche Weise das Gastrecht bei ihm angemaßt hatte. Noch mehr: die Fußbildung des Besuchers war auffallend genug; auf seinem Kopfe saß ein ungewöhnlich hoher Hut; an der Hinterseite seiner Kniehosen war eine bewegliche Beule bemerkbar, und die Schwingung seiner Rockschöße war eine handgreifliche Tatsache. Man beurteile also, mit welcher Befriedigung unser Held sich plötzlich in die Gesellschaft einer Persönlichkeit versetzt sah, vor der er schon immer die höchste Achtung empfunden hatte. Er war jedoch zu sehr Diplomat, um sich eine Andeutung darüber entwischen zu lassen, daß er den wahren Stand der Dinge ahne. Es paßte nicht in seinen Plan, zu zeigen, daß er die hohe Ehre, deren er so unverhofft teilhaftig geworden war, empfinde; sondern er hielt es für vorteilhafter, seinen Gast in ein Gespräch zu verwickeln, um den einen oder andern Gedanken über Ethik aus ihm zu ziehen und diesen Gedanken in seiner beabsichtigten Veröffentlichung zu verwerten zur Aufklärung der Menschheit und zu Nutz und Frommen seiner eignen Unsterblichkeit. Wir müssen hinzufügen, daß das hohe Alter und die anerkannt hervorragende wissenschaftliche Stellung des Besuchers diesen wohl in den Stand setzten, moralische Gedanken von hohem Werte hervorzubringen.

Diese glänzenden Zukunftsträume erweckten den Tätigkeitstrieb unseres Helden, er forderte den Ankömmling auf, sich niederzusetzen, und nahm die Gelegenheit wahr, einige Blöcke Holz auf die Flammen zu werfen, einige Flaschen Champagner auf den jetzt freigewordenen Tisch zu stellen. Als diese Vorbereitungen flink beendigt waren, rückte er seinen Stuhl dem seines Gefährten gegenüber und wartete, bis jener die Unterhaltung beginne. Aber Pläne schlagen häufig fehl, wenn sie auch noch so reiflich überlegt sind, oft sogar beim ersten Versuch, sie zur Ausführung zu bringen, und der Wirt befand sich bereits bei den ersten Worten seines Gastes in der Klemme.

»Ich sehe, du kennst mich, Bon-Bon«, sagte er, »ha! ha! ha! – he! he! he! – hi! hi! hi! – ho! ho! ho! – hu! hu! hu!« – und der Teufel ließ auf einmal die Heiligkeitsmaske fallen, riß seinen Mund von Ohr zu Ohr auf, so weit ihm dies irgend möglich war, zeigte ein zackiges Gebiß mit großen, hauerartigen Zähnen, warf den Kopf zurück und lachte ein böses, lautes, wieherndes und dröhnendes Lachen, so daß der schwarze Hund sich aufrichtete und kräftig in den Chor mit einstimmte, während die getigerte Katze mit einem Sprunge in den äußersten Winkel des Raumes setzte und von dort aus ein klägliches Miauen hören ließ.

Ganz anders war das Benehmen des Philosophen. Er war

zu sehr Mann von Welt, um sich an den Gefühlsäußerungen des Hundes oder an den eine ungehörige Furcht verratenden Schreien der Katze zu beteiligen. Es darf immerhin nicht verschwiegen werden, daß Bon-Bon ein Gefühl des Erstaunens nicht ganz unterdrücken konnte, als er die weißen Buchstaben, die auf dem in der Tasche des Gastes steckenden Buche die Worte »RITUEL CATHOLIQUE« bildeten, plötzlich ihren Sinn und ihre Farbe verändern sah, so daß anstelle des ursprünglichen Titels mit einem Schlage die Worte »REGISTRE DES CONDAMNÉS« ihm in roten Lettern entgegenfunkelten. Diesem aufregenden Umstand ist es wohl zuzuschreiben, daß die Antwort auf die Bemerkung des Gastes in einem sonst bei Bon-Bon nie gehörten Tone von Verlegenheit gegeben wurde.

»O, mein Herr«, sagte der Philosoph, »o, mein Herr, ehrlich gesagt, glaube ich, Sie sind – auf mein Ehrenwort – der Leibh ... – das heißt, ich glaube – ich denke – ich habe einen schwachen – ich habe einen sehr schwachen Begriff – von der überwältigenden Ehre –«

»Oh! – ah! – ja! – sehr gut!« unterbrach hier Seine Majestät; »bemühe dich nicht weiter, ich sehe, wie die Dinge liegen.« Darauf nahm er seine grüne Brille ab, wischte sorgfältig die Gläser mit dem Ärmel seines Überrockes und steckte die Brille in die Tasche.

War Bon-Bon schon über das Erlebnis mit dem Buche erstaunt gewesen, so nahm seine Verblüffung wesentlich zu bei dem Schauspiel, das sich nun seinen Augen darbot. Als er mit dem Gefühl lebhafter Neugier seine Blicke erhob, um die Augenfarbe seines Gastes festzustellen, fand er sie entgegen seinen Erwartungen weder schwarz noch grau, wie es schließlich auch seinen Vorstellungen entsprochen hätte, weder gelb noch rot noch violett noch weiß noch grün noch von irgendeiner oben im Himmel oder unten auf Erden oder im Wasser unter der Erde auffindbaren Farbe. Kurz, Pierre Bon-Bon sah nicht nur, daß Seine Majestät überhaupt keine

Augen hatte, sondern er konnte auch keine Spuren von einer früheren Anwesenheit derselben entdecken; denn der Platz, welchen die Natur den Augen sonst anweist, war einfach eine – Fleischfläche.

Es lag aber nicht in der Natur des Metaphysikers, sich der Frage zu enthalten, woher dieses außergewöhnliche Verhalten stamme; und Seine Majestät antwortete würdig, befriedigend und ohne Zögern.

»Augen? mein lieber Bon-Bon, Augen? Sagtest du nicht so? – oh! – ah! – Ich verstehe. Die lächerlichen Drucke, die im Umlauf sind, haben dir eine falsche Vorstellung von meinem Äußeren beigebracht. Augen, Pierre Bon-Bon, sind gut und schön an ihrem richtigen Orte – der ist, wie du behaupten möchtest, der Kopf? Richtig – der Kopf eines Wurms. Auch dir sind diese Sehwerkzeuge unentbehrlich, ich werde dich aber überzeugen, daß meine Sehkraft durchdringender ist als die deine. In der Ecke dort sehe ich eine Katze, eine hübsche Katze; sieh sie dir an, beobachte sie gut. Nun, Bon-Bon, kannst du ihre Gedanken erkennen – die Gedanken, sage ich, die Überlegungen, die Vorstellungen, die sich in ihrem Schädel entwickeln? Da hast du's ja – du kannst es nicht. Sie denkt, daß wir die Länge ihres Schwanzes und die Tiefgründigkeit ihres Gemütes bewundern. Sie ist eben mit sich darüber ins reine gekommen, daß ich der ausgezeichnetste aller Priester bin und daß sie in dir den oberflächlichsten aller Metaphysiker erblickt. Du siehst also, daß ich keineswegs ganz blind bin; aber für einen meines Standes würden die Augen, von denen du sprichst, nur eine Last und im übrigen jederzeit der Gefahr ausgesetzt sein, durch eine Röstgabel oder durch eine Ofengabel aus den Höhlen gerissen zu werden. Ich gestehe allerdings zu, daß dir diese optischen Dinger hier unentbehrlich sein mögen. Bemühe dich also, Bon-Bon, sie gut zu gebrauchen; – meine Sehkraft aber liegt im Innern.«

Hierauf schenkte sich der Gast von dem Weine ein, der

auf dem Tische stand, schenkte auch Bon-Bons Humpen voll und forderte ihn auf, ohne Bedenken zu trinken und sich ganz wie zu Hause zu fühlen.

»Dein Buch hier ist tatsächlich hervorragend, Pierre«, mit diesen Worten nahm Seine Majestät die Unterhaltung wieder auf und klopfte ihrem Freund verständnisvoll auf die Schulter, gerade als letzterer sein Glas niedersetzte, nachdem er seine unbedingte Zustimmung zur Rede des Gastes zu erkennen gegeben hatte. »Dein Buch ist gut gemacht, auf Ehre, es ist ein Werk nach meinem Sinne. Immerhin könnte, meiner Meinung nach, in der Sache noch manches verbessert werden, und manche Begriffe erinnern an Aristoteles. Dieser war einer meiner allerintimsten Bekannten. Ich hatte eine große Zuneigung zu ihm wegen seines schrecklich schlechten Charakters und wegen seiner herrlichen Fertigkeit, Verwirrung anzurichten. Nur *eine* wirklich begründete Wahrheit ist in allem zu finden, was er schrieb, und die habe ich ihm eingegeben aus purem Mitleid mit seiner Albernheit. Ich vermute, Pierre Bon-Bon, daß du wohl weißt, von welcher herrlichen Lehre hier die Rede ist?«

»Ich kann nicht behaupten, daß ich –«

»Wirklich? Nun, ich war es, der Aristoteles beibrachte, daß die Menschen durch das Niesen überschüssige Gedanken auf dem Wege des Gesichtsvorsprunges entfernen.«

»Und das ist – hup! – zweifellos auch der Fall«, sagte der Metaphysiker, füllte sich zu gleicher Zeit seinen Humpen aufs neue mit Champagner und bot dem Gaste seine Schnupftabaksdose hin.

»Auch zu Plato«, fuhr Seine Majestät fort, indem Sie die Schnupftabaksdose und das damit verbundene Kompliment bescheiden ablehnte, »auch zu Plato fühlte ich einst freundschaftliche Zuneigung. Du kennst Plato, Bon-Bon? – Ah, nein, bitte tausendmal um Entschuldigung! Er traf mit mir eines Tages im Parthenon von Athen zusammen und sagte mir, daß er um eine Idee verlegen sei. Ich forderte ihn auf, niederzuschreiben, daß ὁ νους ἐστιν αὐλος. Er sagte, dies würde er tun und ging nach Hause, während ich mich hinüber zu den Pyramiden begab. Aber mein Gewissen strafte mich, weil ich eine Wahrheit geäußert hatte, wenn auch nur, um einem Freunde zu helfen. Ich eilte zurück nach Athen und kam hinter dem Stuhle des Philosophen an, als er gerade das Wort αὐλος niederschrieb.

Nun gab ich schleunigst dem Lambda einen Nasenstüber mit meinem Finger, so daß es auf dem Kopf stand. Der Satz steht also jetzt folgendermaßen da: ὁ νους ἐστιν αὐγος, und dieser Satz ist, wie dir bekannt sein wird, die Grunddoktrin seiner metaphysischen Schriften.«

»Waren Sie jemals in Rom?« sagte der Restaurateur, als er seine zweite Flasche Champagner austrank und für eine genügende Zufuhr von Chambertin sorgte.

»Nur einmal, Herr Bon-Bon, nur ein einziges Mal«, sprach der Teufel in einem Tone, als sagte er etwas Auswendiggelerntes her. »In früheren Zeiten herrschte dort fünf Jahre lang Anarchie. Während dieser Zeit war die Republik aller ihrer Beamten beraubt und hatte keine Oberleitung außer der der Volkstribunen, denen aber keinerlei Exekutivmacht zustand; damals, Herr Bon-Bon, damals war ich zum einzigen Male in Rom, und so kann ich keinerlei irdische Verbindung mit den dortigen Philosophen haben.«*

»Wie denken Sie über – wie denken Sie über – hup! – Epikur?«

»Was ich über *wen* denke?« rief der Teufel im Tone höchsten Erstaunens. »Es fällt Ihnen doch wohl kaum bei, Epikur irgendwie zu tadeln! Was ich über Epikur denke! Meinen Sie mich damit, Herr? – *Ich* bin Epikur! Ich bin derselbe Philosoph, der jene hundert Abhandlungen verfaßte, die Diogenes Laertes bewahrte.«

* ILS ÉCRIVAIENT SUR LA PHILOSOPHIE (CICERO, LUCRETIUS, SENECA), MAIS C'ÉTAIT LA PHILOSOPHIE GRECQUE. – CONCORCET.

»Das ist eine Lüge!« schrie der Metaphysiker, denn der Wein war ihm ein wenig zu Kopfe gestiegen.

»Sehr gut! – sehr gut, mein Herr! – wirklich sehr gut, mein Herr!« sagte Seine Majestät offenbar ungeheuer geschmeichelt.

»Das ist eine Lüge!« wiederholte der Restaurateur gebieterisch; »das ist eine – hup! – eine Lüge!«

»Gut, gut, wie du willst!« sagte der Teufel in beschwichtigendem Tone, und Bon-Bon, der Seine Majestät in der einen Streitfrage geschlagen hatte, hielt es für seine Pflicht, eine zweite Flasche Chambertin zu beendigen.

»Wie ich schon gesagt habe,« fuhr der Besucher fort – »wie ich schon vorhin bemerkt habe, finden sich einige sehr outrierte Begriffe in Ihrem Buche, Herr Bon-Bon. Was zum Beispiel wollen Sie mit all dem Schwindel betreffs der Seele sagen! Aber, bitte, was ist die Seele?«

»Die – hup! – Seele«, antwortete der Metaphysiker, indem er sich auf sein Manuskript bezog, »ist unzweifelhaft –«

»Nein, mein Herr!«

»Ganz zweifellos –«

»Nein, mein Herr!«

»Unbestreitbar –«

»Nein, mein Herr!«

»Erwiesenermaßen –«

»Nein, mein Herr!«

»Unstreitig –«

»Nein, mein Herr!«

»Hup! –«

»Nein, mein Herr!«

»Und ohne jede Frage ein –«

»Nein, mein Herr, die Seele ist nichts dergleichen!«

(Hier nahm der Philosoph, indem seine Augen Blitze schossen, die Gelegenheit wahr, auf einen Schlag seiner dritten Flasche Chambertin ein Ende zu bereiten.)

»Dann – hup! – bitte, mein Herr, – was – was ist sie?«

»Gehört nicht hierher, Herr Bon-Bon«, antwortete Seine Majestät in tiefem Nachdenken. »Ich habe einige sehr schlechte, aber auch einige recht gute Seelen genossen – das heißt gekannt.« Dabei leckte er sich die Lippen, und seine Hand berührte unbewußt den Band in seiner Tasche, worauf er in einen heftigen Niesanfall ausbrach.

Er fuhr fort:

»Die Seele von Cratinus – leidlich; Aristophanes – pikant; Plato – köstlich; nicht dein Plato ist hier gemeint, sondern der Lustspieldichter gleichen Namens; bei deinem Plato würde dem Cerberus selbst übel geworden sein – pfui! Also weiter! Naevius, Andronicus, Plautus, Terenz. Dann Lucilius, Catull, Naso, Quintus Flaccus – das gute Quintchen! wie ich ihn nannte, als er zu meiner Belustigung ein FAECULARE vortrug, während ich ihn in bester Laune auf einer Gabel briet. Aber es fehlt diesen Römern an Aroma. Ein fetter Grieche ist ein Dutzend von ihnen wert, hält sich außerdem vorzüglich, was man aber von den Quiriten nicht behaupten kann. Jetzt probieren wir deinen Sauternes.«

Als die Sache nun so weit gediehen war, hatte sich Bon-Bon zum NIL ADMIRARI durchgerungen und ließ es sich angelegen sein, die geforderten Flaschen herüberzureichen. Zugleich aber drang ein merkwürdiges, im Raume deutlich vernehmbares Geräusch an sein Ohr, das wie Schwanzwedeln klang. Trotzdem nun der Philosoph dies Benehmen Seiner Majestät höchst unschicklich fand, so gab er sich doch den Anschein, als achte er nicht darauf, gab nur dem Hunde einen Fußstoß und befahl ihm, sich ruhig zu verhalten.

»Ich habe gefunden, daß Horaz und Aristoteles sich im Geschmacke ziemlich ähnlich waren; – Sie wissen, ich liebe Abwechslung. Terenz und Menander konnte ich kaum unterscheiden. Naso entpuppte sich zu meiner Verwunderung als ein anders zubereiteter Nicander. Virgil hatte einen starken Beigeschmack nach Theokrit. Martial erinnerte mich lebhaft an Archilochus, Titus Livius war ganz und gar derselbe wie Polybius.«

»Hup!« – antwortete Bon-Bon, und Seine Majestät fuhr fort:

»Doch meine ganze Neigung, so weit ich überhaupt eine besitze, gehört den Philosophen, aber, Herr Bon-Bon – das eine ist zu beachten: nicht jeder Teuf – – will sagen nicht jeder Mann ist imstande, einen Philosophen richtig auszuwählen. Die Langen taugen nichts; und die Besten werden durch die Einwirkung der Galle etwas ranzig, wenn sie nicht sorgsam ausgeschält werden.«

»Ausgeschält?«

»Ich meine damit natürlich, aus dem Leichnam herausgenommen.«

»Was ist Ihre Ansicht über die – hup! – Ärzte?«

»Erwähnen Sie die nicht! – brr!« – (Hier würgte der Ekel Seine Majestät heftig.) »Ich habe nur ein einzigesmal einen gekostet – diesen elenden Hippokrates! – Er roch nach ASA FOETIDA – brr! brr! brr! – ich erwischte einen scheußlichen Schnupfen, als ich ihn im Styx abwusch, und nachher hing er mir die Cholera an.«

»Dieser – hup! – Lump!« stieß Bon-Bon hervor, »diese – hup! – Mißgeburt einer Pillenschachtel!« – und der Philosoph vergoß eine Träne.

»Schließlich«, fuhr der Besucher fort, »schließlich, wenn ein Teuf ... wenn ein Mann leben will, muß er mehr als ein oder zwei Talente haben; und bei uns gilt ein fettes Gesicht als Zeichen diplomatischer Veranlagung.«

»Wieso?«

»Es geht uns manchmal äußerst schlecht mit der Ernährung. Du mußt wissen, daß in einem so drückend heißen Klima, wie das meine ist, oft keine Möglichkeit besteht, einen Geist länger als zwei bis drei Stunden am Leben zu erhalten; nach dem Tode aber – riechen sie – du verstehst doch, nicht? – wenigstens wenn sie nicht augenblicklich eingepökelt werden (und ein gepökelter Geist schmeckt nicht gut). Es besteht immer die Gefahr der Verwesung, wenn die Seelen uns auf dem gewöhnlichen Wege zugesandt werden.«

»Hup! – hup! – heiliger Gott! wie richten Sie es denn ein?«

In diesem Moment hob die eiserne Lampe mit verdoppelter Gewalt hin- und herzuschwingen an, und der Teufel fuhr halb von seinem Sitze auf. Bald jedoch faßte er sich wieder, stieß einen leisen Seufzer aus und sprach mit leiser Stimme: »Ich will dir etwas sagen, Pierre Bon-Bon, wir dürfen keine Verwünschungen mehr laut werden lassen.«

Der Wirt stürzte wieder einen Humpen voll hinab, um dadurch seine Einwilligung und sein volles Verständnis auszudrücken, und der Besucher fuhr fort:

»Nun also, man kann sich auf verschiedene Weise einrichten. Die meisten von den Unsrigen verschmachten, einige begnügen sich mit Eingepökeltem; ich meinerseits ziehe es vor, die Geister VIVENTE CORPORE zu kaufen; ich finde, auf diese Art halten sie sich sehr gut.«

»Aber der Körper! – hup! – der Körper!«

»Der Körper, der Körper – nun, was soll die Frage? – Ach! ja! ich verstehe. Nun, der Körper wird durch den Handel gar nicht in Mitleidenschaft gezogen. Ich habe in meinem Leben zahllose Geschäfte dieser Art abgeschlossen, und die andere Partei hat sich nie irgendwie dadurch belästigt gefühlt. Kain, Nimrod, Nero, Caligula, Dionys, Pisistratus und – und tausend andere wußten im späteren Lebensalter nichts davon, was es heißt, eine Seele zu haben; trotzdem waren diese Männer eine Zierde der Gesellschaft. Und dann A..., den Sie so gut kennen wie ich? Ist er nicht im Vollbesitze seiner geistigen und körperlichen Fähigkeiten? Wer schreibt ein scharfsinnigeres Epigramm? Wer urteilt geistreicher? Wer – aber halt! sein Pakt steht ja in meinem Taschenbuche.«

Mit diesen Worten zog er eine flache Brieftasche aus rotem Leder aus seiner Tasche und entnahm ihr eine Anzahl

Papiere. Bon-Bon gelang es, auf dem einen oder anderen einige unzusammenhängende Silben zu erspähen: »Machi…, Maza…, Robesp…« – dann auch ganze Worte: »Caligula, George, Elisabeth.« Seine Majestät suchte einen schmalen Pergamentstreifen heraus und las laut die folgenden Worte vor:

»In Anerkennung gewisser geistiger Gaben, auf deren Aufzählung hier einzugehen nicht nötig ist, außerdem in Anerkennung von eintausend Louis d'or trete ich hiermit dem Inhaber dieses Paktes alle meine Rechte, Titel und Pertinenzien an dem Schatten ab, der sich meine Seele nennt. (gezeichnet) A…«* (Nun nannte Seine Majestät einen Namen. Ich fühle mich nicht berechtigt, ihn in klarerer Weise anzudeuten.)

»Ein gewandter Bursche«, fuhr jener fort; »aber, wie du, lieber Bon-Bon, war er gründlich über die Seele im Irrtum. Du lieber Gott, die Seele ein Schatten! Die Seele ein Schatten! Ha! ha! ha! – he! he! he! – hu! hu! hu! Stell dir nur einmal einen frikassierten Schatten vor!«

»Man stelle sich – hup! – einen frikassierten Schatten vor!« rief unser Held, dessen Geisteskräfte durch die tiefsinnigen Reden Seiner Majestät aufs äußerste angefeuert wurden. »Man stelle – hup! – sich einen frikassierten Schatten vor! Nun, hol mich der Teufel! – hup! – hm! Als ob ich solch ein – hup! – Einfaltspinsel wäre! *Meine* Seele, Herr – hm!«

»*Ihre* Seele, Herr Bon-Bon?«

»Ja, mein Herr – hup! – *meine* Seele ist –«

»Was, mein Herr?«

»*Kein* Schatten, zum Teufel nochmal!«

»Wollten Sie vielleicht behaupten –«

»Ja, mein Herr, *meine* Seele ist – hup! – hm! – ja, mein Herr.«

»Hatten Sie nicht die Absicht, zu erklären –«

* Wer? Arouet.

»*Meine* Seele ist – hup! – besonders geeignet für – hup! – ein –«

»Was, mein Herr?«

»Stew.«

»Ha!«

»Soufflee.«

»Oh!«

»Frikassee.«

»In der Tat!«

»Ragout und Frikandeau – und nun paß auf, mein guter Bursch! Ich werde es dir zukommen lassen – hup! ein Handel.« Er klopfte Seine Majestät auf den Rücken.

»Ausgeschlossen«, sagte letztere ruhig, und damit erhob sie sich. Der Metaphysiker starrte sie an.

»Für den Augenblick bin ich genügend versehen«, sagte Seine Majestät.

»Hu – up! – wa–as?« sprach der Philosoph.

»Momentan ohne Pekunia.«

»Was?«

»Außerdem wäre es meinerseits sehr schofel –«

»Mein Herr!«

»Vorteil ziehen zu wollen – von –«

»Hup!«

»Ihrer gegenwärtigen widerlichen und unschicklichen Verfassung.«

Der Besucher verbeugte sich und zog sich zurück – wie er dies bewerkstelligte, konnte nicht genau festgestellt werden –, der Metaphysiker aber machte eine Anstrengung, eine Flasche nach »dem Schurken« zu schleudern, die dünne Kette, die vom Plafond herabhing, riß auseinander, und der Philosoph wurde durch die herabstürzende Lampe zu Boden gestreckt.

Der verlorene Atem

Das schlimmste Mißgeschick wird schließlich einmal dem unermüdeten Mute philosophischer Standhaftigkeit weichen müssen – gleich wie die zäheste Feste sich endlich doch der ausdauernden Belagerung eines hartnäckigen Gegners ergeben muß. Salmanassar hat, wie in der heiligen Schrift zu lesen steht, volle drei Jahre vor Samaria gelegen, bis die Stadt endlich doch erlag. In den Schriften Diodors wird uns berichtet, daß Ninive sich ganze sieben Jahre lang behauptete, – bis es sich schließlich trotz allem ergeben mußte. Troja fiel am Ende des zweiten Lustrums; und Asdod hat (für welche Angabe sich uns Aristäus verbürgt) seine Tore dem Psammetich erst geöffnet, als er den fünften Teil eines Jahrhunderts davor gelegen hatte.

»Elende! Zanksüchtige Megäre! Böse Sieben!« sagte ich am Morgen nach unserer Trauung zu meiner Frau. »Hure! Dirne! Pfuhl des Lasters! Du menschgewordene Bosheit und Sündhaftigkeit! Du – du –« Ich stand auf den Zehen, packte meine Frau am Halse und war bemüht, ihr noch herzlichere Bei- und Kosenamen ins Ohr zu schreien, von denen ich sicher erwarten durfte, daß sie sie von ihrer Minderwertigkeit überzeugen würden, – da stockte ich plötzlich und merkte zu meinem Schrecken, daß ich meinen Atem verloren hatte.

Man gebraucht die Redewendungen »ich bin außer Atem«, »mir bleibt der Atem weg« usw. oft genug in der täglichen Verkehrssprache; aber es war mir bisher nie in den Sinn gekommen, daß mir etwas so Schreckliches tatsächlich zustoßen könnte. Wenn du, geschätzter Leser, über eine fruchtbare Phantasie verfügst, so versuche dir bitte auszumalen, welcher Bestürzung und Verzweiflung ich anheimfiel, als mir die furchtbare Gewißheit wurde, daß ich in der Tat meinen Atem verloren hatte.

Aber der freundliche Genius, der über mir wacht, hat mich niemals völlig verlassen. Auch in den verzwicktesten Lebenslagen kommt mir nie ein gewisser Sinn für die Schicklichkeit abhanden. »ET LE CHEMIN DE PASSION ME CONDUIT À LA PHILOSOPHIE VÉRITABLE,« sagt Lord Eduard in der »Neuen Heloise« von sich selbst.

Es war mir zunächst unmöglich, festzustellen, inwieweit das Unheil, das mich betroffen hatte, schädlich auf meinen Organismus wirkte; unter allen Umständen jedoch wollte ich, das stand fest, die Sache vor meiner Frau verheimlichen. Es gelang mir unverzüglich, meines Zornes und meiner Erregung Herr zu werden; mit gänzlich verändertem Gesicht tätschelte ich meiner Frau die eine Wange, drückte ihr einen Kuß auf die andere, sprach kein Wort, schien ihr Erstaunen über mein so plötzlich verändertes seltsames Betragen überhaupt nicht zu bemerken – und tänzelte im Menuettschritt zum Zimmer hinaus.

Erst als ich mein eigenes Gemach erreicht hatte, wurde mir allmählich klar, in welch absonderliche Lage ich da geraten war. Ohne Atem war ich gewissermaßen tot; tot und dennoch lebendig. Als Ausnahmegeschöpf wandelte ich auf Erden –: lebendig und der Fähigkeit zu atmen beraubt!

Jawohl, ich war atemlos. Mit bitterem Ernst behaupte ich, daß mir der Atem ganz und gar ausgegangen war. Und wenn's mich den Kopf gekostet hätte – ich wäre nicht imstande gewesen, auch nur eine Flaumfeder mit dem Anhauch meines Mundes zu bewegen oder die glatte Fläche eines Spiegels zu trüben. Welch ein hartes Geschick! Und doch, als sich der erste Sturm des Schmerzes ein wenig gelegt hatte, verspürte ich ein leises Trostgefühl. Ich entdeckte nämlich, daß mir die Fähigkeit zu sprechen, die ich während des Gesprächs mit meiner Frau so gänzlich verloren hatte, doch nur teilweise abhandengekommen war. Wenn ich, so konnte ich in dieser denkwürdigen Krise feststellen, meine Stimme zu einem eigentümlich tiefen Kehlton zu dämpfen suchte, dann gelang es mir immer noch, mich verständlich zu machen. Ich bekam heraus, daß diese tiefen gedämpften Töne nichts mit dem Atmungsvorgang zu schaffen hatten, vielmehr nur auf einer krampfartigen Tätigkeit der Halsmuskeln beruhten.

Ich ließ mich in einen Stuhl fallen und versank in Grübeln über meine wunderliche Lage. Meine Gedanken waren nicht eben von tröstlicher Art. Eine Kette seltsamer und äußerst schmerzlicher Vorstellungen glitt durch meine Seele, und sogar der Gedanke an Selbstmord blitzte in meinem Hirn auf. Es ist indessen ein wesentliches Merkmal für die Verdrehtheit menschlicher Geistesverfassung, daß sie das Nächstliegende geflissentlich übersieht und sich an eine abseitige, of recht zweifelhafte Ausflucht zu klammern pflegt. Mit stillem Neid ließ ich meine Blicke auf der getigerten Katze ruhen, die behaglich schnurrend vorm Kamin lag, und auf dem friedlich unter dem Tische schnarchenden Hund. Die hörbar regelmäßige Tätigkeit ihrer Lungen machte mir meinen schweren Verlust doppelt schmerzlich fühlbar.

In tiefer Niedergeschlagenheit, von einem wilden Wirrwarr aus Hoffnung und Furcht gequält, hörte ich endlich meine Frau die Treppe herunterkommen und das Haus verlassen. Als ich überzeugt war, daß sie fort sei, begab ich mich mit klopfendem Herzen an die Stätte, wo sich mein Unglück ereignet hatte.

Ich verriegelte die Tür von innen und unterzog das Zimmer einer peinlich genauen Durchsuchung. Denn war es nicht am Ende möglich, daß sich der schmerzlich vermißte Gegenstand in irgendeiner dunklen Ecke, in einer Schublade oder einem Schrank wiederfand? Er konnte eine dunstförmige, vielleicht gar eine greifbare Gestalt angenommen haben. Die meisten Philosophen denken immer noch über gewisse zur Philosophie gehörige Dinge höchst unphilosophisch. William Godwin sagt indessen in seinem »Mandeville«, unsichtbare Dinge seien das einzig Wirkliche; und jedermann wird mir zugeben, daß dies ein bemerkenswerter Gesichtspunkt sei. Ich bitte den geschätzten Leser, innezuhalten und den Fall zu bedenken, ehe er mich einer lächerlichen Handlungsweise zeiht. Er erinnere sich freundlichst daran, daß Anaxagoras behauptet hat, der Schnee sei schwarz; und ich habe mich davon überzeugt, daß dies in der Tat der Fall ist.

Lange und sorgsam setzte ich meine Bemühungen fort – aber als verabscheuenswerter Lohn meines Fleißes und meiner Beharrlichkeit wurde mir lediglich der Fund eines falschen Gebisses, zweier Paare falscher Hüften und eines ganzen Bündels von Liebesbriefen zuteil, die Herr Windenough an meine Frau gerichtet hatte. Ich möchte übrigens bei der Gelegenheit hier nicht verfehlen, zu bemerken, daß die Schwäche meiner Frau für Herrn Windenough mir längst kein Geheimnis mehr war, mir aber weiter kein Kopfzerbrechen machte. Die Bewunderung meiner Gattin für einen Mann, der mir in jeder Hinsicht so völlig unähnlich war, betrachtete ich als durchaus natürlich und nahm sie als notwendiges Übel hin. Ich bin (jeder, der mich kennt, kann es bezeugen) stark und kräftig gebaut, aber von ziemlich kleinem Wuchs und rechtschaffener Beleibtheit. So ist es kein Wunder, wenn die hohe schlanke Gestalt Herrn Windenoughs im Verein mit seinem sprichwörtlich gewordenen vornehmen Auftreten die Blicke meiner Frau auf sich gelenkt hat. Aber kehren wir zu meinem Bericht zurück.

Meine Bemühungen blieben, wie gesagt, ergebnislos. Einen Schrank, eine Schublade, eine Ecke nach der anderen durchforschte ich aufs genaueste – vergebens. Einen Augenblick freilich glaubte ich mein Ziel erreicht zu haben; das war, als ich beim Kramen in einem Toilettenkasten eine Flasche Grandjeans Erzengel-Öl zerbrach. Übrigens verbreitete es einen durchaus angenehmen Geruch, und ich gestatte mir aus diesem Grund, es meinen Lesern bestens zu empfehlen.

Schweren Herzens kehrte ich in mein Gemach zurück und

grübelte. Wie sollte ich es anstellen, meiner Frau mein trauriges Unglück zu verhehlen, bis ich die nötigen Vorkehrungen zum Verlassen des Landes würde getroffen haben? – denn dazu war ich bereits fest entschlossen. Unter einem andern Himmelsstrich, in einem Lande, wo kein Mensch mich kannte, konnte ich immerhin mit der Wahrscheinlichkeit rechnen, daß ich mein widriges Geschick würde verbergen können. Ich verhehlte mir nicht, daß dieses Geschick mehr, als es selbst die vollkommenste Mittellosigkeit vermocht hätte, dazu angetan sei, mir die Liebe meiner Mitmenschen zu entfremden, mich vielleicht gar der Verachtung der Glücklichen und Rechtschaffenen preiszugeben. Ich zauderte nicht lange. Da ich rasch lerne und ein gutes Gedächtnis habe, sagte ich die ganze Tragödie »Metamora« aus dem Gedächtnis her. Zu meinem Glücke entsann ich mich, daß die Aufführung dieses Dramas oder doch die Partie des Helden den Klang der Stimme, der mir völlig abhanden gekommen war, gänzlich überflüssig machte und daß der mir verbliebene tiefe Kehlton hier völlig am Platze war.

Ich übte deshalb eine Weile am Ufer eines vielbesuchten Sees, mit welcher Tätigkeit ich nun freilich keineswegs die bekannte Methode des Demosthenes nachahmen wollte; vielmehr war es mir um die Ausführung eines reiflich erwogenen, selbsterdachten Planes zu tun. Als ich so nach jeder Richtung hin meine Vorkehrungen getroffen hatte, beschloß ich, meiner Frau den Glauben beizubringen, daß mich eine plötzliche Leidenschaft für das Theater ergriffen habe. Dies gelang mir außerordentlich gut: Auf jede Frage oder Anrede antwortete ich mit irgendeinem Zitat aus der erwähnten Tragödie, und alsbald bemerkte ich mit größter Befriedigung, daß diese Zitate fast bei jeder Gelegenheit anwendbar waren. Bei solchen Anlässen fröhnte ich dann ausgiebig dem Ehrgeiz, es einem der beliebtesten Schauspieler gleichzutun: Ich rollte die Augen, fletschte die Zähne, stieß mit den Knien, scharrte mit den Füßen – kurz, ich ließ nichts von all den

Gesten und Kunststückchen aus, mit denen volkstümliche Darsteller zu wirken pflegen. Man nahm (das sei zugegeben) allgemein an, ich wäre verrückt geworden, und sprach davon, mich ins Irrenhaus zu bringen und in die Zwangsjacke zu stecken; aber daß ich meinen Atem verloren hätte, auf diese Vermutung, geschätzter Leser, kam niemand.

Als endlich alle meine Angelegenheiten geordnet waren, belegte ich eines Morgens in aller Frühe einen Platz in der nach – fahrenden Postkutsche; meinen Bekannten hatte ich erzählt, eine dringende geschäftliche Angelegenheit von größter Wichtigkeit erfordere meine persönliche Anwesenheit in –. Der Wagen saß gerappelt voll; da es indessen noch sehr früh war, konnte ich in dem ungewissen Dämmerlicht die Gesichter meiner Reisegefährten nicht erkennen. Widerspruchslos ließ ich mich zwischen zwei Herren von riesenhaftem Leibesumfang unterbringen, indessen ein dritter, womöglich noch größerer und dickerer Fahrgast sich, sobald die Pferde angezogen hatten, mit der Bitte um freundliche Entschuldigung über mich warf und alsbald fest einschlief. Meine in schüchternen Kehltönen vorgebrachten Einwendungen ertranken rettungslos in dem starken regelmäßigen Schnarchen meines Peinigers; so laut war es, daß es das Brüllen des Ochsen von Phalaris übertönt haben würde. Glücklicherweise schloß der untätige Zustand meiner Atmungsorgane eine Erstickungsgefahr aus. Als es jedoch allmählich ganz hell geworden war und wir die Vorstädte von W ... erreicht hatten, erhob sich mein Quälgeist von mir, schob seinen Hemdkragen zurecht und dankte auf recht verbindliche Art für meine Höflichkeit. Ich aber blieb bewegungslos, kein Glied vermochte ich zu bewegen, mein Kopf hing schlaff auf der Seite. Da schöpfte der dicke Herr einen jähen Argwohn. Er machte sofort die anderen Fahrgäste munter und eröffnete ihnen kurz und bündig, er habe sich davon überzeugt, daß an Stelle eines lebendigen und für seine Handlungen verantwortlichen Menschen eine Leiche unter die Reisenden eingeschmuggelt worden sei. Um die Wahrheit dieser seiner Behauptung zu erhärten, versetzte er mir einen heftigen Schlag auf das rechte Auge. Hierauf hielten alle anderen Fahrgäste es für ihre Pflicht, mich ihrerseits an den Ohren zu ziehen. Ein junger praktischer Arzt, der sich zufällig unter den Mitreisenden befand, hielt mir einen Taschenspiegel vor den Mund, und da sich das Glas nicht trübte, meine Atemlosigkeit somit erwiesen war, stellte sich der Doktor auf den Boden der Anschauung des dicken Herrn. Darauf faßte die ganze Gesellschaft den Beschluß, so etwas könne sie sich nicht gefallen lassen und die Leiche sei mit tunlichster Beschleunigung zu entfernen.

Wir hatten gerade das Wirtshaus »Zur Krähe« erreicht, als man mich ergriff und ohne weiteres aus dem Wagen warf. Ich geriet dabei unter ein hinteres Wagenrad, das mir über beide Arme ging; doch geschah mir weiter kein erheblicher Schaden dabei. Ich muß übrigens dem Kutscher hier geben, was des Kutschers ist, und erwähnen, daß er es nicht verabsäumte, meinen Koffer hinter mir drein zu werfen. Dieser Koffer landete leider auf meinem Kopfe und brachte meiner Schädeldecke eine ungewöhnliche, höchst bemerkenswerte Verletzung bei.

Der Krähenwirt, ein sehr gastfreundlicher Mann, nahm sich meiner an; und da er in meinem Koffer hinlängliche Dinge vorfand, die eine reichliche Entschädigung für die etwa zu erwartende geringe Mühe gewährleisteten, schickte er sogleich zu einem ihm bekannten Arzte und vertraute mich der Obhut dieses Herrn an. Dabei verabsäumte er auch nicht, gleichzeitig eine Rechnung über zehn Dollar einzureichen.

Der Arzt brachte mich in sein Operationszimmer und begann sofort mit Wiederbelebungsversuchen. Nachdem er mir die Ohren abgeschnitten hatte, konnte er bereits Lebenszeichen feststellen. Er klingelte und schickte zu einem in der Nähe wohnenden, als Wissenschaftler bestens bewährten Apotheker, um gemeinsam mit ihm weitere Versuche anzustellen. Für den Fall, daß seine Vermutung, die mich noch zu den Lebenden zählte, sich als richtig erweisen sollte, machte er als umsichtiger Mann einen Eingriff in meinen Magen und entfernte einen Teil der Eingeweide daraus, um sie einer gesonderten Untersuchung zu unterziehen.

Der Apotheker vertrat jedoch die Ansicht, daß ich tatsächlich tot sei. Ich war bestrebt, ihn von dieser Meinung abzubringen, indem ich mich zu bewegen versuchte; wirklich gelang es mir mit großer Anstrengung, einige krampfhafte Bewegungen auszuführen. Die operativen Eingriffe des Arztes hatten mir das Bewußtsein wiedergegeben und mich einigermaßen wieder in den Besitz meiner Kräfte gebracht. Der Apotheker indessen (wirklich ein hochgelehrter Mann!) schrieb meine krampfhaften Zuckungen der Wirkung einer neuen galvanischen Batterie zu, die er in Anwendung gebracht und mit der er bereits mehrere höchst bemerkenswerte Versuche ausgeführt hatte – Versuche, die sogleich mein brennendes Interesse erweckten. Ich war tief enttäuscht und betrübt, daß ich trotz verzweifelter Anstrengungen nicht einmal den Mund zu öffnen, geschweige denn zu reden vermochte, daß vielmehr meine Sprache mir vollkommen den Dienst verweigerte. So blieb es mir versagt, die geistvollen, wenn auch phantastischen Theorien des Apothekers zu widerlegen, die mich unter anderen Umständen lebhaft gefesselt haben würden.

Da die beiden Herren keine Einigung erzielen konnten, beschlossen sie, mich für weitere Untersuchungen aufzusparen und mich einstweilen in einem Dachkämmerchen unterzubringen. Die gutmütige Doktorsfrau brachte Unterhosen und Strümpfe für mich herbei; und nachdem man mich also notdürftig bekleidet hatte, fesselte der Arzt selbst meine Hände und band mir ein Tuch um die Kinnladen. Dann schloß er die Tür meines Dachkämmerchens von außen zu und begab sich eilends an sein Mittagsessen. Ich hingegen lag einsam und verlassen da und hatte Muße genug, über mein beklagenswertes Los nachzudenken.

Bald jedoch verspürte ich zu meinem größten Entzücken das Empfinden, daß ich doch wieder einige Töne würde von mir geben können, wenn die Behinderung meiner Kinnladen durch das Tuch fortfiele. Das war nun ein großer Trost für mich; und ich sprach (innerlich) einige Stellen aus einem schönen Abendgebet, das von der Allgegenwart Gottes handelt und das vor dem Einschlafen zu beten ich nie versäume – als plötzlich durch ein Loch in der Wand zwei Katzen hereinkamen, sich mit einem einzigen Satze auf mich stürzten und mein Gesicht auf die schaudererregendste Weise zerkratzten und zerbissen.

Aber wie der Verlust seiner Ohren einst Cyrus den Weg zum Throne ebnete und wie Zopyrus dem durch Abschneiden verursachten Verlust seiner Nase den Besitz Babylons verdankte, so schlug auch mir der Verlust einiger Unzen Blutes aus meinem Antlitz zum Heile aus. Voll Schreck, Schmerz und Wut zerriß ich mit gewaltiger Kraft die um meine Hände geschlungenen Fesseln und warf das um meine Kinnladen gewundene Tuch von mir. Ich sprang auf und musterte, durchs Zimmer stampfend, die garstigen Tiere, die mich so kriegerisch angegriffen hatten, mit verächtlichen Blicken. Dann aber riß ich die Fensterriegel auf und stürzte mich voll Mut in die Tiefe hinab.

Nun fügte es der Zufall, daß der berüchtigte Straßenräuber W., mit dem ich eine fatale Ähnlichkeit hatte, zu dieser Zeit aus dem Stadtgefängnis in einen der Vororte geschafft wurde, wo das Schafott seiner wartete. Da er schon seit langem schwer krank und bereits sehr schwach war, hatte man ihm die Vergünstigung gewährt, daß er ohne Handschellen und in den gewöhnlichen Sträflingskleidern zum Richtplatz geführt wurde. Er lag lang ausgestreckt auf dem Henkerkarren und fuhr zufällig gerade in dem Augenblick an dem Hause des Arztes vorbei, als ich mich aus dem Dachfenster stürzte. Sein Gefolge bestand lediglich aus zwei Rekruten des sechsten Infanterie-Regiments. Die beiden Rekruten waren betrunken; der Kutscher war eingeschlafen.

Ein weiterer fataler Zufall wollte es, daß ich geradewegs auf diesen Karren fiel. W. nun, ein durchs Ohr gebrannter Schuft, machte sich die Gelegenheit zunutze, um unbemerkt hinter mir aus dem Karren zu schlüpfen und mit äußerster Beschleunigung in einer nahen Allee zu verschwinden. Die Rekruten waren zwar durch den Krach munter geworden, doch blieb ihnen der Sinn des Ereignisses dunkel. Da ich indessen wie das leibhaftige Ebenbild des entwischten Schurken aussah und nun meinerseits lang ausgestreckt auf dem Karren lag, glaubten sie ihren Delinquenten im Begriff, einen Fluchtversuch zu unternehmen, und wählten zur Austreibung dieses Gelüstes das Mittel, mit dem dicken Ende ihrer Musketen auf mich einzuschlagen. Wir erreichten bald den Bestimmungsort. Natürlich aber konnte ich mich nicht verteidigen. Mein unabänderliches Schicksal bestimmte: du wirst gehängt! Halb mit bitteren Gefühlen, halb mit Gleichmut ergab ich mich in mein hartes Los. Da ich nur wenig von den Eigenschaften eines Zynikers besitze, fühlte ich mich hilflos wie ein Hund. Der Henker legte die Schlinge um meinen Hals. Das Fallbrett fiel.

Die Gefühle zu schildern, die mich erfüllten, als ich am Galgen hing – ich versage es mir; obgleich ich weiß Gott ein Wörtchen darüber reden könnte – und obgleich über dieses Thema bisher nur wenig geschrieben wurde. Um über so etwas schreiben zu können, muß man sich unbedingt vorher hängen lassen. Jeder Schriftsteller sollte nur das schildern, was er durch eigene Erfahrung kennengelernt hat. Dies war auch die Meinung Marc Antons, als er seine berühmte Abhandlung über die beste Methode, betrunken zu werden, schrieb. Ich beschränke mich auf die Erwähnung der Tatsache, daß ich nicht starb. Scheinbar freilich war ich tot; da ich indessen schon *vor* der Exekution keinen Atem mehr gehabt hatte, konnte ich ihn auch nicht verlieren. Außer einer Beule am Kopfe, die ich der Behandlung durch meine militärische Begleitmannschaft verdankte, verursachte mir der juristische Gewaltakt, das darf ich wohl sagen, wenig Unbequemlichkeit. Und der heftige Ruck an meinem Halse, als das Fallbrett fiel, erwies sich beinahe als ausgleichendes Gegengewicht zu der Mißhandlung, die mir der dicke Herr in der Postkutsche hatte zuteil werden lassen.

Aus wohlerwogenen Gründen tat ich indessen mein Bestes, um die Zuschauer auf ihre Kosten kommen zu lassen. Meine Zuckungen sind, so sagt man allgemein, so außergewöhnlich sehenswert gewesen, daß sie schwer zu überbieten sein dürften. Die anwesende Volksmenge war entzückt und klatschte Beifall. Mehrere Herren wurden ohnmächtig, zahlreiche Damen mußten hysterischer Krämpfe halber nach Hause getragen werden. Pinseit, der Maler, nutzte die Gelegenheit, um sofort an Ort und Stelle eine Skizze zu zeichnen, die er später für sein so berühmt gewordenes Bild »Der geschundene Marsyas« verwertete.

Als ich den Leuten hinlänglich Vergnügen bereitet hatte, hielt man es für angezeigt, meinen Leib vom Galgen zu nehmen – dies um so mehr, als der wirkliche Delinquent inzwischen wieder eingefangen und erkannt worden war. Leider erhielt ich von dieser Tatsache keine Kenntnis.

Infolge dieser Wendung der Dinge erregte meine Geschichte allgemeine Teilnahme, und da niemand meinen armen Leib für sich in Anspruch nahm, so beschloß man, mich einstweilen in einem der städtischen Grabgewölbe beizusetzen.

Nach der üblichen Wartezeit tat man dies in aller Stille. Der Totengräber entfernte sich, und ich blieb allein zurück. In einer Dichtung Marstons heißt es: »Der Tod ist ein guter Geselle und öffnet ein gastliches Haus.« Diese Gastlichkeit erschien mir, muß ich gestehen, in jener Situation keineswegs erstrebenswert.

Ich stemmte mich mit aller Kraft gegen den Sargdeckel, und da es mir wirklich gelang, ihn aufzustoßen, entstieg ich so rasch wie möglich meiner harten Ruhestatt. Mein Aufenthaltsort erwies sich als düster und feucht, und alsbald übermannte mich schreckliche Langeweile. Um mir doch ein wenig Zerstreuung zu schaffen, betrachtete ich aufmerksam die vielen Särge, die um mich herum standen. Ich hob, von einem zum andern tretend, ihre Deckel auf und versenkte mich in eine tief nachdenkliche Betrachtung der darin enthaltenen sterblichen Überreste.

»Dieser Mann da« – so sagte ich mir beim Anblick einer aufgeschwemmten dicken Leiche – »ist sicherlich ein im wahrsten Wortsinne unglücklicher, sehr unglücklicher Mensch gewesen. Ihn traf das düstere Los, nicht flink gehen zu können, sondern watscheln zu müssen, nicht gleich einem menschlichen Wesen durch das Leben zu schreiten, sondern gleich einem Elefanten, nicht gleich einem Manne, sondern gleich einem Rhinozeros. Seine Versuche zu einer raschen Vorwärtsbewegung blieben erfolglos. Sein Mißgeschick hatte zur Folge, daß ihn bei jedem Schritt seine Körperfülle bald nach rechts, bald nach links zog. Die Wunder einer Pirouette blieben ihm verschlossen, der ›PAS DU PAPILLON‹ war ihm ein wesenloser Begriff. Nie hat er den Gipfel eines Berges ersteigen, nie von der Höhe eines Turmes herab das wunderbare Leben einer großen Stadt betrachten können. Die Sommerhitze war ihm ein grimmiger Feind. In den Hundstagen war sein Leben wahrlich das Leben eines Hundes. Er hat in dieser Zeit nur von Feuer und Erstickungstod geträumt, sein Elend hat ihm Berge auf Berge, den Pelion auf den Ossa getürmt. Er war kurzatmig, um alles in ein Wort zusammenzufassen, er war kurzatmig. Er war unfähig, auf einem Blasinstrument zu musizieren. Wahrscheinlich hat er selbsttätig sich bewegende Fächer, Windsegel und Ventilatoren erfunden. Er begönnerte die Bälgetreter und starb eines elenden Todes bei dem Versuche, eine Zigarre zu rauchen.« – Es war ein Fall, der mir tiefes Interesse, ein Schicksal, das mir aufrichtige Teilnahme einflößte.

»Aber hier«, sagte ich, »hier –« und damit zerrte ich eine seltsam lange, wunderlich aussehende Gestalt aus ihrem Sarge, deren Anblick sofort unwillkommene Erinnerungen in mir erweckte – »hier haben wir einen Burschen, der auch nicht den geringsten Anspruch auf menschliches Mitgefühl erheben darf.« – Mit diesen Worten packte ich den Gegenstand meiner Betrachtung, um ihn genauer in Augenschein zu nehmen, mit Daumen und Zeigefinger an der Nase, zog ihn in die Höhe und bemühte mich, ihn in sitzende Stellung zu bringen. Dann fuhr ich, ihn auf Armeslänge von mir haltend, in meinem Monolog fort: »Nein! Dieser Mensch bedürfte sicherlich des menschlichen Mitleids nicht. Wer würde auch nur daran denken, für solch einen Schatten Sympathie zu empfinden? Hat er nicht auch wirklich ein volles Maß irdischen Glücks genießen dürfen? Gewiß war er der Schöpfer hoher Monumente, Türme, Blitzableiter. Oder er hat Abhandlungen über Schatten und Schattenbilder geschrieben und sich damit einen berühmten Namen gemacht. Er ging früh auf ein Technikum und studierte Pneumatik. Dann kam er heim, redete unausgesetzt oder musizierte auf dem französischen Horn oder dem Dudelsack. Er war ohne Frage ein –«

»Wie können Sie nur?! O, wie können Sie nur!« unterbrach mich hier der Gegenstand meiner Betrachtung, riß mit verzweifelter Anstrengung die um seine Kinnlade gewundene Binde herunter und rang nach Atem, »wie können Sie so unmenschlich grausam sein und mich in so roher Weise an der Nase ziehen? Sahen Sie denn nicht – und wenn einer, so müssen *Sie* es wissen –, über welchen Überfluß an Atem ich zu verfügen habe? Wenn Sie es aber doch noch nicht wissen sollten, so setzen Sie sich bitte, und Sie werden sich davon überzeugen. In meiner Lage ist es wahrhaftig eine große

Erleichterung, wieder zum Öffnen des Mundes fähig zu sein, sich aussprechen und mit einem Manne unterhalten zu können, der wie Sie gar nicht daran denken kann, mir den Faden meiner Rede abzuschneiden. Unterbrechungen sind immer äußerst langweilig und sollten unter gebildeten Menschen verpönt sein. Sind Sie nicht auch dieser Meinung? Antworten Sie mir nicht, ich bitte Sie! Es reicht vollkommen aus, wenn *einer* das Wort führt. Sobald ich ausgeredet habe, können Sie Ihrerseits zu Wort kommen. Wie zum Teufel, Herr, sind Sie hierher geraten? Nein, antworten Sie mir nicht, ich bitte Sie! Ich selbst bin schon seit einiger Zeit hier. Es war ein schreckliches Erlebnis. Sie haben vermutlich davon gehört? Ich ging an Ihrem Hause, unter Ihren Fenstern vorbei (es war kurz bevor Sie es mit der Theaterleidenschaft zu tun kriegten), als mich das seltsame Verhängnis traf. Ich habe nämlich, ohne es zu wollen, den Atem eines anderen aufgefangen. Na? Was sagen Sie dazu? Es war wirklich scheußlich unangenehm. Ich hatte von jeher mehr als genug an meinem eigenen Atem. Ich begegnete Blau an der Straßenecke. Er wollte mich nicht zu Worte kommen lassen. Nicht eine Silbe konnte ich einwerfen. Zu allem Unglück kriegte ich von der Aufregung darüber obendrein plötzlich einen epileptischen Anfall und fiel bewußtlos hin. Der Satan soll diese blinden Affen holen. Sie hielten mich für tot. Brachten mich in dieses Loch. Hörte alles, was Sie über mich sagten. Jedes Wort gelogen. Schändlich! beleidigend! scheußlich! unverständlich! und so weiter – und so weiter – und so weiter –«

Unmöglich kann ich mein Erstaunen über diese unerwartete Aussprache schildern; unmöglich aber auch meine Freude. Denn es wurde mir allmählich klar, daß der Atem, den dieser Herr (in dem ich meinen Hausnachbarn Herrn W. bald erkannte) glücklicherweise aufgefangen hatte, mein eigener verlorener Atem sei, der mir während der heftigen Auseinandersetzung mit meiner Frau abhanden gekommen war. Zeit, Ort und Begleitumstände stimmten so genau, daß kein Zweifel möglich war. Ich sah jedoch von einer sofortigen Beschlagnahme meines rechtmäßigen Eigentums ab und unterbrach die lange Rede nicht, die mein Nachbar hervorsprudelte.

Die mir eigentümliche angeborene Klugheit, die mich stets ausgezeichnet hat, riet mir, Herrn W. ruhig ausreden zu lassen. Ich hielt mir vor, daß mir vielleicht noch manche Schwierigkeiten bevorständen, die nur durch äußerste Vorsicht zu überwinden sein würden. Es gibt Leute (so sagte ich mir), die geneigt sind, Dinge, die durch Zufall in ihren unrechtmäßigen Besitz geraten sind, selbst dann zu schätzen und zu behalten, wenn sie in keiner Weise Vorteil davon haben, ja selbst, wenn diese Dinge ihnen vielleicht zur Last fallen, während der rechtmäßige Besitzer durch den Verlust Schaden erleidet. Konnte das nicht am Ende auch auf Herrn W. zutreffen? Würde, wenn ich mich zu eifrig um die Wiedererlangung des verlorenen Atems bemühte, nicht vielleicht in ihm die Begierde erwachen, diesen meinen Atem zu behalten? Mit einem Seufzer erinnerte ich mich daran, daß es Schufte genug auf der Welt gibt, die ohne alle Gewissensbisse selbst den nächsten Nachbar oder Freund betrügen und die gerade dann am wenigsten Neigung zeigen, ihrem Mitmenschen zu helfen, wenn ihn am dringlichsten danach verlangt, die Last der ihn bedrückenden Leiden von sich zu werfen. Solche und ähnliche Erwägungen durch meine Seele wälzend und die Nase des Herrn W. noch immer mit kräftigem Griff umklammernd, antwortete ich ihm endlich wie folgt, mit dem Ausdruck tiefster Entrüstung:

»Schwerverbrecher! Unverbesserlicher Idiot, den der Himmel um seiner Sünden willen mit doppelter Kraft des Atems gestraft hat! Glaubst du dich immer noch berechtigt, zu mir wie zu einem alten Bekannten zu reden? Ich lüge, sagst du, und soll den Mund halten? Wahrlich! Eine schöne Sprache, die du mir gegenüber zu führen wagst! Und das noch obendrein, da es in meine Hand gegeben ist, dein Unglück von dir zu nehmen – ja, nicht nur deinen Überfluß an Atem, sondern die ganze Kraft deiner Lungen endgültig zu hemmen!«

Nach dem Vorbilde des Brutus hielt ich inne, um die Antwort abzuwarten. Herr W. zögerte denn auch nicht damit, einem Sturmwind gleich über mich herzufallen. Verwahrung folgte auf Verwahrung, Entschuldigung auf Entschuldigung. Es gibt keine Bedingung, auf die er nicht eingegangen wäre. Ich unterließ es natürlich nicht, aus seiner Verwirrtheit Kapital zu schlagen.

Nach Abschluß des Vorfriedens gab er mir meinen Atem zurück, worüber ich ihm nach sorgsamer Prüfung und Richtigkeitsbefund eine Empfangsbescheinigung ausstellte. Es wird mir, dessen bin ich mir bewußt, von manchem Leser verübelt werden, daß ich so oberflächlich über einen Vorgang berichte, der unfaßbar scheint. Vermutlich hat man von mir eine ins einzelne gehende Beschreibung eines Ereignisses erwartet, das (was zu leugnen ich keineswegs beabsichtige) durchaus geeignet wäre, Licht auf einen interessanten Teil der physikalischen Wissenschaft zu werfen.

Es tut mir leid, auf alle diese Fragen die Antwort schuldig bleiben zu müssen. Nur eine Andeutung darf ich geben, mehr nicht: Es waren da gewisse Umstände – Aber nein! Bei näherer Überlegung halte ich es doch für richtig, so wenig wie möglich über diese heikle Geschichte zu sprechen; um so mehr, da diese Angelegenheit vielleicht den Unwillen einer dritten Person erregen könnte, deren Zorn ich gegenwärtig um keinen Preis auf mich lenken möchte.

Als wir die Sache geregelt hatten, beschlossen wir, unseren düsteren Aufenthaltsort so rasch wie möglich zu verlassen. Der vereinten Kraft unserer Stimmen gelang es, auf uns aufmerksam zu machen. Herr Schere, der Redakteur der Demokratischen Zeitung, hat seinerzeit einen Aufsatz über »Die Natur und den Ursprung unterirdischer Geräusche«

veröffentlicht. Ein Gegner seiner Partei brachte eine fesselnde Widerlegung dieses Aufsatzes in die Öffentlichkeit, worauf der demokratische Redakteur unverzüglich mit einer wissenschaftlich begründeten Antwort diente. Erst nach der Eröffnung des Gewölbes lieferte mein und Herrn W.s Erscheinen beiden Parteien den Beweis, daß sie sich geirrt hatten.

Ich kann die gewissenhafte Beschreibung einer der seltsamsten Begebenheiten meines Lebens (das zu jeder Zeit höchst ereignisvoll war) nicht wohl abschließen, ohne die Aufmerksamkeit des Lesers auf den hohen Wert der Philosophie zu lenken. Sie ist ein sicherer, nie versagender Schild selbst gegen jene Schicksalsschläge, die weder für das Auge noch für den Verstand völlig faßbar sind. Im Geiste dieser Weisheit glaubte man bei den alten Hebräern, die Pforte des Himmels würde sich dem Sünder wie dem Heiligen unfehlbar auftun, sobald er in gutem Glauben und mit aller Kraft seiner Lungen das Wort »Amen!« ausrief. Und im Geiste dieser Wahrheit gab, als in Athen eine große und vergebens mit allen Mitteln bekämpfte Seuche wütete, Epimenides, wie Laertius in seinem zweiten Buch über diesen Philosophen berichtet, den Athenern den Rat, dem *wahren* Gotte einen Altar und einen Tempel aufzubauen.

Der Duc de l'Omelette

Und schritt mit eins in kühlere Regionen.
Cowper

Keats starb an einer Kritik. Wer war es noch, der an L'ANDROMAQUE[1] starb? Niedere Seelen! – De l'Omelette starb an einem Ortolan. L'HISTOIRE EN EST BRÈVE. Steh mir bei, Geist des Apicius!

Ein goldener Käfig trug einen kleinen geflügelten Wanderer, ein gefesseltes, rührendes, indolentes Vögelchen, von seiner Heimat im fernen Peru nach der Chaussee d'Antin. Sechs Pairs des Kaiserreiches begleiteten den glücklichen Vogel von seiner königlichen Eigentümerin, La Belissima, zu dem Duc de l'Omelette. An diesem Abend wollte der Duc allein speisen. In der Einsamkeit seines Arbeitszimmers lehnte er lässig auf jener Ottomane, für die er seine Loyalität geopfert hatte, indem er seinen König überbot – auf der berühmten Ottomane von Cadet.

Er gräbt sein Gesicht in die Kissen. Die Uhr schlägt. Unfähig, Ihre Gefühle zu unterdrücken, nehmen Seine Gnaden eine Olive. In diesem Augenblick öffnet sich die Tür leise zum Klange sanfter Musik, und sieh! der lieblichste Vogel steht vor dem geliebtesten der Männer! Doch eine unsägliche Furcht legt sich plötzlich auf die Züge des Duc. – »HORREUR! – CHIEN! – BAPTISTE! – L'OISEAU! AH, BON DIEU! CET OISEAU MODESTE QUE TU AS DESHABILLÉ DE SES PLUMES, ET QUE TU AS SERVI SANS PAPIER!« Unnötig, mehr zu sagen: der Duc starb an Ekel.

»Ha! ha! ha!« sagten Seine Gnaden am dritten Tage nach Ihrem Ableben.

[1] Montfleury. Der Autor des Parnasse Réformé läßt ihn im Hades folgendermaßen sprechen: »L'HOMME DONC QUI VOUDRAIT SAVOIR CE DONT JE SUIS MORT, QU'IL NE DEMANDE PAS SI CE FUT DE FIÈVRE OU DE PODAGRE OU D'AUTRE CHOSE, MAIS QU'IL ENTENDE QUE CE FUT DE L'ANDROMAQUE.«

»He! he! he!« echote der Teufel leise und richtete sich empor.

»Aber das ist doch sicherlich nicht ernst gemeint«, gab De l'Omelette zurück. »Ich habe gesündigt – C'EST VRAI – aber, mein Lieber, bedenke! – Du hast doch nicht wirklich die Absicht, solch – solch – wie soll ich sagen – solch barbarische Drohungen auszuführen.«

»Was nicht?« sagte Seine Majestät. »Fix, Herr, ziehen Sie sich aus!«

»Was, ausziehen? Meiner Treu, eine niedliche Zumutung! Nein, Teuerster, ich werde mich nicht entkleiden. Wer sind Sie denn, daß ich, der Duc de l'Omelette, Prince de Foie-gras, eben mündig geworden, Autor der Mazurkiade, Mitglied der Akademie, mich auf ihren Befehl der entzückendsten Beinkleider, die jemals Bourdon verfertigte, des köstlichsten Hausgewandes, das jemals Rombert hervorzauberte, entledigen sollte, ganz zu schweigen von der Notwendigkeit, meine Haare aus den Papierwickeln nehmen, und von der Unbequemlichkeit, meine Handschuhe ausziehen zu müssen?«

»Wer ich bin? – ach so! Ich bin Beelzebub, Prinz der Unterwelt. Eben holte ich dich aus einem mit Elfenbein eingelegten Rosenholzsarge. Du warst sonderbar parfümiert und wie eine Warensendung adressiert. Belial, mein Kirchhofsverwalter, hat dich hierher geschickt. Die Beinkleider, deren du dich rühmst und die von Bourdon gemacht sein sollen, sind ein Paar vorzügliche Leinenunterhosen, und dein Morgengewand ist ein Leichentuch von nicht allzu knappen Dimensionen.«

»Herr!« rief der Duc, »ich lasse mich nicht ungestraft beleidigen! Herr! ich werde die erste beste Gelegenheit ergreifen, um mich für diese Kränkung meiner Ehre zu rächen! Herr! Sie werden von mir hören! Für jetzt – AU REVOIR!« und der Duc war im Begriff, mit einer Verbeugung den Satan zu verlassen, als er von einem diensttuenden Kammerherrn zurückgebracht wurde. Hierauf rieben sich Seine Gnaden die Augen, gähnten, zuckten die Achseln und überlegten. Als der Duc seine Haltung wieder gewonnen hatte, prüfte er seine Umgebung.

Sie war wundervoll. Sogar De l'Omelette erklärte sie für BIEN COMME IL FAUT. Dies lag jedoch nicht an der Länge und Breite des Raumes, sondern an der Höhe. Ah, die war ganz überwältigend! Keine Spur von Decke – nur eine dichte durcheinanderwogende Masse von feuerfarbigen Wolken. Im Gehirn Seiner Gnaden wirbelte es, wenn Sie hinaufsahen. Von oben herab hing eine Kette aus unbekanntem blutrotem Metall, deren oberes Ende sich PARMI LES NUES verlor wie die Stadt Boston. Am unteren Ende schwang ein großes Gefäß hin und her. Der Duc erkannte es als einen Rubin; aus ihm strömte aber ein so intensives, so beständiges, so furchtbares Licht, wie nie ein solches ein Perser angebetet oder ein Geber sich vorgestellt hat, wie nie ein solches einem Muselman im Traum erschienen ist, wenn er opiumbetäubt auf das Mohnlager taumelte, den Rücken den gefährlichen Blüten, das Antlitz der Sonne zugewendet. Der Duc murmelte eine leise Verwünschung.

Die Ecken des Raumes waren nischenartig abgerundet. In drei dieser Nischen standen Statuen von gigantischen Ausmessungen. Griechische Schönheit und ägyptische Ungeheuerlichkeit bildeten ein französisches TOUT ENSEMBLE. Die Statue der vierten Ecke war verschleiert; sie war nicht so riesenhaft. Aber ein schmaler Fußknöchel, ein sandalenbeschuhter Fuß waren sichtbar. De l'Omelette preßte die Hand aufs Herz, schloß die Augen, schlug sie wieder auf und ertappte Seine satanische Majestät auf – Erröten.

Aber die Gemälde! – Kypris! Astarte! Astoreth! – tausende und immer dieselben! Und Raffael hatte sie gesehen! Ja, Raffael war hier gewesen; denn malte er nicht die –? und gehörte er nicht infolgedessen den Verdammten an? Die Gemälde! die Gemälde! O Wollust! O Liebe! Wer kann beim

Anblick dieser verbotenen Schönheiten noch Augen haben für die zarten Entwürfe der Goldrahmen, die wie Sterne von den Mauern aus Hyazinth und Porphyr leuchten?

Aber dem Duc sinkt doch das Herz. Nicht, wie man vermuten möchte, schwindlig gemacht durch die Pracht, noch auch trunken durch den sinnverwirrenden Hauch all der unzähligen Weihrauchgefäße. IL EST VRAI QU'À TOUTES CES CHOSES IL A PENSÉ BEAUCOUP – MAIS! Der Duc de l'Omelette ist ganz von Schrecken ergriffen; denn der Durchblick durch das düstere, unverhängte, einzige Fenster zeigt ihm das Funkeln eines gräßlichen Feuers!

LE PAUVRE DUC! Er konnte den Gedanken nicht abschütteln, daß die herrlichen, lockenden, nie verklingenden Melodien, die die Halle durchströmten, die Klagen und das Geheul der Verzweifelten und Verdammten seien, aber geläutert und verändert durch die Zauberkraft der verwunschenen Fensterscheiben! Und dort! – auf der Ottomane! – wer mochte der wohl sein – der PETITMAÎTRE – nein, der Göttliche, der da sitzt wie aus Marmor gemeißelt, mit bleichem Antlitz, ET QUI SOURIT SI AMÈREMENT?

MAIS IL FAUT AGIR – das heißt, ein Franzose gibt eine Sache nie ganz verloren. Außerdem hassen Seine Gnaden Szenen. De l'Omelette ist wieder er selbst. Auf einem Tische lagen unter anderen Waffen einige Rapiere. Der Duc wußte sie zu führen; IL AVAIT TUÉ SES SIX HOMMES. Nun denn, IL PEUT S'ÉCHAPPER. Er prüft zwei der Waffen und bietet sie mit unnachahmlicher Grazie Seiner Majestät zur Wahl. HORREUR! Seine Majestät ist kein Fechter.

MAIS IL JOUE! Welches Glück! Seine Gnaden hatten immer ein glänzendes Gedächtnis. Er hat einmal im »DIABLE« des Abbé Gualtier geblättert und dort gefunden, »QUE LE DIABLE N'OSE PAS REFUSER UN JEU D'ÉCARTÉ.«

Aber die Chancen – die Chancen! Wahrlich verzweifelt; aber kaum weniger verzweifelt als der Duc. Doch kennt er nicht die Schliche und Kniffe? Ist er nicht mit PIERRE LE

BRUN fertig geworden? War er nicht Mitglied des Klubs VINGT-ET-UN? »SI JE PERDS«, denkt er, »JE SERAI DEUX FOIS PERDU – dann habe ich eben VOILÀ TOUT! doppelt verspielt –« (Hier zucken Seine Gnaden die Achseln.) »SI JE GAGNE, JE REVIENDRAI À MES ORTOLANS – QUE LES CARTES SOIENT PRÉPARÉES!«

Seine Gnaden waren ganz Aufmerksamkeit; Seine Majestät war lässig. Ein Zuschauer würde an Karl und Franz gedacht haben. Seine Gnaden dachten ans Spiel, Seine Majestät dachte an nichts und mischte. Der Duc hob ab.

Die Karten werden ausgeteilt. Der Trumpf wird aufgelegt – es ist – es ist – der König? Nein – es ist die Dame. Seine Majestät fluchte über deren männliche Kleidung.

De l'Omelette legte die Hand aufs Herz.

Sie spielen. Der Duc zählt. Das Spiel ist zu Ende. Seine Majestät zählt aufmerksam, lächelt und trinkt. Der Duc läßt eine Karte verschwinden.

»C'EST À VOUS À FAIRE«, sagt Seine Majestät und hebt ab. Seine Gnaden verbeugen sich, geben und erheben sich EN PRÉSENTANT LE ROI.

Seine Majestät sieht verdrießlich aus.

Wäre Alexander nicht Alexander gewesen, so hätte er Diogenes sein mögen; der Duc versicherte beim Abschiednehmen seinem Partner, »QUE S'IL N'EUT ÉTÉ DE L'OMELETTE, IL N'AURAIT POINT D'OBJECTION D'ÊTRE LE DIABLE.«

Vier Tiere in einem

Der Homo-Kamelopard

Chacun a ses vertus.
Crébillon's Xerxes

Antiochus Epiphanes wird im allgemeinen als der Gog des Propheten Ezechiel betrachtet. Eigentlich gebührt aber dem Kambyses, dem Sohne des Cyrus, diese Ehre. Und in der Tat hat das Charakterbild des syrischen Monarchen in keiner Hinsicht irgendwelche fremden Verschönerungen notwendig. Seine Thronbesteigung oder, besser gesagt, der Gewaltakt, mit dem er, hunderteinundsiebzig Jahre vor Christi Geburt, die Herrschaft an sich riß, sein Versuch, den Tempel der Diana in Ephesus zu plündern, seine unnachsichtige Feindschaft gegen die Juden, seine Entweihung des heiligsten Heiligtums, sein elender Tod zu Taba nach einer wildbewegten Herrschaft von elf Jahren: all das sind so stark in die Augen fallende Umstände, daß sie von den Geschichtsschreibern seiner Zeit mehr in Betracht gezogen wurden als die gottlosen, feigen, grausamen, albernen und phantastischen Taten, die bei einer klaren Darstellung seines Privatlebens und seines Rufes nicht fehlen dürfen.

Stellen wir uns nun, teuerster Leser, vor, daß wir uns im Jahre Dreitausendachthundertdreißig befinden. Stellen wir uns für kurze Zeit weiter vor, daß wir uns in der allertollsten Stadt menschlichen Wohnens, im großen Antiochien befinden. Zwar gab es in Syrien und in anderen Ländern sechzehn Städte desselben Namens, außer dem Antiochien, von dem wir hier sprechen. Aber unsrer Stadt ward allgemein der Name Antiochia Epidaphne beigelegt, da sie in der Nähe des kleinen Dorfes Daphne lag, wo der Tempel dieser Gottheit stand. Der Erbauer war Seleukua Nikator (obwohl allerdings darüber Meinungsverschiedenheiten bestehen), der erste König des Landes nach Alexander dem Großen; die Gründung wurde zum Gedächtnis seines Vaters Antiochus so genannt und wurde sogleich die Residenzstadt der syrischen Könige. In den blühenden Zeiten des römischen Kaiserreichs war sie gewohnheitsmäßig der Aufenthaltsort der Präfekten der orientalischen Provinzen. Viele von den Kaisern der weltbeherrschenden Stadt (unter denen wir ganz besonders Verus und Valens nennen wollen) verbrachten hier den größten Teil ihres Lebens. Aber siehe, wir sind ja schon in der Stadt selbst. Wir besteigen die Zinne dort und werfen einen Blick auf die Stadt und ihre Umgebung.

»Welch breiter und schnell dahinschießender Fluß bahnt sich vor unserm Auge in unzähligen Wasserfällen seinen Weg durch die Bergwildnis und zum Schluß durch das Chaos der Gebäudemassen?«

»Das ist der Orontes, außer dem Mittelmeer die einzige in Sicht liegende Wasserfläche, die gleich einem ungeheuren Spiegel sich etwa zwölf Meilen südwärts erstreckt. Jedermann hat wohl das Mittelmeer schon gesehen, aber wenige haben noch einen Blick auf Antiochia geworfen. Wenn ich von wenigen spreche, so meine ich, wenige von denen, die, gleich dir und mir, die Vorteile moderner Erziehung genossen haben. Höre also auf, nach jenem Meer hinzublicken, und wende deine ungeteilte Aufmerksamkeit dem Häusermeere zu, das sich uns zu Füßen ausbreitet. Aber vergiß bitte nicht, daß wir jetzt das Jahr Dreitausendachthundertdreißig schreiben. Wäre es später (ständen wir zum Beispiel im Jahre Achtzehnhundertfünfundvierzig), so würden wir auf den Genuß dieses außerordentlichen Anblickes verzichten müssen. Im neunzehnten Jahrhundert befindet sich Antiochia – das heißt, Antiochia *wird sich befinden* – in einem Zustand jammervollen Verfalles. Wir würden es durch drei zu verschiedenen Zeiten stattgehabte Erdbeben vollständig zerstört finden. Das Wenige, was von der früheren Stadt noch übrig geblieben wäre, würde so zerstört und verwahrlost sein, daß der Patriarch seine Residenz nach Damaskus verlegt hätte. Also gut. Ich sehe, daß Sie meinen Rat befolgen und Ihre Zeit gut benützen, indem Sie sich gründlich umsehen und

> ...über die Reliquien
> Und Ruhmeszeichen, die dort jene Stadt auszeichnen,
> Die Augen schweifen lassen.

Ich bitte um Entschuldigung, ich hatte vollkommen vergessen, daß Shakespeare erst in siebenhundert Jahren leben wird. Aber habe ich nicht recht, wenn ich behaupte, daß Epidaphne grotesk sei?«

»Es ist wohl befestigt; Kunst und Natur wetteifern darin, es zu beschützen.«

»Das stimmt.«

»Eine überraschend große Anzahl stolzer Paläste zieren es.«

»Jawohl.«

»Und die zahlreichen prunkvollen und glänzenden Tempel können sich wohl mit den hervorragendsten des Altertums messen.«

»Auch dies muß ich zugeben. Immerhin gibt es hier eine Menge Lehmhütten und unsauberer Schuppen. In jedem Loch und in jeder Ecke bemerken wir Unrat, und wenn nicht die überall schwebenden Weihrauchwolken wären, so zweifle ich nicht, daß wir unter einem unausstehlichen Gestank zu leiden hätten. Haben Sie jemals so unausstehlich enge Straßen, so unglaublich hohe Häuser gesehen? In welche Düsterkeit hüllen ihre Schatten alles! Man tut wohl daran, die Hängelampen in den endlosen Kolonnaden den ganzen Tag über brennen zu lassen, sonst würden wir hier die ägyptische Finsternis in ihrem schlimmsten Stadium haben.«

»Ein merkwürdiger Ort! Was soll jenes erstaunliche Gebäude dort drüben bedeuten? Sehen Sie nur! Es überragt alle andern und liegt östlich jenes Bauwerks dort, das ich für den königlichen Palast halten möchte.«

»Das ist der neue Tempel der Sonne. Sie wird in Syrien unter dem Namen Elah Gabalah angebetet. Später wird ein sehr berühmter römischer Kaiser diesen Sonnendienst nach Rom bringen und daher seinen Beinamen Heliogabalus führen. Ich glaube, daß Sie gern einen Blick auf die in diesem Tempel herrschende Gottheit werfen würden. Sie brauchen Ihre Augen nicht zum Himmel zu erheben. Die Sonnenmajestät, wenigstens die von den Syriern verehrte, ist nicht dort. Diese Gottheit finden wir im Innern des Gebäudes. Sie wird in der Gestalt eines großen Steinpfeilers angebetet, der an seiner Spitze konisch oder als Pyramide endet, wodurch ›Feuer‹ angedeutet werden soll.«

»Hören Sie! – Sehen Sie! – Was können das für lächerliche Wesen sein, die dort halbnackt mit bemalten Gesichtern dem Pöbel zurufen und gestikulieren?«

»Einige von ihnen sind Charlatane, andre Philosophen. Die meisten jedoch und besonders diejenigen, die die Volksmenge mit Knüttelschlägen traktieren, sind die hervorragendsten Höflinge, die, wie es ihre Pflicht ist, irgendeinen lobenswerten Ulk, den sich der König ausgedacht hat, ausführen.«

»Aber was ist denn dort? Du lieber Gott! Die Stadt ist ja von wilden Tieren durchschwärmt! Welch fürchterliches Schauspiel! Welch eine gefährliche Sonderbarkeit!«

»Fürchterlich, wenn Sie so wollen, aber durchaus nicht gefährlich. Wenn Sie sich der Mühe unterziehen, den Vorgang genau zu beobachten, so werden Sie bemerken, daß jedes Tier sehr ruhig unter der Aufsicht seines Herrn daherschreitet. Allerdings werden einige von den Tieren an der Leine geführt, aber das sind durchschnittlich die kleineren oder schüchternen Arten. Der Löwe, der Tiger und der Leopard sind vollkommen ungefesselt. Ohne Schwierigkeit sind sie zur Ausfüllung ihres gegenwärtigen Standes dressiert worden und dienen ihren Eigentümern sozusagen als Kammerdiener. Es ist wahr, mitunter bricht bei ihnen die unterdrückte Natur wieder durch – aber, du lieber Gott, das Verschlingen eines Kriegers, das Erwürgen eines geweihten Stieres sind Dinge von zu geringer Wichtigkeit, als daß man sich in Epidaphne besonders darum kümmern würde.«

»Aber was höre ich dort für einen unglaublichen Lärm? Das ist doch sogar für Antiochia ein überlautes Geräusch! Dort muß doch etwas Besonderes vorgehen.«

»Ja, sicherlich. Der König hat ein neues Schauspiel angeordnet, wohl irgendeinen Gladiatorenkampf im Hippodrom oder vielleicht die Abschlachtung der szythischen Gefangenen oder die Niederbrennung seines neuen Palastes oder die Niederreißung eines schönen Tempels oder schließlich ein mit einigen Judenleibern geschürtes Freudenfeuer. Immer größer wird der Lärm. Lachsalven steigen zum Himmel. Die Luft ertönt vom Schalle der Blasinstrumente und erschallt vom Geschrei aus Hunderten von Kehlen. Wir wollen doch zu unserm Vergnügen ein wenig herabsteigen und sehen, was vorgeht! Hier hinüber bitte. Vorsicht! Wir sind hier in der Hauptstraße, die den Namen Timarchusstraße führt. Der Menschenstrom kommt von dieser Seite, und es würde uns schwerfallen, der Flut Widerstand zu leisten. Die Menge drängt sich durch die Heraklidenallee, die vom Palast hierher führt; daraus können wir schließen, daß der König wohl unter den Unruhestiftern ist. Freilich, ich höre die Rufe des Herolds, der sein Nahen in der blumenreichen Sprache des Orients verkündigt. Wir werden einen flüchtigen Blick auf ihn werfen können, wenn er am Ashimahtempel vorüberkommt. Wir wollen die Vorhalle dieses Gebäudes betreten, um dort einen sicheren Platz zu haben. Der König wird gleich hier sein. Inzwischen betrachten wir diese Statue. Gott Ashimah ist es selbst. Sehen Sie, er ist weder als Lamm noch als Ziege noch als Satyr dargestellt. Und dem Pan der Arkadier gleicht er auch nicht. Trotzdem haben die Gelehrten späterer Zeiten sich den syrischen Ashimah in diesen Gestalten vorgestellt– das heißt: sie werden ihn sich so vorstellen. Augen auf! Wie stellt er sich Ihnen dar?«

»Hilf, Himmel! Das ist ein Affe!«

»Stimmt, ein Pavian; sein Name hängt mit dem lateinischen SIMIA zusammen – was für Toren doch die Altertumsforscher sind! Doch sehen Sie, dort – dort eilt ein kleiner zerlumpter Schelm dahin. Wohin läuft er? Was ruft er aus? O! Er verkündet, daß der König festlich einherzieht, daß er sein Staatskleid angezogen hat, daß er eben mit eigener Hand tausend gefesselte israelitische Gefangene getötet hat! Für diese heroische Tat erhebt das Lumpenkerlchen ihn bis zum Himmel. Horch! Dort kommt eine Gruppe von Leuten derselben Sorte. Sie haben eine lateinische Hymne auf die Heldenhaftigkeit des Königs verfaßt und singen sie beim Dahinschreiten:

MILLE, MILLE, MILLE,
MILLE, MILLE, MILLE
DECOLLAVIMUS, UNUS HOMO!
MILLE, MILLE, MILLE, MILLE, DECOLLAVIMUS!
MILLE, MILLE, MILLE!
VIVAT QUI MILLE, MILLE OCCIDIT!
TANTUM VINI HABET NEMO,
QUANTUM FUDIT SANGUINIS!*

Was etwa folgendermaßen zu übersetzen ist:

Tausend, tausend, tausend,
Tausend, tausend, tausend
Von uns, durch *einen* Krieger, vernichtet!

* Flavius Vopiscus überliefert, daß die hier angeführte Hymne von der Menge dem Aurelian bei Gelegenheit des sarmatischen Krieges gesungen wurde, als er eigenhändig 950 Feinde erschlug.

Tausend, tausend, tausend, tausend,
Verkündet, daß tausend der Starke gerichtet!
Der König soll leben!
Die Feinde erbeben!
Ihm, der tausend kalt gemacht,
Ein Hoch dem Königssproß,
Der des Blutes mehr vergoß,
Als Syrien je an Wein gebracht!«

»Hören Sie die Trompetenfanfaren?«

»Ja, der König kommt! Sehen Sie! Das Volk ist außer sich vor Begeisterung, sie erheben ihre Augen verzückt gen Himmel! Er kommt, er naht! Da ist er!«

»Wer? Wo? Der König? Ich kann ihn nicht erblicken, – kann wirklich nicht behaupten, daß ich ihn sehe.«

»Dann müssen Sie blind sein.«

»Wohl möglich. Ich sehe aber wirklich nichts als eine tumultuarische Menge von Idioten und Irrsinnigen, die sich vor einer riesigen Giraffe in den Staub werfen und sich um eine Berührung ihrer Hufe bemühen. Sehen Sie! Eben hat die Bestie einen aus dem Schwarm niedergetreten – noch einen – und noch und noch einen. Ich muß das Tier tatsächlich wegen des geschickten Gebrauchs bewundern, den es von seinen Füßen macht.«

»Dieser Pöbelhaufe! Aber das sind ja die edlen, freien Bürger von Epidaphne! Bestie, sagten Sie? Nehmen Sie sich in acht, daß niemand dies Wort vernimmt. Sehen Sie nicht, daß das Tier ein Menschenantlitz trägt? Mein Lieber, dieser ›Kamelopard‹ ist niemand anders als Antiochus Epiphanes – Antiochus der Große, König von Syrien, der mächtigste aller orientalischen Autokraten! Es ist nicht zu leugnen, daß man ihn auch manchmal Antiochus Epimanes (Antiochus den Tollen) nennt, aber das liegt nur daran, daß nicht alle Menschen fähig sind, seinen Verdiensten Gerechtigkeit widerfahren zu lassen. Man muß auch zugestehen, daß er sich augenblicklich in einer Tierhaut verbirgt und sich alle Mühe gibt, die Rolle eines Kameloparden zu spielen; aber das tut er nur, um seine Königswürde mehr zu betonen. Im übrigen ist der König von riesenhafter Gestalt, und darum ist für ihn diese Tracht weder zu groß noch unvorteilhaft. So können wir uns also darauf verlassen, daß er sie nur angenommen hat, um bei einer besonderen Gelegenheit außergewöhnlich prunkvoll aufzutreten. Sie werden doch zugeben, daß die Niedermetzelung von tausend Juden ein würdiger Anlaß dazu ist. Wie hoheitsvoll und würdig wandelt der Monarch auf allen vieren dahin! Sie bemerken, daß seine zwei Lieblingskonkubinen, Elline und Argelais, seinen Schwanz hoch halten. Seine ganze Erscheinung wäre unendlich einnehmend, wenn nicht die Augen so aus dem Kopfe hervorquellen würden und das Gesicht nicht eine so unbeschreiblich widerliche Farbe zeigte – eine Folge des im Übermaß genossenen Weines. Wir wollen ihm zu Hippodrom folgen und dem Triumphgesang lauschen, den er anstimmt:

Wer herrscht außer Epiphanes?
Sagt es mir doch!
Wer herrscht außer Epiphanes?
Hurra! Hoch!
Keiner außer Epiphanes
Im Weltenhaus!
So reißt die Tempel nieder,
Und löscht die Sonne aus!

Schön und wacker gesungen! Die Volksmenge ruft ihm ›Fürst der Dichter‹, ›Ruhm des Ostens‹, ›Wonne des Weltalls‹, ›wunderherrlichster Kamelopard‹ zu. Sie haben nach einer Wiederholung seines Gesanges verlangt, und – hören Sie? er singt ihn noch einmal. Sobald er am Hippodrom angelangt sein wird, wird man ihn mit dem Dichterkranz schmücken, dem Vorläufer des Kranzes, der ihn nach seinem

Siege bei den nächsten olympischen Spielen schmücken wird.«

»Aber, beim Zeus, was ist denn in der Menge hinter uns für eine Bewegung?«

»Hinter uns, sagten Sie? O ja! Ich sehe. Es ist gut, mein Freund, daß Sie mich beizeiten darauf aufmerksam machten. Lassen Sie uns schnell ein Plätzchen gewinnen, wo wir uns in Sicherheit befinden. Verstecken wir uns hier im Bogen dieses Aquädukts, und ich will Sie dort gleich über die Ursache dieser Verwirrung aufklären. Es ist genau so gekommen, wie ich voraussah. Die seltsame Erscheinung der Giraffe mit dem Menschenkopf hat, wie es scheint, das Anstandsgefühl der in der Stadt gezähmten wilden Tiere beleidigt. Die Folge ist ein Aufruhr; und, wie immer bei solchen Gelegenheiten, ist Menschenmacht nicht imstande, die aufständische Menge zu beruhigen. Schon sind mehrere Syrier zerrissen, aber die allgemeine Stimmung scheint bei den vierfüßigen Patrioten dahin zu gehen, die Giraffe aufzuspeisen. Der ›Fürst der Dichter‹ hat sich daher, um sein Leben zu retten, auf seine Hinterfüße erhoben. Seine Höflinge haben ihn im Stiche gelassen, seine Konkubinen sind diesem edlen Beispiele gefolgt. Dein Zustand ist traurig, ›Wonne des Weltalls‹! Du bist in Gefahr, zerfleischt zu werden, ›Ruhm des Ostens‹! Darum sieh nicht so jammervoll nach deinem Schwanze, er wird ja doch unzweifelhaft durch den Kot gezogen werden, dagegen gibt es nun kein Mittel. Sieh dich nicht um und bekümmere dich nicht um seine unvermeidbare Erniedrigung! Faß dir ein Herz, setze kräftig deine Beine in Bewegung, und fort zum Hippodrom! Vergiß nicht, daß du Antiochus Epiphanes – Antiochus der Große bist und außerdem ›Fürst der Dichter‹, ›Ruhm des Ostens‹, ›Wonne des Weltalls‹, ›der wunderherrlichste Kamelopard‹. Himmel, welche Schnelligkeit du entwickelst! Welche Vollendung in der Kunst des Ausreißens! Gib Fersengeld, Fürst! – Bravo, Epiphanes! – Herrlich hinausgeführt, Giraffe! – Ruhmvoller

Antiochus! Er rennt, er springt, er fliegt! Gleich einem vom Katapult geschleuderten Pfeile saust er dem Hippodrom zu! Ein letzter Satz! Ein Schrei! Es ist erreicht! Ein Glück für dich, denn hättest du, o ›Ruhm des Ostens‹, auch nur eine halbe Sekunde später die Pforten des Amphitheaters erreicht, so wäre in ganz Epidaphne auch nicht ein Bärenbengel gewesen, der sich nicht ein Mäulchen voll von deinem Kadaver geleistet hätte. Nun aber vorwärts! Wir wollen das Feld räumen, denn unsere empfindlichen modernen Ohren sind außerstande, das lärmende Tosen zu ertragen, das sogleich die Jubelfeier der Königsbefreiung einleiten wird! Horch! Schon beginnt der Lärm. Sehen Sie, die ganze Stadt ist drüber und drunter.«

»Epidaphne scheint wahrlich die volksreichste Stadt des Ostens zu sein! Welch ein Menschengewimmel! Welch ein Wirrwarr von allen Ständen und Altersklassen! Welche unzähligen Völker und Sekten! Welche Verschiedenheit in den Trachten! Was für ein babylonisches Sprachgewirr! Und dies Tiergebrüll! Dies Durcheinanderklingen von Instrumenten! Welch ein Haufe von Philosophen!«

»Nun aber fort!«

»Noch einen kurzen Augenblick! Ich höre dort im Hippodrom wilden Lärm, was kann denn dies schon wieder bedeuten?«

»Nichts Besonderes! Die edlen und freien Bürger Epidaphnes, die, wie sie behaupten, so sehr mit der Treue, dem Mut, der Weisheit, der Göttlichkeit ihres Königs zufrieden sind und überdies soeben Augenzeugen seiner übermenschlichen Behendigkeit waren, halten es für ihre Pflicht, zum mindesten die königliche Stirn des Herrschers neben der Dichterkrone auch noch mit dem Siegeskranz, dem Preis im Wettlauf, zu schmücken. Diese Auszeichnung muß ihm ja doch bei den nächsten olympischen Spielen zufallen, und so wird sie ihm schon heute in sicherer Voraussicht zukünftigen Sieges überreicht.«

Eine Geschichte aus Jerusalem

INTONSOS RIGIDAM IN FRONTEM DESCENDERE CANOS PASSUS ERAT.
Lucan, Pharsalia, II, 375/6

... eine borstige Last –
Übersetzung

Laßt uns zu den Wällen eilen«, sagte Abel-Phittim zu Bazi-Ben-Levi und Simeon dem Pharisäer, am zehnten Tage des Monats Thamuz dreitausendneunhundertundeinundvierzig – »laßt uns zu den Wällen am Tore des Benjamin in der Stadt Davids eilen, das auf das Lager der Unbeschnittenen niederblickt; denn es ist Sonnenaufgang und die letzte Stunde der vierten Wache, und die Götzendiener sollten uns, dem Versprechen des Pompejus gemäß, mit den Opferlämmern erwarten.«

Simeon, Abel-Phittim und Bazi-Ben-Levi waren die Gizbarim oder Unterempfänger der Opfergaben in der heiligen Stadt Jerusalem.

»Wahrlich, laßt uns eilen«, erwiderte der Pharisäer; »denn diese Großmut der Heiden ist ungewöhnlich, und Wankelmütigkeit ist den Baalanbetern eigentümlich.«

»Daß sie wankelmütig und hinterlistig sind, das ist so wahr wie der Pentateuch«, sagte Bazi-Ben-Levi; »aber nur gegen das Volk des Adonai. Wann hätte es sich je gezeigt, daß die Ammoniter gegen ihre eigenen Interessen gehandelt hätten? Ich meine, es sei kein besonderes Zeichen von Großmut, uns für den Altar des Herrn Lämmer zuzugestehen, wenn sie statt dessen für den Kopf dreißig Silberschekel erhalten!«

»Du vergißt jedoch, Ben-Levi«, entgegnete Abel-Phittim, »daß der Römer Pompejus, der jetzt die Stadt des Allerhöchsten gottlos belagert, keine Gewißheit hat, ob wir nicht die derart für den Altar erworbenen Lämmer mehr zur Pflege des Leibes denn des Geistes verwenden.«

»Nun, bei den fünf Ecken meines Bartes«, rief der Pharisäer, der zu der Sekte gehörte, die man »die Werfer« nannte (jene kleine Gruppe von Heiligen, deren Art, die Füße aufs Pflaster zu werfen und daran zu zerfetzen, für die weniger eifrigen Gläubigern lange ein Stachel und ein Vorwurf war – ein Stein des Anstoßes für weniger begabte Erdenpilger) – »bei den fünf Ecken des Bartes, den zu scheren mir als Priester verboten ist –, müssen wir den Tag erleben, da ein gotteslästerlicher und götzendienerischer römischer Emporkömmling uns beschuldigen soll, die heiligsten und geweihtesten Dinge fleischlichen Gelüsten zuzuführen? Müssen wir den Tag erleben, da –«

»Wozu uns um die Gründe des Philisters kümmern«, fiel Abel-Phittim ein, »denn heute ziehen wir zum erstenmal Vorteil aus seinem Geiz oder seiner Großmut; laßt uns lieber zu den Wällen eilen, sonst könnte es an Opfergaben für den Altar fehlen, dessen Flammen die Wasser des Himmels nicht auslöschen und dessen Rauchsäulen kein Sturm zur Seite beugen kann.«

Der Stadtteil, dem unsre würdigen Gizbarim nun zueilten und der den Namen seines Erbauers, des Königs David, führte, galt als der befestigtste Bezirk Jerusalems, da er auf dem steilen und hohen Berg Zion gelegen war. Hier wurde ein breiter, tiefer und in den festen Stein gehauener Wallgraben von einer auf seinem innern Rand errichteten sehr starken Mauer verteidigt. Diese Mauer war in regelmäßigen Zwischenräumen mit Türmen aus weißem Marmor geziert, deren niedrigster sechzig und deren höchster hundertundzwanzig Ellen hoch war. In der Nähe des Tores Benjamin aber erhob sich die Mauer keineswegs auf dem Grabenrande. Im Gegenteil, zwischen dem Boden des Grabens und dem Fundament des Walles erhob sich eine senkrechte Felswand von zweihundertundfünfzig Ellen Höhe, die einen Teil des steilen Berges Moriah bildete. Als also Simeon und seine Gefährten oben auf dem Turme Adoni-Bezek erschienen –

dem höchsten aller Türme um Jerusalem und dem üblichen Ort der Verhandlungen mit dem belagernden Heer –, blickten sie auf das feindliche Lager von einer Höhe hinab, die um viele Fuß jene der Pyramide des Cheops überragte und um einige Fuß sogar den Tempel des Belus.

»Wahrlich«, seufzte der Pharisäer, als er, von Schwindel ergriffen, über den Abgrund spähte, »die Unbeschnittenen sind zahlreich wie der Sand am Meere – wie die Heuschrekken in der Wüste! Das Tal des Königs ist zum Tale Adommin geworden.«

»Und dennoch«, fügte Ben-Levi hinzu, »kannst du mir nicht einen Philister weisen – nein, von Aleph bis Tau, von den Wüsten bis zu den Zinnen nicht einen einzigen –, der auch nur im geringsten größer wäre als der Buchstabe Jot!«

»Laßt den Korb mit den Silberschekels herunter!« schrie hier ein römischer Soldat mit rauher, krächzender Stimme, die aus den Reichen Plutos hervorzudringen schien – »laßt den Korb mit der verfluchten Münze herunter, bei deren Aussprache ein edler Römer sich die Zunge zerbrochen hat! Beweist ihr denn so unserm Herrn Pompejus eure Dankbarkeit, der sich herabließ, eurem götzendienerischen Anliegen zu willfahren? Der Gott Phöbus, der ein wahrer Gott ist, hat seit einer Stunde seine Fahrt begonnen – und wolltet ihr nicht bei Sonnenaufgang an den Wällen sein? Aedepol! Meint ihr, wir, die Eroberer der Welt, hätten nichts Besseres zu tun, als vor jedem Hundeloch herumzustehen und mit den Hunden der Erde zu verhandeln? Herunter mit dem Korb! sag' ich – und gebt acht, daß euer lumpiges Geld von hellem Glanz und rechtem Gewicht ist!«

»El Elohim!« rief der Pharisäer aus, als die unharmonischen Laute des Zenturios an den Felsen des Abgrunds erdröhnten und in der Richtung des Tempels verhallten – »El Elohim! Wer ist der Gott Phöbus? Wen ruft der Lästerer an? Du, Bazi-Ben-Levi, der du in den Gesetzen der Heiden belesen bist und unter denen weiltest, die sich mit Götzendienst befassen! – ist es Nergal, von dem der Götzendiener spricht? – oder Aahimah? – oder Nibhaz? – oder Tartak? – oder Adramalech? – oder Anamalech? – oder Sukot-Benit? – oder Dagon? – oder Belial? – oder Baal-Perit? – oder Baal-Peor? – oder Baal-Zebub?«

»Wahrlich, es ist keiner von diesen – doch hüte dich, das Seil zu hastig durch die Finger gleiten zu lassen; denn sollte das Flechtwerk dort an jenem Felsenvorsprung hängen bleiben, so würden die heiligen Gegenstände elendiglich herausstürzen.«

Mit Hilfe einer kunstlos gefügten Einrichtung wurde nun der schwere Korb achtsam zu der Menge hinabgelassen, und aus der schwindelnden Höhe konnte man sehen, wie die Römer sich um ihn drängten; wegen der großen Entfernung aber und eines zunehmenden Nebels konnte man keinen deutlichen Einblick in ihr Gehaben gewinnen.

Schon war eine halbe Stunde dahingegangen.

»Wir werden zu spät kommen«, seufzte der Pharisäer, als er nach Ablauf dieser Zeit in den Abgrund hinunterspähte – »wir werden zu spät kommen! Die Katholim werden uns vom Dienst ausschließen.«

»Nie mehr, nie mehr werden wir im Überflusse leben«, erwiderte Abel-Phittim, »unsre Bärte werden nicht mehr vom Weihrauch duften – unsre Lenden mit hartem Tempelleinen gegürtet sein.«

»Raca!« fluchte Ben-Levi, »Raca! Wollen sie uns mit dem Kaufpreis durchgehen oder, heiliger Moses, prüfen sie am Ende gar die Schekels des Tabernakels auf ihr Gewicht?«

»Sie haben endlich das Zeichen gegeben«, rief der Pharisäer, »sie haben endlich das Zeichen gegeben – zieh an, Abel-Phittim! – und du, Bazi-Ben-Levi, zieh an! – Denn wahrlich, entweder halten die Philister den Korb noch fest, oder der Herr hat ihre Herzen erweicht, ein Tier von gutem Gewicht hineinzutun!« Und die Gizbarim zogen und zogen, während ihre Last durch den stärker zunehmenden Nebel schwerfällig aufwärts schwankte.

»Bewahr' uns!« – brach es nach Ablauf einer Stunde, als am Ende des Seils ein Gegenstand undeutlich sichtbar wurde, von den Lippen Ben-Levis.

»Bewahr' uns! – Pfui! – es ist ein Widder aus dem Dickicht von Engedi und so buschig wie das Tal Josaphat.«

»Es ist ein Erstling aus der Herde«, sagte Abel-Phittim, »ich erkenne es am Blöken seines Mundes und am unschuldigen Blau seiner Glieder. Seine Augen sind schöner als Edelsteine, und sein Fleisch gleicht dem Honig des Hebron.«

»Es ist ein gemästetes Kalb von den Weiden von Baschan«, sagte der Pharisäer, »die Heiden haben wundersam an uns gehandelt! Laßt uns unsre Stimmen in einem Psalm erheben! Laßt uns Dank sagen mit Schalmei und mit dem Psalter – mit Harfe und Flöte und Posaune!«

Erst als der Korb nur noch ein paar Fuß von den Gizbarim entfernt war, bot sich den Blicken mit tiefem Grunzen ein Schwein von ungewöhnlichem Umfang.

»O El Emanu!« entrang es sich langsam dem Trio, als es seine Last fahren ließ und das befreite Borstentier kopfüber unter die Philister stürzte, »El Emanu!« – sie verdrehten die Augen gen Himmel – »Gott steh uns bei! – es ist das unaussprechliche Fleisch.«

Wie man einen Blackwoodartikel schreibt

Ich nehme an, es kennt mich jedermann. Mein Name ist Signora Psyche Zenobia. Dies weiß ich bestimmt. Nur meine Feinde nennen mich Sucky Snobbs. Ich habe mir sagen lassen, daß Sucky nichts andres ist als eine landläufige Verstümmelung von Psyche. Psyche ist gutes Griechisch und bedeutet »Seele« (das paßt auf mich, ich bin ganz Seele) und zuweilen auch »Schmetterling«; diese Auslegung trifft unbestreitbar meine Erscheinung, wenn ich mein neues Kleid aus rosenroter Seide mit dem himmelblauen arabischen Mantelet und dem Besatz mit grünen Agraffen und den sieben Falbeln von orangeroten Aurikulas trage. Was nun Snobbs betrifft, so muß doch jedermann, der mich nur ansieht, sofort erkennen, daß mein Name unmöglich Snobbs sein kann. Miß Tabitha Zwiebel brachte das Gerücht aus reinem Neid auf. Nein, diese Tabitha Zwiebel! Dieses kleine Scheusal! Aber was kann man von einer Zwiebel andres erwarten? Ich möchte nur wissen, ob sie das alte Sprichtwort kennt: »Blut von einer Zwiebel« usw.? (NB.: Sie ist bei nächster Gelegenheit daran zu erinnern!) – (NB.: Gib ihr doch einen Nasenstüber!) – Wo blieb ich stehen? Ah! Ich habe erfahren, daß Snobbs eine Verstümmelung von Zenobia ist und daß Zenobia eine Königin war (das bin ich auch; Dr. Pfennigfuchser nennt mich immer die Königin der Herzen) und daß Zenobia wie Psyche gutes Griechisch ist und daß mein Vater »ein Grieche« war und ich demzufolge ein Recht habe, unsern Familiennamen zu führen, der Zenobia ist und durchaus nicht Snobbs. Nur Tabitha Zwiebel nennt mich Sucky Snobbs. Ich bin die Signora Psyche Zenobia.

Wie ich schon sagte: es kennt mich jedermann. Ich bin die bekannte Signora Psyche Zenobia, die mit Recht als korrespondierende Sekretärin der »PHILADELPHIA, REGULAR, EX-

CHANGE, TEA, TOTAL, YOUNG, BELLES, LETTRES, UNIVERSAL, EXPERIMENTAL, BIBLIOGRAPHICAL, ASSOCIATION, TO, CIVILISE, HUMANITY« gefeiert wird. Den Titel machte Dr. Pfennigfuchser für uns; er sagt, er habe ihn deshalb gewählt, weil er so großartig halle wie eine leere Rumtonne. (Zuweilen wirkt der Mann etwas vulgär, aber er ist tief.) Wir alle setzten die Anfangsbuchstaben der Gesellschaft hinter unsre Namen ganz wie die R. S. A., ROYAL SOCIETY OF ARTS, die S. D. U. K., SOCIETY FOR THE DIFFUSION OF USEFUL KNOWLEDGE, und so weiter. Dr. Pfennigfuchser behauptet, S. stünde für stale und D. U. K. sei wie DUCK zu sprechen (ich tue es aber nicht), S. D. U. K. bedeute somit STALE DUCK und nicht Lord Broughams Gesellschaft; aber Dr. Pfennigfuchser ist ein Querkopf, ich weiß nie, wann er mir die Wahrheit sagt. Auf jeden Fall fügen wir immer zu unsern Namen die Anfangsbuchstaben P. R. E. T. T. Y. P. L. U. E. B. A. T. C. H., und die bedeuten: PHILADELPHIA, REGULAR, EXCHANGE, TEA, TOTAL, YOUNG, BELLES, LETTRES, UNIVERSAL, EXPERIMENTAL, BIBLIOGRAPHICAL, ASSOCIATION, TO, CIVILISE, HUMANITY; ein Buchstabe für jedes Wort, was einen entschiedenen Fortschritt gegenüber Lord Brougham bedeutet. Dr. Pfennigfuchser nun bezweckte, die Anfangsbuchstaben sollten unsern wahren Geist ausdrücken; was er damit meint, kann ich um alles in der Welt nicht herausbringen.

Trotz der wertvollen Dienste des Doktors und des eifrigen Bemühens der Gesellschaft, sich bekannt zu machen, hatte sie doch keinen sonderlichen Erfolg, bevor *ich* eintrat. Die Wahrheit ist, daß die Mitglieder ihre Diskussion in zu oberflächlichem Ton führten. Die Manuskripte, die an den Samstagabenden verlesen wurden, zeichneten sich weniger durch Tiefsinn als durch Blödsinn aus. Sie waren der reinste gequirlte Syllabub. Keinem Ding wurde irgendwie ernsthaft nachgeforscht. Man bekümmerte sich wenig um den so wichtigen Punkt: »Auswahl passender Stoffe.« Kurz, man kannte keine feine schriftstellerische Arbeit wie diese hier.

Alles war mäßig, sehr mäßig! Keine Tiefe, kein Vortrag, nichts Übersinnliches; nichts, was der Kenner als Geistiges und der Laie als Pathos oder »Cant« bezeichnen würde. (Dr. Pfennigfuchser sagt, ich müßte »Cant« mit einem großen »K« schreiben, aber ich weiß es besser).

Als ich der Gesellschaft beitrat, war mein Bestreben, einen bessern Stil des Denkens und Schreibens einzuführen, und jedermann weiß, wie wohl mir das geglückt ist. Wir bringen nun ebenso gute Arbeiten im »P. R. E. T. T. Y. B. L. U. E. B. A. T. C. H.«, wie man sie sonst nur im »Blackwood« finden kann. Ich nenne hier »Blackwood«, weil ich mich versichert habe, daß die feinste schriftstellerische Behandlung jedes Stoffes in den Spalten jenes mit Recht so beliebten Magazins zu finden ist. Wir nehmen es uns jetzt für alle Themen zum Vorbild und sind infolgedessen rasch bekannt geworden. Und trotz allem ist es nicht einmal so sehr schwer, einen Aufsatz nach echter Blackwoodart abzufassen, wenn einer sich nur recht mit der Sache befaßt. Ich spreche hier natürlich nicht von den politischen Abhandlungen. Jedermann weiß ja, wie die gemacht werden, seit Dr. Pfennigfuchser es verraten hat. Herr Blackwood hat eine Zuschneideschere und drei Bediente, die seiner Befehle gewärtig dastehen. Der eine reicht ihm die »Times«, der nächste den »Examiner« und der dritte »Gulley's Neues Compendium des Slang-Whang«. Herr Blackwood schneidet dann nur aus und macht Einstreuungen. Das ist bald geschehen: nichts weiter als Examiner, Slang-Whang und Times; dann Times, Slang-Whang und Examiner; und endlich Times, Examiner und Slang-Whang.

Aber der wahre Wert des Magazins beruht ja auf seinen »Vermischten Abhandlungen«; und von diesen stehen die besten unter dem Kopftitel, den Dr. Pfennigfuchser »Extravaganzen« nennt (was er wohl damit meint?) und alle andern Leute »Gipfelpunkte«. Die hier vertretene Art zu schreiben habe ich seit langem schätzen gelernt, freilich weiß ich erst seit meinem letzten Besuch bei Mr. Blackwood (als Deputierter der Gesellschaft), genau, auf welche Weise sie zu erreichen ist. Die Methode ist nämlich sehr einfach, wenngleich nicht ganz so einfach wie die Herstellung politischer Aufsätze. Nachdem ich mich Herrn Blackwood vorgestellt und ihm die Wünsche der Gesellschaft vorgetragen hatte, hieß er mich mit großer Höflichkeit willkommen, führte mich in sein Arbeitszimmer und gab mir hier eine klare Schilderung des ganzen Vorgangs.

»Meine liebe Dame«, sagte er, von meiner königlichen Erscheinung offensichtlich hingerissen, denn ich trug mein rosenrotes Seidenes mit den grünen Agraffen und den orangefarbenen Aurikulas, »meine liebe Dame«, sagte er, »bitte, nehmen Sie Platz. Die Sache ist die: In erster Linie muß der Verfasser Ihrer ›Gipfelpunkte‹ tiefschwarze Tinte haben und eine sehr große Feder mit sehr stumpfer Spitze. Und nun passen Sie auf, Fräulein Psyche Zenobia«, fuhr er nach einer Pause mit höchst ausdrucksvoller Energie und feierlichem Wesen fort, »passen Sie auf! Diese Feder darf – nie gewechselt werden! Darin, Madame, liegt das Geheimnis, die Seele der ›Gipfelpunkte‹.

Ich glaube, behaupten zu können, daß kein Mensch, der irgendwie schöpferisch veranlagt war, jemals mit einer guten Feder einen – verstehen Sie mich wohl – guten Aufsatz schrieb. Sie können sich darauf verlassen, daß ein Manuskript, das man lesen kann, niemals verdient, gelesen zu werden. Dies ist der Grundpfeiler in unsrer vertraulichen Angelegenheit, und wenn Sie dem nicht restlos zustimmen, so haben wir einander nichts mehr zu sagen.«

Er machte eine Pause. Da ich nun keineswegs wünschte, daß die Unterredung abgebrochen würde, stimmte ich diesem höchst eigenartigen Ratschlag zu, von dessen wahrem Wert ich mich seitdem zur Genüge überzeugt habe. Er schien erfreut und fuhr in seiner Unterweisung fort.

»Es mag wohl dünkelhaft von mir sein, Miß Psyche Zenobia, wenn ich Ihnen nun einen oder eine ganze Reihe von Aufsätzen als vorbildlich oder belehrend bezeichne, aber vielleicht erlauben Sie mir, Ihre Aufmerksamkeit auf einige wenige Besonderheiten zu richten. Lassen Sie mich einmal nachschauen. Da war ›Der lebendige Leichnam‹, ein prachtvolles Stück! Der Gipfelpunkt dessen, was ein Gentleman erlebte, der begraben worden war, noch ehe sein Atem den Körper verlassen hatte; gespickt mit gutem Geschmack, Grauen, Gefühl, Übersinnlichem und Gelehrsamkeit. Sie hätten schwören mögen, daß der Verfasser in einem Sarge geboren und großgezogen wurde. Dann brachten wir die ›Beichte eines Opiumessers‹, fein, sehr fein! Fabelhafte Einbildungskraft, tiefe Philosophie, scharfsinnige Spekulationen, viel Feuer und Schwung und eine gute Würze von absolutem Unsinn. Es war das eine hübsche Leistung an Redefeuerwerk, die die Leute sich mit Entzücken zu Gemüt führten. Sie behaupteten steif und fest, Coleridge habe den Aufsatz verfaßt, aber dem war nicht so. Mein junger Pavian Juniper hat ihn bei einem Römer voll holländischem Gin und Wasser ›heiß, ohne Zucker‹ geschrieben. (Dies würde ich schwerlich geglaubt haben, wenn es mir jemand andres als Mr. Blackwood gesagt hätte.)

Ferner ist erschienen ›Der unfreiwillige Forscher‹, alles über einen Herrn, der in einem Ofen gebraten wurde und lebendig und gesund wieder herauskam, obschon es natürlich um ein Haar mit ihm vorbei gewesen wäre. Und dann brachten wir das ›Tagebuch eines modernen Arztes‹, wo das Hauptgewicht auf hochtrabenden Phrasen und einigen griechischen Brocken lag, die beide beim Publikum wirkten. Da war ferner der ›Mann in der Glocke‹, übrigens eine Arbeit, Miß Zenobia, die ich Ihnen nicht warm genug ans Herz legen kann. Es handelt sich dabei um die Geschichte eines jungen Menschen, der sich unter dem Klöppel einer Kirchenglocke schlafen legte und erwachte, als die Glocke zu einem Leichenbegräbnis zu läuten begann. Das Getöse machte ihn verrückt, und sogleich nimmt er daher sein Notizbuch aus der Tasche und gibt eine Schilderung seiner Empfindungen. Empfindungen sind überall die Hauptsache. Sollten Sie jemals ertränkt oder gehängt werden, so vergessen Sie ja nicht, Ihre Empfindungen zu notieren; sie können Ihnen zehn Guineen für den Bogen einbringen. Wenn Sie eindrucksvoll schildern wollen, Miß Zenobia, so merken Sie peinlichst auf Ihre Empfindungen.«

»Das will ich gewiß tun, Mr. Blackwood«, sagte ich.

»Gut«, entgegnete er. »Ich sehe, Sie sind eine Schülerin nach meinem Herzen. Aber nun muß ich Ihnen noch die Einzelheiten klarlegen, die zur Abfassung eines, wenn wir so sagen dürfen, echten Blackwoodartikels vom empfindsamen Gepräge nötig sind; diese Art betrachte ich als – Sie werden verstehen, wenn ich es sage – die bestgeeignete für alle Zwecke.

In erster Linie müssen Sie sich in eine Lage versetzen, in der sich vor Ihnen noch nie ein Mensch befunden hat. Der Ofen zum Beispiel war ein guter Einfall. Wenn Sie aber keinen Ofen und keine Kirchenglocke zur Hand haben, wenn Sie keine Gelegenheit finden, aus einem Ballon zu stürzen oder von einem Erdbeben verschlungen zu werden oder in einem Schornstein stecken zu bleiben, dann müssen Sie sich eben damit begnügen, sich einfach kraft Ihrer Einbildung in eine derartige mißliche Lage zu versetzen. Freilich würde ich vorziehen, wenn Sie sich von wirklichen Tatsachen inspirieren lassen könnten. Nichts unterstützt die Phantasie so trefflich als die erlebte Kenntnis der Angelegenheit, um die es sich handelt. ›Wahrheit klingt seltsam‹, nicht wahr, ›seltsamer als Dichtung‹, außerdem ist sie der Sache dienlicher.«

Hier versicherte ich ihm, daß ich ein Paar ausgezeichnete Strumpfbänder hätte und sogleich gehen und mich an ihnen aufhängen wollte.

»Gut«, entgegnete er, »tun Sie dies, obschon das Erhängen

etwas abgenutzt ist. Vielleicht machen Sie es besser. Nehmen Sie doch eine Schachtel Brandreths Pillen und teilen Sie uns Ihre Empfindungen mit. Immerhin lassen sich meine Lehren gleich gut auf jede Art Mißgeschick anwenden, und wenn Sie jetzt nach Hause gehen, so können Sie sich bequem den Schädel einrennen oder sich von einem Omnibus überfahren oder von einem tollwütigen Hund beißen lassen oder sich im Rinnstein ertränken.

Doch zu einer andern Sache! – Nachdem Sie Ihren Stoff gewählt haben, müssen Sie den Ton oder die Abstimmung Ihrer Erzählung ins Auge fassen. Es gibt einen lehrhaften, einen begeisterten, einen natürlichen Ton – alle seit langem geläufig. Aber da ist der lakonische oder kurze Ton, der in letzter Zeit sehr in Mode gekommen ist. Er besteht nur aus kurzen Satzbrocken. Etwa so: Kann nicht kurz genug sein. Nicht genug beißend. Immer Punkt. Niemals Absatz.

Weiter haben wir einen herablassenden, weitschweifigen und ausrufenden Ton. Einige unsrer besten Novellisten wenden diesen Ton an. Die Worte müssen da strudeln wie Brummkreisel und auch ein ganz ähnliches Geräusch hervorbringen, das recht wohl an Stelle von Gedanken taugt. Dieser Stil ist von allen der empfehlenswerteste, wenn der Schriftsteller zu große Eile hat, um nachdenken zu können.

Der metaphysische Ton ist ebenfalls gut. Wissen Sie irgendwelche großen Worte, so können Sie sie da anbringen. Reden Sie von Jonischen und Eleatischen Schulen, von Archytas, Gorgias und Alkmäon. Sprechen Sie über Objektivität und Subjektivität. Vor allem vergessen Sie nicht, einen Mann namens Locke auszuschlachten. Richten Sie Ihre Nase nur kecklich auf das Wesen der Dinge im allgemeinen, und wenn Ihnen je etwas allzu Ungereimtes zwischen die Zeilen gerät, brauchen Sie sich noch nicht die Mühe zu nehmen, es auszuradieren, sondern führen einfach eine Fußnote an und erklären, daß Sie für die obenstehende tiefsinnige Bemerkung der »Kritik der reinen Vernunft« oder den »Metaphysischen Anfangsgründen der Naturwissenschaft« verbunden sind. Dies sieht sehr gebildet und – und – und frei aus.

Es gibt noch verschiedene Töne von gleicher Beliebtheit, aber ich will nur noch zwei erwähnen: den transzendentalen und den heterogenen Ton. Bei dem zuerst genannten kommt es darauf an, daß man in die Natur der Dinge einen viel tieferen Blick tut als andre Leute. Dieses sogenannte zweite Gesicht ist sehr wirksam, wenn es richtig gehandhabt wird. Ein wenig Nachlesen im »Dial« wird Sie ein gutes Stück vorwärtsbringen. Wenden Sie in diesem Fall große Worte an und schreiben Sie sie so klein als möglich und drunter und drüber. Überfliegen Sie Channings Gedichte und zitieren Sie, was er über einen »dicken kleinen Mann mit dem täuschenden Aussehen einer Trinkkanne« sagt. Streuen Sie etwas ein über supernale Einheit. Sagen Sie aber keine Silbe von der infernalischen Zweiheit. Vor allem studieren Sie die Anspielungen. Verschleiern Sie alles, behaupten Sie gar nichts. Wenn Sie sich bewogen fühlen, ›Brot und Butter‹ zu sagen, so sagen Sie es um alles in der Welt nicht gerade heraus. Sie können ja irgend etwas und alles sagen, was nur annähernd ›Brot und Butter‹ bedeuten könnte. Sie können einen Buchweizenkuchen andeuten, oder Sie können sogar so weit gehen, Weizenmehlgrütze zu insinuieren, aber wenn Sie in Wirklichkeit ›Brot und Butter‹ meinen, so seien Sie vorsichtig, meine liebe Miß Psyche, um keinen Preis sagen Sie ›Brot und Butter‹!«

Ich versicherte ihm, daß ich es nimmer sagen wollte, solange ich lebte. Er gab mir einen Kuß und fuhr fort:

»Was nun den heterogenen Ton betrifft, so ist der im großen ganzen eine kluge Mischung aus allen Tönen der Welt zu gleichen Teilen und ist infolgedessen für alle Sättel sicher – tief, groß, sonderbar, pikant, eindringlich und niedlich.

Nehmen wir an, Sie hätten nun Ihre Entscheidung hinsichtlich des Stoffes und des Tones getroffen. Jetzt müssen wir uns dem wichtigsten Teil, der Seele des ganzen Geschäfts zuwenden; ich meine, der Auffüllarbeit. Es ist nicht anzunehmen, daß eine Dame oder auch ein Herr das Leben eines Bücherwurms geführt hat. Und doch ist es vor allem notwendig, daß Ihr Artikel ein gewisses Ansehen von Bildung hat oder doch zum mindesten auf eine ausgedehnte allgemeine Belesenheit schließen läßt. Nun will ich Ihnen zeigen, wie Sie auch in diesem Punkt sich auszeichnen können. Sehen Sie hier (er holte drei oder vier Bände von gewöhnlichem Aussehen herab und schlug sie aufs Geratewohl auf): Sie können Ihre Blicke fast über jede beliebige Seite irgendeines Buches in der Welt gleiten lassen und werden im Nu einen ganzen Schwarm kleiner Brocken Gelehrsamkeit oder Belesprit-ismus aufschnappen, die gerade das Richtige sind, um einen Blackwoodartikel zu würzen. Sie können sich gleich einige notieren, die ich Ihnen nun vorlesen werde. Ich will zwei Abteilungen machen: erstens pikante Tatsachen zur Herstellung von Gleichnissen und zweitens pikante Ausdrücke, die verwendet werden können, wie die Gelegenheit es erfordert. Schreiben Sie –!«

Und ich schrieb, während er diktierte.

»›*Pikante Tatsachen für Gleichnisse:* Es gab ursprünglich nur drei Musen – Melete, Mneme, Aoide – Meditation, Erinnerung und Gesang.‹ – Aus dieser Sache können Sie schon allerlei machen, wenn Sie sie richtig verarbeiten. Sie sehen, der Umstand ist nicht allgemein bekannt und sieht daher RECHERCHÉ aus. Sie müssen geschickt zu Werke gehen und dem Ganzen ein gewisses improvisiertes Aussehen geben.

Weiter. ›Der Fluß Alpheios floß unter dem Meere durch und kam wieder zum Vorschein, ohne an Klarheit seines Wassers eingebüßt zu haben.‹ – Ziemlich abgestanden allerdings, aber wenn es nur richtig zugestutzt und aufgetischt wird, so sieht die Geschichte so neu aus wie je.

Da kommt etwas Besseres: ›Die Persische Schwertlilie

scheint für manche Leute einen süßen und starken Duft auszuatmen, während sie andern vollkommen geruchlos erscheint.‹ – Das ist fein und so zart! Stellen Sie ein wenig um, und es verrichtet Wunder. Wir wollen noch etwas aus dem Gebiet der Botanik holen. Nichts läßt sich so leicht schlukken, zumal mit Hilfe von etwas Latein. Schreiben Sie!

›Das EPIDENDRUM FLOS AERIS von Java trägt eine überaus herrliche Blüte und lebt, wenn es nur an den Wurzeln aufgehängt wird. Die Eingeborenen hängen es mit einer Schnur an der Decke auf und erfreuen sich jahrelang des Wohlgeruchs.‹ – Prachtvoll! Das genügt für die Gleichnisse. Jetzt gehen wir an die pikanten Ausdrücke.

›*Pikante Ausdrücke:* Die altehrwürdige chinesische Novelle Ju-Kiao-Li.‹ – Gut! Wenn Sie diese wenigen Worte geschickt irgendwo einflechten, so zeigen Sie damit Ihr Vertrautsein mit der Sprache und der Literatur der Chinesen. Mit ihrer Hilfe kann man unter Umständen ohne Arabisch oder Sanskrit oder Chickasaw auskommen. Freilich ist eine mustergültige Arbeit ohne Spanisch, Italienisch, Deutsch, Latein und Griechisch nicht denkbar. Ich muß Ihnen von jedem eine Kostprobe geben. Jeder Brocken ist geeignet, denn dazu haben Sie ja Ihre eigene Begabung, ihn für Ihren Artikel brauchbar zu machen. Schreiben Sie!

›AUSSI TENDRE QUE ZAÏRE‹ – zart wie Zaire – Französisch. Spielt auf die häufige Wiederholung der Redewendung LA TENDRE ZAÏRE in der französischen Tragödie dieses Namens an. Wenn das richtig angewandt wird, so beweist es nicht allein Ihre Kenntnis der Sprache, sondern auch Ihre allgemeine Belesenheit und Ihren Esprit. Sie können z. B. sagen, daß das Huhn, das Sie verzehrt hätten (schreiben Sie einen Artikel, wie Sie von einem Hühnerbein zu Tode gewürgt wurden), keineswegs AUSSI TENDRE QUE ZAÏRE gewesen sei. Schreiben Sie!

›VEN MUERTE TAN ESCONDIDA,
QUE NO TE SIENTA VENIR,
PORQUE EL PLAZER DEL MORIR
NO ME TORNE A DAR LA VIDA.‹

Das ist Spanisch von Miguel de Cervantes. ›Komm bald, o Tod! Aber laß mich dein Kommen nicht gewahr werden, denn das Vergnügen, das mir deine Ankunft bereiten würde, könnte mich unglückseligerweise wieder ins Leben zurückrufen.‹ Dies können Sie so ganz nebenher einschalten, wenn Sie mit dem Hühnerbein in den letzten Zuckungen liegen. Schreiben Sie!

›IL POVER‹ HUOMO CHE NON SENN' ERA ACCORTO,
ANDAVA COMBATTENDO, ED ERA MORTO.‹

Das ist Italienisch, sehen Sie, von Ariost. Es besagt, daß ein großer Held in der Hitze des Kampfes nicht bemerkt hat, wie er regelrecht erschlagen worden war, und mit aller Macht weiterkämpfte, obschon er tot war. Wie Sie dies auf Ihren Fall anwenden können, liegt klar auf der Hand, denn ich hoffe doch, Miß Psyche, daß Sie nicht vergessen werden, noch mindestens anderthalb Stunden lang zu strampeln, nachdem Sie an dem Hühnerbein erstickt sind. Bitte, schreiben Sie weiter!

›Und sterb' ich denn, so sterb' ich doch
Durch sie – durch sie!‹

Das ist Deutsch – von Goethe. Hier tritt klar zutage, daß Sie auf die Ursache Ihres Unglücks anspielen, auf das Huhn. Welcher vernünftige Gentleman (oder welche Dame) würde nicht – das möchte ich wissen – für einen wohlgemästeten Kapaun der echten Molukkarasse, mit einer Fülle von Kapern und Pilzen und in einer Salatschale mit Orangengelee

EN MOSAÏQUE garniert, bereitwillig in den Tod gehen. Schreiben Sie! (Sie bekommen sie so bei Tortoni.) – Schreiben Sie bitte!

Da ist eine hübsche lateinische Phrase, die zudem selten ist (man kann ja nicht genug RECHERCHÉ oder kurz in seinem Latein sein; es wird allmählich so geläufig!): ›IGNORATIO ELENCHI‹. – Er hat eine IGNORATIO ELENCHI begangen, bedeutet: er verstand wohl die Worte Ihrer Darlegung, aber nicht den Sinn. Der Mann war ein Esel, sehen Sie. Irgendein armseliger Bursche, den Sie anreden, solange Sie an dem Hühnerbein ersticken, und der nicht recht versteht, wovon Sie sprechen. Schleudern Sie ihm das IGNORATIO ELENCHI in die Zähne, und Sie haben ihn vernichtet. Wagt er zu entgegnen, so können Sie ihm aus Lucan (hier ist er) noch sagen, daß Redensarten nur ANEMONAE VERBORUM seien, Anemonensprache. Die Anemone ist von prächtiger Leuchtkraft, hat aber keinen Duft. Oder wenn er aufbrausen will, so können Sie sich auf ihn stürzen mit einem INSOMNIA JOVIS, Träume des Jupiter, einer Phrase, die Silius Italicus (sehen Sie, hier!) auf hochtrabende und aufgeblasene Gedanken anwendet. Dies wird genügen und ihn bis ans Herz zerteilen. Es bleibt ihm nichts übrig, als umzufallen und zu sterben. Wollen Sie so gut sein, weiterzuschreiben?

Im Griechischen müssen wir etwas Anmutiges haben – zum Beispiel aus Demosthenes: ›'Ανὴρ ὁ φεύγων καὶ πάλιν μαχήσεται‹ (ANÄR HO PHEUGON KAI PALIN MACHÄSETAI). Dafür gibt es im Hudibras eine leidlich gute Übersetzung:

Der Flüchtling kann den Kampf von neuem wagen;
Nur der liegt stumm, den du erschlagen.

In einem Blackwoodartikel nimmt sich nichts besser aus als Ihr Griechisch. Schon die Buchstaben haben ein profundes Aussehen. Sehen Sie sich doch nur das verschlagene Aussehen des Epsilon an, Madame! Das Phi sieht gerade aus, als wollte es Bischof werden! Kann es einen flotteren Burschen geben als das Omikron? Sehen Sie sich nur das Tau an! Kurz, es geht nichts über Griechisch in einem echten Sensationsartikel. Im vorliegenden Fall ist die Art der Anwendung ja das klarste Ding von der Welt. Schleudern Sie den Satz mit einem gewaltigen Fluch und gleichsam als Ultimatum dem nichtsnutzigen, stierköpfigen Schurken ins Gesicht, der Ihr klares Englisch in bezug auf das Hühnerbein nicht verstehen konnte. Er wird den Wink begreifen und sogleich verduften, Sie können sich darauf verlassen.«

Dies war der ganze Unterricht, den mir Mr. Blackwood über das in Frage stehende Gebiet erteilte, aber ich war der Ansicht, daß er vollkommen genügte. Ich war nun in der Lage, einen echten Blackwoodartikel zu schreiben, und beschloß, mich sogleich ans Werk zu machen. Als er sich von mir verabschiedete, machte Mr. Blackwood mir den Vorschlag, die fertige Arbeit zu übernehmen, aber da er mir nur fünfzig Guineen für den Bogen anbieten konnte, hielt ich es für besser, die Arbeit unsrer Gesellschaft zukommen zu lassen, als sie für eine so armselige Summe zu verschachern. Abgesehen von dieser geizigen Veranlassung zeigte aber der Gentleman seine Achtung für mich in jeder andern Hinsicht und behandelte mich wirklich mit großer Zuvorkommenheit. Seine Abschiedsworte machten einen tiefen Eindruck auf mein Herz, und ich denke, ich werde mich ihrer stets dankbar erinnern.

»Meine liebe Miß Zenobia!« sagte er, während ihm die Tränen in den Augen standen, »kann ich noch irgendetwas tun, um den Erfolg Ihres lobenswerten Unternehmens zu fördern? Lassen Sie mich nachdenken. Es ist immerhin möglich, daß Sie keine Gelegenheit finden, sobald als nötig zu – zu – ertrinken oder zu – zu ersticken an einem Hühnerbein oder – oder erhängt oder – gebissen zu werden von einem – – aber halt! da fällt mir gerade ein, im Garten sind ein paar hervorragende Bulldoggen – feine Kerle, kann ich Ihnen sagen – wild und alles andre; in der Tat, das wäre etwas für Sie, um Geld zu verdienen; die werden Sie – Aurikulas und alles – in weniger als fünf Minuten aufgefressen haben (hier ist meine Uhr!); und denken Sie dabei nur an die Empfindungen! Hier! Ich sage: Tom! – Peter! – Dick, du liederlicher Bursche! Laß mal gleich die ...« – aber da ich mich wirklich in großer Eile befand und keinen Augenblick übrig hatte, sah ich mich zu meinem Bedauern genötigt, meinen Abschied zu beschleunigen, und machte daher auf der Stelle, daß ich fortkam – etwas plötzlicher freilich – das gebe ich zu –, als die Grenzen der Höflichkeit dies unter andern Umständen zugelassen hätten.

Mein nächstes Ziel, nachdem ich Mr. Blackwood verlassen hatte, war, mich in irgendeine peinliche Lage zu begeben, wie er mir geraten hatte, und in dieser Absicht brachte ich den größten Teil des Tages damit zu, in Edinburgh umherzuwandern und verzweifelte Abenteuer zu suchen – Abenteuer, die der Kraft meines Empfindungsvermögens und dem großzügigen Charakter des Artikels entsprachen, den ich zu schreiben beabsichtigte.

Bei diesem Ausflug war ich von meinem Negerdiener Pompey und meinem kleinen Schoßhund Diana begleitet, den ich von Philadelphia mitgebracht hatte. Aber erst spät am Nachmittag hatte ich vollen Erfolg mit meinen angestrengten Bemühungen. Ein wichtiges Erlebnis trat dann ein, aus dem der folgende Blackwoodartikel im heterogenen Ton entstand und erschaffen wurde.

Ein furchtbares Erlebnis

Was, gute Dame, hat Sie denn so zugerichtet?

Comus

Es war ein ruhiger und stiller Nachmittag, als ich durch die liebe Stadt Edina schlenderte. Der Wirrwarr und Lärm in den Straßen war gräßlich. Männer schwatzten. Weiber jammerten. Kinder wimmelten. Schweine pfiffen. Karren, die ratterten. Stiere, die brüllten. Kühe, die muhten. Pferde, die wieherten. Katzen, die miauten. Hunde, die tanzten. Tanzten! Konnte es denn nur möglich sein? Wehe, dachte ich, die Tage meiner Tänze sind vorüber! So ist es immer. Welch ein Schwarm schwermütiger Erinnerungen wird immer wieder im Erinnerungsfach des Genies und der erfinderischen Betrachtung auferweckt, zumal eines Genies, das verkettet ist mit dem unvergänglichen, ewigen und fortwährenden und, wie man sagen möchte, dem fortgesetzten – ja, dem fortgesetzten und fortdauernden, bittern, quälenden, verwirrenden und, wenn mir der Ausdruck gestattet ist, höchst zerrüttenden Einfluß der heitern und göttlichen und himmlischen und erhebenden und erhabenen und reinigenden Wirkung dessen, was man richtig bezeichnen könnte als das beneidenswerteste, das am meisten beneidenswerte – nein vielmehr! das so unendlich wohltuend schöne, das köstlich ätherische und, wie es ist, das hübscheste (wenn ich einen so kräftigen Ausdruck gebrauchen darf) Ding (Entschuldigung, lieber Leser!) in der Welt; aber ich lasse mich von meinen Empfindungen immer hinreißen. In solcher Seele, wiederhole ich, welch ein Schwarm von Erinnerungen wird da von einer geringfügigen Ursache ausgelöst! Die Hunde tanzten! Ich – ich konnte nicht! Sie hüpften; ich brach in Tränen aus. Sie machten Luftsprünge; ich schluchzte laut auf. Rührende Umstände! die nicht verfehlen werden, dem klassisch gebildeten Leser jene prächtige Stelle über die Anpassung der Dinge in Erinnerung zu rufen, die zu Anfang des dritten Bandes der wunderbaren und schätzenswerten chinesischen Novelle »Jo-Go-Slow« zu finden ist.

Auf meinem einsamen Gang durch die Stadt hatte ich zwei bescheidene aber treue Begleiter. Diana, mein Pudel! Süßestes aller Geschöpfe! Sie trug einen Haarbusch über ihrem einen Auge und hatte um den Hals ein blaues Band modisch geknüpft. Diana war nicht mehr als fünf Zoll hoch, aber ihr Kopf war etwas größer als der Rumpf, und ihr Schwanz, der ganz dicht am Körper abgeschnitten worden war, verlieh dem interessanten Tier ein Aussehen verletzter Unschuld, das sie allen lieb machte.

Und Pompey, mein Neger! Süßer Pompey! Wie könnte ich deiner je vergessen? Ich hatte Pompeys Arm genommen. Er war drei Fuß hoch (ich liebe es, Einzelheiten zu erwähnen) und war etwa siebzig oder vielleicht gar achtzig Jahre alt. Er hatte O-Beine und war korpulent. Sein Mund konnte nicht als klein bezeichnet werden und seine Ohren nicht als kurz. Seine Zähne waren wie Perlen, und seine großen, vollen Augen waren von einem prachtvollen Weiß. Natur hatte ihm keinen Hals verliehen und hatte ihm die Knöchel (wie dies bei der Rasse allgemein ist) in die Mitte der oberen Partie seiner Füße verlegt. Er war mit verblüffender Einfachheit gekleidet. Seine einzigen Kleidungsstücke waren ein Stock von neun Zoll Höhe und ein beinahe neuer gelblichgrauer Überzieher, der früher dem großen, stattlichen und berühmten Dr. Pfennigfuchser Dienste geleistet hatte. Es war ein guter Überzieher. Er war gut im Schnitt. Er war sauber gearbeitet. Der Rock war beinahe neu. Pompey hielt ihn mit beiden Händen über den Straßenschmutz empor.

Unsre Gesellschaft bestand aus drei Personen, und zwei von diesen sind bereits besprochen worden. Da war noch eine dritte: diese Person war ich selbst. Ich bin die Signora Psyche Zenobia. Ich bin nicht Sucky Snobbs. Meine Erscheinung ist gebietend. Bei der bedeutsamen Gelegenheit, von der ich spreche, war ich angetan mit einem Kleid aus rosenroter Seide und einem himmelblauen arabischen Mantelet. Und das Kleid hatte Besätze von grünen Agraffen und sieben reizende Falbeln von orangeroten Aurikulas. Ich bildete also die dritte im Bunde. Da war der Pudel. Da war Pompey. Da war ich selbst. Wir waren drei. Es heißt auch, daß es ursprünglich nur drei Furien gab: Melty, Nimmy und Hetty – Meditation, Erinnerung und Gefiedel.

Auf den Arm des galanten Pompey gestützt und in achtungsvoller Entfernung von Diana gefolgt, schritt ich eine der bevölkerten und sehr hübschen Straßen des jetzt verlassenen Edina hinab. Plötzlich kam eine Kirche in Sicht, eine gotische Kathedrale, mächtig, ehrwürdig und mit einem großen Turm, der sich in den Himmel erhob. Welch tolle Laune überkam mich da? Warum mußte ich mich ins Verhängnis stürzen? Ich wurde von einem unbegreiflichen Drang befallen, zu der schwindelnden Höhe emporzusteigen und von da aus die ungeheure Ausdehnung der Stadt zu überschauen. Die Pforte der Kathedrale stand einladend offen. Mein Schicksal setzte mich in Bewegung. Ich trat in den verhängnisvollen Bogengang ein. Wo blieb mein Schutzengel? – wenn es wirklich dergleichen Engel gibt? Wenn! Peinliche Silbe! Welch eine Welt der Geheimnisse und Absichten und Zweifel und Ungewißheit liegt in den vier Buchstaben! Ich betrat den verhängnisvollen Bogengang! Ich betrat ihn; und ohne Schaden an meinen orangeroten Aurikulas zu nehmen, schritt ich unter dem Portal hindurch und gelangte in das Vestibül. So glitt bekanntlich der ungeheure Fluß Alfred unbeschädigt und ohne naß zu werden unter dem Meere durch.

Ich dachte, die Treppen wollten niemals ein Ende nehmen. Rund! Ja, sie liefen rund und auf und rund und auf und rund und auf, bis ich nicht umhin konnte, Argwohn zu schöpfen mit dem grimmen Pompey, auf dessen stützenden Arm ich mich lehnte mit dem Vertrauen einer jugendlichen Neigung; ich konnte nicht umhin, Argwohn zu schöpfen, daß der obere Teil der Wendeltreppe ohne Ende durch irgendeinen Zufall oder vielleicht gar mit Absicht entfernt worden sei. Ich hielt inne, um Atem zu schöpfen, und da geschah ein Ereignis, das in moralischer und ebenso in metaphysischer Hinsicht zu bedeutsam ist, als daß man daran vorübergehen könnte, ohne es zu erwähnen. So schien mir – in der Tat, ich war der Sache ziemlich sicher – ich konnte mich nicht täuschen – nein! Ich hatte kurze Zeit sorgfältig und gespannt die Bewegungen meiner Diana beobachtet; ich sage, ich konnte mich nicht täuschen, Diana witterte eine Ratte! Sogleich lenkte ich Pompeys Aufmerksamkeit auf diesen Umstand, und er – er war derselben Meinung wie ich. Da war also nicht der geringste Raum mehr übrig, zu zweifeln. Die Ratte war gewittert worden, und zwar von Diana. Himmel! Werde ich wohl die ungeheuerliche Erregung jenes Augenblicks je vergessen können? Ha! Was ist doch der vielgerühmte Intellekt des Menschen? Die Ratte! Sie war da – das heißt, sie steckte irgendwo. Diana witterte die Ratte. Ich – ich konnte nicht! Man sagt ja, daß die preußische Schwertlilie für manche Leute einen süßen und starken Duft ausatme, während sie andern vollkommen geruchlos erscheine.

Das Treppenhaus lag endlich hinter uns, und da waren jetzt nur noch drei oder vier Stufen zwischen uns und dem Gipfel. Wir stiegen noch weiter empor, und jetzt war nur noch eine Stufe übrig. *Eine* Stufe! *Eine* kleine, kleine Stufe! Welche Menge menschlichen Glücks oder Elends hängt nicht oft von solch kleiner Stufe in dem großen Treppenhaus des menschlichen Lebens ab! Ich dachte an mich selbst, dann an Pompey und dann an das rätselhafte und unergründbare Schicksal, das uns umgab. Ich dachte an Pompey! Ach! ich dachte an Liebe! Ich dachte an die vielen falschen Stufen, die ich ersteigen mußte und noch werde ersteigen müssen. Ich beschloß, vorsichtiger zu sein, zurückhaltender. Ich gab

Pompeys Arm frei und erstieg ohne seine Hilfe die eine noch übrig bleibende Stufe und erreichte das Gestühl des Glockenturms. Unmittelbar hinter mir kam mein Pudel. Pompey allein blieb zurück. Ich stand oben am Treppenhaus und ermutigte ihn, heraufzusteigen. Er streckte seine Hand nach mir aus, und unglückseligerweise war er, indem er dies tat, genötigt, den festgehaltenen Überzieher loszulassen. Werden die Götter denn niemals aufhören, uns zu verfolgen? Der Überzieher war herabgefallen, und Pompey trat mit einem seiner Füße auf den langen nachschleppenden Schoß seines Überziehers. Er strauchelte und stürzte; diese Folge war unvermeidlich. Er fiel nach vorne und schlug mir mit seinem verwünschten Schädel mitten auf die – auf die Brust und sandte mich kopfüber zusammen mit sich auf den harten, schmutzigen und ekelhaften Boden des Glockenstuhls. Aber meine Rache war sicher, plötzlich und vollkommen. Mit beiden Händen griff ich ihm wütend in sein Wollhaar, riß eine Menge von dem schwarzen und krausen und gelockten Zeug aus und schleuderte es von mir, indem ich in jeder Weise Ekel bezeigte. Es fiel zwischen die Seile des Glockenstuhls und blieb da hängen. Pompey erhob sich und sagte kein Wort. Aber er sah mich traurig aus seinen großen Augen an und seufzte. Ihr Götter, dieser Seufzer! Er sank mir ins Herz. Und das Haar, die Wolle! Hätte ich die Wolle erreichen können, so würde ich sie in Tränen gebadet haben zum Zeichen meiner Reue. Aber ach! Sie war jetzt weit aus meiner Reichweite. Als sie zwischen den Glockenseilen baumelte, stellte ich mir vor, sie sei lebendig. Ich stellte mir vor, sie stünde vor Empörung zu Berge. So trägt bekanntlich das Happy-Dandy Flos Aeris von Java eine prächtige Blüte und lebt, wenn es an den Wurzeln aufgehängt wird. Die Eingeborenen hängen es mit einer Schnur an der Decke auf und erfreuen sich jahrelang des Wohlgeruchs.

Unser Zank war somit erledigt, und wir blickten uns in dem Raume nach einer Öffnung um, durch die wir die Stadt

Edina überschauen könnten. Fenster waren nicht vorhanden. Licht ließ in die dämmerhafte Kammer allein eine viereckige Öffnung, die etwa einen Fuß im Durchmesser maß und sich ungefähr sieben Fuß hoch über dem Boden befand. Aber was bringt der Wille des wahren Genies nicht zuwege? Ich beschloß, zu diesem Loch emporzuklettern. Eine große Menge Räder, Triebwerke und andrer kaballistisch aussehender Maschinerie befand sich dicht vor dem Loche, und durch das Loch selbst lief eine Eisenstange, die von der Maschinerie ausging. Zwischen den Rädern und der Mauer, in der sich das Loch befand, war knapp Raum für meinen Körper; aber ich war desperat und entschlossen, mich durchzusetzen. Ich rief Pompey an meine Seite.

»Du siehst jene Öffnung, Pompey. Ich wünsche durch sie hindurchzublicken. Du wirst dich nun hier gerade unter das Loch stellen, so. Jetzt halte die eine deiner Hände vor, Pompey, und laß mich darauftreten, so. Jetzt die andre Hand, Pompey, und mit ihrer Hilfe will ich auf deine Schultern steigen.«

Er tat alles, was ich wünschte, und ich fand, nachdem ich oben war, daß ich leicht Kopf und Hals durch die Öffnung stecken konnte. Der Ausblick war erhaben. Es konnte nichts Herrlicheres geben. Ich machte nur einen Augenblick Pause, um Diana zur Ordnung zu rufen und Pompey die Versicherung zu geben, daß ich Rücksicht auf ihn nehmen und mich so leicht als möglich auf seinen Schultern machen wollte. Ich sagte ihm, ich würde mich ihm nur zart fühlbar machen, OSSI TENDER QUE BEEFSTEAK. Nachdem ich meinem treuen Freund diese Gerechtigkeit hatte widerfahren lassen, gab ich mich selbst mit großem Eifer und Begeisterung dem Genuß des Landschaftsbildes hin, das sich in so liebenswürdiger Weise vor meinen Augen ausdehnte.

Ich will mich aber enthalten, hierüber ausführlich zu sprechen. Ich will nicht die Stadt Edinburg beschreiben. Jedermann ist schon in der Stadt Edinburg, dem klassischen

Edina, gewesen. Ich will mich auf die genauen Einzelheiten meines eigenen beklagenswerten Abenteuers beschränken. Nachdem meine Neugierde hinsichtlich der Ausdehnung, Lage und allgemeinen Erscheinung der Stadt einigermaßen befriedigt war, hatte ich Muße, die Kirche zu betrachten, in der ich mich befand, und die prächtige Architektur des Glockenturms. Ich stellte fest, daß die Öffnung, durch die ich meinen Kopf gesteckt hatte, eine Öffnung im Zifferblatt einer riesenhaften Uhr war und von der Straße aus sich ansehen mußte wie das große Schlüsselloch, das wir im Zifferblatt französischer Uhren bemerken. Ohne Zweifel war ihr eigentlicher Zweck, den Arm eines Arbeiters durchzulassen, wenn notwendig, die Zeiger der Uhr von innen zu richten. Ich bemerkte auch mit Überraschung die ungeheure Größe dieser Zeiger; der längere von ihnen mochte wohl nicht weniger als zehn Fuß lang und an der breitesten Stelle acht bis neun Zoll breit sein. Sie waren offenbar aus gutem Stahl, und ihre Kanten schienen scharf zu sein. Nachdem ich diese und einige andre Einzelheiten festgestellt hatte, wandte ich wieder meine Blicke auf den herrlichen Anblick in der Tiefe und verlor mich halb in stille Betrachtung.

Aus dieser erweckte mich nach einigen Minuten die Stimme Pompeys, der erklärte, daß er es nicht länger aushalten könnte, und verlangte, ich möchte so freundlich sein und herabsteigen. Dies war unverschämt, und ich setzte es ihm auch in einer längeren Rede auseinander. Er entgegnete, und zwar offenbar von einer falschen Auffassung meiner Gedanken über diesen Umstand befangen. Infolgedessen wurde ich wütend und erklärte ihm geradeheraus, er sei ein Narr, er habe da ein IGNORAMUS E-CLENCH-EYE begangen, und seine Gedanken seien nichts weiter als INSOMMARY BOVIS und seine Worte wenig besser als AN ENNEMY WERRY BOR'EM. Damit gab er sich zufrieden, und ich nahm meine Betrachtungen wieder auf.

Es mochte nach diesem Zank eine halbe Stunde verflossen

sein, ich war ganz verloren in die himmlische Landschaft unter mir, da erschrak ich über etwas sehr Kaltes, das sich mit leichtem Druck hinten auf meinen Hals legte. Es ist überflüssig, zu sagen, daß ich in höchste Aufregung geriet. Ich wußte, daß Pompey sich unter meinen Füßen befand und daß Diana, meinem strikten Befehl gehorchend, in der entferntesten Ecke des Raumes saß. Was konnte es sein? Ach! Ich entdeckte es nur allzubald. Als ich meinen Kopf sachte nach der Seite drehte, bemerkte ich zu meinem maßlosen Entsetzen, daß der riesenhafte, glitzernde, säbelartige Minutenzeiger der Uhr im Laufe seiner stündlichen Umdrehung meinen Hals erreicht hatte. Es war, wie ich erkannte, keine Sekunde zu verlieren. Sogleich drängte ich rückwärts, aber es war zu spät. Es bestand keine Hoffnung mehr, daß ich meinen Kopf aus der Öffnung der schrecklichen Falle ziehen konnte, in der ich so prächtig gefangen war und die mit einer Schnelligkeit, die zu entsetzlich war, als daß ich sie begreifen konnte, enger und immer enger wurde. Von der Seelenangst, die ich in diesem Augenblick empfand, kann man sich keine Vorstellung machen. Ich hob meine Hände und versuchte, mit aller Kraft die schwere Eisenmasse nach oben zu bewegen. Ich hätte ebensogut versuchen können, die Kathedrale selbst zu heben. Herab, herab, herab kroch es, dichter, immer dichter. Ich flehte Pompey um Hilfe, aber er sagte, ich hätte seine Gefühle verletzt, indem ich ihn einen »IGNORANT OLD SQUINT-EYE« genannt hätte. Ich rief nach Diana, aber sie sagte nur »bau-wau-wau« und daß ich sie angewiesen hätte, »unter gar keinen Umständen die Ecke zu verlassen«. So konnte ich von den Gefährten keine Hilfe erwarten.

Indessen hatte der schwere und furchtbare »Skythe der Zeit« (jetzt erst verstand ich die literarische Bedeutung dieser klassischen Phrase) nicht angehalten; es war auch wirklich nicht anzunehmen, daß er in seinem Laufe einhalten würde. Herab, immer weiter herab kam er. Er hatte nun schon seine scharfe Kante einen vollen Zoll tief in mein Fleisch gesenkt, und meine Empfindungen wurden ungenau und verwirrt. Einmal wähnte ich mich in Philadelphia mit dem stattlichen Dr. Pfennigfuchser zusammen, ein andermal im Arbeitszimmer Mr. Blackwoods, die unschätzbaren Unterweisungen empfangend. Und dann kam wieder die süße Erinnerung besserer früherer Zeiten über mich, und ich dachte an das glückliche Zeitalter, da die Erde noch keine Wüste war und Pompey noch nicht so grausam. Das Ticken des Uhrwerks belustigte mich. Belustigte mich, sage ich, denn meine Empfindungen bewegten sich jetzt in vollkommener Glückseligkeit, und die geringfügigsten Umstände bereiteten mir Vergnügen. Das ewige Klick-klack, Klick-klack, Klick-klack der Uhr war die melodiöseste Musik in meinen Ohren und brachte mir zuweilen die stimmungsvollen und feierlichen Reden des Dr. Ollapod in Erinnerung. Dann waren da die großen Figuren auf dem Zifferblatt, wie intelligent, wie intellektuell sahen sie alle aus. Augenblicklich waren sie dabei, eine Mazurka zu tanzen, und ich glaube, es war die Figur v, die meine größte Anerkennung dabei fand. Sie war offenbar eine Dame von Geblüt. Keine von euren prahlerischen und ganz und gar nicht unfein in ihren Bewegungen. Sie tanzte die Pirouette bewunderungswürdig, indem sie sich auf ihrer Spitze drehte. Ich machte den Versuch, ihr einen Stuhl zuzureichen, denn ich sah, daß sie von der Anstrengung ermüdet war, und erst da erinnerte ich mich wieder voll meiner beklagenswerten Lage. In der Tat, beklagenswert! Die Stange hatte sich zwei Zoll tief in meinen Nacken eingebohrt. Ich hatte eine Empfindung von außerordentlichem Schmerz. Ich betete um meinen Tod, und in der Seelenangst des Augenblicks konnte ich nicht anders, als jene herrlichen Verse des Dichters Miguel de Cervantes wiederholen:

VANNY BUREN, TAN ESCONDIDA
QUERY NO TE SENTY VENNY
PORK AND PLEASURE, DELLY MORRY,
NOMMY, TORNY, DARRY, WIDDY!

Aber jetzt faßte mich ein neuer Schreck, und zwar einer, der genügte, um die stärksten Nerven in Aufruhr zu versetzen. Infolge des grausamen Drucks der Maschine glitten meine Augen vollständig aus ihren Höhlen heraus. Während ich mir noch überlegte, wie ich mich unter Umständen ohne sie behelfen könnte, fiel richtig eines aus meinem Kopfe, stürzte an der schroffen Wand des Glockenturms hinab und blieb in der Regenrinne liegen, die um die Dachtraufe des Kirchenschiffs lief. Der Verlust des Auges war nicht so schlimm wie der unverschämte Ausdruck der Unabhängigkeit und Verachtung, mit dem es mich betrachtete, sobald es herausgefallen war. Da lag es nun in der Rinne, gerade unter meiner Nase, und sein Getue wäre lächerlich gewesen, wenn mir nicht davor geekelt hätte. So ein Geblinke und Geblinzel war noch nie zuvor gesehen worden. Dies Benehmen von seiten meines Auges in der Regenrinne war aber nicht allein verletzend durch die so ausgedrückte Unverschämtheit und schamlose Undankbarkeit, es war auch außerordentlich unbequem infolge der Übereinstimmung, die immer zwischen zwei Augen in einem und demselben Kopfe besteht, wenn sie sich auch noch so fern sind. Ich war genötigt, in einer Weise zu blinken und zu blinzeln, ob ich wollte oder nicht, die genau mit der des verfluchten Dinges übereinstimmte, das gerade unter meiner Nase lag. Ich wurde aber alsbald erlöst, indem mir nun auch das andre Auge ausfiel. Bei seinem Sturze nahm es dieselbe Richtung (vermutlich ein verabredetes Komplott) wie sein Gefährte. Sie rollten einträchtig zugleich aus der Dachrinne, und in Wahrheit war ich recht froh, daß ich sie los wurde.

Die Stange schnitt jetzt vier und einen halben Zoll tief in meinen Hals, und es blieb nur noch ein klein wenig zu durchschneiden. Meine Empfindungen waren die vollkommener Glückseligkeit, denn ich fühlte, daß ich spätestens in einer Minute aus der unangenehmen Lage befreit sein würde. Und in dieser Erwartung täuschte ich mich nicht. Genau fünfundzwanzig Minuten nach fünf Uhr am Nachmittag war der riesenhafte Minutenanzeiger so weit in seiner furchtbaren Umdrehung fortgeschritten, um den kleinen noch übrigen Rest meines Halses zu durchschneiden. Ich war nicht traurig, mit anzusehen, wie der Kopf, der mich in solch peinliche Lage gebracht hatte, schließlich endgültig von meinem Rumpf getrennt wurde. Er stürzte vom Turm herab, blieb einige Augenblicke in der Dachrinne liegen und setzte dann mit einem Satz seine Reise fort, mitten auf die Straße hinab.

Ich will offen gestehen, daß meine Gefühle in diesem Augenblick höchst sonderbarer – nein, höchst geheimnisvoller, höchst verblüffender und unbegreiflicher Art waren. Meine Sinne waren in einem und demselben Augenblick hier und dort. Mit dem Kopf bildete ich mir mit einmal ein, daß ich, der Kopf, die wirkliche Signora Psyche Zenobia sei; ein andermal fühlte ich mich überzeugt, daß ich, der Rumpf, mein eigenes Selbst sei. Um Klarheit über meine Gedanken in dieser Hinsicht zu bekommen, griff ich in meiner Tasche nach meiner Schnupftabaksdose, aber als ich sie in der Hand hatte und nun versuchte, eine Prise ihres feinen Inhalts auf die übliche Weise zu genießen, wurde ich augenblicks des seltsamen Verlustes gewahr und schleuderte die Büchse sofort hinab nach meinem Kopf. Der nahm nun gar wohlgefällig eine Prise und lächelte dankbar zurück. Bald darauf hielt er mir eine Ansprache, die ich aber ohne Ohren nur ungenau hören konnte. Ich schnappte aber genug auf, um zu erfahren, daß er erstaunt sei über meinen Wunsch, unter solchen Umständen am Leben zu bleiben. In den Schlußworten zitierte er die prächtigen Strophen des Ariost:

»IL POVER HOMMY CHE NON SERA CORTY
AND HAVE A COMBAT TENTY ERRY MORTY«,

indem er mich so mit dem Helden verglich, der in der Hitze des Kampfes nicht bemerkte, daß er tot war, sondern fortfuhr, am Kampf mit aller Macht teilzunehmen. Es war nun nichts mehr, das mich hinderte, aus meiner erhobenen Stellung herabzugleiten, und ich tat so. Was nun Pompey so überaus Sonderbares an meiner Erscheinung wahrnahm, habe ich bis heute nicht herausfinden können. Der Bursche sperrte seinen Mund von Ohr zu Ohr auf und schloß seine beiden Augen, als versuchte er, Nüsse unter den Lidern zu knacken. Schließlich schlüpfte er aus dem Überzieher, machte einen Satz nach dem Treppenhaus und verschwand. Ich donnerte hinter dem Schurken die gewaltigen Worte des Demosthenes drein: »ANDREW O'PHLEGETON, YOU RELLY MAKE HASTE TO FLY«, und wandte mich dann an den Liebling meines Herzens, an die einäugige zottelhaarige Diana. Wehe! Welch entsetzliche Vision bot sich da meinen Augen! War das eine Ratte, die ich in ihr Loch schleichen sah? Sind dies hier die spitzen Beine des kleinen Engels, der so grausam von dem Ungetüm verschlungen worden war? Ihr Götter! Und was sehe ich da? Ist dies der entflohene Geist, der Schatten, das Gespenst meines geliebten Püppchens, was ich da mit so trauriger Anmut in der Ecke sitzen sehe? Horch, es spricht! Und Himmel! es ist Deutsch von Schiller:

›Unt stubby duk, so stubby dun
Duk she! Duk she!‹

Ach! Und sind nicht die Worte nur allzu wahr?

Und sterb ich denn, so sterb ich doch
Für dich – für dich!

Süßes Geschöpf! Auch sie hat sich für mich geopfert. Hundlos, negerlos, kopflos, was bleibt denn noch für die unselige Signora Psyche Zenobia? Ach nichts!

Ich bin zu Ende.

Der Teufel im Glockenstuhl

Was hat die Uhr geschlagen?
Alte Redensart

Der schönste Ort von der Welt ist – oder vielmehr *war* –, wie jedermann weiß, der holländische Burgflecken Vondervotteimittis. Da er aber etwas abseits von der Heerstraße liegt, so haben vielleicht nur wenige meiner Leser ihm je einen Besuch abgestattet. Um dieser letzteren willen ist es also wohl gerechtfertigt, wenn ich das Städtchen ein wenig beschreibe; und dies ist um so nötiger, als ich in der Hoffnung, die allgemeine Teilnahme dorthin zu lenken, hier einen Bericht der unheilvollen Ereignisse geben will, die sich unlängst dort zutrugen. Wer mich kennt, wird nicht daran zweifeln, daß ich mich dieser freiwillig übernommenen Pflicht nach bestem Wissen und Gewissen erledigen werde – mit all der kühlen Unparteilichkeit und Sachlichkeit, wie sie dem zukommt, der auf den Titel eines Geschichtsschreibers Anspruch erhebt.

Durch das Studium von Münzen, Handschriften und Inschriften bin ich in der Lage, feststellen zu können, daß der Ort Vondervotteimittis seit seiner Gründung stets so ausgesehen hat wie heutzutage noch. Den Zeitpunkt jener Gründung aber kann ich leider nur mit eben der unklaren Klarheit angeben, wie sie zuweilen von Mathematikern bei gewissen algebraischen Formeln angewendet wird. Ich kann also sagen, in Anbetracht des hohen Alters dieses Ortes dürfte das Datum seiner Gründung ohne Zweifel so weit zurückliegen, wie es zu berechnen uns überhaupt möglich ist.

Was nun die Frage nach der Herkunft des Namens Vondervotteimittis anlangt, so bekenne ich, daß auch dies sich von mir nicht mit Sicherheit feststellen ließ. Unter einer Unzahl verschiedener Meinungen über diesen heiklen Punkt – spitzfindigen und gelehrten oder auch dem Gegenteil von beiden – konnte ich nichts wirklich Überzeugendes herausfinden. Vielleicht wäre der Ansicht von Grogswigg – die fast mit jener von Kroutaplentey übereinstimmt – unter Vorbehalt beizustimmen. Sie lautet: »Vondervotteimittis – Vonder, lies Donder – Votteimittis, quasi und Bleitziz – Bleitziz, veraltet für Blitzen.« Tatsächlich findet diese Ableitung einigermaßen ihre Unterstützung durch gewisse elektrische Entladungen auf der Spitze des Rathausturmes. Ich muß jedoch in einer so wichtigen Frage die Verantwortung ablehnen und verweise den Leser auf die »ORATIUNCULAE DE REBUS PRAETERITIS« von Dundergutz; siehe auch Blunderbuzzard »DE DERIVATIONIBUS«, PAG. 27–5010, Folio, gotische Ausgabe, rot und schwarze Schrift, Schlagwort, keine Zahlen – das auch Randbemerkungen von der Hand von Stuffundpuff mit Kommentaren von Grundundguzzel enthält.

Ungeachtet der Unklarheit, in der wir bezüglich des Zeitpunktes seiner Gründung und der Ableitung seines Namens sind, so kann, wie ich schon vorher sagte, kein Zweifel sein, daß Vondervotteimittis immer so ausgesehen hat wie heutigen Tages. Der älteste Mann im Ort weiß von keiner – auch nicht der geringsten – Veränderung des Ortes, und in der Tat: schon der Gedanke an eine solche Möglichkeit ist eine Entweihung. Der Burgflecken liegt in einem kreisrunden Tal von etwa einer Viertelmeile Umfang, das von sanften Hügeln umgeben ist, die zu überschreiten die Bevölkerung nie gewagt hat. Sie begründet das damit, daß nach ihrer Meinung auf der anderen Seite überhaupt gar nichts mehr sei.

Das Tal selbst ist ganz eben und durchweg mit Kacheln gepflastert; an seinem Rande hin zieht sich eine Reihe von sechzig kleinen Häusern. Diese, die mit dem Rücken an die Hügel lehnen, blicken alle nach dem Mittelpunkt der Ebene, der von jeder Haustür genau sechzig Meter entfernt ist. Jedes Haus hat einen kleinen Garten vor sich, mit einem kreisrunden Fußweg, einer Sonnenuhr und vierundzwanzig Kohlköpfen. Die Bauten selbst sind einander so völlig gleich, daß man keinen vom andern unterscheiden kann. Infolge ihres hohen Alters haben sie einen etwas seltsamen Baustil, der aber darum nicht weniger malerisch ist. Sie sind aus kleinen, roten, schwarzumrandeten Ziegeln aufgebaut, so daß die Mauern wie ein Schachbrett aussehen. Die Häuser tragen ihre Giebel nach vorn, und über der Dachtraufe und dem Haupttor sind Kranzleisten – fast so mächtig wie das ganze übrige Haus. Die Fenster sind schmal und tief mit winzig kleinen Scheiben und viel Holzverschalung. Auf dem Dach sind eine Unmenge Ziegel mit langem, gebogenem Henkel. Alles Fachwerk ist sehr dunkel und hat viel Schnitzereien aufzuweisen; das Muster aber ist fast immer das gleiche. Seit Menschengedenken nämlich haben die Schnitzer von Vondervotteimittis nie mehr als zwei Bilder schnitzen können: eine Uhr und einen Kohlkopf. Diese beiden aber können sie prächtig wiedergeben und bringen sie überall an, wo der Raum es erlaubt.

Die Wohnungen gleichen einander innen wie außen, und die Einrichtung ist überall die gleiche. Der Bodenbelag besteht aus viereckigen Kacheln, Tische und Stühle sind aus schwärzlichem Holz mit dünnen, krummen Beinen und zierlichen Füßen. Die Kaminsimse sind breit und hoch und weisen nicht nur *gemeißelte* Uhren und Kohlköpfe auf, sondern eine richtige Standuhr, die oben auf der Mitte des Simses steht und gewaltig tickt, und ferner einen Blumentopf mit einem Kohlkopf auf jeder Ecke des Simses. Zwischen jedem Kohlkopf und der Uhr wiederum befindet sich ein kleiner Chinese mit einem großen und dicken Bauch, der aber aus einem riesigen runden Loch besteht, aus dem das Zifferblatt einer Uhr hervorschaut.

Die Feuerstellen sind breit und tief und werden von boshaft blickenden Stein-Hunden getragen. Sie hüten stets ein loderndes Feuer und darüber einen riesigen Kessel voll Sauerkraut und Schweinefleisch, das die brave Hausfrau eifrig bewacht. Es ist eine kleine, dicke, alte Dame mit blauen

Augen und rotem Gesicht; sie trägt eine Haube, so groß wie ein Zuckerhut, die mit roten und gelben Schleifen geziert ist. Ihr Kleid ist aus orangefarbener Halbwolle, hinten sehr voll und in der Taille sehr kurz gearbeitet – und auch in anderer Hinsicht sehr kurz, da es kaum bis zur Mitte des Beines reicht. Das Bein ist ziemlich dick, auch die Fesseln sind dick, aber sie trägt ein Paar schöne grüne Strümpfe darüber. Ihre Schuhe – aus rosarotem Leder – sind mit breiten, gelben Bändern geschlossen, die eine Rosette in Form eines Kohlkopfes bilden. In ihrer Linken hält sie eine kleine, schwere holländische Taschenuhr; in ihrer Rechten schwingt sie einen Löffel für das Sauerkraut und Schweinefleisch. An ihrer Seite sitzt eine fette, gefleckte Katze, an deren Schwanzende »die Jungens« aus »Spaß« eine goldschimmernde Spielzeuguhr angebunden haben.

Die Jungens selber sind alle drei im Garten und hüten das Schwein. Sie sind jeder zwei Fuß hoch. Sie tragen dreieckige Stülphüte, purpurrote Westen, die bis auf die Schenkel reichen, hirschlederne Kniehosen, rotwollene Strümpfe, schwere Schuhe mit großen Silberschnallen und lange Überröcke mit mächtigen Perlmutterknöpfen. Jeder hat ferner eine Pfeife im Mund und eine kleine, dicke Uhr in der rechten Hand. Er tut einen Zug und einen Blick und einen Blick und einen Zug. Das Schwein ist dick und faul und abwechselnd damit beschäftigt, die von den Kohlköpfen abgefallenen Blätter zu fressen und mit dem Hinterfuß nach der goldschimmernden Uhr zu stoßen, welche die Bengels auch ihm an den Schwanz gebunden haben, damit es ebenso hübsch aussehe wie die Katze.

Dicht an der Haustür, in einem hochlehnigen, lederbezogenen Armstuhl mit krummen Beinen und zierlichen Füßen, gleich denen der Tische, sitzt der alte Hausherr selber. Er ist ein sehr aufgeblasener alter Herr mit großen runden Augen und einem Doppelkinn. Sein Anzug gleicht dem der Knaben, und ich brauche nichts weiter darüber zu sagen. Der ganze Unterschied ist, daß seine Pfeife etwas größer ist als ihre und er mehr Rauch ausstoßen kann. Gleich ihnen hat er eine Uhr, aber er trägt sie in der Tasche. Die Wahrheit zu gestehen: er hat auf Wichtigeres als auf seine Taschenuhr zu achten, und was das ist, will ich gleich berichten. Er sitzt mit übergeschlagenen Beinen, macht ein ernstes Gesicht und hat wenigstens das eine seiner Augen unentwegt auf einen gewissen bemerkenswerten Gegenstand im Mittelpunkt des Tals gerichtet.

Dieser Gegenstand befindet sich im Turm des Rathauses. Die Stadträte sind alle sehr kleine, rundliche, ölige, kluge Männer mit großen Glotzaugen und Doppelkinn und tragen viel längere Überröcke und viel größere Schuhschnallen als die gewöhnlichen Einwohner von Vondervotteimittis. Seit meinem Aufenthalt in dem Burgflecken hatten sie einige geheime Sitzungen, in denen sie folgende drei bedeutsamen Resolutionen angenommen haben:

»daß es falsch ist, den guten alten Lauf der Dinge zu ändern«,

»daß es außerhalb von Vondervotteimittis nichts Angenehmes gibt« und

»daß wir bei unsern Uhren und unsern Kohlköpfen sitzen bleiben wollen.«

Über dem Sitzungssaal des Rathauses ist der Trum, und in dem Turm ist der Glockenstuhl, in dem sich seit unvordenklichen Zeiten der Stolz und das Wunder des Ortes befindet: die große Turmuhr des Burgfleckens Vondervotteimittis. Und das ist gerade der Gegenstand, auf den die Augen der alten Herren gerichtet sind, die in den lederbezogenen Armstühlen sitzen.

Die große Turmuhr hat sieben Zifferblätter – eins auf jeder der sieben Seiten des Trums – so daß es von jedem Stadtteil gesehen werden kann. Diese Zifferblätter sind groß und weiß, und ihre Zeiger schwer und schwarz. Da ist ein Turmwächter, dessen einziges Amt es ist, die Uhr zu bedienen; dieses Amt aber ist die angenehmste aller Sinekuren – denn bisher war an der Turmuhr von Vondervotteimittis noch nie etwas in Unordnung gewesen. Bis vor kurzem hätte fast schon diese Vermutung für ketzerisch gegolten. Seit den entlegensten Zeiten, deren die Archive Erwähnung tun, hat die große Glocke die Stunden ordnungsmäßig geschlagen. Und dasselbe war der Fall mit allen den andern großen und kleinen Uhren im Städtchen. Nie wieder gab es einen so pünktlichen Ort. Wenn der große Klöppel es für angebracht hielt, »zwölf Uhr!« zu sagen, so gingen alle seine gehorsamen Nachfolger gleichzeitig ans Werk und gaben den Ruf wie ein richtiges Echo zurück. Kurz: die guten Bürger liebten ihr Sauerkraut, auf ihre Uhren aber waren sie stolz.

Alle Leute, die ein Amt haben, werden mehr oder weniger respektiert, und da der Turmwächter von Vondervotteimittis die beste aller Sinekuren hat, ist er der bestangesehene Mann von der Welt. Er ist der Hauptwürdenträger des Burgfleckens, und sogar die Schweine blicken mit einer Art Ehrfurcht zu ihm auf. Sein Rockschoß ist viel länger – seine Pfeife, seine Schuhschnallen, seine Augen und sein Wagen sind viel größer als jene der andern alten Herren im Ort; und was sein Kinn anlangt, so ist es nicht nur doppelt, sondern dreifach.

So habe ich also die glückliche Zeit von Vondervotteimittis gemalt – ach, daß ein so schönes Bild auch seine Kehrseite haben muß!

Es war lange die Rede unter den weisesten Bürgern gewesen, daß »von jenseits der Höhen nichts Gutes kommen kann«; und es schien wirklich, als hätten die Worte prophetischen Geist in sich. Es war vorgestern, und es fehlten noch fünf Minuten bis zwölf, als auf dem östlichen Höhengipfel ein merkwürdiger Gegenstand auftauchte. Solch ein Ereignis erregte natürlich allgemeine Aufmerksamkeit, und jeder kleine alte Herr im lederbezogenen Armstuhl wandte eines seiner Augen mißbilligend auf die Erscheinung, während er das andere immer noch auf die Turmuhr gerichtet hatte.

Als nur noch drei Minuten an zwölf fehlten, erkannte man den fraglichen seltsamen Gegenstand als einen winzigen, fremdländisch aussehenden jungen Mann. Er kam den Hügel in großer Hast herunter, so daß jedermann ihn bald gut sehen konnte. Er war tatsächlich das winzigste Persönchen, das je in Vondervotteimittis gesehen worden war. Sein Antlitz war tabakbraun, und er hatte eine lange, krumme Nase, kleinrunde Augen, einen großen Mund und ein prächtiges Gebiß, welches er gern zu zeigen schien, denn er grinste von einem Ohr zum andern. Vor lauter Schnurr- und Backenbart konnte man von seinem Gesicht nichts weiter sehen. Sein Kopf war unbedeckt und sein Haar sorgfältig in Papilloten aufgewickelt. Sein Anzug bestand aus einem enganliegenden schwalbenschwänzigen schwarzen Rock (aus dessen einer Tasche ein sehr langer, weißer Taschentuchzipfel heraushing), schwarzen Kaschmir-Kniehosen, schwarzen Strümpfen und klobigen Schuhen mit riesigen Schleifen aus schwarzem Atlasband. Unter dem einen Arm trug er einen mächtigen Hut und unter dem andern eine Geige, fast fünfmal so groß wie er selbst. In seiner linken Hand hielt er eine goldene Schnupftabaksdose, aus der er, der mit phantastischem Hoppschritt den Hügel herunterstolperte, unablässig mit höchst selbstzufriedener Miene schnupfte. Guter Gott! war das ein Anblick für die ehrenwerten Bürger von Vondervotteimittis!

Offen gesagt, der Kerl hatte ungeachtet seines freundlichen Grinsens ein verwegenes und bösartiges Gesicht; und wie er da geradewegs mitten ins Dorf hereinkurbettierte, erregte die seltsam klobige Form seiner Schuhe beinahe Verdacht; und manch einer der Bürger, der ihn damals sah, hätte wohl eine Kleinigkeit dafür gegeben, einen Blick unter das weiße Taschentuch tun zu dürfen, das da so aufdringlich aus der Tasche seines Schwalbenschwanzes herausbaumelte. Was aber hauptsächlich geradezu Entrüstung hervorrief, war, daß der schurkische Windbeutel hier einen Wirbel und da einen Fandango drehte, aber nicht die leiseste Ahnung von dem zu haben schien, was man »Takt halten« nennt.

Die guten Leutchen der Stadt hatten jedoch kaum Zeit, ihre Augen wirklich aufzusperren, als – es fehlte gerade noch eine halbe Minute bis Mittag – der Kerl mitten unter sie sprang. Er machte ein »CHASSEZ« hier und ein »BALANCEZ« da, eine »PIROUETTE« hier und einen »PAS DE ZÉPHYR da und schwang sich dann mit einem Satz hinauf in den Glockenstuhl des Rathauses, wo der erstaunte Turmwächter ängstlich und entrüstet schmauchte. Doch der kleine Kerl packte ihn sofort an der Nase, zwickte sie und zerrte an ihr, stülpte dem Mann den großen Hut auf den Kopf und trieb ihn ihm bis auf den Mund hinunter. Dann hob er die riesige Fiedel und schlug ihn damit so lange und gründlich, daß die hohle Fiedel und der fette Turmwächter gemeinsam einen Lärm hervorbrachten, daß ihr darauf geschworen hättet, ein Regiment von Paukenschlägern bringe droben auf dem Glockenstuhl des Rathauses von Vondervotteimittis dem Teufel einen Zapfenstreich.

Es ist nicht festzustellen, zu welch verzweifeltem Racheakt dieser ruchlose Angriff die Bürger getrieben hätte, wenn nicht nur noch eine halbe Sekunde bis Mittag gefehlt hätte. Die Glocke mußte gleich schlagen, und es war von höchster Wichtigkeit, daß jedermann nach seiner Uhr sah. Tatsache ist, daß der Bursche droben im Turm an der Uhr etwas Ungehöriges vornahm. Da sie aber jetzt zu schlagen begann, hatte niemand Zeit, auf seine Manipulationen zu achten, denn alle mußten die Glockenschläge mitzählen.

»Eins!« sagte die Glocke.

»Eens!« echote ein jeder kleine alte Herr im lederbezogenen Armstuhl in Vondervotteimittis. »Eens!« sagte auch seine Uhr; »eens!« sagte die Uhr seiner Frau, und »eens!« sagten die Uhren der Jungens und die kleinen goldschimmernden Spielzeuguhren an den Schwänzen der Katzen und Schweine.

»Zwei!« fuhr die große Glocke fort, und »zwee!« repetierten alle Repetieruhren.

»Drei! Vier! Fünf! Sechs! Sieben! Acht! Neun! Zehn!« sagte die Glocke.

»Dree! Vür! Fümpf! Zächs! Säwen! Acht! Nain! Zien!« antworteten die andern.

»Elf!« sagte die große.

»Jelf!« stimmten die kleinen Dinger bei.

»Zwölf!« sagte die Glocke.

»Zwielf!« erwiderten sie ganz zufriedengestellt und ließen die Stimme sinken.

Und »zwielf is et!« sagten die kleinen alten Herren und steckten ihre Uhren ein. Aber die große Glocke war noch nicht mit ihnen fertig.

»Dreizehn!« sagte sie.

»Der Teufel!« schnappten die kleinen alten Herren, wurden bleich, nahmen die Pfeife aus dem Mund und das rechte Bein vom linken Knie.

»Der Teufel!« grollten sie, »dreezien! Dreezien!! – Mein Gott, et ist dreezien Uhr!!«

Was soll ich versuchen, die furchtbare Szene, die nun folgte, zu beschreiben? Ganz Vondervotteimittis verfiel sogleich in Jammer und Aufruhr.

»Wat is mit mein Bauch?« heulten alle die Buben – »Ech hob seit 'ner Stund Hunger!«

»Wat is mit mein Kraut?« schrien alle die Frauen, »et ist seit 'ner Stund all gar!«

»Wat is mit mein Piep?« fluchten alle die kleinen alten Herren, »Doner ond Blitzen! Sie ist seit 'ner Stund all aus!« – Und in Wut stopften sie sie neu, sanken in ihren Armstuhl zurück und pafften so wild und hastig, daß das ganze Tal im Nu mit undurchdringlichem Rauch erfüllt war.

Inzwischen hatten die Kohlköpfe alle ganz rote Köpfe bekommen, und es schien, als sei alles, was die Gestalt einer Uhr hatte, vom leibhaftigen Teufel besessen. Die in die Möbelstücke eingeschnitzten Uhren drehten sich wie behext, während jene auf den Kaminsimsen sich vor Wut kaum lassen konnten und so unausgesetzt dreizehn schlugen und mit ihren Pendeln so toll herumwirbelten, daß es grauenhaft mitanzusehen war. Doch schlimmer als das: weder Katze noch Schwein wollten sich länger die Vorführung der an ihren Schwänzen angebundenen Uhren gefallen lassen und wehrten sich in toller Flucht mit Kratzen, Stoßen und Quieken und Kreischen und Miauen und Grunzen und den Leuten-ins-Gesicht-Springen und ihnen Unter-die-Röcke-Laufen und überhaupt mit dem gräßlichsten Lärm und der schauerlichsten Verwirrung, die ein vernünftiger Mensch sich nur denken kann. Und um die Dinge noch verzweifelter zu machen, gebärdete sich der schurkische Galgenstrick droben im Turm ganz toll. Hier und da konnte man durch den Rauch hindurch einen Blick auf ihn werfen: da saß er im Glockenstuhl auf dem Turmwächter, der der Länge nach auf dem Rücken lag. Zwischen den Zähnen hielt der Kerl den Glockenstrang, den er durch Schwenken seines Kopfes hin und her zerrte und damit solchen Höllenlärm vollführte, daß mir noch in der Erinnerung die Ohren klingen. Auf seinem Schoß lag die große Fiedel, auf der er mit beiden Händen ohne Sinn und Verstand herumarbeitete, der Tropf, und die erbärmlichsten Gassenhauer geigte.

Da die Dinge so übel standen, verließ ich voll Abscheu den Ort und bitte nun alle Freunde von Pünktlichkeit und Sauerkraut um ihre Unterstützung. Laßt uns gemeinsam zu dem Burgflecken ziehen und die alte Ordnung der Dinge in Vondervotteimittis wiederherstellen, indem wir den kleinen Kerl vom Turm herunterjagen.

Der Mann der aufgerieben worden war

PLEUREZ, PLEUREZ, MES YEUX, ET FONDEZ VOUS EN EAU!
LA MOITIÉ DE MA VIE A MIS L'AUTRE AU TOMBEAU!

Corneille

Ich weiß nicht mehr, wann oder wo ich mit jenem prächtigen Menschen bekannt wurde, dem Brevet Brigadier-General John A. B. C. Smith. Nur soweit entsinne ich mich, irgend jemand stellte mich dem Herrn bei einer öffentlichen Versammlung vor, die wohl aus einem bedeutsamen Anlaß auf einem Platz abgehalten wurde, dessen Name mir leider entfallen ist. In Wahrheit strebte ich für meinen Teil diese Vorstellung mit einer gewissen nervösen Verlegenheit an, und die erstickte denn auch andre Eindrücke wie die von Zeit und Ort. Ich bin von Veranlagung nervös – dies ist nun einmal ein Familienerbstück, das auf mir lastet, und ich kann weiter nichts dafür. Insonderheit kann mich ein leiser Hauch des Geheimnisvollen schon in einen beklagenswerten Zustand hochgradiger seelischer Erregung versetzen.

Es lag etwas Großzügiges – jawohl etwas Großzügiges, obschon dieser Ausdruck nur allzu schwach wiederzugeben vermag, was ich empfand – in der ganzen Erscheinung der Person, von der hier die Rede ist. Der General war wohl sechs Fuß hoch und von einer geradezu gebietenden Haltung. Ein gewisses AIR DISTINGUÉ durchströmte den ganzen Menschen und verriet eine ausgezeichnete Erziehung und edle Rasse. Es gewährt mir eine gewisse melancholische Genugtuung, wenn ich mich nun hierüber in aller Breite aussprechen darf. Smiths lockenumwalltes Haupt würde einem Brutus Ehre gemacht haben, nichts konnte üppiger fließen und herrlicher leuchten als dies Haar. Es war schwarz wie Jet, und von gleicher Farbe war sein unvergleichlicher Backenbart. Man verzeihe mir, wenn ich von diesem Backenbart mit den Ausdrücken der höchsten Begeisterung spreche; ich übertreibe nicht, wenn ich behaupte, daß der Backenbart des Generals der stattlichste unter der Sonne war. Und dieser Bart umrahmte und überschattete stellenweise einen prachtvollen Mund, in dem sich das vollkommenste und blendendst weiße Gebiß befand, das man sich vorstellen kann. Aus ihm floß bei jeder passenden Gelegenheit eine Stimme von erstaunlicher Klarheit, Melodik und Kraft. Was die Augen betrifft, so war auch in diesem Punkte mein Bekannter in hervorragender Weise ausgestattet; *ein* Auge allein von solchem Paar war wohl soviel wert wie ein paar Augen gewöhnlicher Sterblicher. Sie waren von tiefem Nußbraun und überaus groß und glänzend, und immer wieder hatte ich an ihnen jenes gewisse hochinteressante Abschweifen zu bewundern, das den Gesichtsausdruck so tiefgründig macht.

Die Brust des Generals war fraglos die schönste, die mir je begegnete. Um alles in der Welt hätte man nicht den leisesten Fehler an ihrem wunderbaren Ebenmaß finden können. Und diese formvollendete Brust lief nach oben in prächtigem Abschluß in ein paar Schultern aus, die den Marmorgott Apollo zum Erröten gebracht hätten, weil er sich als zweitklassig hätte bekennen müssen. Ich schwärme für schöne Schultern und muß gestehen, daß ich, ehe ich diese sah, nicht wußte, was schöne Schultern sind. Die Arme waren beiderseitig bewunderungswürdig modelliert, und auch die Schenkel waren hervorragend. Hier war ein Nonplusultra von einem Paar Beine; jeder Kenner mußte zugeben, daß dies selten gute Beine waren. Sie hatten weder ein Zuviel noch ein Zuwenig an Fleisch, waren weder klobig noch zerbrechlich. Ich konnte mir keine edler geschweifte Linie denken als die des OSFEMORIS, und da war auch gerade der richtige Grad der Ausbiegung hinter der FIBULA, die eine stramm geformte Wade bedingt. Ich wünschte wahrhaftig, mein junger und talentvoller Freund Chiponchipino, der Bildhauer, hätte die Beine des Brevet Brigadier-Generals John A. B. C. Smith gesehen.

Aber wenn schon Männer von solch untadeliger Gestalt keineswegs so häufig sind wie Rosinen und Brombeeren, so konnte ich mich doch nicht dahin überzeugen, daß jenes großzügige Etwas, auf das ich oben anspielte – jenes besonderliche AIR VON JE NE SAIS PAS QUOI, das meinen neuen Bekannten wie ein Nimbus umgab, einzig und allein auf der hervorragenden Beschaffenheit seiner körperlichen Gaben beruhte. Eher ließ es sich ableiten aus dem Benehmen, aber auch hier war ich meiner Sache nicht sicher. Es lag etwas Abgezirkeltes, um nicht zu sagen Steifes in der Art, wie der General sich trug, eine Art berechneter und – wenn ich mich so ausdrücken darf – rechtwinkliger Präzision in jeder Bewegung, ein Umstand, der, wäre er an einer kleinen Person zutage getreten, ein klein wenig nach Geziertheit, Wichtigtuerei und Erzwungenem geschmeckt hätte, der aber bei einer Persönlichkeit von den auffallenden Größenmaßen des Generals sehr folgerichtig auf Rechnung einer gewissen Zurückhaltung – HAUTEUR – gesetzt werden, das heißt, in vorteilhaftem Sinne, kurz als das zur würdevollen Bewegung solch riesenhafter Körpergröße angemessene Benehmen ausgelegt werden mußte.

Der liebenswürdige Freund, der mich dem General Smith vorstellte, flüsterte mir ein paar aufklärende Worte ins Ohr: »War bemerkenswerter Mann – höchst bemerkenswerter Mann – wirklich einer der bemerkenswertesten Männer der Zeit überhaupt. Er war auch bei den Damen der Hahn im Korbe, vor allem infolge seines Rufes, ein tollkühner Kämpfer zu sein. Darin steht er nämlich unerreicht da: er ist ein wahrer Desperado, ein echter Feuerfresser – wahrhaftig!« – So sprach mein Freund, und dann senkte er seine Stimme zu einem kaum hörbaren Flüsterton und brachte mich durch solche Geheimniskrämerei fast zur Verzweiflung:

»Ein echter Feuerfresser, wahrhaftig! Zeigte das – sollte meinen – in dem letzten erbitterten Waldkampf im Süden gegen die Bugaboo- und Kickapooindianer.« (Hier öffnete mein Freund die Augen weit.) »Gott sei mir gnädig! Blut und Donner und so weiter! Wundertaten an Heldenmut! Doch wohl davon gehört? Nun, das ist also *der* Mann.«

»Mann Gottes, wie geht es Ihnen? Immer wohlauf? Freue mich ungemein, Sie zu treffen«, unterbrach da der General in eigener Person und schüttelte meinem Begleiter die Hand, als dieser auf ihn zutrat. Vor mir verbeugte er sich steif, aber ehrerbietig, als ich ihm vorgestellt wurde. Es kam mir damals so vor (und heute noch bin ich der Ansicht), daß ich niemals eine klarere und gewaltigere Stimme vernahm oder eine schönere Reihe Zähne sah, und doch muß ich gestehen, daß mir die Unterbrechung gerade in diesem Augenblick leid tat, denn durch die geflüsterten Bemerkungen, die ich oben anführte, war mein Interesse in hohem Maße für den Helden der Bugaboo- und Kickapookämpfe geweckt worden.

Wie dem auch sei; die anregende und geistsprühende Unterhaltung, in die mich Brevet Brigadier-General John A. B. C. Smith verwickelte, zerstreute gar bald und vollständig meinen Kummer. Mein Freund ließ uns nach kurzer Zeit allein, und so hatten wir ein ausgedehntes TÊTE-A-TÊTE, aus dem ich nicht nur Vergnügen, sondern auch reiche Belehrung schöpfte. Niemals hörte ich einen Mann fließender reden oder über ein ausgedehnteres Maß von allgemeiner Bildung verfügen. Mit wohlanstehender Bescheidenheit vermied der General indessen, jenes Thema zu berühren, das mir gerade am meisten auf dem Herzen lag – ich meine jene geheimnisvollen Erlebnisse aus dem Bugabookriege –, und was mich betrifft, so verbot mir ein gewisser innerer Takt, diesen Stoff anzuschneiden, obwohl ich in Wahrheit vor Begierde brannte, dies zu tun. Ich sah, daß der weltgewandte Kriegsmann Gespräche philosophischen Inhalts bevorzugte und daß er sich mit besonderer Vorliebe über die Fortschritte der technischen Erfindungen erging. In der Tat, worauf ich das Gespräch auch lenken mochte – er kam unweigerlich auf diesen Punkt zurück.

»Es gibt nichts, was damit zu vergleichen wäre«, konnte er sagen; »wir sind ein herrliches Volk und leben in einem herrlichen Zeitalter. Fallschirme und Eisenbahnen! Diebesfallen und Selbstschüsse! Unsre Dampfer überqueren alle Meere, und die Nassau-Ballonpost verkehrt nun regelmäßig (einfache Fahrt nur zwanzig Pfund Sterling) zwischen London und Timbuktu. Und wer will die ungeheuerliche Bedeutung der großen Ideen des Elektromagnetismus für das soziale Leben, die Künste, den Handel, die Literatur abschätzen? Aber dies ist nicht alles, sage ich Ihnen. Der Vormarsch der Erfindungen ist nicht abzusehen. Die wunderbarsten, genialsten und – wenn ich mich so ausdrücken darf, Mr. Mr. – Thompson ist, glaube ich, Ihr Name –, wenn ich so sagen darf, die nutzbringendsten, die im wahren Sinne des Wortes nutzbringenden technischen Erfindungen schießen täglich aus dem Boden wie Pilze, wenn ich den Vergleich heranziehen darf, oder bildlicher gesprochen – wie – äh – Grashüpfer – ja, wie Grashüpfer, Mr. Thompson – dicht neben uns und – äh – äh – nur so um uns herum!«

Thompson – um dies festzustellen – ist nicht mein Name, aber ich brauche wohl nicht zu erwähnen, daß ich den General Smith in höchster Neugierde und voll Bewunderung seiner Unterhaltungsgabe verließ, voll Ergriffenheit über die Werte, die wir dadurch genießen, daß wir in diesem Zeitalter der technischen Erfindungen leben. Doch die Neugierde war noch immer nicht befriedigt, und ich beschloß, Umfrage bei meinen Bekannten zu halten – einmal über die Person des Brevet Brigadier-Generals selbst und dann besonders über die furchtbaren Begebenheiten während des Bugaboo- und Kickapookrieges, QUORUM PARS MAGNA FUIT.

Die erste Gelegenheit hierzu, die zu ergreifen ich mich

nicht im mindesten scheute (HORRESCO REFERENS), bot sich mir in der Kirche des Reverend Doktor Drummummupp, wo ich mich eines Sonntags zur Zeit der Predigt in einem Kirchenstuhl neben meiner wertgeschätzten und redseligen kleinen Freundin Miß Labitha Z. niedergelassen hatte. Ich wünschte mir Glück, daß ich es so getroffen hatte, und nicht ohne Grund, denn hier schien Aussicht vorhanden, das Ziel meiner Wünsche zu erreichen. Wenn irgend jemand etwas von dem Brevet Brigadier-General John A. B. C. Smith wußte, so war es – darüber war ich mir klar – Miß Labitha Z. Wir telegraphierten uns einige Zeichen, und dann begann – SOTTO VOCE – ein lebhaftes TÊTE-A-TÊTE.

»Smith?« sagte sie auf meine dringliche Frage; »Smith? Wie, nicht General John A. B. C.? Bei Gott, ich dachte, Sie wüßten alles über ihn. Es ist doch ein wunderbares Zeitalter der Erfindung! Aber furchtbare Sache! Eine blutgierige Räuberbande, diese Kickapoos! Wehrte sich wie ein Held – Wundertaten an Heldenmut – unsterblicher Ruhm! Smith Brevet Brigadier-General John A. B. C.! Nun, das ist also *der* Mann . . .«

»Mann«, fiel hier Doktor Drummummupp mit Stentorstimme ein und schlug mit der Faust auf die Kanzel, daß wir glaubten, sie müßte zusammenbrechen; »Mann, der vom Weibe geboren ist, hat nur eine kurze Spanne zu leben; er sprosset empor und wird abgeschnitten wie die Blume.« Ich zog mich auf das äußerste Ende des Kirchenstuhles zurück und erkannte an den erregten Blicken des Geistlichen, daß der Wutausbruch, der beinahe zum Verhängnis für die Kanzel geworden wäre, durch das Geflüster zwischen der Dame und mir hervorgerufen worden war. Da war nichts zu machen; ich unterwarf mich NOLENS VOLENS und lauschte unter dem Martyrium eines andächtigen Schweigens den Wendungen jener hervorragenden Predigt.

Am nächsten Abend besuchte ich etwas spät das Rantipole-Theater, denn ich fühlte mit Sicherheit, daß ich da meine

Neugier würde befriedigen können, wenn ich mich nur in die Loge jener beiden leuchtenden Beispiele an Redseligkeit und Alleswissen, der Misses Arabella und Miranda Cognoscendi begab. Der große Tragöde Climax spielte gerade den Jago vor einem gesteckt vollen Haus, und so hatte ich einige Not, meine Wünsche anzubringen, zumal da unsre Loge dicht vor dem Proszenium lag und die ganze Bühne überschaute.

»Smith?« sagte Miß Arabella, die schließlich den Sinn meiner Frage verstand; »Smith? Wie, nicht General John A. B. C.?«

»Smith?« frug Miranda lächelnd. »Bei Gott, haben Sie jemals eine so schöne Figur gesehen?«

»Niemals, Madame. Aber sagen Sie mir doch ...«

»Oder eine so unnachahmliche Grandezza?«

»Niemals, auf Ehre! Aber bitte, unterrichten Sie mich doch ...«

»Oder solche Fertigkeit, die Bühne richtig auszunutzen?«

»Madame!«

»Oder ein feineres Verständnis für die wahren Schönheitswerte eines Shakespeare? Und bitte, betrachten Sie doch einmal gefälligst dieses Bein!«

»Zum Teufel auch!« Und ich wandte mich wieder an ihre Schwester.

»Smith?« fragte die; »wie, nicht General John A. B. C.? Furchtbare Sache das, nicht wahr? Eine Räuberbande, diese Bugaboos – wild und ... aber wir leben doch in einem wunderbaren Zeitalter der Erfindung! – Smith! O ja! Ein großer Mann – wahrer Desperado – unsterblicher Ruhm – Wundertaten an Heldenmut! Nichts davon gehört?« (Und diese Worte begleitete sie mit einem Seufzer.) »Bei Gott! Nun, das ist also *der* Mann ...«

»– Nicht Hexenkraut
Noch alle Schlummerkräfte der Natur

Verhelfen je dir zu dem süßen Schlaf,
Den du noch gestern hattest!«

brüllte mir hier Climax in die Ohren und schüttelte dabei die Faust vor meinem Gesicht in einer Weise, wie ich es mir weder bieten lassen konnte noch wollte. Sogleich verließ ich die Misses Cognoscenti, begab mich spornstreichs hinter die Kulissen und verprügelte den armseligen Burschen derart, daß er bis an sein Lebensende noch daran denken wird.

Bei der Soiree der liebenswürdigen Witwe Mrs. Kathleen O'Trump war ich voll Vertrauen, daß ich diesmal keine Enttäuschung erleben würde. Kaum saß ich an der Gasttafel der schönen Dame des Hauses gegenüber, da entrangen sich mir schon jene Fragen, deren Beantwortung so wichtig für meinen Seelenfrieden geworden war.

»Smith!« sagte meine Nachbarin; »wie, nicht General A. B. C.? Furchtbare Sache das, nicht wahr? – Diamanten, sagten Sie? – Grausame Räuber, diese Kickapoos! – Bitte, wir spielen Whist, Mr. Tattle. – Immerhin, es ist doch ein wunderbares Zeitalter der Erfindung, sicherlich ein Zeitalter, man kann ruhig sagen: das Zeitalter PAR EXCELLLENCE. – Sprechen Sie französisch? – Oh, ein echter Held – wahrer Desperado! – Keine Herzen, Mr. Tattle? Ich glaube doch nicht. – Unsterblicher Ruhm und alles mögliche – Wundertaten an Heldenmut! Nichts gehört davon? – Bei Gott! Nun, das ist also *der* Mann . . . .«

»Mann –? Kapitän Mann?« flötete hier ein kleiner Backfisch aus der entfernten Ecke des Zimmers. »Sprechen Sie von Kapitän Mann und seinem Duell? O, das muß ich hören! Erzählen Sie doch bitte, Mrs. O'Trump! Schießen Sie los!« Und Mrs. Trump schoß los mit allem, was sie über den gewissen Kapitän Mann auf Lager hatte, der entweder erschossen oder aufgeknüpft worden war oder zugleich erschossen und erhängt werden sollte. Ja, Mrs. Trump schoß los, und ich, ich schoß zur Tür hinaus. Da war keine Hoffnung, an diesem Abend noch etwas zu erfahren über den Brevet Brigadier-General John A. B. C. Smith.

Aber ich tröstete mich in der Erwägung, daß das böse Geschick mich andauernd verfolgen könnte, und beschloß, einen energischen Erkundungsvorstoß bei dem Tanzabend jenes bezaubernden kleinen Engels, der reizenden Mrs. Pirouette zu machen.

»Smith!« sagte Mrs. Pirouette, als wir zusammen in einem PAS DE ZÉPHYR durch den Saal quirlten; »wie, nicht General A. B. C.? Furchtbare Sache das mit den Bugaboos, nicht wahr? Entsetzliche Räuberbande, diese Indianer! – Drehen Sie doch Ihre Zehen mehr nach außen! Ich muß mich wirklich für Sie schämen. – Tollkühner Mann! Armer Mensch! Aber es ist doch ein wunderbares Zeitalter der Erfindungen! – Du lieber Gott, ich kriege ja keine Luft mehr! – Ein wahrer Desperado – Wundertaten an Heldenmut! Nichts davon gehört? – Das kann ich doch nicht glauben. Ich muß mich hinsetzen und Ihnen das erzählen. Smith! Nun, das ist also *der* Mann ...«

»Manfred, sage ich Ihnen!« platzte hier Miß Bas-Bleu dazwischen, als ich eben Mrs. Pirouette zu einer Sitzgelegenheit führte. »Hat man je so etwas gehört! ›Manfred‹ heißt es und nicht ›Mann Freitag‹.« Hier winkte mir Miß Bas-Bleu gebieterisch, und so blieb mir nichts andres übrig, als Mrs. Pirouette zu verlassen, um einen Streit zu schlichten, der sich auf ein gewisses Drama von Lord Byron bezog. Ich versicherte, daß der Titel ganz richtig »Mann Freitag«, nicht »Manfred« laute, und wandte mich ab, Mrs. Pirouette wieder aufzusuchen. Sie war jedoch nicht zu finden, und so ging ich aus dem Hause mit einem Herzen voll Groll wider die ganze Sippe der Bas-Bleus.

Die Sache sah nun beinahe hoffnungslos aus, da beschloß ich, kurzerhand meinen besonderen Freund, Mr. Theodore Sinivate, aufzusuchen; denn ich wußte, daß ich bei ihm wenigstens einen einigermaßen greifbaren Bescheid erhalten würde.

»Smith!« sagte er, indem er in seiner bekannten absonderlichen Weise die Silben dehnte; »Smith! Wie, nicht General John A. B. C.? Haarsträubende Sache das mit den Kickapo-o-o-os, nicht wahr? Wie? Wahrer Despera-a-ado! Wirklich ein Jammer – auf Ehre! Doch ein wunderbares Zeitalter der Erfindung! Wu-u-undertaten an Heldenmut! Übrigens hast du schon von Kapitän Ma-a-a-ann gehört?«

»Zum Teufel mit dem Kapitän Mann!« rief ich. »Bitte, fahre in deiner Erzählung fort.«

»Hem – schön! Ganz – LA MÊME CHOSE, wie der Franzose sagt. Smith, eh? Brigadier-General John A. B. C.? Ich denke –« (hier hielt es Mr. Sinivate für passend, den Finger an den Nasenflügel zu legen) – »ich denke, du willst doch nicht bei klaren Sinnen und im Ernst behaupten, daß du nicht so gut wie ich über den Fall Smith unterrichtet bist, wie? Smith? John A. B. C. Ja, bei Gott, das ist also der Ma-a-a-ann ...«

»Sinivate«, rief ich flehentlich, »ist er der Mann mit der Maske?«

»Ne-e-ein«, sprach Mr. Sinivate und tat sehr weise; »und auch nicht der Mann im Mo-o-ond.«

Diese Antwort betrachtete ich als eine beabsichtigte und vollendete Beleidigung, und so verließ ich das Haus in Erbitterung und mit dem festen Vorsatz, meinen Freund, Mr. Sinivate, für sein nicht gentlemanlikes Betragen und seine Boshaftigkeit sofort zur Rechenschaft zu ziehen.

Indessen trotz allem bekannte ich mich, was die Erlangung der gewünschten Auskunft betrifft, noch immer nicht geschlagen. Noch stand mir ja *ein* Weg offen. Ich wollte mich an die Quelle selbst begeben, das heißt, den General in eigener Person aufsuchen und ihn mit einigen aufklärenden Worten bitten, mich von dem Druck des gräßlichen Geheimnisses zu erlösen. Diesmal sollte man mir aber nicht wieder mit Ausflüchten kommen können. Ich wollte klar, gründlich, entschieden, knapp wie ein Kuchenrand und bündig wie Tacitus oder Montesquieu sein.

Es war noch früh am Tage, als ich meinen Besuch machte, und der General war eben beim Ankleiden; aber ich schützte eine dringende geschäftliche Angelegenheit vor und ward sogleich von einem alten Negerkammerdiener in das Schlafzimmer geleitet. Der Neger blieb im Zimmer, solange mein Besuch dauerte. Als ich eintrat, blickte ich mich naturgemäß nach dem Bewohner des Zimmers um, konnte ihn indes nicht sofort bemerken. Da lag ein großes und überaus seltsam geformtes Bündel dicht vor meinen Füßen am Boden, und da ich gerade nicht die beste Laune von der Welt hatte, beförderte ich es mit einem Fußtritt aus dem Weg.

»Hem! Ahem! Sehr höflich, muß ich schon bemerken«, sagte das Bündel mit dem leisesten und komischsten Stimmchen – einem Mittelding zwischen Quieksen und Pfeifen –, das ich je in meinem Leben vernahm. »Ahem! Sehr höflich das – muß schon feststellen.«

Ich schrie laut auf vor Entsetzen und flüchtete mich schleunigst in die entfernteste Ecke des Zimmers.

»Bei Gott! Mein lieber Junge«, pfiff das Bündel wieder, »wa-wa-was ist denn los? Ich glaube beinahe, Sie kennen mich gar nicht?«

Was sollte ich nur sagen dazu – was sollte ich? Ich ließ mich in einen Lehnsessel fallen und erwartete mit starrem Blick und offenem Mund die Lösung des Rätsels.

»Wirklich, Sie sollten mich noch nicht kennen, wie?« begann das Unbeschreibliche von neuem zu pfeifen, und ich bemerkte, wie es am Boden eine unerklärbare Bewegung ausführte, die eine gewisse Ähnlichkeit mit dem Anziehen eines Strumpfes hatte. Zu sehen war nur ein einzelnes Bein.

»Wirklich, Sie sollten mich also nicht kennen, wie? Pompey, das Bein!« Hier überbrachte Pompey dem Bündel ein großartiges Korkbein, fix und fertig angezogen, und im Nu hatte er es angeschraubt. Und da stand es vor meinen Augen auf.

»War eine blutige Geschichte«, fuhr das Ding wie im Selbstgespräch zu pfeifen fort; »aber man darf sich nicht mit den Bugaboos und Kickapoos herumschlagen wollen und denken, man kommt mit einer einfachen Schramme davon. Pompey, bitte jetzt den Arm! – Thomas« (es wandte sich offenbar wieder an mich) »ist weitaus der beste Mann für ein Korkbein, aber sollten Sie je einen Arm nötig haben, so möchte ich Ihnen doch hierfür Bishop empfehlen.« Jetzt schraubte Pompey den Arm fest.

»Wir hatten heiße Arbeit damals, das darf ich wohl sagen. Jetzt, du Hund, zieh mir die Schultern und die Brust an! Pettitt macht die besten Schultern, eine Brust aber sollten Sie schon bei Ducrow bestellen.«

»Brust!« sagte ich.

»Pompey, wirst du heute nimmer fertig mit der Perücke? Skalpiert werden ist allerdings eine unangenehme Operation, aber Sie können sich dann bei De L'Ormes so eine prachtvolle Mähne zulegen.«

»Mähne!«

»Jetzt, du Nigger, meine Zähne! Um ein gutes Gebiß wie dieses zu bekommen, wenden Sie sich am besten gleich an Parmly; hohe Preise, aber tadellose Arbeit. Ich verschluckte da doch allerlei, als der hünenhafte Bugaboo mich mit dem Kolbenende seiner Büchse zu Boden schmetterte.«

»Kolbenende! Zu Boden schmetterte!! O ihr lieben Augen!«

»Augen, ganz recht – nun Pompey, Taugenichts, schraub sie ein. Diese Kickapoos brauchten nicht lange dazu, sie mir auszustechen, aber man hat dem Dr. Williams doch Unrecht getan; Sie können sich nicht vorstellen, wie gut ich mit den Augen sehe, die er mir angefertigt hat.«

Jetzt erst ging mir ein Licht auf, daß das Ding vor mir

nichts Geringeres vorstellte als meinen neuen Bekannten, Brevet Brigadier-General John A. B. C. Smith. Pompeys Handgriffe hatten, ich muß gestehen, die Erscheinung des Mannes in vorteilhafter Weise verändert. Nur die Stimme störte mich nicht wenig, und schon klärte sich auch dieses Geheimnis auf.

»Pompey, du schwarzer Halunke«, quiekste der General, »ich glaube gar, du ließest mich ohne Gaumen gehen.«

Der Neger stammelte eine Entschuldigung, ging zu seinem Herrn, sperrte ihm mit der Kennermiene eines Pferdeknechts den Mund auf und brachte darin eine etwas sonderbar aussehende Maschine auf sehr geschickte, mir aber nicht recht verständliche Weise an. Eine erstaunliche Veränderung in Haltung und Ausdruck des Generals trat augenblicklich ein. Als er wieder sprach, hatte seine Stimme den satten melodischen Tonfall und die Kraft, wie ich sie zu Anfang beschrieb.

»Verdammte Halunken!« donnerte der General in so klarem Ton, daß ich über die Veränderung höchlichst erstaunte. »Verdammte Halunken! Sie zerschmetterten mir nicht nur die Gaumenplatte im Mund, sondern machten sich auch noch die Mühe, mir zum mindesten sieben Achtel von der Zunge abzuschneiden. Es gibt in ganz Amerika keine Quelle, die sich mit Bonifanti in wirklich gediegenen Gaumengarnituren messen könnte. Ich kann ihn Ihnen mit bestem Gewissen empfehlen, und« (hier verbeugte sich der General) »ich versichere Sie, daß es mir ein Vergnügen war, Ihnen diesen Dienst leisten zu können.«

Ich bedankte mich für seine Liebenswürdigkeit in meinen höflichsten Redewendungen und wußte jetzt vollauf, wie die Dinge standen. Das Geheimnis, das mich so lange umgetrieben hatte, war gelöst. Es lag auf der Hand, es war mir jetzt vollkommen klar: Brevet Brigadier-General John A. B. C. Smith war der Mann – der Mann, der aufgerieben worden war.

Eine Fopperei

Packt Euch!
Wenn *das* Eure Stöße und Hiebe sind,
Bedank ich mich dafür!

Ned Knowies

Der Baron Ritzner von Jung entstammte einem vornehmen ungarischen Geschlecht, dessen Sprossen sich (wenigstens soweit ihre Taten nicht, in grauer Vorzeit sich verlierend, dem heutigen Betrachter entzogen sind) mehr oder minder alle durch irgendein bemerkenswertes Talent ausgezeichnet haben; die Mehrzahl von ihnen durch jene Art von grotesker Absonderlichkeit, von der uns Tieck, ein Abkomme des Geschlechtes derer von Jung, einige anschaulichen, wenngleich bei weitem nicht die anschaulichsten Beispiele überliefert hat. Meine Bekanntschaft mit Ritzner begann auf dem prachtvollen Schlosse Jung, wohin mich eine Reihe von wunderlichen Abenteuern, die sich nicht für die öffentliche Erörterung eignen, während der Sommermonate des Jahres 18... verschlagen hatte. Hier erwarb ich mir des Barons Wertschätzung, und hier konnte ich mir auch (was freilich nicht so leicht vonstatten ging) einen teilweisen Einblick in seine geistige Wesensart verschaffen. Später, als unsere freundschaftlichen Beziehungen sich fester knüpften, konnte sich auch dieser Einblick vertiefen und erweitern; und als wir uns nach dreijähriger Trennung in G-n wiedertrafen, wußte ich über den Baron Ritzner von Jung und seine Geistesart alles, was zu wissen nottat.

Ich entsinne mich noch des neugierigen Getuschels, das bei seiner Ankunft in der Nacht des fünfundzwanzigsten Juni durch das Studentenviertel lief. Noch deutlicher entsinne ich mich, daß jeder, ohne Ausnahme, ihn auf den ersten Blick schon den »merkwürdigsten Menschen auf Gottes Erdboden« nannte und daß niemand auch nur den Versuch machte, für diese Ansicht eine Begründung zu erbringen. Es erschien unbestreitbar feststehend, daß er ein einzigartiger Mensch war – so unbestreitbar, daß man, ohne sich einer abfälligen Kritik auszusetzen, noch nicht einmal die Frage hätte aufwerfen dürfen, worin diese Einzigartigkeit eigentlich bestehe. Ich will indessen darauf im Augenblick nicht weiter eingehen – nur feststellen, daß der Baron von dem Augenblick an, da er seinen Fuß in die Universitätsstadt setzte, auf Kleidung, Benehmen, Wesen, Geldaufwand und Passionen der gesamten ihn umgebenden Studentenschaft den ausgedehntesten und unumschränktest wirkenden Einfluß ausübte, – ohne daß wiederum jemand Art und Grund dieses Einflusses hätte angeben können. So stellt denn die kurze Zeitspanne, da Ritzner in G-n residierte, eine unvergessen gebliebene Ära in der Geschichte dieser Universitätsstadt dar; und alle, die abhängig oder unabhängig, mittelbar oder unmittelbar zur Universitätsstadt gehörten, nannten und nennen diese Ära »die höchst merkwürdige Zeit, da der Baron Ritzner von Jung regierte«.

Sogleich nach seiner Ankunft in G-n suchte er mich in meiner Wohnung auf. Er war damals, möchte ich sagen, von keinem besonderen Alter – was soviel heißen soll, als daß man sich über sein Alter auf keine Weise eine Vermutung bilden konnte, da er keinerlei Anhaltspunkte dafür lieferte. Er konnte ebensogut fünfzehn wie fünfzig Jahre zählen – und war in Wirklichkeit genau einundzwanzig Jahre und sieben Monate alt. Er war durchaus nicht das, was man einen »schönen Mann« nennt; eher das Gegenteil davon. Der Umriß seines Gesichts war ziemlich eckig und hart. Seine Stirn war hoch und sehr schön gebildet; dazu hatte er eine Stülpnase und große, schläfrig blickende, gläserne und ausdruckslose Augen. Bemerkenswert dagegen war sein Mund: prachtvoll geschwungene Lippen, fest geschlossen, von solchem Schnitt, daß man mit aller Phantasie unmöglich menschliche Gesichtszüge erdenken könnte, die so vollkommen und dabei in solcher Einfachheit das Wesen schweren, ungemilderten Ernstes und feierlicher Ruhe ausprägen.

Man wird aus dem Gesagten sicherlich bereits entnommen haben, daß der Baron einer jener dann und wann über die Erde wandelnden absonderlichen Menschen war, die sich das Foppen ihrer Mitmenschen zur wissenschaftlich betriebenen Lebensaufgabe machen. Die Anregungen dafür kamen ihm gleichsam instinktiv aus der eigentümlichen Veranlagung seines Geistes, indessen seine äußere Erscheinung es ihm ungewöhnlich leicht machte, seine Pläne in die Wirklichkeit umzusetzen. Ich bin fest davon überzeugt, daß während der berühmten Epoche, die man so hübsch »die Regierung des Barons Ritzner von Jung« genannt hat, keiner der Studenten in G-n jemals wirklich den Schleier des Geheimnisses gelüftet hat, der über dem Charakter des Barons lag. Ebenso fest glaube ich, daß kein Mensch an der Universität (wenn ich mich selbst ausnehme) ihn jemals im Verdacht hatte, zu einem Spaß in Wort oder Tat fähig zu sein. – Eher wäre ein solcher Verdacht auf die alte Bulldogge am Gartentor, auf den Geist Heraklits oder die Perücke des emeritierten Theologieprofessors gefallen als gerade auf ihn; und das, obwohl es offenkundig war, daß die außerordentlichsten und unverzeihlichsten aller erdenklichen Streiche, wunderlichen Schabernäcke und losen Possen – wenn auch nicht unmittelbar auf ihn, so doch auf seine mittelbare Beeinflussung und Eingebung zurückgingen. Das Schöne (wenn ich so sagen darf) an seiner »ART MYSTIQUE« war seine vollendete Fähigkeit, immer und stets den Anschein zu erwecken, als geschähen die Possenreißereien, um deren Inswerksetzen er bemüht war, teils trotz, teils infolge seiner lobenswerten Bemühungen um ihre Verhinderung und seiner Fürsorge für Ansehen und Würde der ALMA MATER. Diese Erfolge verdankte er einer fast intuitiven Kenntnis menschlichen Wesens und einer wundervollen Selbstbeherrschung. Der tiefe, schwere und erschütternde Kummer, der bei jedem derartigen Mißerfolg seiner preisenswerten Bemühungen jeden Zug seines Gesichts verdüsterte, schloß Zweifel an seiner Aufrichtigkeit auch bei den sonst zweifelsüchtigsten seiner Kameraden gänzlich aus. Die Gewandtheit, mit der er es zuwege brachte, das groteske Wesen vom Urheber auf die Sache, will sagen von seiner eigenen Person auf die durch ihn veranlaßten Abgeschmacktheiten abzuschieben, war nicht minder bemerkenswert. Erst bei dem Fall, den ich hier erzählen will, habe ich einmal beobachten können, wie es ihm gelang, sich den notwendigen Folgen seiner Anzettelungen zu entziehen; denn diese Fähigkeit, eine nie versagende Beigabe zu seiner stets zu Späßen aufgelegten Art, war mir vorher immer ein Geheimnis geblieben. Mein Freund schien, indessen er ständig gleichsam eingehüllt war in eine Atmosphäre von einfallsreicher Laune, nach außenhin nur der gewissenhaftesten Beobachtung gesellschaftlicher Verpflichtungen zu leben; und selbst seine Dienerschaft hat mit der Person des Barons Ritzner von Jung nie andere Vorstellungen verbunden als die unantastbar strenger Erhabenheit.

Während der Zeit seiner Herrschaft in G-n schien es wahrlich, als habe sich der Dämon des »DOLCE FAR NIENTE« gleich einem Alp auf die Universität gelagert. Es wurde aber auch nicht das mindeste getan, außer Essen, Trinken und Lustigsein. Sämtliche Wohnungen der Studenten hatten sich in ebenso viele Trinkstuben verwandelt, und von allen diesen Trinkstuben war keine berühmter und erfreute sich keine eines regeren Besuchs als die des Barons. Die Gelage, die wir hier veranstalteten, waren zahlreich, lang, laut und stets ereignisreich.

Einst hatten wir eine solche Sitzung fast bis Tagesanbruch ausgedehnt und dabei ungewöhnlich viel Wein getrunken. Außer dem Baron und mir waren noch sieben oder acht andere Herren zugegen – zumeist junge Leute mit viel Geld, hoher Protektion und großem Ahnenstolz, dazu begabt mit einem übertriebenen empfindlichen Ehrgefühl. Die weit übers Ziel hinausschießenden deutschen Ansichten über das Duell waren bei ihnen mehr als ausreichend vertreten. Diesen Donquichotterien hatten ein paar kürzlich in Paris erschienene Schriften sowie einige verzweifelte und verhängnisvolle Ehrenhändel in G-n neue Nahrung und neuen Antrieb gegeben. So erging sich denn das Gespräch während mehr als der halben Nacht in gar wilder Art auf diesem damals alles andere verdrängenden Gebiet. Der Baron war zunächst ungewöhnlich schweigsam und schien zerstreut; schließlich aber erwachte er aus seiner Teilnahmslosigkeit und ergriff die Zügel der Unterhaltung. Dabei verbreitete er sich über die Segnungen und ganz besonders über die schönen Seiten des geltenden Brauchs in mit der Waffe auszutragenden Ehrenhändeln – mit einem Feuer, einer Beredsamkeit, einer Eindringlichkeit und einer liebevollen Ausführlichkeit, die bei seinen Zuhörern durchweg wärmste Begeisterung erweckten. Ich selbst dagegen saß in vollkommener Verblüffung, denn ich wußte sehr wohl, daß er sich im Grunde seines Herzens gerade über die von ihm verfochtenen Anschauungen lustig machte und daß er besonders auf das ganze wichtigtuerische Duellwesen mit der erhabenen Verachtung herabsah, die es verdient.

Während einer Pause in der Rede des Barons (von der sich meine Leser vielleicht eine schwache Vorstellung machen können, wenn ich sie mit der gluterfüllten, singenden, eintönigen, aber musikalisch wohllautenden feierlichen Art Coleridges vergleiche) – während einer Pause in der Rede des Barons blickte ich im Kreise der Zuhörer umher und bemerkte einen unter ihnen, auf dessen Gesicht sich ein ganz besonders lebhaftes Interesse ausprägte. Dieser Herr, den ich Hermann nennen will, war in jeder Hinsicht ein Original – außer vielleicht in dem einen Betracht, daß er ein ansehnlicher Dummkopf war. Immerhin war es ihm gelungen, sich in einem gewissen Kreise an der Universität den Ruf tiefen metaphysischen Denkens und, glaube ich, einer gewissen Begabung für Logik zu erwerben. Als Duellant aber hatte er es, und das will in G-n etwas heißen, zu großem Ruhm gebracht. Ich habe die genaue Zahl der Opfer, die von seiner Hand gefallen sind, vergessen; sie war beträchtlich. Unzweifelhaft besaß er persönlichen Mut. Aber ganz besonders brüstete er sich mit seiner genauen Kenntnis des Duellkomments und mit der Empfindlichkeit seines Ehrgefühls. Es war gewissermaßen sein Steckenpferd, das er zu Tode hetzte. Dem Baron Ritzner, der ständig auf dem Ausguck nach Wunderlichkeiten saß, hatten diese Eigentümlichkeiten schon seit langem Stoff zu Foppereien geliefert. Immerhin war ich auf das, was nun kam, nicht gefaßt; doch wurde mir sogleich klar, daß mein Freund einen Spaß auf der Pfanne hatte und daß Hermann dafür als Zielscheibe ausersehen war.

Je weiter der Baron mit seiner Auseinandersetzung oder richtiger mit seinem Monolog gedieh, um so mehr sah ich Hermanns Erregung wachsen. Zuletzt begann er zu sprechen, machte einen Einwand gegen einen von Ritzner besonders nachdrücklich verfochtenen Punkt geltend und setzte seine Gründe im einzelnen auseinander. Darauf antwortete dann wieder der Baron mit einer längeren Rede, wobei er noch immer seinen übertrieben gefühlvollen Ton wahrte, und schloß (was ich für eine große Geschmacklosigkeit hielt) mit einer beißend spöttischen Bemerkung. Nunmehr ging Hermanns Steckenpferd geradeswegs durch. Ich merkte das an der Art, wie er sein einstudiertes, haarspalterisches Kauderwelsch von sich gab. Seiner letzten Worte entsinne ich mich noch genau: »Gestatten Sie mir die Bemerkung, Baron von Jung, daß Ihre Ansichten zwar, im ganzen genommen, richtig, in einigen heiklen Punkten jedoch für Sie selbst und die Universität, der Sie angehören, entehrend sind. Ja, in mancher Hinsicht sind sie sogar einer ernsthaften Zurückweisung unwert. Ich würde mich noch deutlicher ausdrükken, Herr, wenn ich nicht fürchten müßte, Ihnen eine Ehrenkränkung zuzufügen (hier lächelte Hermann milde) – ich würde sagen, Herr, daß Ihre Ansichten nicht von der Art sind, wie man sie von einem Ehrenmann erwarten sollte.«

Als Hermann seine vieldeutige Rede beendet hatte, waren aller Augen auf den Baron gerichtet. Sein Gesicht wurde erst bleich, dann dunkelrot. Hierauf ließ er sein Taschentuch fallen und bückte sich, um es wieder aufzuheben, wobei ich einen flüchtigen Blick auf sein Gesicht erhaschen konnte, während es allen andern Anwesenden in diesem Augenblick verdeckt war. Es leuchtete vor Spottlust. Das war nun freilich sein natürlicher Ausdruck, aber ich hatte ihn bisher stets nur dann an Ritzner beobachtet, wenn er mit mir allein war und sich ohne Zwang geben konnte. Im nächsten Augenblick schon stand er aufrecht, Auge in Auge mit Hermann; und ich habe nie zuvor in so kurzer Zeit ein Gesicht sich so völlig verändern sehen. Es blitzte sogar der Gedanke in mir auf, ich möchte mich am Ende getäuscht und seine Stimmung gänzlich verkannt haben. Denn er sah aus, als ersticke er vor Wut, und war leichenblaß. Eine kurze Weile schwieg er noch und war offenbar bemüht, seiner Erregung Herr zu werden. Als ihm das anscheinend gelungen war, ergriff er eine auf dem Tische stehende Weinkaraffe, umfaßte sie mit klammerndem Griff und hub an:

»Die Sprache, mein Herr Hermann, die Sie mir gegenüber anzuwenden belieben, bietet so zahllose Angriffspunkte, daß ich zu einer genauen Kennzeichnung weder Luft noch Zeit habe. Daß indessen meine Ansichten nicht von der Art sein sollen, wie man sie von einem Ehrenmann erwartet – das ist eine für mich so unmittelbar beleidigende Behauptung, daß mir die Linie meines Verhaltens unabweislich vorgezeichnet ist. Immerhin schulde ich den hier anwesenden Herren eine gewisse Rücksichtnahme, und im Augenblick auch Ihnen, da Sie mein Gast sind. Sie werden mir also aus dieser Erwägung wohl verzeihen, wenn ich ein wenig vom allgemeinen Brauch abweiche, der sonst in solchen Beleidigungsfällen unter Ehrenmännern gültig ist. Und Sie werden mir ferner verzeihen, wenn ich Ihre Einbildungskraft mit einer bescheidenen Zumutung belaste und Sie bitte, einen Augenblick lang Ihr Bild in dem Spiegel da als den wirklich lebenden Herrn Hermann zu betrachten. Wenn Sie diese Umstellung vorgenommen haben, so wird jede Schwierigkeit sogleich aus dem Wege geräumt sein. Ich werde diese Kanne voll Wein Ihrem Spiegelbild da ins Gesicht schleudern und so zwar nicht dem Buchstaben, aber doch dem Sinne nach für Ihre Beleidigung Vergeltung üben, während ich damit zugleich der eigentlich notwendigen körperlichen Verletzung Ihrer realen Person aus dem Wege gehe.«

Mit diesen Worten schleuderte er die weingefüllte Karaffe in den Spiegel, der Herrn Hermann gerade gegenüber hing, traf das Spiegelbild mit großer Genauigkeit und zersplitterte natürlich das Glas zu Scherben. Alle Anwesenden sprangen sogleich von ihren Stühlen auf und verließen die Wohnung; nur der Baron und ich blieben zurück. Als auch Hermann hinausgegangen war, flüsterte Ritzner mir zu, ich solle ihm folgen und ihm meine Dienste antragen. Ich willigte ein, obzwar ich nicht wußte, was ich mit einem so wunderlichen Stück Auftrag anfangen sollte.

Der Duellant nahm mein Anerbieten in seiner steifen und gespreizt förmlichen Weise an, legte seinen Arm in meinen und führte mich in seine Wohnung. Ich konnte mich kaum soweit beherrschen, daß ich ihm nicht ins Gesicht lachte, während er sich mit tiefstem Ernst über das verbreitete, was er die »ganz ausgesucht raffinierte Art« der ihm zugefügten Beleidigung nannte. Nach einer sehr ausführlichen Rede in dem ihm eigentümlichen Stil holte er aus seinen Regalen eine Anzahl dickleibiger Wälzer über das Duell hervor und setzte mich geraume Zeit von ihrem Inhalt in Kenntnis, las daraus vor und lieferte zu dem Gelesenen mit Ernst die Erläuterungen. Einzelne von den Buchtiteln sind mir noch geläufig. Da war die »ORDONNANCE OF PHILIP LE BEL ON SINGLE COMBAT«, das »THEATRE OF HONOUR« von Favyn und eine Abhandlung »ON THE PERMISSION OF DUELS« von D'Andiguier. Er öffnete zudem mit großer Feierlichkeit Brantômes »ANECDOTES TOUCHANT LES DUELS«, eine 1666 in Köln erschienene Elzevierausgabe auf wundervollem, kostbarem Velinpapier, gebunden in der Derômeschen Werkstatt. Aber er lenkte meine Aufmerksamkeit besonders und mit einer Miene voll geheimnisvoller Weisheit auf einen dicken Oktavband, den ein Franzose namens Hédelin in schrecklichem Latein verfaßt hatte und der den seltsamen Titel führte »DUELLI LEX SCRIPTA, ET NON; ALITERQUE«. Daraus las er ein ungewöhnlich wunderliches Kapitel vor, das die »INJURIAE PER APPLICATIONEM? PER CONSTRUCTIONEM ET PER SE« behandelte und von dem, wie er behauptete, ein Teil haargenau auf seinen »ganz ausgesucht raffinierten« Fall paßte, während ich, und wenn's mich den Kopf gekostet hätte, von der ganzen Sache nicht eine Silbe begriff. Als er seine Vorlesung beendet hatte, klappte er das Buch zu und fragte mich, was für Schritte nun nach meiner Meinung getan werden müßten. Ich erwiderte ihm, daß ich von vollstem Vertrauen in seine Feinfühligkeit erfüllt wäre und daher seinen Vorschlägen von vornherein zustimmen würde. Die Antwort schien ihm zu schmeicheln; er setzte sich wieder und verfaßte folgenden Brief an den Baron:

»Mein Herr!
Mein Freund Herr P.., wird Ihnen diesen Brief hier aushändigen. Ich erachte es als meine Obliegenheit, Sie zu ersuchen, mir, sobald es Ihnen Ihre Zeit erlaubt, eine Erklärung zu den Ereignissen zu liefern, die sich heute abend in Ihrer Wohnung abgespielt haben. Für den Fall, daß Sie diese Erklärung verweigern sollten, wird Herr P.. sich glücklich schätzen, gemeinsam mit einem Ihrer Freunde, den Sie dann

freundlichst namhaft machen wollen, die vorbereitenden Schritte für eine Gegenüberstellung einzuleiten.

Mit dem Ausdruck vollkommener Hochachtung
Ihr sehr ergebener Diener
Johann Hermann

An den Baron Ritzner von Jung
den 18. August 18..«

Es erschien mir am richtigsten, mich mit dieser Epistel sogleich zu Ritzner zu begeben. Er nahm sie mit einer Verbeugung entgegen und bot mir mit ernstem Gesicht einen Stuhl an. Als er die Herausforderung gelesen hatte, schrieb er folgende Anwort, die ich dann Hermann überbrachte:

»Mein Herr!
Durch unsern gemeinsamen Freund, Herrn P.., habe ich Ihr Schreiben vom heutigen Abend erhalten. Nach gebührender Überlegung erkenne ich freimütig an, daß Ihr Vorschlag, der von mir eine Erklärung heischt, der Schicklichkeit entspricht. Indessen entdecke ich noch erhebliche Schwierigkeiten im Hinblick auf diesen so ganz ausgesucht raffinierten Charakter unsres Zwistes und der Ihnen von mir zugefügten Beleidigung; und zwar betreffen die Schwierigkeiten sowohl den Wortlaut dessen, was ich zu meiner Rechtfertigung zu sagen habe, als auch die Erfüllung aller der peinlich genauen Erfordernisse und die Erfassung aller verschiedenen Verästelungen des vorliegenden Falles. Ich habe aber großes Vertrauen zu der außerordentlichen Feinheit des Unterscheidungsvermögens in Etikettefragen, durch die Sie sich seit so langer Zeit und in so hervorragender Weise ausgezeichnet haben. So bin ich denn sicher, bei Ihnen Verständnis zu finden, wenn ich mir die Erlaubnis erbitte, Sie, anstatt meinen eigenen Empfindungen Worte zu verleihen, auf die Meinungen des Herrn Hédelin hinzuweisen. Sie finden sich nie-

dergelegt in seinem Buche »DUELLI LEX SCRIPTA, ET NON; ALITERQUE«, und zwar im neunten Paragraphen des Kapitels »INJURIAE PER APPLICATIONEM, PER CONSTRUCTIONEM ET PER SE«. Die Schärfe Ihrer eindringlichen Kenntnis wird, dessen bin ich sicher, genügen, um Sie zu überzeugen, die bloße Tatsache, daß ich Sie auf diese bewunderungswürdige Stelle hinweise, müsse hinreichen, Ihnen als ehrempfindendem Manne die angeforderte Erklärung zu liefern.

Mit dem Ausdruck tiefer Wertschätzung
Ihr gehorsamster Diener
von Jung

An Herrn Johann Hermann

den 18. August 18..«

Hermann ging an die Lektüre dieses Briefes mit düsterer Miene heran, die sich indessen auf höchst spaßhafte Art in ein selbstgefälliges Lächeln verwandelte, als er den Senf über die »INJURIAE PER APPLICATIONEM, PER CONSTRUCTIONEM ET PER SE« genoß. Mit dem liebenswürdigsten Lächeln von der Welt bat er mich, Platz zu behalten, während er sich über die fragliche Stelle aus der Abhandlung unterrichten würde. Als er den bezeichneten Passus gefunden hatte, las er ihn schweigend durch. Dann schloß er das Buch und drückte mir in meiner Eigenschaft als vertrautem Freund Ritzners den Wunsch aus, ich möge dem Baron von Jung ob seines ritterlichen Betragens seine, Hermanns, unbegrenzte Hochachtung und dazu die Versicherung übermitteln, daß die dargebotene Erklärung eine vollkommene, höchst ehrenhafte und gänzlich unzweideutige Genugtuung darstelle.

Einigermaßen verblüfft von alledem, langte ich wieder bei dem Baron an. Er nahm Herrn Hermanns liebenswürdige Botschaft offenbar als etwas Selbstverständliches hin und begab sich, nach ein paar Worten allgemein gehaltenen Gesprächs in ein anderes Gemach, um mit der oft erwähnten Abhandlung »DUELLI LEX SCRIPTA, ET NON; ALITERQUE« in der Hand zurückzukehren. Er gab mir das Buch und forderte mich auf, eine gewisse Stelle daraus zu lesen. Ich tat's, aber mit geringem Erfolg, da ich außerstande war, auch nur das Geringste davon zu verstehen. Nun nahm er das Buch selbst und las das Kapitel laut vor. Zu meiner Überraschung erwies sich da die Stelle als die scheußlich abgeschmackte Schilderung eines Zweikampfes zwischen zwei Pavianen. Ritzner lüftete mir den Schleier des Geheimnisses: Der Band, wie er sich PRIMA FACIE dastellte, war nach dem Muster der unsinnigen Verse Du Bartas' geschrieben; mit andern Worten: die Sprache war sinnreich darauf berechnet, dem Ohr alle äußeren Merkmale der Verständlichkeit, ja sogar des tiefen Gehaltes zu bieten, während in Wahrheit nicht eine Spur von Sinn darin steckte. Der Schlüssel zur Lösung bestand darin, daß man abwechselnd jedes zweite und dritte Wort überschlagen mußte, worauf dann eine Reihe lustiger Spöttereien über die heute übliche Form des Zweikampfes zum Vorschein kam.

Der Baron erzählte mir hinterher, er habe Herrn Hermann drei Wochen vor dem geschilderten Abenteuer diese Abhandlung absichtlich in die Hände gespielt; aus dem Inhalt der Hermannschen Reden habe er dann zu seiner Genugtuung entnommen, daß jener das Buch mit tiefer Aufmerksamkeit gelesen hatte und es voll Überzeugung für ein außergewöhnlich verdienstvolles Werk hielt. Das war für Ritzner das Signal zum Losschlagen. Hermann hätte sich lieber zehnmal den Hals abschneiden lassen, ehe von ihm eingestanden worden wäre, daß er irgendeine jemals auf der weiten Welt über das Duell erschienene Schrift nicht verstehen könne.

Warum der kleine Franzose die Hand in der Schlinge trägt

Ise sick ketruck auf meine Visitecard (ise sich Visitecard feinstes Papier Satin!), un jeddes Tschentelmän, wo kefahlt, kann sick merk die interressande Word: »Sir Pathrick O' Grandison, Baronitt, 39 Southampton Row, Russel Square, Parrish O' Blommsbury.« Wollen Sie wiß, wat ise Kipffel von die Hefflichkeit un die gutte Ton in der heilige City of Longon: well, ise sick keratt mick selbs. Ise sick ja nix, Wunter (Sie brauk nix zu rimpf der Neese, oh no!), bin ick nemlich jeddes Zoll von mick das vollendete Tschentelmän. Abbe ick der Bogtrotter an die Nagell kehengt un mir etabliert als veritabble Baronitt; abbe ick kelebbt wie heiles Keisser in Glanz un Herrlichkeit. Och! Sie wär absolutt spracklos, kennte Sie mit Ihre beide Kiekers bekuk Sir Pathrick O'Grandison, Baronitt, wenn ise full in Treß for der Sportplazze oderr wenn besteigt die Brisky zur Farrt in der Hyde Park. – Ise sick nemlich großes iligantes Figurr meiniges, wovon weg die Ladys sick in mir ferlibb. Bin ick ibberaus sißes Erscheinung, messe in die Strimpfe sechs Fuß un drei Zoll un bin ick wunterscheen gebaut von Scheittel bis zur Solle. Stell ick mir schon wat mehr vor als das kleine alte Franzos, wat nur drei Zoll un wat daribber mißt un mir keratt gegenibber wohnt. Der ganzze Tack libbeigelt das Franzos mit die wunterhibsche Witwe Tracle (wat ise ihm nix gutt bekomm), wat keratt nebben mick wohnt un ise mein spezinale Freintin un Bekanntschaff (Kott abb sie selik). Sie treff die Knirps in eine ibble Laune heitte, un er trägt die Hant in eine Schling; un wovon weg dat kommt, will ick Ihnen keratt und tschustement erzellen.

Ise sick der Sack serr einfack; der erste Tack, wie ick ankomm von Sonnaught un zeike mein ibberaus sißes Erscheinung auf Straße der Witwe, wat keratt aus Fenster kiekt, ise es schon vorbei mit der Hertze von die wunterhibsche Misthreß Tracle. Ich bemerkte mick dat auf der Stell un teischte mir nit, bei meiner Geselligkeitt. Sie riß der Fenterr auf, sperrt ihre Kiekers auf soweitt als megglick, hielt vor der eine Kieker ihr famouses Fernrohr, un soll mir der Teiffel hol, wenn es nit zu mick sprach so teitlich, wie nur so'n Kieker sprechen kann, un seggt zu mick aus dat Fernrohr: »Och! Tip o' the Mornin fir Sie, Sie Pathrick O'Grandison, Baronitt! Wat pise dock fir ein feines, wunterscheenes Tschentelmän! Ise sick mick selbs un auck der Mitkifft jedderzeit zu dein Ferfiggung, wann dick paß, Kelibbtes.«

Sie kenn mick nun nit Mangel vorwerf an die Hefflichkeit; ick mackte ihr taddelloser Ferbeigung, wat Ihnen Hertz im Leip verbrocken hätt, palanxierte in eine großartike Schwung meine Hutt von meine Kopp un zwinkelte mit beide Kiekers zu ihr enibber, wat ungefehr bedeitten sollte: »Sißer kleiner Kreatuhr un libbe Misthreß Tracle, ick will standepeh in einer Tonn erseift wern, wenn ick nix bin Sir Pathrick O'Grandison, Baronitt, un große Ferehrer von Ihre Ladyship.«

Un da am nexten Mornin, wie ick mick kerratt ibberlegge, ob es sick von wegen der Hefflichkeit woll schick, dat ick mir eine Fedder eintunk un der Lady eine Libbesbrief ferfasse, kommt Diener mit einer iligante Card. Die Nahme auf die Card, seggt er (ick kann nemlick nix gutt les die Kuppertruck, indem ick linkshendick bin) wär: Mounseer le Comte Auguste de Hopsasa, Maiter-di-dauns, un diesse kantze ellenlange Tratsch von eine Nahme geheerte zu das kleine alte Franzos, wat mir keratt gegenibber wohnt.

Un da kommt die kleine Schuft schon selbs erinn, mackt sick Ferbeigung und seggt, er abbe sick genomm der Freiheit, mir zu beehre mit seine Besuck. Un nu peginnt er zu palavern, un der Teiffel soll mir auf die Stelle abholen, wenn ick von die kantze Feierwerk wat mehr fersteh als »Wully wuh« un »Pully wuh« un daß er mick unter eine Haufen Schwintel erzellte, dat er in meiner sißer Witwe Tracle verlibbt sei bis ibber der Ohre un dat meine Witwe, Misthreß Tracle, eine Patziohn fir ihm hette.

Sie kann sick verstell, dat ick wietend war wie'n Kraßhupper, wie ick dat heerte, aber ick war mick pewußt, dat ick war Sir Pathrick O'Grandison, Baronitt, un dat es ise nix die gutte Ton, wenn der Wut pekommt der Obberhand ibber der Hefflichkeit. Ick mackte also ein freintliches Kesickt un behielt der Mut fir mir selbs. Schlißlick war ick kantz gutt Freint mit die kleine Knirps. Un nack eine Weil – wat tut die Knirps? Frakt mir, ob ich Lust abbe, zu die Witwe zu geh, un er wirde mir der Lady in aller gutte Form forstellen.

»Abb ick dir soweit!« seggte ick da zu mick selbs, »warraftick, Pathrick, dise glicklickstes von alle Sterblicke. Werde palde seh, ob ise dein ibberaus sißes Erscheinung oder das kleine Mounseer Maiter-di-dauns, wovon weg sick Misthreß Tracle Hals ibber Kopp verlibbt.«

So mackten wir bei die Witwe Besuck. Ich kann woll segg, war sick Wohnung ibberaus iligant. Da lag ein Teppick ibber das gantze Bodden, un in eine Eck stand ein Forty Pinano un eine Harp un der Teiffel weiß wat nock mehr. In die ander Eck war die wunterscheenste Sopfa von der Welt, und auf der Sopfa saß das siße kleine Engel, Misthreß Tracle.

»Tip o' the Mornin, Misthreß Tracle«, segg ick un mackte ihr taddelloser Ferbeigung, daß Ihnen die Ferstand aus die Fugen gegangen wär.

»Wully wuh, pully wuh, plumps diddel bumm«, seggt das kleine Franzos, und: »Hier, Misthreß Tracle«, seggt er, »ise sick Seine Hockwollkebohren Sir Pathrick O'Grandison, Baronitt. Ise sick nemlich absolutt und kantz mein allerlibbstes Freint un pester Pekannter, wat ick abben tu.«

Da erhobb sick die Witwe von ihre Sopfa un mackte die sißeste Ferbeigung, wat mick im kantzen Lebben vorgekomm is; dann setzt sie ihr widder hin wie ein Engel, un da –

du gietige Allmackt – setzt sick diese Knirps von ein Mounseer Maiter-di-dauns plumpsdick keratt an ihre reckte Seit. Och hon! Ise mir zu Mutt, als mißten mir die Kiekers aus dem Scheddel fallen, so war ick empehrt. Aber nack einer Weil seggte ick: »Steht die Sacke so mit dick, Mounseer Maiter-di-dauns?« un plumpsdick hobste ich zur Linken von die Lady in der Sopfa, damit die kleine Schut nix sollte Vorteil abben vor mick selbs. Es wirde Ihnen woll getan abben, zu seh, wie ick ihr mit beide Kiekers einen iliganten Feierplick mitten in der Fisahsche schmiß.

Aber das kleine Franzos hatte nit der Spur von eine Verdacht auf mir un mackte die Lady in eine himmelschreiende Weiße die Kuhr. »Wully wuh!« seggt er, und »Pully wuh!« seggt er, un »Plumps diddel bumm!« seggt er.

»Nix zu mack, Err Froschkenick«, denke ick mir un reddete drauf loß, wat der Zeig hielt, un pald hatte ick von wegen meiner iliganten Konfersahtzion ibber die teiern Simpfe von Sonnaught die Lady im Garn. Allmehlick widdmete sie mick so ein sißes Lecheln von die eine End bis zu die andre End von ihrer Munt, dat ick mir so kiehn fielte wie eine Schwein un in die allerdilikatteste Weise sie bei ihr kleines Finger packte un ihr dapei mit das Weiße in meine Kiekers anplickte.

Un da seh einer an, wie schlau der siße Engel war. Kaum hatte sie pemerkt, wie ick ihr Hentchen packen wullte, zog sie es mit einem Hui weg un fersteckte es hinter sick am Ricken, keratt als seggte sie: »Nix Tabaks, Sir Pathrick O'Grandison, Baronitt, nix zu mack; schick sick nix, mir Hentchen dirck keratt so vor die Kiekers von der kleine Franzos, Mounseer Maiter-di-dauns.«

Ick ferabfolgte ihr standepeh einen deittlicken Winck, der pesagte: »Sir Pathrick fersteh sick woll auf deine Kniff«, un nun ging ick frauflos, un Sie wirden vor Neit kestorpen sein, hätten Sie keseh, wie fix ick mein rechtes Hant zwischen der Leene von die Sopfa un die Ricken von der Lady pragdiziehrte, un da, woll ja, fant ich das siße kleine Hentchen, das mir schon erwartete, als wollte es seggen: »Tip o' the Mornin, Sir Pathrick O'Grandison, Baronitt!« Zur Ereffnung ferabfolgte ick ihm nur eine eißerst dilikatte Truck, um nix zu unsampf mit die Lady umzugeh. Un och, die dilikatteste un sampfste Truck pekam ick zurick. »Blutt un Tunder, Sir Pathrick!« segg ick mir, »ise warraftick deiner Mutter eigener Sohn, wat ise hibscheste un glicklichste Bogtrotter, wat is in Lebben errumkelaff in Sonnaught!« Damit ferabfolgte ick das Hentchen eine feste Truck, un eine feste Truck – du gietige Allmackt – war es, war die Lady mir zurickferabfolgte. Aber es wirde sie in sibben Sticke kerissen abben, hätten Sie keseh, wie sick da mit einmal der Mounseer Maiter-di-dauns affiehrte. So ein Gepappel un Geschmunzel un Geparlewuh, wie er jetz mit einmal mit die Lady anfing, hat der Weltkeschickte nock nie geheert, un der Teiffel soll mir auf der Stelle abholen, wenn ick nit mit diese meine leiplicke Kiekers ihn ertappte, wie er ihr keratt aus *eine* Kieker einen Plick zuschmiß. Och hon! wenn ick nit wurde wild wie der Fuzzelkatz, so meckte ick woll wiß, wer es ibberhaupt mal war.

»Ick will Ihnen seggen, Mounseer Maiter-di-dauns«, seggte ick so hefflich wie mir ibberhaupt unter die Umstende megglick war, »dat es ise absolutt nix fein un Ihnen ibberaus ibbel ansteht, zu puhsier der Lady in solcker Weis.« Un zukleick ferabfolgte ick dem Hentschen eine ausgibbige Truck, als wullte ick seggen: »Siehste, du siße Perrle, wie Sir Pathrick dir beschitzt, Kelibbtes?« Un standepeh wurte eine andre Truck zurickferabfolgt: »Woll ja, Sir Pathrick«, seggte die Truck kantz klahr un deittlick, »woll ja, Sir Pathrick, Sie sint bei Kott ein kantzes Mann«, un dapei effnete sie ihre peide wunterscheene Kiekers so weit, daß ick pefirchtete, sie mechten ihr standepeh aus der Scheddel purzeln; un sie plickte zuerst auf Err Froschkenick so wild wie der Fuzzelkatz un dann mit einem Lecheln so siß wie ein Frillingsmorgen auf mir selbs.

»Och hon!« seggt da der kleine Schuft un »Wully wuh –

pully wuh!« Un dann zog er der Schulterr hock, dat der Teiffel selbs nix mehr hätt keseh von seine Kopp, un ließ der Muntwinkel hengen, un nix der Bohne war mehr errauszukriggen aus der kleine Knirps.

Och, du siße Perrle, wie wietend war Sir Pathrick daribber un nock ville mehr, weil das unferschehmte Franzos nix, wollte aufheeren, nack der Witwe Plicke zu schmeißen. Un der Witwe trickte immer widder meiner Hant, als wollte sie seggen: »Los auf ihn, Sir Pathrick O'Grandison!« Un standepeh stiß ick eine entzetzlicke Fluck erraus un brillte:

»Du kleines knirpsiges Froschkenick von ein Sohn von eine plutticke Scheisahl!!« Un wat klaub Sie, daß die Lady tat? Keratt als wär sie kebiß, hobste sie von der Sopfa in die Hehe un liff aus der Tiere. Absolutt ferbiestert dreh ick meine Kopp nack ihr un kieke hinter ihr drein. Ick konnte mick nehmlick aus sehr naheliggenden Grinden nix denk, dat sie der Teppe enunterlauffen kennte; ick fiehlte, dat ick ihr Hentchen hatte, un der Teiffel soll mir auf der Stelle abholen, wenn ick ihm losließ. Ick seggte: »Abben Sie nix begang ein kleinwinziges Irrtuhm, Mylady? Kehre zurick, Libbling, un ick will dick auck dein Hentchen widder gebben.«

Sie aber sauhste der Treppe enunter wie der Kuggel aus der Kanunne, un da wante ick mir an das kleine Franzos. Och hon! Wenn es nix *seine* knirpsige Klaue war, die ick der kantze Zeit ibber gehalten hatte, dann – dann – nun ise kenuck.

Un warraftick, peinah wer ick vor Lacken kestorp, wie ick der Fisahsche seh von das kleine Aff, wo er pemerkte, dat er die kantze Zeit ibber nix der Witwe, sontern nur Sir Pathrick O'Grandison, Baronitt, bei die Hand kehalten hatte. Der Teiffel selbs hette kein lengeres Kesickt machen kenn als das kleine Franzos. Wat Sir Pathrick O'Grandison petrifft, so ließ er sick natierlick nix ferterp der Stimmung von kleine Irrtuhm. Eh ick aber der Hant von die Knirps losliehs (nehmlick nachtem die Dinnerschaff von seiner Ladyship uns peide die Treppe enuntergefeiert hatte), gapp ick ihr eine so dilikatte Truck, dat sie sick auf der Stelle in Braunbeermuß ferwantelte.

»Wully wuh!« seggt er, »Pully wuh!« seggt er un »Kott tamm!«Un ise sick auskerecknet dies der Ursack, wovon weg das kleine Franzos treggt seine linke Hant in eine Schling.

Der Geschäftsmann

Methode ist die Seele des Geschäfts.
Altes Sprichwort

Ich bin ein Geschäftsmann. Ich bin ein methodischer Mann. Methode ist die Hauptsache. Nichts ist mir verhaßter als jene exzentrischen Narren, die immer von Methode schwatzen und doch nichts davon verstehen; die sich pedantisch an den Buchstaben klammern und den Sinn mit Füßen treten. Solche Leute reden von planmäßiger Arbeitsweise und tun doch die abwegigsten Dinge. Ich finde, hier steckt ein richtiges Paradox. Wahre Methode eignet sich nur für das Alltägliche und Vor-Augen-Liegende, läßt sich niemals auf das Außergewöhnliche anwenden. Was sollte man sich auch unter Ausdrücken wie »methodischer Dandy« oder »systematisches Irrlicht« vorstellen?

Meine Kenntnisse über diesen Punkt wären nicht so abgeklärt, wenn mir nicht in meiner frühen Jugend ein glückliches Ereignis zugestoßen wäre. Eine gutherzige irische Amme (die ich in meinem Testament nicht vergessen werde) packte mich eines Tages bei den Fersen, als ich gerade mehr Lärm vollführte, als notwendig war, schwang mich zwei- oder dreimal durch die Luft und stieß mir dann den Schädel an den Bettpfosten. Diese Tat, behaupte ich, entschied mein Schicksal und machte mein Glück. Sofort wölbte sich eine Beule aus meiner Stirn empor und erwies sich als ein vortreffliches Organ für Ordnung. Von da an begann meine Neigung zu Systematik und Regelmäßigkeit, durch die ich mich zu dem hervorragenden Geschäftsmann entwickeln konnte, der ich heute bin.

Wenn ich etwas auf Erden hasse, so ist es das Genie. Genies sind große Esel – je größer das Genie, um so größer der Esel; von dieser Regel gibt es keine Ausnahme. Vor allem kann man aus einem Genie so wenig einen Geschäftsmann machen, wie Geld aus einem Juden pressen oder Muskatnüsse aus den Knorren im Föhrenholz. Solche Geschöpfe lassen sich immer von phantastischen Vorstellungen oder von lächerlichen Spekulationen ablenken, die in krassem Widerspruch zur Zweckmäßigkeit der Dinge stehen und mit dem, was man von Rechts wegen Geschäft nennt, nichts zu tun haben. Man erkennt solche Charaktere sofort an der Art ihrer Beschäftigung. Wenn einmal ein Mann sich als Kaufmann oder Handwerker niederläßt oder sich mit Baumwoll-, Tabakhandel oder ähnlichen exzentrischen Dingen abgibt, wenn einer Kurzwaren verkauft oder Seife fabriziert oder ähnliches, wenn einer sich für einen Juristen, Schmied oder Arzt oder sonst etwas Abwegiges ausgibt, so kannst du ihn ohne weiteres als ein Genie brandmarken. Er ist folglich ein Esel.

Ich selbst bin nun durchaus kein Genie, sondern ein richtiger Geschäftsmann. Mein Tagebuch und Hauptbuch werden dies im Augenblick beweisen. Sie sind gut geführt – das sage ich selbst; ich bin an Pünktlichkeit und Genauigkeit so gewöhnt, daß ich darin nicht einmal von einer Uhr übertroffen werden kann. Noch mehr; ich habe meine Beschäftigungen immer so eingerichtet, daß sie mit den Gepflogenheiten meiner Mitmenschen im Einklang standen. In dieser Hinsicht fühle ich mich freilich meinen außerordentlich schwach begabten Eltern nicht verpflichtet; sie würden ohne Zweifel ein trostloses Genie aus mir gemacht haben, wenn nicht zur rechten Zeit mein Rettungsengel mich erlöst hätte. Bei einer Lebensbeschreibung, vor allem bei der eigenen, ist Wahrheit die Hauptsache – und doch wage ich nicht zu hoffen, daß man mir glaubt, wenn ich hiermit feierlich feststelle, daß mein schwachsinniger Vater mich, als ich etwa fünfzehn Jahre alt war, in das Kontor eines »achtenswerten Metallwaren-Kommissionshändlers« steckte, »eines Mannes, der das Geschäft in großzügiger Weise betrieb«, wie er sich ausdrückte! Ja, ein großzügiger Possenstreich! Die Folge dieser Torheit war, daß ich nach zwei bis drei Tagen mit hochgradigem Fieber und überaus heftigen und gefährlichen Schmerzen in der Stirn, rund um mein Organ für Ordnungssinn, zu meiner bornierten Familie zurückgeschickt werden mußte. Um ein Haar wäre es damals um mich geschehen gewesen – ich schwebte sechs Wochen lang zwischen Leben und Tod –, die Ärzte hatten mich bereits aufgegeben, und so weiter. Aber trotzdem ich schwer leiden mußte, war ich doch im Grund meines Herzens ein dankbarer Junge. Man erlöste mich von der Aussicht, »ein achtenswerter Metallwaren-Kommissionshändler, der das Geschäft in großzügiger Weise betreibt«, zu werden, und ich fühlte mich meinem Stirnvorsprung dankbar, der mir Mittel zur Rettung geworden war, und auch jenem gutherzigen Weib, dem ich jenes Mittel zur Rettung ursprünglich zu verdanken hatte.

Die meisten Jungen brennen mit zehn oder zwölf Jahren von Hause durch, ich aber wartete, bis ich sechzehn war. Ich weiß nicht einmal, ob ich dann ausgerissen wäre, wenn ich nicht zufällig meine alte Mutter davon hätte sprechen hören, mich im Kolonialwarenhandel unterzubringen. Kolonialwarenhandel – man stelle sich vor! Ich beschloß, mich auf der Stelle aus dem Staube zu machen und zu versuchen, mir auf eigene Faust eine entsprechende Beschäftigung zu suchen, ohne mich länger den Launen der exzentrischen alten Leute auszusetzen und Gefahr zu laufen, schließlich doch noch zum Genie gemacht zu werden. Bei diesem Vorhaben hatte ich auf den ersten Anhieb Erfolg, und als ich eben achtzehn Jahre alt geworden war, fand ich mich in einer ausgedehnten und gewinnbringenden Tätigkeit in der »Mode-Spaziergangs-Schau-Branche«.

Nur durch rücksichtsloses Festhalten am Planmäßigen, das das leitende Element meines Geistes war, wurde ich befähigt, die schwierigen Pflichten dieses Berufes zu erfüllen. Peinliche Methodik äußerte sich ebenso in meinen Handlungen wie in meinen Rechnungen. Bei mir war es Methode, nicht Geld, was den Mann macht, das heißt, soviel von ihm nicht der Schneider machte, dem ich diente. Jeden Morgen um neun Uhr suchte ich den Mann auf und fragte nach den Kleidern des Tages. Um zehn Uhr befand ich mich auf einem vornehmen Promenadenweg oder an einem öffentlichen Vergnügungsort. Die abgemessene Methode, mit der ich meine anmutvolle Persönlichkeit hin und herwandte, um in zweckentsprechender Folge jeden Teil des Anzugs sehen zu lassen, den ich trug, erwarb sich bald die Bewunderung aller Kenner auf diesem Gebiet des Handels. Niemals ging die Mittagsstunde vorüber, ohne daß ich einen Kunden in das Geschäft meiner Arbeitgeber, der Herren Schnitt und Kommwieder, brachte. Ich sage dies mit Stolz und doch mit Tränen in den Augen, denn die Firma erzeigte mir krasse Undankbarkeit. Die kleine Rechnung, über der wir in Streit gerieten und schließlich auseinandergingen, kann doch wirklich von Herren, die etwas vom Wesen des Geschäfts verstehen, nicht als überspannt bezeichnet werden. Ich fühle eine gewisse stolze Genugtuung, wenn ich dem Leser gestatte, ein eigenes Urteil zu fällen. Meine Rechnung lautete so:

	Dollar
Juli 10. Spaziergang wie gewöhnlich und Kunden eingebracht	—.25
Juli 11. Spaziergang wie gewöhnlich und Kunden eingebracht	—.25
Juli 12. Lüge zweiter Klasse: schadhaftes schwarzes Tuch für unsichtbares Grün verkauft	—.25
Juli 13. Lüge erster Klasse, extra Qualität und Maß: gewalkten Halbatlas als feines schwarzes Tuch bezeichnet	—.75
Juli 20. Nagelneuen Papierhemdkragen mit dito Vorhemd angekauft, um grauen Flausch hervorzuheben	—.02
August 15. Doppelt gefütterten Gehrock getragen	

(Thermometer 106 Grad Fahrenheit im Schatten) . . . . —,25

August 16. Drei Stunden lang auf einem Bein gestanden, um einen neuen Stil von Hosenstegen zu zeigen; 12½ Cent das Bein in der Stunde . . . . —.37½

August 17. Spaziergang wie gewöhnlich und schweren Kunden eingebracht (dicken Herrn) . . —.50

August 18. Spaziergang wie gewöhnlich und schweren Kunden eingebracht (Mittelgröße) . . . —.25

August 19. Spaziergang wie gewöhnlich und schweren Kunden eingebracht (kleine Figur und schlechter Zahler) . . . . —.06

Dollar 2.95½

Der Punkt, in dem die Rechnung vor allem angefochten wurde, war die äußerst mäßige Berechnung von 2 Cent für Hemdkragen und Vorhemd. Auf Ehre, es war kein unvernünftiger Preis für dieses Vorhemd. Es war eines der reinsten und hübschesten kleinen Vorhemden, die ich je sah; und ich habe guten Grund zu der Annahme, daß es den Verkauf von drei Flauschrücken bewirkte. Der ältere Inhaber der Firma wollte mir nur 1 Cent für diesen Posten zugestehen und nahm es auf sich, zu beweisen, daß man 4 Vorhemden von solcher Größe aus einem Blatt Kanzleipapier machen könnte. Es ist überflüssig, zu sagen, daß ich auf dem Prinzip der Sache beharrte. Geschäft ist Geschäft und muß nun einmal geschäftsmäßig betrieben werden. Darin lag nichts Planmäßiges, mich um einen Cent zu betrügen – eine glatte Unterschlagung von fünfzig Prozent – durchaus keine Methode. Ich kündigte sofort meinen Vertrag mit den Herren Schnitt und Kommwieder und beteiligte mich auf eigene Faust in der »Dorn im Auge-Branche«, einer der gewinnbringendsten, achtenswertesten und unabhängigsten unter den geläufigen Beschäftigungsweisen.

Hier traten wieder meine peinliche Redlichkeit, Sparsamkeit und zielbewußten geschäftlichen Gewohnheiten zu Tage. Bald steckte ich mitten in einem blühenden Geschäftsbetrieb und wurde in Geschäftsreisen ein bekannter Mann. Ich gab mich nämlich niemals mit unsichern Geschichten ab, sondern arbeitete mich getreu den alterprobten saubern Gewohnheiten des Berufes voran, eines Berufes, in dem ich wohl bis heute geblieben wäre, wenn mich nicht bei Verfolgung einer der mit diesem Berufe verknüpften geschäftlichen Operationen ein kleines Mißgeschick betroffen hätte. Wenn einmal ein reicher Mann oder ein verschwendungssüchtiger Erbe oder eine bankerotte Gesellschaft sich in den Kopf gesetzt hat, einen Palast auszuführen, so gibt es, wie jeder intelligente Mensch weiß, auf dieser Welt nichts, was sie davon abbringen könnte. Auf dieser Tatsache ruht der Grundgedanke des *»Dorn im Auge-Geschäfts«*. Sobald ein Bauplan von einem solchen Unternehmen vorgesehen ist, sichern wir Geschäftsleute uns einen hübschen Winkel des geplanten Bauplatzes oder ein kleines Grundstück, das sich daran anschließt oder gerade vor dem Bauplatz liegt. Ist dies geschehen, so warten wir ab, bis der Palast zur Hälfte erbaut ist, und stellen dann einen Architekten mit gutem Geschmack an, der uns unmittelbar daneben eine ornamentale Lehmhütte oder eine kitschige Pagode oder einen Schweinestall oder irgend einen andern kleinen Phantasiebau – entweder Eskimo-, Kickapoo- oder Hottentottenstil – hinstellt. Natürlich können wir unsre Bauten nicht unter einem Reingewinn von 500 Prozent der Kosten für den Bauplatz und die Arbeit wieder abtragen. Können wir es denn? Ich stelle die Frage. Ich frage als Geschäftsmann. Es wäre ohne Vernunft anzunehmen, daß wir es könnten. Und doch war da so eine bornierte Gesellschaft, die mich gleich darum anging, ausgerechnet so zu handeln; ausgerechnet so! Ich gab auf ihren absurden Vorschlag natürlich keine Antwort, sah mich aber verpflichtet, noch in derselben Nacht hinzugehen und den ganzen Palast schwarz anzustreichen. Dafür ließen mich die vernunftlosen Schurken einsperren; und die Herren des »Dorn im Auge-Geschäfts« konnten nicht wohl anders handeln, als daß sie sofort die Verbindung mit mir lösten, sobald ich aus dem Gefängnis gekommen war.

Das »Tritt- und Hieb-Geschäft«, in dem ich mich jetzt genötigt sah, meinen Unterhalt zu suchen, war der zarten Verfassung meiner Natur etwas ungeschickt angepaßt; trotzdem machte ich mich frohgemut an die Arbeit und fand infolge meiner unerschütterlichen Gewohnheiten und methodischen Genauigkeit, die mir jene reizende alte Amme beigebracht hatte – ich wäre in der Tat ein schlechter Mensch, wenn ich ihrer nicht in meinem Testament gedenken würde –, wie überall so auch hier mein Auskommen. Ich arbeitete wie gesagt nach peinlicher Methode und hielt mir eine Reihe ausgezeichnet geführter Bücher; dadurch wurde ich in die Lage versetzt, über so manche ernstliche Schwierigkeit wegzukommen und mich schließlich in der Branche recht wohl einzurichten. Ich glaube, daß nur wenige Leute auf irgendwelchem Gebiet ein glatteres kleines Geschäft betrieben als ich. Ich will hier nur eine Seite ungefähr aus meinem Tagebuch abschreiben; dies enthebt mich der Notwendigkeit, mein eigenes Lob zu singen, eine verachtungswürdige Sache, mit der sich ein hochherziger Mann nicht gerne befaßt. Nun, mein Tagebuch kennt die Lüge nicht.

»1. Januar. – Traf Schnapp auf der Straße, angeheitert. Schön! – er ist geeignet. Traf gleich darauf Gruff, völlig betrunken. Schön! – auch er ist geeignet. Trug die beiden Namen in mein Hauptbuch ein und eröffnete jedem ein laufendes Konto.

2. Januar. – Traf Schnapp auf der Börse, ging auf ihn zu und trat ihn auf die Zehen. Ballte die Faust und schlug mich nieder. Gut! – Kam wieder hoch. Hatte einige Differenzen mit Bag, meinem Rechtsbeistand. Ich forderte 1000 Dollar Entschädigung, aber er sagte, für einen einfa-

chen Fausthieb könnten wir nicht mehr als 500 fordern. Schön! – muß mich von Bag trennen – hat keine Methode.

3. Januar. – Ging ins Theater, um Gruff zu treffen; fand ihn in einer Seitenloge im zweiten Rang zwischen einer üppigen und einer schlanken Dame. Fixierte die ganze Gesellschaft durch mein Opernglas, bis ich bemerkte, daß die üppige Dame errötete und mit Gruff flüsterte. Begab mich darauf in die Loge und brachte meine Nase in Reichweite seiner Hand. Wollte aber nicht daran ziehen. Fehlschlag! Blies die Nase auf und versuchte es von neuem. Fehlschlag! Setzte mich und zwinkerte der schlanken Dame zu; hatte die Genugtuung, daß er mich sogleich im Genick beim Kragen packte und ins Parterre hinunterwarf. Verrenkte das Genick und brach das rechte Bein. Begab mich vernügt nach Hause, trank eine Flasche Champagner und belastete den jungen Mann mit fünftausend Dollar. Bag behauptete, daß es ginge.

15. Februar. – Der Fall Schnapp wird beigelegt. Gewinnbetrag siehe Journal – fünfzig Cent.

16. Februar. – Verlor den Prozeß gegen den Schurken Gruff. Er machte mir ein Geschenk von fünf Dollar. Gerichtskosten vier Dollar fünfundzwanzig Cent. Reingewinn siehe Journal – fünfundsiebzig Cent.

Folglich in ganz kurzer Zeit allein in den Fällen Schnapp und Gruff ein Reingewinn von nicht weniger als ein Dollar und fünfundzwanzig Cent; ich gebe dem Leser die Versicherung, daß diese Auszüge meinem Tagebuch nur aufs Geratewohl entnommen sind.

Es ist ein altes und wahres Sprichwort, daß Geld nichts bedeutet im Vergleich zu Gesundheit. Ich fand die Ausübung dieses Berufes etwas zu anstrengend für meinen zarten Körper und machte schließlich die Entdeckung, daß ich ganz außer Form geschunden wurde, so daß ich mir gar nimmer zu helfen wußte. Wenn mir meine Freunde auf der Straße begegneten, erkannten sie oft nicht mehr, daß ich Peter Profit war. Es schien mir daher geraten, zu einem andern Geschäftszweig überzugehen. Ich richtete mein Augenmerk also auf das »Schmutzspritz-Geschäft« und blieb dabei ein paar Jahre lang.

Das Schlimmste bei dieser Beschäftigung ist, daß zu viele Leute sich dazu hingezogen fühlen; die Bewerbung ist infolgedessen übermäßig stark. Jeder Nichtskönner, der erkannt hat, daß es ihm an der nötigen Gehirnmenge fehlt, um Schauspaziergänger, Dorn-im-Auge-Mann oder Tritt-und-Hieb-Mann zu werden, denkt offenbar, daß er sich recht wohl zum Schmutzspritzer eignet. Aber auf diesem Gebiete ist ja ohne Methode absolut nichts auszurichten. Ich betrieb dieses Geschäft nur im kleinen, und doch brachten mich meine methodischen Gewohnheiten spielend vorwärts. Ich wählte in erster Linie meine Straßenkreuzung mit großer Überlegung und legte nirgends in der Stadt einen Besen an als hier. Ich sorgte dafür, daß immer eine hübsche kleine Pfütze in Bereitschaft war, die ich in einer Minute erreichen konnte. Durch dieses mein Verfahren wurde ich gar bald als Mann bekannt, auf den man sich verlassen kann. Und damit ist – das will ich hiermit feststellen – im Handel die halbe Schlacht schon geschlagen. Jeder beeilte sich, mir einen Kupfer zu geben, und gelangte dafür über meine Straßenkreuzung mit einem reinen Paar Hosen. Nachdem meine geschäftliche Arbeitsweise auf diesem Gebiete zur Genüge bekannt war, erlebte ich niemals, daß einer den Versuch gemacht hätte, sich dagegen aufzulehnen. Wenn es mir vorgekommen wäre, so hätte ich verstanden, dem zu begegnen. Ich selbst betrog nie jemand und duldete darum auch nicht, daß man mit mir den Narren trieb. Freilich konnte ich nicht verhindern, daß das Militär mich betrog. Die Zahlungsweigerung von dieser Seite war mir äußerst unangenehm. Aber hier handelte es sich nicht um Einzelwesen, sondern um eine Körperschaft; und Körperschaften haben, wie jedermann weiß, weder Körper, die man prügeln, noch Seelen, die man verfluchen kann.

Ich verdiente Geld bei diesem Geschäft. Aber in einer übeln Stimmung entschloß ich mich, in das »Hundebeschmier-Geschäft« überzutreten, eine der vorhergehenden ähnliche, aber leider bei weitem nicht so achtenswerte Branche. Immerhin hatte ich einen ausgezeichneten Platz in zentraler Lage und besaß hervorragende Wichse und Bürsten. Auch mein kleiner Hund war recht fett und schlau. Er war schon lange in der Branche tätig und, ich muß sagen, er verstand sich darauf. Wir gingen folgendermaßen zu Werk: Pompey wälzte sich im Schmutz und setzte sich vor die Tür des Ladens, bis er einen Dandy in spiegelblanken Schuhen bemerkte. Diesem ging er entgegen und rieb sich ein paarmal an den Wellingtons. Der Dandy fluchte furchtbar und sah sich dann nach einer Gelegenheit um, wo er sich die Schuhe reinigen lassen könnte, und da stand ich in Lebensgröße mit Wichse und Bürsten. Nach einer Minute Arbeit war alles geschehen, und dann kam ein Sixpence zum Vorschein. Für einige Zeit war dies ausreichend; ich war ja nicht habgierig. Aber mein Hund war es. Ich gestand ihm ein Drittel der Einnahme zu, aber er bestand auf der Hälfte. Dies war mir zu viel – wir bekamen Streit und trennten uns.

Eine Zeitlang versuchte ich mich nun im »Ohren-Qual-Geschäft« und muß sagen, daß ich mich auch hierbei recht gut stellte. Es handelt sich da um ein einfaches, zielbewußtes Geschäftsverfahren, das keine besondre Begabung erfordert. Man verschafft sich eine Drehorgel, die immer dasselbe Lied spielt, und braucht, um sie tauglich zu machen, nur das Werk bloßzulegen und mit einem Hammer drei- oder viermal kräftig draufzuschlagen. Dieses Verfahren gibt dem Instrument die zu Geschäftszwecken geeignete musikalische Verfassung, wie man sie sich nicht besser wünschen kann. Ist dies geschehen, so braucht man nur mit der Orgel auf dem Rücken umherzuziehen, bis man irgendwo Holzpflaster und mit Wildleder umwickelte Türklopfer findet. Hier macht man Halt und orgelt; und man muß sich dabei den Anschein geben, als ob man bis zum jüngsten Tag dableiben und orgeln wollte. Sogleich wird ein Fenster geöffnet, und irgend jemand wirft einen Sixpence herunter und bittet, man möchte aufhören und weitergehen. Ich habe bemerkt, wie sich Orgeldreher schon durch diese Summe bewegen ließen, weiterzuziehen; ich für meinen Teil finde die notwendigen Geschäftsunkosten zu groß, um mir gestatten zu können, das Feld unter einem Schilling zu räumen.

Mit dieser Beschäftigung verdiente ich ein hübsches Stück Geld; aber dennoch fand ich nicht die rechte Befriedigung dabei und gab sie schließlich auf. Ich arbeitete nämlich unter ungünstigen Verhältnissen, weil ich keinen Affen hatte; auch sind die amerikanischen Straßen so schmutzig, der demokratische Mob so aufdringlich; es wimmelt von händelsüchtigen, boshaften kleinen Jungen.

Einige Monate lang war ich ohne Beschäftigung, aber schließlich gelang es mir durch scharfe Beobachtung, das »Falsche Brief-Geschäft« zu erlernen. Die hiermit verknüpfte Tätigkeit ist einfach und wirft auch befriedigenden Gewinn ab. Zum Beispiel: Früh am Morgen machte ich mein Paket falscher Briefe zurecht. Auf die Briefbogen kritzelte ich ein paar Worte – irgend etwas Mystisches –, zeichnete als Tom Dobson oder Bobby Tompkins oder ähnlich, steckte sie in die Umschläge, siegelte sie und versah sie mit falschen Marken – von Neu-Orleans, Bengalen, Betany-Bai oder von irgendeinem andern weit entlegenen Platz –, und begab mich dann sofort auf meinen täglichen Rundgang, als ob ich große Eile hätte. Ich sprach immer nur bei großen Häusern vor, lieferte die Briefe ab und nahm die Postgebühren dafür in Empfang. Niemand weigert sich, für einen Brief, vor allem für einen doppelten, zu bezahlen – die Leute sind ja so dumm –, und es hatte auch keine Gefahr, um die nächste Ecke zu verschwinden, ehe Zeit war, die Briefe zu öffnen. Schlimm war an dieser Tätigkeit, daß ich so viel und rasch gehen mußte und häufig mit der Route zu wechseln hatte.

Außerdem litt ich an Gewissensbissen. Ich konnte es nicht ertragen, unschuldige Personen übers Ohr zu hauen – auch war die Art und Weise, wie die ganze Stadt auf Tom Dobson und Bobby Tompkins schimpfte, peinlich anzuhören. Voll Ekel wusch ich mir die Hände von dieser unreinlichen Geschichte rein.

Meine achte und letzte Spekulation war das »Katzenschwanz-Geschäft«. Dies ist ein äußerst angenehmes und dankbares Geschäft und verursacht keinerlei Scherereien. Bekanntlich ist das Land mit Katzen geradezu überschwemmt; es wurde daher der gesetzgebenden Versammlung bei ihrer letzten denkwürdigen Sitzung ein zahlreich und mit gewichtigen Namen unterzeichnetes Gesuch um Befreiung vorgelegt, und nachdem die Versammlung andre Dinge und heilsame Maßnahmen beschlossen hatte, krönte sie ihr Werk mit der Katzen-Akte. In der ersten Fassung setzte die Verordnung eine Belohnung für Katzenköpfe (vier Pence für das Stück) aus, aber der Senat traf eine wichtige Änderung, indem er für Köpfe das Wort Schwänze einsetze. Die Änderung war sehr angebracht, und das Haus stimmte ohne Ausnahme zu.

Sobald der Gouverneur die Akte unterzeichnet hatte, verwandte ich mein ganzes Vermögen darauf, Kater und Katzen einzukaufen. Zuerst konnte ich sie nur mit Mäusen füttern (weil die billig sind), aber sie taten mir so gute Dienste, daß ich es für angemessen erachtete, großherzig zu sein, und sie mit Austern und Taubenbraten nährte. Ihre Schwänze, für die der gesetzlich festgelegte Preis bezahlt wird, bringen mir ein gutes Einkommen, denn ich habe ein Verfahren entdeckt, durch Anwendung von Makassaröl drei Ernten im Jahr zu erzielen. Es freut mich, feststellen zu können, daß die Tiere sich bald an die Sache gewöhnt haben und sich die Schwänze gerne abschneiden lassen. Ich halte mich für einen gemachten Mann und stehe zurzeit in Unterhandlungen wegen eines Landhauses am Hudson.

Verwette niemals dem Teufel deinen Kopf

Eine Geschichte mit einer Moral

»CON TAL QUE LAS CONSTRUMBRES DE UN AUTOR«, sagt Don Tomas De Las Torres in der Vorrede zu seinen »Gedichten der Liebe«, »SEAN PURAS Y CASTAS, IMPORTA MUY POCO QUE NO SEAN IGUALMENTE SEVERAS SUS OBRAS« – wenn die persönlichen moralischen Anlagen eines Autors rein sind, so ist damit nicht gegeben, wie die Moral seiner Bücher ist. Wir nehmen an, daß Don Tomas heute wegen dieser seiner Feststellung im Fegfeuer schmachtet. Im Sinne der dichterischen Rechtfertigung wäre es angemessen, ihn da zu lassen, bis seine »Gedichte der Liebe« nicht mehr gedruckt werden oder wegen Mangels an Lesern endgültig zur Makulatur gelegt sind. Jede Dichtung sollte eine Moral haben; ja, die Kritiker haben entdeckt, daß jede Dichtung tatsächlich eine Moral hat. Philipp Melanchthon schrieb vor ettlicher Zeit einen Kommentar zur Batrachomyomachia und führte darin den Nachweis, daß der Dichter mit diesem Werk bezweckte, Widerwillen gegen Rebellion zu erzeugen. Pierre La Seine ging noch einen Schritt weiter und legte dar, daß der Sinn dieser Dichtung sei, jungen Männern Mäßigkeit im Essen und Trinken anzuempfehlen. Ebenso hat Jacobus Hugo sich darin Genüge getan, zu erklären, daß Homer und Eumäos – John Calvin, mit Antinoos – Martin Luther, mit den Lotophagen – die Protestanten im allgemeinen und mit den Harpyien – die Holländer gemeint habe. Unsre modernen Scholastiker stehen ihnen an Scharfsinn nicht nach. Diese Leute sehen einen verborgenen Sinn in den »Menschen der Vorzeit«, eine Parabel im »Powhatan«, neue Gesichtspunkte im »Cock Robin« und transzendentale Weltanschauung im »Hop O'My Thumb«. Kurz, es ist nachgewiesen worden, daß kein Mensch sich hinsetzen und schreiben kann ohne eine tiefe Absicht. Den Autoren ist damit viel Schererei erspart. Zum Beispiel braucht sich ein Novellist weiter nicht um seine Moral zu kümmern; sie ist da – das heißt, irgendwo steckt sie –, und im übrigen können die Moral und die Kritiker selber sehen, wie sie zusammen fertig werden. Wenn eine gewisse Zeit verstrichen sein wird, wird alles, was der Herr beabsichtigte und was er nicht beabsichtigte, ans Tageslicht kommen – im »Dial« oder im »Down Caster«, zugleich auch alles, was er beabsichtigt haben sollte, und das, was er zu beabsichtigen beabsichtigt hatte – so daß schließlich alles offenkundig auf der Hand liegt.

Es liegt demnach kein wahrer Grund in der Anklage, die gewisse Ignoranten gegen mich erhoben haben – nämlich, daß ich niemals eine moralische Erzählung, genauer eine Erzählung mit einer Moral geschrieben hätte. Sie sind nur nicht die Kritiker, die dazu bestimmt sind, mich zu lösen und meine Moral zu entwickeln; – das ist das Geheimnis. Mit der Zeit wird das »NORTH AMERICAN QUARTERLY HUMDRUM« sie ob ihrer Kurzsichtigkeit beschämen. Inzwischen aber lege ich in der Absicht, mein Todesurteil aufzuhalten und die wider mich erhobenen Beschuldigungen zu mildern, die folgende traurige Geschichte vor, eine Geschichte, über deren offenkundige Moral keine Zweifel erhoben werden können, denn der Leser erfährt sie ja schon in den fetten Buchstaben, die die Überschrift der Geschichte bilden. Man schuldet mir Anerkennung für diese Anordnung, denn sie ist weiser als die von La Fontaine und andern, die den Leser bis zuletzt an der Nase herumführen und die Moral erst am allerletzten Ende ihrer Fabeln einfließen lassen.

»DEFUNCTI INJURIA NE AFFICIANTUR« war ein Gesetz der zwölf Tafeln, und »DE MORTUIS NIL NISI BONUM« ist eine ausgezeichnete Vorschrift, selbst wenn der fragliche Tote nichts anderes ist als abgestandenes Dünnbier. Es liegt mir keineswegs im Sinne, meinen abgeschiedenen Freund Tobias Dammit zu tadeln. Er war ein armseliger Hund, das ist wahr, und starb auch einen Hundetod; aber man konnte nicht ihm die Schuld an seinen Lastern geben. Vielmehr entstanden sie aus einem körperlichen Fehler seiner Mutter. Sie tat, was sie konnte, indem sie ihm Schläge verabfolgte, solange er noch die Kinderschuhe trug; Pflichten waren ihrem ordnungsliebenden Sinn stets ein Vergnügen, und für kleine Kinder, für Beefsteaks und die heutigen Olivenbäume Griechenlands ist es nun einmal gut, geschlagen zu werden – aber armes Weib! Sie hatte das Unglück, linkshändig zu sein, und ein Kind, das linkshändig geschlagen wurde, wäre besser nie geschlagen worden. Die Erde dreht sich von rechts nach links. Es ist nicht gut, ein Kind von links nach rechts zu schlagen. Wenn schon jeder in der rechten Richtung geführte Streich eine üble Neigung austreibt, so folgt, daß jeder Hieb aus der entgegengesetzten Richtung ein Vielfaches des Schlimmen eintreibt. Ich war oft zugegen, wenn Tobias gezüchtigt wurde, und schon an der Art, wie er strampelte, konnte ich erkennen, daß es jeden Tag schlimmer mit ihm wurde. Schließlich sah ich mit Tränen in den Augen ein, daß bei dem Übeltäter nichts mehr zu erhoffen war, und eines Tages, als er Schläge bekommen hatte, bis er so schwarz im Gesicht wurde, daß man ihn hätte für einen kleinen Afrikaner halten können, und doch nichts anderes bei ihm erzielt wurde, als daß er gebührend strampelte, konnte ich es nicht länger mit ansehen, sondern fiel alsbald auf die Knie, erhob meine Stimme und prophezeite seinen Untergang.

Tatsache ist, daß seine Frühreife im Laster unheimliche Fortschritte machte. In einem Alter von fünf Monaten ließ er sich von Leidenschaften hinreißen, die er nicht einmal aussprechen konnte. In seinem sechsten Monat traf ich ihn dabei, wie er einen Pack Spielkarten zernagte. Mit sieben

Monaten hatte er die unverbesserliche Gewohnheit, kleine Mädchen zu fangen und abzuküssen. Mit acht Monaten weigerte er sich beharrlich, seine Unterschrift unter ein Temperenzmanifest zu setzen. So steigerte sich seine Schlechtigkeit von Monat zu Monat, bis er am Ende seines ersten Lebensjahres nicht nur darauf bestand, einen Schnurrbart zu tragen, sondern sich auch angewöhnt hatte, zu fluchen und zu schwören und seine Versicherungen mit Wettgeboten zu bekräftigen.

Infolge dieser äußerst unfeinen Angewohnheit ging Tobias Dammit schließlich zugrunde, wie ich richtig vorausgesagt hatte. Sie wuchs mit ihm heran und wurde mit seinem körperlichen Gedeihen immer stärker: schließlich, als er ein Mann war, konnte er kaum einen Satz aussprechen, ohne ihm eine Herausforderung zu einer Wette anzufügen. Nicht als ob er sich in ernsthafte Wetten eingelassen hätte – nein. Ich will meinem Freund die Gerechtigkeit widerfahren lassen, festzustellen, daß er eher Eier gelegt hätte. Seine Ausrufe hatten gar keine Bedeutung. Sie waren lediglich harmlose Füllworte, recht gewöhnliche Phrasen, mit denen er einen Satz abzurunden pflegte. Wenn er sagte: »Ich wette mit Ihnen dies und das«, so dachte darum kein Mensch daran, ihn beim Wort zu nehmen; aber trotzdem konnte ich nicht umhin, es für meine Pflicht zu halten, ihm diese Gewohnheit auszutreiben. Es sei eine unmoralische Gewohnheit, sagte ich ihm. Sie sei ordinär, bat ich ihn, mir zu glauben. Sie sei in der guten Gesellschaft verpönt – damit sagte ich nichts anderes als die Wahrheit. Sie sei durch einen Beschluß des Kongresses verboten – damit hatte ich nicht die leiseste Absicht, zu lügen. Ich machte ihm Vorstellungen – ohne Erfolg. Ich lieferte Beweise – vergeblich. Ich bat – er lächelte. Ich flehte ihn an – er lachte. Ich predigte – er grinste. Ich drohte – er fluchte. Ich versetzte ihm einen Tritt – er rief nach der Polizei. Ich zog ihn an der Nase – er blies sie auf und sagte, er verwette dem Teufel seinen Kopf, daß ich das nicht zum zweitenmal versuchen würde.

Ein anderes Laster, mit dem ihn das anormale körperliche Gebrechen der Mutter Dammit begabt hatte, war Armut. Dammit war entsetzlich arm; und darin lag wohl auch der Grund, daß seine rhetorischen Wettgebote sich selten auf finanzielles Gebiet erstreckten. Ich glaube niemals hörte ich ihn die Redewendung gebrauchen: »Ich wette einen Dollar mit Ihnen«. Dagegen waren gebräuchlich: »Ich wette mit Ihnen, was Sie wollen« oder: »Ich wette mit Ihnen, was Sie dransetzen wollen« oder: »Ich wette eine Kleinigkeit«, schließlich das so bezeichnende: »Ich verwette dem Teufel meinen Kopf«.

Diese letztgenannte Wendung schien ihm am besten zu gefallen, vielleicht weil sie die geringste Gefahr bedeutete; Dammit war nämlich äußerst sparsam geworden. Hätte ihn einer beim Wort genommen – sein Kopf war klein, und so wäre der Verlust nicht groß gewesen. Aber diese Erwägung stammt von mir, und ich bin keineswegs sicher, ob ich recht habe, sie ihm zuzuschreiben. Auf jeden Fall stieg die in Frage stehende Redewendung täglich in seiner Gunst, trotzdem es für einen Mann höchst unschicklich ist, sein Gehirn wie Banknoten zu verpfänden; aber die perverse Veranlagung hinderte ja meinen Freund daran, dies zu begreifen. Schließlich gab er alle andern Wettformeln auf und beschränkte sich auf das »Ich verwette dem Teufel meinen Kopf« mit einer Hartnäckigkeit und Hingabe, die mich ebenso sehr überraschte, wie sie mir mißfiel. Dinge, die ich mir nicht erklären kann, mißfallen mir nämlich immer. Geheimnisse zwingen einen Menschen, zu denken, und schädigen somit seine Gesundheit. Es lag nämlich etwas in der Art und Weise, wie Dammit diese seine gewohnten lästerlichen Ausrufe anwandte, schon in der Betonung, das mich zuerst interessierte, mir dann aber eine unangenehme Empfindung verursachte – ein Etwas, das ich, da es mir gerade an einem bestimmteren Ausdruck fehlt, als krankhaft bezeichnen muß, das aber Mr. Coleridge mystisch, Kant pantheistisch, Carlyle twistisch und Mr. Emerson hyperquizitistisch genannt haben würde. Ich begann, ihn zu hassen. Mr. Dammits Seele befand sich in einem gefährlichen Stadium. Ich beschloß, meine ganze Beredsamkeit aufzubieten, sie zu retten. Ich gelobte, ihm zu dienen wie St. Patrik in der irischen Legende der Kröte, das heißt, ihn zum Bewußtsein seiner Lage zu erwecken. Sogleich machte ich mich an diese Aufgabe. Wieder versuchte ich es mit Vorstellungen. Wieder sammelte ich meine Kräfte zu einem letzten Versuch, das Übel auszutreiben.

Als ich meine Vorlesung beendet hatte, zeigte Mr. Dammit ein sehr zweideutiges Verhalten. Eine Weile verhielt er sich ruhig und sah mir nur durchbohrend in die Augen. Dann wandte er den Kopf zur Seite und zog die Augenbrauen in die Höhe. Dann streckte er die Hände aus und zuckte mit den Achseln. Dann zwinkerte er mit dem rechten Auge. Dann wiederholte er dies mit dem linken Auge. Dann schloß er beide Augen fest. Dann öffnete er beide so erstaunlich weit, daß ich mich ernstlich vor den Folgen fürchtete. Dann legte er den Daumen an die Nase und geruhte, mit dem Rest seiner Finger eine unbeschreibliche Lage einzunehmen. Schließlich aber stemmte er die Arme in die Seite und entschloß sich zu einer Erwiderung.

Ich habe jedoch nur die hauptsächlichen Züge von dem, was er sagte, im Gedächtnis behalten. Er wäre mir dankbar, wenn ich meinen Mund halten wollte. Er wünsche meine Ratschläge nicht. Er verachte meine Ermahnungen. Er sei alt genug, um für sich selbst zu sorgen. Ob ich ihn etwa immer noch für das Baby Dammit halte? Ob ich etwas gegen seinen Charakter sagen wollte? Ob ich ihn vielleicht beleidigen wollte? Ob ich ein Narr sei? Ob meine Mutter auch wüßte, daß ich von Hause fortgelaufen wäre? Er frage mich das als einen Mann, der die Wahrheit liebe, und wolle sich verpflichten, sich bei einer entsprechenden Aussage meinerseits zu beruhigen. Noch einmal stellte er die Frage, ob meine Mutter auch wirklich wüßte, daß ich nicht zu Hause sei.

Meine Verwirrung – meinte er – verrate mich schon zur Genüge; er verwette dem Teufel seinen Kopf, daß meine Mutter nichts davon wüßte.

Mr. Dammit wartete meine Entgegnung nicht ab. Er wandte sich in seiner Spur und verließ meine Gegenwart mit ungehöriger Beschleunigung. Es war das Beste, was er tun konnte. Mein Stolz war verwundet worden. Ja, meine Wut war entfacht. Auf der Stelle würde ich ihn beim Wort genommen haben. Und ich hätte für den Erzfeind Mr. Dammits kleinen Kopf gewonnen, denn die Wahrheit ist: meine Mama wußte wohl, daß ich für einige Zeit außer Haus gegangen war.

Aber KHÔDA SHEFA MIDÊHED – der Himmel schafft Erlösung –, wie der Muselman sagt, wenn ihm jemand auf die Hühneraugen tritt. Es geschah in Ausübung meiner Pflicht, daß ich beleidigt worden war, und ich trug die Beleidigung wie ein Mann. Es schien mir jetzt, als hätte ich alles getan, was ich für den elenden Burschen tun konnte, und ich beschloß, ihm mit meinen Ratschlägen nicht länger lästig zu fallen, sondern ihn seinem Gewissen und sich selbst zu überlassen. Aber wenn ich ihm schon meine Ratschläge versagte, konnte ich es doch nicht über mich bringen, seine Gesellschaft aufzugeben. Ich ging sogar so weit, daß ich Vergnügen an einigen seiner weniger verabscheuungswürdigen Angewohnheiten fand; es kam vor, daß ich seine schlimmen Scherze mit Tränen in den Augen lobte wie die Epikuräer den Senf; so tief betrübte es mich, seine üblen Reden zu hören.

Eines schönen Tages spazierten wir Arm in Arm umher und gelangten an den Fluß. Da war eine Brücke, und wir beschlossen, sie zu überschreiten. Sie war gegen die Unbill der Witterung mit einem Schutzdach versehen; der Gang hatte nur wenige Fenster und war daher unheimlich düster. Gleich als wir eintraten, wirkte der Unterschied zwischen dem lachenden Sonnenschein draußen und dem in dem

Gang herrschenden Düster bedrückend auf mein Gemüt. Nicht so auf das des unglücklichen Dammit, der dem Teufel seinen Kopf verwettete, daß ich melancholisch wäre. Er schien ungewöhnlich guter Laune zu sein. Er war äußerst liebenswürdig; so sehr, daß ich weiß nicht was für ängstlichen Verdacht schöpfte. Es ist nicht ausgeschlossen, daß er von transzendentalen Kräften angetrieben wurde. Freilich bin ich nicht genügend unterrichtet, um mich mit Sicherheit über dieses Übel äußern zu können, und leider war keiner meiner Freunde vom »Dial« zugegen. Doch erwähne ich den Gedanken trotzdem, weil offenbar eine gewisse Art Merry-Andrewismus meinen armen Freund zu reiten schien und bewirkte, daß er sich wie ein Narr benahm. Er zappelte und sprang umher, rief bald laut, lispelte dann wieder, gebrauchte allerlei seltsame leise und laute Worte und bewahrte dabei die ganze Zeit über die ernsthafteste Miene von der Welt. Ich wußte wirklich nicht, ob ich ihn verprügeln oder bemitleiden sollte. Inzwischen näherten wir uns dem Ende des Brükkenganges und sahen uns mit einmal einem Hindernis gegenüber, das uns den Weg versperrte; es war ein Drehkreuz von ziemlicher Höhe. Gelassen bahnte ich mir durch dieses meinen Weg, indem ich es wie üblich mit mir vorwärts drehte. Aber die Drehung des Kreuzes entsprach nicht der Drehung Mr. Dammits. Er bestand darauf, das Drehkreuz zu überspringen, und erklärte, er könnte in der Luft einen Taubenschwung reinsten Stils darüber machen. Dies aber glaubte ich ihm nicht. Der beste stilistische Taubenschwinger war mein Freund, Mr. Carlyle, und ich wußte, daß er es nicht fertiggebracht haben würde; darum wollte ich auch nicht glauben, daß Tobias Dammit es tun könnte. Ich setzte ihm also in aller Breite auseinander, daß er ein Prahlhans sei und mehr behaupte, als er ausführen könne. Später hatte ich Grund, dies zu bereuen, denn er verwettete sofort dem Teufel seinen Kopf, daß er den Sprung machen könnte.

Trotz meiner früheren Entschlüsse war ich eben im Begriff, zu antworten und meinen Abscheu vor seiner Gottlosigkeit zu bekunden, da vernahm ich dicht bei meinem Ellbogen ein leises Husten, das ganz ähnlich wie der Ausruf »Ahem!« klang. Ich erschrak und blickte überrascht umher. Und schließlich fiel mein Blick auf einen Winkel im Fachwerk der Brücke und die Gestalt eines kleinen alten Herrn von würdevollem Aussehen. Seine Erscheinung machte einen sehr respektabeln Eindruck; er trug einen schwarzen Anzug, und zudem war sein Hemd tadellos rein, und sein Kragen legte sich sauber über eine weiße Halsbinde. Sein Haar war in der Mitte gescheitelt wie das Haar eines Mädchens. Die Hände hielt er nachdenklich über der Magengrube gefaltet, seine Augen blickten zu seinem Scheitel empor.

Als ich ihn näher betrachtete, bemerkte ich, daß er über seinem Anzug eine Schürze von schwarzer Seide trug, und wunderte mich darüber. Aber ehe ich Zeit fand, über diesen seltsamen Umstand eine Bemerkung zu machen, unterbrach er mich mit einem zweiten »Ahem«.

Auf diese Anrede fand ich die Antwort nicht sofort. Bemerkungen von derart lakonischer Art sind nämlich überhaupt nicht leicht zu beantworten. Ich habe schon erlebt, daß eine Vierteljahresschrift durch den einfachen Zuruf »Hamburg« in Verlegenheit geriet. Ich schäme mich daher nicht, zu gestehen, daß ich mich an Mr. Dammit um Hilfe wandte.

»Dammit«, sagte ich, »was treiben Sie denn? Hören Sie nicht? Der Herr sagt Ahem.«

Ich blickte meinen Freund scharf an, während ich mit ihm sprach; um die Wahrheit zu gestehen: ich fühlte mich einigermaßen in Verlegenheit, und wenn ein Mann sich einigermaßen in Verlegenheit fühlt, so muß er die Augenbrauen zusammenziehen und wild dreinblicken, sonst kann er sich darauf verlassen, daß er wie ein Schaf aussieht.

»Dammit«, bemerkte ich – obschon dies wie ein Fluch

klang, was doch ganz und gar nicht in meiner Absicht lag – »Dammit«, sagte ich, »der Herr sagt Ahem.«

Ich will nicht behaupten, daß diese meine Bemerkung sich durch besondere Tiefe auszeichnete; ich glaube selbst nicht, daß sie tief war. Oft aber habe ich schon die Feststellung machen müssen, daß der Erfolg unsrer Reden nicht im Verhältnis steht zu der Wichtigkeit, die sie in unsern Augen haben. Wenn ich Mr. Dammit eine Paixham-Bombe durch den Leib gejagt oder ihm die »Dichter und Dichtkunst in Amerika« auf den Schädel geschlagen hätte, er wäre wohl kaum in größere Verwirrung geraten als durch die bedeutungslosen Worte, die ich ihm zurief: »Dammit, was treiben Sie? Hören Sie nicht? – Der Herr sagt Ahem.«

»Nein, wirklich?« stieß er endlich heraus, nachdem er die Farbe öfter gewechselt hatte als ein Pirat, der von einem Kriegsschiff verfolgt wird. »Sind Sie sicher, daß er das sagte? Nun, auf jeden Fall nehme ich die Herausforderung an und werde ebenso unverschämt entgegnen. Aufgepaßt! Ahem!«

Dem alten Herrn schien dies zu gefallen – Gott weiß, warum. Er verließ den Winkel im Brückengang, wo er gestanden hatte, hinkte graziös heran, schüttelte Dammit freundschaftlich die Hand und sah ihn dabei mit einem Ausdruck solcher Güte an, wie man sie bei einem Manne nur selten voraussetzen darf.

»Ich bin sicher, daß Sie gewinnen werden, Dammit«, sagte er mit dem herzlichsten Lächeln von der Welt. »Freilich sind wir, wie Sie selber eingestehen werden, verpflichtet, den Beweis zu liefern. Lediglich der Form halber.«

»Ahem!« erwiderte mein Freund, legte mit einem tiefen Seufzer den Rock ab und band sich ein Taschentuch um den Leib. In seinem Wesen trat eine überraschende Veränderung ein, wie er die Augen verdrehte und die Mundwinkel senkte. – »Ahem!« und »Ahem!« sagte er nach einer Weile wieder; kein andres Wort hörte ich ihn weiter sagen als »Ahem«.

»Aha!« dachte ich, ohne indes meine Gedanken laut werden zu lassen, »dies ist ein sehr bemerkenswertes Schweigen von seiten Tobias Dammits; ohne Zweifel ist es die Folge seiner Wortvergeudung bei einer früheren Gelegenheit. Ein Extrem folgt aus dem andern. Ich möchte nur wissen, ob er die vielen nicht zu beantwortenden Fragen schon vergessen hat, mit denen er mich so freigebig an jenem Tag überschüttet hat, an dem ich ihm meine letzte Vorlesung hielt. Auf jeden Fall ist er von dem transzendentalen Übel geheilt.«

»Ahem!« entgegnete Tobias, als hätte er in meinen Gedanken gelesen. Er sah dabei aus wie ein altes Schaf, das träumt.

Der alte Herr nahm ihn jetzt beim Arm und führte ihn etwas tiefer in die Schatten des Brückengangs zurück; sie standen wenige Schritte vom Drehkreuz entfernt. »Mein lieber Junge«, sagte er, »verlassen Sie sich darauf: ich werde Ihnen diesen prachtvollen Sprung ermöglichen. Warten Sie hier. Ich werde mich bei dem Drehkreuz aufstellen, damit ich dafür sorgen kann, daß Sie in guter Form und transzendental darüber wegkommen. Lassen Sie beim Taubenschwung ja keinen der Schnörkel weg. Es ist ja reine Formsache, natürlich. Ich werde zählen: eins – zwei – drei – los! Achten Sie darauf, daß Sie bei dem Wort ›los!‹ starten.«

Damit nahm der Herr seine Aufstellung beim Drehkreuz, verharrte eine Weile wie in tiefe Gedanken versunken, blickte dann empor und lächelte heimlich, wie mir schien. Dann band er sich die Schürze fester, warf einen langen Blick auf Dammit und zählte schließlich wie verabredet:

»Eins – zwei – drei – los!«

Genau bei dem Kommando »los!« setzte sich mein armer Freund in Galopp. »Welches Recht«, fragte ich mich, »hat der alte Gentleman, einen andern Gentleman springen zu lassen? Dieser kleine alte Knirps! Wer ist er überhaupt? Würde er von mir verlangen, daß ich springe, so würde ich es nicht tun, das ist klar; es ist mir gleichgültig, und wenn er der Teufel wäre.«

Die Brücke war, wie ich schon sagte, ein überwölbter und

gar seltsam überdeckter Gang; es war die ganze Zeit über ein unheimliches Echo darin – aber niemals fiel mir das Echo so auf wie in dem Augenblick, da ich die letzten vier Worte meines Gedankengangs aussprach.

Aber was ich sagte, dachte und hörte, beschäftigte mich nur für die Dauer eines Augenblicks. In weniger als fünf Sekunden nach dem Start war mein armer Tobias abgesprungen. Ich sah ihn noch behend anlaufen und mit einem Satz vom Boden der Brücke emporschnellen; er schlug mit den Beinen die verrücktesten Schnörkel, als er in die Höhe flog. Hoch in der Luft bemerkte ich ihn in einem erstaunlichen Taubenschwung über dem Drehkreuz; doch seltsam schien mir, daß er nicht darüber wegflog. Der Sprung war Sache eines Augenblicks; ehe ich Gelegenheit fand, eingehendere Reflexionen anzustellen, fiel Mr. Dammit auf derselben Seite des Drehkreuzes, wo er abgesprungen war, auf den Rücken. Im nämlichen Augenblick aber sah ich den alten Herrn in höchster Geschwindigkeit davonlaufen, nachdem er zuvor in seiner Schürze etwas aufgefangen und eingewickelt hatte, das aus dem Dunkel des Brückengewölbes über dem Drehkreuz schwer hineingefallen war. Über all dies war ich sehr erstaunt, aber wiederum hatte ich keine Zeit, darüber nachzudenken, denn Mr. Dammit lag seltsam still. Ich schloß daraus, daß seine Gefühle verletzt waren und er meine Hilfe nötig hatte. Ich eilte zu ihm hin und stellte fest, daß er etwas davongetragen hatte, was man als eine ernstliche Verletzung bezeichnen könnte. Er hatte nämlich seinen Kopf verloren, und trotz emsigen Nachsuchens konnte ich ihn nirgends auffinden; ich faßte daher den Entschluß, meinen Freund nach Hause zu bringen und nach den Homöopathen zu schicken. Unterdessen kam mir ein Gedanke; ich öffnete eines der Brückenfenster in der Nähe und durchschaute die traurige Wahrheit. Etwa fünf Fuß hoch über dem Drehkreuz lief quer durch das Dachgewölbe mit der Breitseite nach oben eine flache Eisenstange, die als Stütze diente und zu einer ganzen Reihe gleicher Stangen gehörte, die den Zweck hatten, den Brückenbau in seiner ganzen Länge zu festigen. Mit der Kante dieser Strebe schien der Hals meines Freundes in unsanfte Berührung gekommen zu sein.

Er überlebte den peinlichen Verlust nicht lange. Die Homöopathen konnten ihm nicht wenig genug Medizin geben, und das wenige, was sie ihm gaben, wollte er nicht einmal schlucken. Schließlich verschlimmerte sich sein Zustand, und er starb zur Lehre aller derer, die da im Übermut leben. Ich betaute sein Grab mit meinen Zähren, malte eine düstre Eisenstange auf das Wappenschild seiner Familie und übersandte den Transzendentalisten eine äußerst gemäßigte Rechnung über die Bestattungskosten. Die Elenden weigerten sich aber, zu bezahlen, und so blieb mir nichts andres übrig, als Mr. Dammit wieder auszugraben und als Hundefleisch zu verkaufen.

Die Brille

Vor vielen Jahren pflegte man eine »Liebe auf den ersten Blick« zu belächeln; die Nachdenklichen aber und die Leute von tiefem Gefühl haben ihr Vorhandensein stets anerkannt. Tatsächlich haben moderne Entdeckungen auf einem Gebiete, das man ethischen Magnetismus oder magnetische Ästhetik nennen könnte, es glaubwürdig gemacht, daß die natürlichsten und folglich die wahrsten und stärksten menschlichen Leidenschaften jene sind, die wie mit elektrischer Sympathie im Herzen aufflammen – mit einem Wort, daß die Seelenbeziehungen, die auf den ersten Blick geknüpft werden, die ungetrübtesten und dauerndsten sind. Das Bekenntnis, das ich zu machen gedenke, wird den schon kaum mehr zu zählenden Wahrheitsbeweisen für diese Behauptung einen neuen hinzufügen.

Meine Erzählung verlangt, daß ich etwas weiter aushole. Ich bin noch ein sehr junger Mann, noch nicht zweiundzwanzig Jahre alt. Mein gegenwärtiger Name lautet sehr gewöhnlich und plebejisch – Simpson. Ich sage »gegenwärtig«, denn ich werde erst seit kurzem so genannt, da ich diesen Zunamen im letzten Jahre gesetzlich angenommen habe, um eine große Erbschaft antreten zu können, die mir ein entfernter Verwandter, Adolphus Simpson, hinterlassen hat. Es knüpfte sich die Bedingung daran, daß ich den Namen des Erblassers – den Familien-, nicht den Taufnamen – annehme. Mein Taufname – oder richtiger mein erster und zweiter Rufname – lautet Napoleon Buonaparte.

Ich nahm den Namen Simpson mit einigem Widerwillen an, da mein wirklicher Zuname, Froissart, mich mit verzeihlichem Stolz erfüllte – glaubte ich doch, ich könne meine Abstammung von dem unsterblichen Verfasser der »Chroniques« herleiten. Hinsichtlich der Namen möchte ich nur nebenbei eine eigentümliche Klangähnlichkeit zwischen denen meiner nächsten Vorfahren erwähnen. Mein Vater war ein Monsieur Froissart aus Paris. Seine Frau – meine Mutter, die fünfzehn Lenze zählte, als er sie heiratete – war ein Fräulein Croissart, die älteste Tochter von Croissart, dem Bankier; dessen Frau wiederum, die kaum sechzehn Jahre alt war, als sie die Ehe einging, war die älteste Tochter eines Victor Boissart. Monsieur Boissart aber hatte, höchst seltsam, eine Dame mit ähnlich klingendem Namen geheiratet – eine Mademoiselle Moissart. Auch sie war bei der Eheschließung noch ein wahres Kind, und ihre Mutter, Madame Moissart, zählte ebenfalls erst vierzehn, als sie vor den Altar trat. Solche frühen Ehen sind in Frankreich nichts Außergewöhnliches. Hier nun sind Moissart, Boissart, Croissart und Froissart alle in einer direkten Abstammungslinie. Mein eigener Name wurde aber, wie ich sagte, auf gesetzlichem Wege in Simpson umgewandelt, obschon mir das so zuwider war, daß ich eine Zeitlang ernstlich zögerte, das Legat mit der damit verknüpften, ebenso überflüssigen wie ärgerlichen Bedingung überhaupt anzunehmen.

Mit persönlichen Vorzügen bin ich keineswegs schlecht ausgestattet. Im Gegenteil, ich glaube, ich bin wohlgestaltet und besitze, was neun Zehntel der Menschen ein hübsches Gesicht nennen würden. Meine Größe beträgt fünf Fuß elf Zoll. Mein Haar ist schwarz und lockig, meine Nase gut geformt. Die Augen sind groß und grau, und wenn sie auch in ziemlich störendem Grade schwach sind, so kann man ihnen diesen Mangel doch nicht ansehen. Die Tatsache der Schwäche hat mich allerdings oft sehr behindert, und ich habe zu jedem Heilmittel meine Zuflucht genommen – nur nicht zu Augengläsern. Da ich jung und hübsch bin, so liebe ich natürlich die Gläser nicht und habe mich standhaft geweigert, sie zu benutzen. Wirklich, ich kenne nichts, was die Erscheinung eines jungen Menschen so entstellte, seinen Mienen etwas so Gespreiztes, Scheinheiliges und Bejahrtes gäbe. Ein Monokel dagegen hat einen Beigeschmack von Geziertheit und fordert zum Spott heraus. Ich habe mich bis jetzt, so gut ich konnte, ohne beides beholfen. Doch ich gehe in der Erwähnung dieser nebensächlichen persönlichen Einzelheiten, die schließlich belanglos sind, wohl zu weit. Ich will mich begnügen, noch zu sagen, daß ich ein sanguinisches, rasches, feuriges, begeisterungsfähiges Temperament besitze – und daß ich allzeit in ergebener Bewunderung der Frauen gewesen bin.

Im vorigen Winter betrat ich eines Abends in Gesellschaft eines Freundes, Mr. Talbots, eine Loge im P ... Theater. Es gab eine Opernvorstellung; die Anzeigen verhießen einen seltenen Genuß, so daß das Haus gedrängt voll war. Wir aber kamen noch rechtzeitig, um die für uns belegten Vordersitze einzunehmen, zu denen wir uns mit einiger Schwierigkeit unsern Weg bahnen mußten.

Zwei Stunden lang schenkte mein Begleiter, der ein begeisterter Musikfreund war, seine ungeteilte Aufmerksamkeit der Bühne; derweil unterhielt ich mich damit, das Publikum zu beobachten, das in der Hauptsache den ersten Gesellschaftskreisen angehörte. Nachdem ich mir hierin Genüge geleistet hatte, wollte ich die Augen der Primadonna zuwenden, als mein Blick von einer Gestalt in einer Privatloge gebannt wurde, die meiner Beobachtung bisher entgangen war.

Wenn ich tausend Jahre lebe, so kann ich nicht die tiefe Ergriffenheit vergessen, mit der ich diese Gestalt betrachtete. Es schien die herrlichste weibliche Erscheinung, die ich je gesehen hatte. Das Antlitz blieb der Bühne so weit zugewandt, daß ich in den ersten Minuten keinen Blick darauf werfen konnte – die Gestalt aber war göttlich; kein andres Wort kann ihr wundervolles Ebenmaß wiedergeben, und selbst die Bezeichnung »göttlich« erscheint mir – nun, da ich sie niederschreibe – lächerlich unzureichend.

Der Zauber einer schönen Frauengestalt, der weiblichen

Anmut, war eine Macht, der zu widerstehen mir immer unmöglich gewesen war; hier aber sah ich personifizierte, verkörperte Anmut, das Idol meiner kühnsten und verstiegensten Visionen. Die Gestalt, die in der Loge fast ganz sichtbar war, hatte etwas über Mittelgröße und machte beinahe, wenn auch nicht ganz, den Eindruck des Majestätischen. Ihre reife Fülle und »Tournüre« waren berückend. Der Kopf, den man nur von rückwärts sah, glich in seinem Umriß dem der griechischen Psyche und wurde durch eine elegante Haube aus Schleiergaze mehr gehoben als verborgen; ich mußte an den »VENTUM TEXTILEM« des Apulejus denken. Der rechte Arm ruhte auf der Logenbrüstung und ließ in seiner vollendeten Harmonie jeden Nerv in mir erbeben. Sein oberer Teil war von einem der jetzt üblichen, weiten offenen Ärmel verhüllt. Er reichte noch ein wenig über den Ellbogen herab. Darunter kam ein anliegender Unterärmel aus irgendeinem zarten Gewebe zum Vorschein und endete in einer reichen Spitzenmanschette, die anmutig über den Handrücken fiel und nur die feinen Finger enthüllte, auf deren einem ein Diamantring blitzte, den ich sofort als außerordentlich wertvoll erkannte. Die herrliche Rundung des Handgelenks wurde von einem Armband vorteilhaft gehoben, das ebenfalls mit Edelsteinen geschmückt war – eine nicht zu mißdeutende Sprache für die Wohlhabenheit und den erlesenen Geschmack ihrer Trägerin.

Ich blickte zu dieser königlichen Erscheinung wohl eine halbe Stunde hinüber, als sei ich plötzlich in Stein verwandelt, und während der Zeit fühlte ich die volle Kraft und Wahrheit alles dessen, was über »die Liebe auf den ersten Blick« gesagt und gesungen worden ist. Meine Empfindungen waren völlig anders als die, von denen ich bisher selbst in Gegenwart der berühmtesten Vertreterinnen weiblichen Liebreizes ergriffen worden war. Eine unerklärliche und, wie ich annehmen muß, magnetische Seelenneigung schien nicht nur meine Blicke, sondern alle meine Fähigkeit zum

Denken und Fühlen an den verehrungswürdigen Gegenstand dort vor mir zu bannen. Ich sah – ich fühlte – ich wußte, daß ich tief, toll, unwiderstehlich verliebt war – und das, noch ehe ich nur das Antlitz des geliebten Wesens erblickt hatte. Wahrhaftig, die Leidensschaft, die micht verzehrte, war so stark, daß ich wirklich glaube, sie würde wenig oder gar nicht nachgelassen haben, selbst wenn die bis jetzt noch unbekannten Gesichtszüge sich nicht über den Durchschnitt erhoben hätten; so ungewöhnlich ist die einzig wahre Liebe – die Liebe auf den ersten Blick – und auch so wenig abhängig von den äußeren Bedingungen, die allein sie hervorzurufen und anzutreiben scheinen.

Während ich so in Bewunderung und Schauen vertieft saß, wurde die Dame durch eine plötzliche Störung im Publikum veranlaßt, den Kopf halb mir zuzuwenden, so daß ich nun das ganze Profil erblicken konnte. Seine Schönheit übertraf noch meine Ahnungen, und dennoch war etwas daran, was mich enttäuschte, ohne daß ich genau sagen konnte, was es war. Ich sagte »enttäuschte«, aber dies ist nicht das rechte Wort. Meine Empfindungen wurden gleichzeitig beruhigt und angestachelt. Sie erlitten Einbuße, was Verzückung anbelangt, und gewannen an stiller Begeisterung – an begeisterter Ruhe. Dieser Empfindungswechsel kam vielleicht von dem madonnenhaften, mütterlichen Ausdruck des Gesichtes, und dennoch wußte ich sofort, daß er nicht ausschließlich daher kommen konnte. Da war noch etwas anderes, ein Geheimnis, das ich nicht aufzudecken vermochte, ein besonderer Zug im Gesicht, der mich ein wenig störte, während er gleichzeitig mein Interesse aufs höchste reizte. Tatsache ist, daß ich mich gerade in der Seelenverfassung befand, in der ein empfänglicher junger Mann jeder außergewöhnlichen Tat fähig ist. Wäre die Dame allein gewesen, so hätte ich zweifellos ihre Loge betreten und sie auf gut Glück angeredet; glücklicherweise hatte sie zwei Begleiter bei sich: einen Herrn und eine auffallend schöne Frau, offenbar einige Jahre jünger als sie selbst.

Ich wälzte tausend Pläne im Geiste herum, wie ich mich wohl der älteren der beiden Damen vorstellen oder wenigstens jetzt ihre Schönheit aus der Nähe bewundern könnte. Ich würde meinen Platz möglichst in ihre Nähe verlegt haben, doch die Tatsache, daß das Theater voll besetzt war, machte das unmöglich, und die strengen Anstandsregeln der Mode hatten seit kurzem die Benutzung des Opernglases in einem solchen Falle gebieterisch untersagt, selbst wenn ich so glücklich gewesen wäre, eines bei mir zu haben; das war aber nicht der Fall, und ich geriet daher in Verzweiflung.

Endlich beschloß ich, mich an meinen Begleiter zu wenden.

»Talbot«, sagte ich, »du hast ein Opernglas. Gib es mir.«

»Ein Opernglas? – Nein! – Was sollte ich denn wohl mit einem Opernglas?« Damit wandte er sich ungeduldig zur Bühne.

»Aber, Talbot«, fuhr ich fort und zog ihn an der Schulter, »hör mal, willst du? Siehst du die Loge? – Dort! – Nein, die nächste. Hast du je ein so entzückendes Weib gesehen?«

»Sie ist sehr schön, gewiß«, sagte er.

»Ich möchte wohl wissen, wer es sein mag.«

»Ja, um des Himmels willen, weißt du denn nicht, wer sie ist? ›Von ihr nichts wissend, schilt unwissend dich.‹ Es ist die berühmte Madame Lalande – die Schönheit des Tages PAR EXELLENCE und das Stadtgespräch. Überdies ungeheuer wohlhabend – eine Witwe – und eine große Partie – ist gerade aus Paris angekommen.«

»Kennst du sie!«

»Ja – ich habe die Ehre.«

»Willst du mich vorstellen?«

»Gewiß – mit dem größten Vergnügen; wann soll es geschehen?«

»Morgen, um eins; ich werde dich abholen.«

»Sehr gut. Und nun halte den Mund, wenn es dir möglich ist.«

In dieser Hinsicht war ich gezwungen, Talbots Rat zu befolgen; denn er blieb jeder weiteren Frage oder Bemerkung gegenüber taub und befaßte sich für den Rest des Abends ausschließlich mit den Vorgängen auf der Bühne.

Inzwischen hielt ich meine Blicke fest auf Madame Lalande geheftet und hatte schließlich das Glück, ihr voll ins Gesicht sehen zu können. Es war ungemein lieblich; freilich hatte mein Herz mir das vorher gesagt, selbst wenn Talbot mich nicht über diesen Punkt völlig zufriedengestellt hätte – doch immer noch störte mich das unbegreifliche Etwas. Ich kam schließlich zu der Auffassung, daß meine Sinne von einem gewissen ernsten, traurigen oder besser abgespannten Ausdruck beunruhigt wurden, der den Mienen etwas von ihrer Jugend und Frische nahm, jedoch nur, um ihnen eine engelhafte Sanftmut und Majestät zu verleihen und dadurch mein Interesse kraft meiner begeisterungsfähigen und romantischen Veranlagung zehnfach zu steigern.

Während ich meine Augen so schwelgen ließ, bemerkte ich plötzlich zu meiner großen Bestürzung an einem fast unmerklichen Zusammenzucken der Dame, daß sie auf mein beständiges Hinschauen aufmerksam geworden war. Jedoch ich blieb nun einmal völlig bezaubert und konnte den Blick auch nicht für eine Sekunde abwenden. Sie wandte den Kopf zur Seite, und wieder sah ich nur mehr die gemeißelten Linien des Hinterkopfes. Nach einigen Minuten drehte sie, wie aus Neugier, ob ich noch immer hinübersähe, mir langsam wieder das Gesicht zu und begegnete meinem brennenden Blick. Sie senkte sofort die großen dunklen Augen, und ein tiefes Erröten überzog ihre Wangen. Wie groß aber war mein Erstaunen, als sie nun den Kopf nicht zum zweiten Mal abwandte, sondern sogar zu einer Lorgnette griff, die an ihrem Gürtel hing – sie erhob – an die Augen führte – und mich dann minutenlang eingehend und bedachtsam durch die Gläser betrachtete.

Wäre der Blitz vor meinen Füßen eingeschlagen, so hätte

ich nicht tiefer bestürzt sein können – nur bestürzt – nicht im geringsten verletzt oder empört; obgleich eine so dreiste Handlungsweise bei jedem andern Weib sehr leicht verletzend oder empörend gewirkt haben würde. Die ganze Sache geschah aber mit soviel Ruhe, soviel Natürlichkeit und Haltung – kurz, mit einer so erkennbaren Wohlerzogenheit –, daß es durchaus nicht unverschämt wirkte, und ich empfand nichts anderes als Bewunderung und Überraschung.

Ich bemerkte, daß sie sich zunächst mit einer kurzen Besichtigung meiner Person begnügte und das Glas sinken ließ. Dann aber – wie von einem neuen Gedanken ergriffen – führte sie es wiederum an die Augen und betrachtete mich nochmals mit gespannter Aufmerksamkeit mehrere Minuten lang – mindestens fünf Minuten lang, möchte ich behaupten.

Dieses für ein amerikanisches Theater so außerordentliche Gebaren erweckte die allgemeine Aufmerksamkeit und verursachte eine gewisse Bewegung, ein Raunen im Publikum, das mich einen Augenblick lang verwirrte, auf Madame Lalandes Mienen aber keine sichtbare Wirkung hervorrief.

Nachdem sie ihre Neugier – wenn es solche war – befriedigt hatte, ließ sie das Glas sinken und wandte ihre Aufmerksamkeit gelassen wieder der Bühne zu, mir, wie vorher, das Profil zukehrend. Ich fuhr unablässig fort, sie anzustarren, wenngleich ich mir der Ungezogenheit dieses Benehmens völlig bewußt war. Auf einmal sah ich, daß ihr Kopf langsam und sachte seine Lage veränderte, und bald hatte ich die Gewißheit, daß die Dame nur so tat, als blicke sie zur Bühne, in Wirklichkeit aber mich aufmerksam betrachtete. Überflüssig, zu sagen, welche Wirkung dieses Betragen einer so bezaubernden Frau auf meine erregbare Seele ausübte.

Nachdem der schöne Gegenstand meiner Leidenschaft mich in solcher Weise wohl eine Viertelstunde lang beaugenscheinigt hatte, wandte sie sich an ihren Begleiter, und während sie sprach, erkannte ich deutlich an den Blicken beider, daß ihr Gespräch sich auf mich bezog.

Als es beendet war, wandte Madame Lalande sich wiederum der Bühne zu und schien für wenige Minuten in die Vorstellung vertieft. Nach Ablauf dieser Frist jedoch wurde ich von neuem dadurch in äußerste Spannung versetzt, daß sie wiederum das ihr zur Seite hängende Lorgnon ergriff, mich wie vorher eingehend betrachtete und mich, ungeachtet des erneuten Gemurmels, mit der nämlichen Überlegenheit, die mich vorhin entzückt und verwirrt hatte, von Kopf zu Fuß musterte.

Dieses ungewöhnliche Benehmen, das mich geradezu in ein Fieber von Begeisterung stürzte – in eine förmliche Liebesraserei –, diente eher zu meiner Ermutigung als Abkühlung. In der verzückten Inbrunst meiner Hingabe vergaß ich alles, bis auf die Anwesenheit und hoheitsvolle Lieblichkeit der Erscheinung, die sich meinen Blicken bot. Ich ergriff daher die Gelegenheit, als ich das Publikum so völlig in die Oper vertieft wähnen konnte, den Blick Madame Lalandes festzuhalten und eine leichte, aber nicht zu mißdeutende Verneigung zu machen.

Sie errötete tief – wandte dann den Blick ab – sah sich darauf langsam und vorsichtig um, offenbar, um festzustellen, ob meine rasche Tat bemerkt worden war –, und neigte sich dann zu dem Herrn an ihrer Seite.

Ich fühlte nun mit brennender Scham das Unangebrachte meiner Handlungsweise und erwartete nichts Geringeres als sofortige Bloßstellung, während mir gleichzeitig der Gedanke an ein Pistolenduell am nächsten Morgen ungemütlich durch den Kopf schoß. Ich fühlte mich aber bald der Besorgnis enthoben, als ich sah, daß die Dame dem Herrn nur wortlos den Theaterzettel reichte. Doch wird sich der Leser nur eine schwache Vorstellung meiner Verblüffung machen können – meiner ungeheuren Bestürzung, der maßlosen, tollen Verwirrung in Herz und Seele –, als sie gleich darauf, nach einem verstohlenen Blick in die Runde, ihre strahlenden Augen voll und fest in meine senkte und dann mit einem leisen Lächeln, das eine leuchtende Reihe ihrer Perlenzähne enthüllte, zweimal deutlich, bestimmt und in nicht mißzuverstehender Bejahung mit dem Kopf nickte.

Es ist natürlich überflüssig, bei meinem Glück – meiner Verzückung – meiner grenzenlos überströmenden Herzensfreude zu verweilen. Wenn je ein Mann aus Übermaß an Glück verzückt war, so war ich es in jenem Augenblick. Ich liebte. Es war meine erste Liebe – ich fühlte es. Es war eine himmlische – eine unbeschreibliche Liebe. Es war die »Liebe auf den ersten Blick«, und sie war ebenso auf den ersten Blick gewürdigt und erwidert worden.

Jawohl, erwidert. Wie und wann hätte ich nur für einen Augenblick daran zweifeln sollen? Welche andere Deutung hätte ich wohl solchem Verhalten von seiten einer so schönen, so reichen, so ersichtlich wohlerzogenen Dame in so hoher gesellschaftlicher Stellung geben sollen, die in jeder Hinsicht so achtenswert war, wie Madame Lalande es – das fühlte ich – sein mußte? Ja, sie liebte mich – sie erwiderte die Ekstase meiner Liebe mit einer ebenso blinden Begeisterung – ebenso unwandelbar – ebenso unüberlegt – ebenso hingebungsvoll – und ebenso unbeherrscht wie ich in meiner Liebe! Diese köstlichen Phantasien und Schlußfolgerungen wurden jetzt aber durch das Fallen des Vorhangs unterbrochen. Das Publikum erhob sich, und sofort setzte der übliche Tumult ein. Ich ließ Talbot stehen und gab mir alle Mühe, in Madame Lalandes Nähe zu gelangen. Doch mißglückte mir das infolge des Gedränges, und so gab ich die Jagd schließlich auf und lenkte meine Schritte heimwärts. Über das Mißgeschick, das mir nicht vergönnt hatte, auch nur den Saum ihres Kleides zu berühren, tröstete ich mich mit dem Gedanken, daß ich von Talbot am folgenden Tage in aller Form bei ihr eingeführt werden sollte.

Dieser Tag kam endlich; das heißt, nach einer langen Nacht qualvoller Ungeduld dämmerte der Tag, und nun folgten schneckenlangsam trübe und zahllose Stunden, bis es eins wurde. Doch es heißt ja, »selbst Stambul hat ein Ende«, und so fand auch diese lange Frist ihre Grenze. Die Uhr schlug. Und als der Schlag verklungen war, betrat ich Talbots Wohnung und fragte nach ihm.

»Fort«, sagte der Lakai – Talbots Kammerdiener.

»Fort?« erwiderte ich und prallte ein paar Schritte weit zurück; »höre, mein schlauer Junge, das ist ganz ausgeschlossen, ganz und gar unmöglich; Mr. Talbot ist nicht fort. Was meinst du damit?«

»Nichts, Herr; nur, Mr. Talbot ist nicht da. Das ist alles. Er ist nach S. hinübergeritten, gleich nach dem Frühstück, und hat hinterlassen, daß er nicht vor Ablauf einer Woche in die Stadt zurückkommen würde.«

Ich stand vor Schreck und Wut versteinert. Ich versuchte, zu entgegnen, doch die Zunge versagte mir den Dienst. Endlich drehte ich mich, krebsrot vor Grimm, auf dem Absatz herum und wünschte das ganze Geschlecht der Talbots zu allen Teufeln. Es war klar, daß mein geschätzter Freund, IL FANATICO, seine Verabredung mit mir ganz vergessen hatte – sie im Augenblick, wo sie getroffen wurde, vergessen hatte. Er war nie der Mann gewesen, der sein Wort sehr wichtig nahm. Da war nichts zu machen; ich dämpfte also meine Entrüstung, so gut ich konnte, und schritt übelgelaunt die Straße hinunter, indem ich jedem Bekannten, den ich traf, mit belanglosen Fragen nach Madame Lalande zusetzte. Ich fand, daß alle sie vom Hörensagen kannten, viele vom Sehen – sie war aber erst seit einigen Wochen in der Stadt, daher gab es nur wenige, die sich ihrer persönlichen Bekanntschaft rühmen konnten. Und diese wenigen, die ihr verhältnismäßig fremd waren, konnten oder wollten sich nicht die Freiheit herausnehmen, mich durch einen förmlichen Vormittagsbesuch bei ihr einzuführen. Als ich nun so voll Verzweiflung mit einem Freundeskleeblatt über den ausschließlichen Gegenstand meiner Herzensneigung sprach, geschah es, daß dieser Gegenstand selber vorbeikam.

»Bei meinem Leben, da ist sie!« rief einer.
»Überwältigend schön!« rief der zweite.
»Ein Engel auf Erden!« äußerte der dritte.

Ich sah hin; in einem offenen Wagen, der langsam näher kam, saß meine bezaubernde Erscheinung aus der Oper in Begleitung der jungen Dame, die mit ihr in der Loge gewesen war.

»Auch ihre Begleiterin konserviert sich ausgezeichnet«, sagte jener der drei, der zuerst gesprochen hatte.

»Erstaunlich«, sagte der zweite, »geradezu glänzend; doch Kunst tut Wunder. Auf mein Wort, sie sieht heute besser aus als vor fünf Jahren in Paris. Noch immer eine schöne Frau; – findest du nicht auch, Froissart? – Simpson, meine ich.«

»Noch immer?« sagte ich. »Und warum sollte sie nicht? Doch verglichen mit ihrer Freundin ist sie wie ein Nachtlicht zum Abendstern – ein Glühwürmchen zum Antares.«

»Ha, ha, ha! – Höre, Simpson, du has ja eine erstaunliche Begabung, Entdeckungen zu machen – originell, meine ich.« Und so trennten wir uns, während einer der drei ein lustiges Vaudeville zu summen begann, von dem ich nur die Worte

»NINON, NINON, NINON À BAS –
À BAS NINON DE L'ENCLOS!«

auffing.

Eines aber an dieser kleinen Szene hatte wesentlich dazu beigetragen, mich zu trösten, wenngleich es der verzehrenden Leidenschaft neue Nahrung gab. Als der Wagen Madame Lalandes an unsrer Gruppe vorüberfuhr, sah ich, daß sie mich erkannte. Und mehr als dies; sie hatte mir durch ein engelgleiches Lächeln ein unzweideutiges Zeichen des Wiedererkennens gegeben.

Die Hoffnung, bei ihr eingeführt zu werden, mußte ich allerdings vertagen, bis Talbot sich bewogen fühlte, vom Lande zurückzukehren. Inzwischen besuchte ich jede vornehme Vergnügungsstätte, und endlich wurde mir das himmlische Glück zuteil, ihr in dem Theater, in dem ich sie zuerst gesehen hatte, wieder zu begegnen. Das geschah jedoch erst nach Ablauf von vierzehn Tagen. Inzwischen hatte ich jeden Tag in Talbots Wohnung nach ihm gefragt und war jeden Tag durch das standhafte »Noch nicht zurückgekommen« seines Dieners erneut in einen Wutanfall versetzt worden.

An dem fraglichen Abend geriet ich daher in einen Zustand, der nahe an Verrücktheit grenzte. Madame Lalande, hatte man mir gesagt, war eine Pariserin – war unlängst aus Paris eingetroffen; konnte sie nicht plötzlich dorthin zurückkehren? – Zurückkehren, ehe Talbot wiederkam – und mir so für immer verloren gehen? Der Gedanke war unerträglich. Da mein Zukunftsglück auf dem Spiele stand, beschloß ich, mit männlicher Entschlossenheit zu handeln. Mit einem Wort: als das Stück aus war, folgte ich der Dame bis zu ihrem Hause, notierte die Adresse und sandte ihr am andern Morgen einen langen und ganz ausführlichen Brief, in dem ich ihr mein ganzes Herz ausschüttete.

Ich sprach kühn, frei – kurz, ich sprach mit Leidenschaft. Ich verbarg nichts – auch von meiner Schwachheit nichts. Ich berief mich auf die romantischen Umstände unsrer ersten Begegnung – sogar auf die Blicke, die zwischen uns getauscht worden waren. Ich ging so weit, zu sagen, ich sei von ihrer Liebe überzeugt, während ich diese Gewißheit und meine eigne Ergebenheit als zwei Entschuldigungsgründe für mein andernfalls unverzeihliches Betragen anführte. Als dritten Grund nannte ich meine Besorgnis, sie könne die Stadt verlassen, ehe mir Gelegenheit zu einer offiziellen Einführung bei ihr geboten werde. Ich schloß diese begeistertste aller Episteln mit einer freimütigen Darlegung meiner äußeren Umstände – meines Reichtums – und mit dem Anerbieten von Herz und Hand.

In wahrer Todesangst sah ich der Antwort entgegen. Nachdem ein Jahrhundert verflossen zu sein schien, kam sie.

Ja, sie kam. So romantisch es scheinen mag, ich bekam

tatsächlich von Madame Lalande einen Brief – von der schönen, der wohlhabenden, der angebeteten Madame Lalande. Ihre Augen – ihre prachtvollen Augen – hatten ihr edles Herz nicht Lügen gestraft. Als echte Französin, die sie war, ließ sie sich von dem Freimut ihres Geistes, vom edlen Impuls ihrer Natur leiten und setzte sich über die konventionelle Prüderie hinweg. Sie verschmähte meinen Antrag nicht. Sie hüllte sich nicht in Schweigen. Sie schickte meinen Brief nicht ungeöffnet zurück. Sie beantwortete ihn sogar mit einem von ihren eignen holden Fingern geschriebenen Brief. Er lautete so:

»Mr. Simpson vird fersein mier fuer nict ausuebn des shoenn Sprac von seine lant so goutt als solte sein. Es ise ers kuerzlig das ic bin komen un ab jez nog nic geab der guelegueneit fon zu ir – L'ÉTUDIER.

Mit disen Eshoultigoung fur du manière, ic vill HÉLAS! – Monsieur Simpson guerat at nur nun sag das, ßou vahr. Ise noetic ic Sagen meer? HÉLAS! ab ic shon ßou vill sagen meine Err?

Eugénie Lalande«

Dieses edelsinnige Briefchen küßte ich tausendmal und beging in Freude darüber zweifelsohne unzählige andere Dummheiten, die jetzt meinem Gedächtnis entfallen sind. Noch immer wollte Talbot nicht zurückkehren. Ach, hätte er nur die leiseste Ahnung gehabt, welche Qualen seine Abwesenheit seinem Freunde brachten – würde seine mitfühlende Seele nicht sofort zu meiner Befreiung herbeigeeilt sein? Jedoch, er kam nicht. Ich schrieb. Er erwiderte. Er sei durch dringende Geschäfte zurückgehalten, komme aber bald wieder. Er bat mich, nicht ungeduldig zu sein, meine Aufregung zu mäßigen, beruhigende Lektüre zu wählen, keine stärkeren Getränke als Limonade zu genießen und die Tröstungen der Philosophie zu Hilfe zu nehmen. Der Narr!

Wenn er nicht selber kommen konnte, warum konnte er mir nicht vernünftigerweise einen Empfehlungsbrief beilegen? Ich schrieb wieder und ersuchte ihn, sogleich einen zu senden. Mein Brief wurde mir von seinem Diener mit folgender Bleistiftnotiz zurückgesandt. Der Schurke hatte sich zu seinem Herrn aufs Land hinausbegeben.

»Hat S ... gestern verlassen, unbekannt wohin – hat nichts darüber gesagt – auch nicht, wann er zurückkommt – hielt es daher fürs beste, Brief zurückzugeben, da ich Ihre Handschrift kenne und Sie es immer mehr oder weniger eilig haben.

Ihr ergebener Taps«

Es ist überflüssig, zu sagen, daß ich hiernach Herrn und Diener zu allen Teufeln wünschte; doch Ärger konnte wenig nützen, und alles Klagen brachte keinen Trost.

Eine Zuflucht aber bot mir mein erfinderischer Wagemut. Bis hierher hatte er mir gut gedient, und ich beschloß nun, daß er mich zum Ziel bringen sollte. Gab es denn überhaupt noch nach dem Briefwechsel, der zwischen uns stattgefunden hatte, irgendeine nur gegen den guten Ton verstoßende Tat, die Madame Lalande mir noch als ungehörig anrechnen würde? Seit dem Ereignis mit dem Brief hatte ich die Gewohnheit angenommen, ihr Haus zu beobachten, und dabei herausgefunden, daß sie zur Dämmerstunde nur in Begleitung eines Negers in Livree auf einem öffentlichen Platz spazieren zu gehen pflegte, der vor ihren Fenstern lag. Hier unter üppigen, schattenspendenden Baumkronen ergriff ich im grauen Dämmerschein eines lieblichen Hochsommerabends die Gelegenheit, sie anzureden.

Um den begleitenden Diener irrezuführen, tat ich das mit der gelassenen Miene eines alten und vertrauten Bekannten. Mit echt pariserischer Geistesgegenwart ging sie sogleich auf dieses Spiel ein und hielt mir zum Gruß die berückende kleine Hand entgegen. Der Lakai zog sich sofort in den Hintergrund zurück, und nun sprachen wir mit überströmend vollen Herzen lang und rückhaltlos von unsrer Liebe.

Da Madame Lalande das Englische noch schlechter sprach, als sie es schrieb, so führten wir unser Gespräch notgedrungen auf französisch. In dieser betörenden und leidenschaftlichen Sprache ließ ich meinen ungestümen Gefühlen freien Lauf und suchte sie mit aller nur verfügbaren Beredsamkeit zu einer sofortigen Heirat zu bestimmen.

Sie lächelte über diese Ungeduld. Sie erwähnte den zu wahrenden Anstand, diesen Popanz, der so viele schon der Seligkeit beraubte, bis die Gelegenheit verpaßt war. Sie sagte, ich hätte höchst unklugerweise meine Freunde wissen lassen, daß ich ihre Bekanntschaft suchte – daß ich sie also nicht besaß – somit war keine Möglichkeit, das Datum unseres Bekanntwerdens zu verheimlichen. Und dann wies sie errötend darauf hin, wie äußerst jung dieses Datum sei. Sofort zu heiraten, wäre unangebracht – wäre gegen die gute Sitte – wäre OUTRÉ! All das sagte sie mit einer reizenden Naivität, die mich entzückte, während sie mich gleichzeitig betrübte und überzeugte. Sie ging sogar so weit, mich lachend der Überstürzung, der Unvorsichtigkeit zu zeihen. Sie bat mich, zu bedenken, daß ich wirklich nicht einmal wüßte, wer sie sei – wie ihre Verhältnisse seien, was für Beziehungen und welche gesellschaftliche Stellung sie habe. Sie bat mich, aber mit einem Seufzer, meinen Antrag zu überdenken, und nannte meine Liebe Verblendung – einen leichtsinnigen Streich – eine Augenblickslaune – eher ein grundloses und schwankendes Spiel meiner Phantasie als eine Herzensfrage. Diese Dinge brachte sie vor, während das sanfte Zwielicht uns dunkler und dunkler umschattete, und dann warf sie mit einem zarten Druck ihrer feenhaften Hand in einem einzigen süßen Augenblick all das Zeug, das sie zum Beweise angeführt hatte, wieder über den Haufen.

Ich erwiderte, so gut ich konnte – wie nur ein ehrlich

Liebender es kann. Ich sprach lange und eindringlich von meiner Ergebenheit, meiner Leidenschaft, von ihrer außerordentlichen Schönheit und meiner begeisterten Bewunderung. Zum Schluß verweilte ich mit überzeugender Gewalt bei den Gefahren, die den Lauf der Liebe umgeben, jenen Strom der wahren Liebe, der niemals sanft dahinfließt, und leitete davon die naheliegende Gefahr ab, daß dieser Lauf unnötig auf seinem Wege gehemmt werde.

Das letzte Argument schien endlich ihren strengen Entschluß zu mildern. Sie gab nach; da sei aber noch ein Hemmnis, sagte sie, das ich nach ihrer Überzeugung nicht genügend beachtet hätte. Es sei ein heikler Punkt – für eine Frau besonders schwer vorzubringen; wenn sie ihn erwähnt, so müsse sie ihrer Feinfühligkeit ein Opfer auferlegen – dennoch, für mich solle jedes Opfer gebracht werden. Sie wies auf den Altersunterschied hin. Ob mir bewußt sei – ob mir die wahre Natur solchen Abstandes zwischen uns voll bewußt sei? Daß das Alter des Mannes das der Frau um ein paar Jahre – um fünfzehn bis zwanzig sogar – übersteige, werde von der Welt für zulässig gehalten und sogar für richtig; sie habe aber stets die Ansicht vertreten, daß niemals die Frau den Gatten an Jahren übertreffen dürfe. Ein derart unnatürliches Verhältnis sei allzuoft Ursache eines unglücklichen Daseins. Nun wisse sie, daß mein Alter nicht mehr als zweiundzwanzig Jahre betrage, ich aber wisse dagegen wohl nicht, daß die Lebensjahre meiner Eugénie diese Zahl ganz beträchtlich überstiegen.

Auf alledem lag ein Adel der Seele, eine Würde und Redlichkeit, die mich entzückten – bezauberten – mich in ewige Fesseln schlugen. Ich konnte meine ungeheure Ergriffenheit kaum meistern.

»Meine süßeste Eugénie«, rief ich, »was soll das alles, was Sie da reden? Sie sind einige Jahre älter als ich. Doch was ist dabei? Die Gebräuche der Welt sind ebensoviele konventionelle Torheiten. Wer so liebt wie wir – ist dem ein Jahr mehr als eine Stunde? Ich bin zweiundzwanzig, sagen Sie; zugegeben. Sie könnten mir aber wirklich gleich dreiundzwanzig zuerkennen. Sie nun, meine liebste Eugénie, können nicht mehr zählen als – können nicht mehr zählen als – nicht mehr als – als – als – als –«

Hier machte ich eine Pause, in der Erwartung, daß Madame Lalande mich mit der Angabe ihres wirklichen Alters unterbrechen würde. Eine Französin aber ist selten deutlich und hat auch immer auf eine verwirrende Frage eine schlagfertige und geistreiche Antwort bereit. Eugénie, die seit ein paar Augenblicken in ihrem Mieder etwas zu suchen schien, ließ gerade jetzt ein Miniaturbild zu Boden fallen, das ich sofort aufhob und ihr reichte.

»Behalten Sie es!« sagte sie mit ihrem bezauberndsten Lächeln. »Behalten Sie es um meinetwillen – die nur allzu geschmeichelt auf ihm dargestellt ist. Übrigens können Sie auf der Rückseite des Kleinods vielleicht die Aufklärung finden, die Sie zu suchen scheinen. Allerdings ist es inzwischen ziemlich dunkel geworden – Sie können es aber morgen früh nach Gefallen betrachten. Inzwischen wollen Sie mich heute abend heimbegleiten. Meine Freunde kommen zu einem kleinen musikalischen Lever. Ich kann Ihnen auch einige gute Gesangsvorträge zusichern. Wir Franzosen sind lange nicht so steif wie ihr Amerikaner; ich kann Sie dabei unschwer als eine alte Bekanntschaft bei mir einschmuggeln.«

Damit nahm sie meinen Arm, und ich geleitete sie heim. Das Haus war recht schön und, wie ich glaube, geschmackvoll eingerichtet. Über diesen Punkt kann ich allerdings kaum ein Urteil abgeben, denn als wir ankamen, wurde es gerade dunkel, und in guten amerikanischen Häusern wird in der heißen Sommerzeit selten zu dieser angenehmen Tagesstunde Licht gemacht. Gewiß, etwa eine Stunde nach meiner Ankunft wurde in dem eigentlichen Gesellschaftsraum eine einzelne gedämpfte große Lampe erhellt, und dieser Raum war, wie ich nun sehen konnte, mit ungewöhnlichem

Geschmack und sogar prunkvoll eingerichtet; zwei andre Gemächer der Zimmerflucht aber, in denen sich die Gesellschaft in der Hauptsache aufhielt, blieben den ganzen Abend über in wohltuendem Halbdunkel. Dies ist ein löblicher Brauch, seinen Gästen wenigstens zwischen Licht und Schatten die Wahl zu lassen – ein Brauch, den unsre Freunde überm Wasser unverzüglich übernehmen sollten.

Der Abend, den ich da verbrachte, war fraglos der köstlichste meines Lebens. Madame Lalande überschätzte die musikalischen Fähigkeiten ihrer Freunde nicht, und einen so guten Gesang wie hier hatte ich außer in Wien nirgends in einem häuslichen Kreise vernommen. Es waren viele vortreffliche Musiker da. Der Gesang aber wurde meist von Damen bestritten, und es war keine unter ihnen, die nicht wenigstens Gutes gegeben hätte. Schließlich, als ein hartnäkkiger Ruf nach »Madame Lalande« erscholl, erhob sie sich ohne Zieren und Zögern von der Chaiselongue, auf der sie an meiner Seite gesessen hatte, und begab sich in Begleitung einiger Herren und ihrer Freundin aus der Oper zum Klavier im großen Gesellschaftszimmer. Ich würde sie selbst dorthin begleitet haben, bedachte aber, daß ich unter den Umständen, unter denen ich in das Haus eingeführt worden war, besser unbeachtet blieb, wo ich mich befand. Ich wurde so der Freude beraubt, sie singen zu sehen, nicht aber, sie zu hören.

Der Eindruck, den sie auf die Gesellschaft machte, war wie elektrisierend; der Eindruck auf mich aber war mehr als das. Ich weiß nicht, wie ich ihn richtig beschreiben soll. Zweifellos erwuchs er zum Teil dem Gefühl der Liebe, das mich durchdrang; in der Hauptsache aber mußte er meiner Überzeugung nach doch auf die wunderbare Gemütstiefe der Sängerin zurückgeführt werden. Keine Kunst könnte eine Arie oder ein Rezitativ mit leidenschaftlicherem Ausdruck wiedergeben, als es ihre tat. Ihre Darbietung der Romanze aus »Othello« – der Ton, mit dem sie die Worte »SUL

MIO SASSO« aus dem »Capuletti« gab – klingt mir noch jetzt in den Ohren. Ihre tiefen Töne waren geradezu übernatürlich. Ihre Stimme umfaßte drei volle Oktaven, vom D des Kontra-Alt bis zum D des oberen Sopran; sie hätte ausgereicht, um das Theater San Carlos zu füllen, und bewältigte mit spielender Sicherheit jede schwere Passage der Gesangskomposition – Tonleitern hinauf und hinunter, Kadenzen oder »FIORITURI«. Im Finale der »Somnambula« hatte sie eine ganz besondere Wirkung mit den Worten

»AH! NON GIUNGE UMAN PENSIERO
AL CONTENTO OND' IO SON PIENA.«

Hier – in einer Nachahmung der Malibran – änderte sie den Originalsatz Bellinis dahin ab, daß sie die Stimme bis zum Tenor G hinabsteigen ließ, um dann in plötzlichem Übergang das dreigestrichene G zu bringen. Sie übersprang also einen Raum von zwei Oktaven.

Nach dieser stimmlichen Wunderleistung erhob sie sich vom Klavier und nahm ihren Sitz an meiner Seite wieder ein; in den Ausdrücken tiefster Ergriffenheit sprach ich mein Entzücken über das Gehörte aus. Von meiner Überraschung sagte ich nichts, und doch war ich in Wahrheit höchst überrascht gewesen; denn eine leise Schwäche oder vielmehr ein gewisses Zittern in ihrer Stimme beim Sprechen hatte mich vermuten lassen, sie werde beim Singen keine besonderen Fähigkeiten entwickeln. Wir führten nun eine lange, ernste, ununterbrochene und rückhaltlose Unterhaltung. Sie ließ mich viel aus meiner Vergangenheit erzählen und lauschte mit atemloser Aufmerksamkeit jedem Wort. Ich verheimlichte nichts – ich fühlte, daß ich vor ihrer vertrauenden Zuneigung nichts zu verbergen brauchte. Ermutigt durch ihre Offenheit in der heilen Altersfrage, gab ich nicht nur eine unverhüllte Schilderung all meiner kleinen Fehler, sondern legte ein volles Bekenntnis jener moralischen und sogar jener leiblichen Gebrechen ab, deren Enthüllung ein um so stärkerer Beweis von wahrer Liebe ist, je mehr Mut sie erfordert. Ich berührte die Unbesonnenheiten meiner Studentenzeit, meine Torheiten, meine Gelage, meine Schulden, meine Liebeleien. Ich ging sogar so weit, von einem leichten hektischen Husten zu reden, der mich einmal geplagt hatte – von einem chronischen Rheumatismus – von einer kleinen Belästigung durch ererbte Gicht – und ganz zuletzt sogar noch von der unangenehmen und peinlichen, bis jetzt aber stets sorgsam geheimgehaltenen Schwäche meiner Augen.

»In diesem Punkt war Ihre Beichte sehr unklug«, sagte Madame Lalande mit einem Lächeln, »denn ich bin sicher, daß ohne Ihr Geständnis keiner Sie dieses Gebrechens bezichtigt haben würde. Übrigens«, fuhr sie fort, »entsinnen Sie sich vielleicht« – und hier war es mir, als bemerkte ich trotz der Dunkelheit im Raume ein Erröten bei ihr – »MON CHER AMI, entsinnen Sie sich vielleicht dieses kleinen Augenglases, das ich hier am Halse trage?«

Während sie das sagte, drehte sie das nämliche Augenglas zwischen den Fingern, das mich in der Oper so namenlos verwirrt hatte.

»Ach! ganz genau entsinne ich mich«, rief ich und preßte leidenschaftlich die zarte Hand, die mir das Glas zum Betrachten reichte. Es war ein luxuriöser, reich ziselierter und mit Edelsteinen gezierter Gegenstand, der, wie ich sogar bei dem herrschenden Halbdunkel erkennen konnte, von hohem Werte sein mußte.

»EH BIEN, MON AMI«, begann sie mit einer Eindringlichkeit, die mich überraschte – »EH BIEN, MON AMI, Sie haben mich feierlich um eine Gunst ersucht, die Sie liebenswürdigerweise unbezahlbar nannten. Sie haben mich für morgen um meine Hand gebeten. Sollte ich Ihren Bitten – und, wie ich hinzufügen kann, den Wünschen meines eigenen Herzens – nachgeben, wäre ich da nicht berechtigt, eine kleine – sehr kleine Gegengunst zu erbitten?«

»Nenne sie!« rief ich mit einer Kraft, die beinahe die Aufmerksamkeit der Gäste auf uns gelenkt hätte, deren Anwesenheit allein mich zurückhielt, ihr ungestüm zu Füßen zu fallen. »Nenne sie! Geliebte, meine Eugénie, du, die Meine! – Nenne sie! – Doch ach, sie ist ja schon im voraus gewährt.«

»So sollen Sie denn, MON AMI«, sagte sie, »jener Eugénie zuliebe, die Sie lieben, die soeben bekannte kleine Schwäche bekämpfen – diese mehr moralische als physische Schwäche –, die, ich versichere es, so wenig zu dem Adel Ihrer wahren Natur paßt – so gar nicht mit der sonstigen Freimütigkeit Ihres Charakters übereinstimmt – und die, wenn mir noch ein Hinweis erlaubt ist, Sie bestimmt früher oder später einmal in Unannehmlichkeiten bringen wird. Sie sollen um meinetwillen diese Eitelkeit überwinden, die, wie Sie selbst gestehen, Sie veranlaßt, die Schwäche Ihrer Augen zu verheimlichen. Denn in Wahrheit leugnen Sie doch diese Schwäche ab, indem Sie sich weigern, das Hilfsmittel dagegen anzuwenden. Sie werden also verstehen, daß ich Sie veranlassen möchte, eine Brille zu tragen, – ah, still! – Sie haben ja schon zugestimmt, sie mir zuliebe tragen zu wollen. Sie sollen das kleine Ding hier in meiner Hand von mir annehmen, das, so unschätzbar es auch als Augenglas ist, als Schmuckstück keinen allzugroßen Wert bedeutet. Sie sehen, daß es durch eine kleine Veränderung, so – oder so – als Brille aufgesetzt oder in der Westentasche als Einglas getragen werden kann. Sie haben mir aber bereits zugesagt, es in ersterer Gestalt und gewohnheitsmäßig – um meinetwillen – tragen zu wollen.«

Ich muß gestehen, daß dieses Verlangen mich nicht wenig verwirrte. Die Bedingung aber, an die es geknüpft war, stellte natürlich jedes Zögern außer Frage.

»Es sei!« rief ich mit aller Begeisterung, die ich im Augenblick aufbringen konnte. »Es sei – ich stimme freudig zu. Ich opfere um deinetwillen jede Empfindsamkeit. Heute trage ich dieses liebe Augenglas als Einglas und auf meinem Herzen; mit dem ersten Grauen des Morgens aber, der mir das Glück bringt, dich mein Weib zu nennen, will ich es auf meine – auf meine Nase setzen – und künftighin dort belassen, in der weniger romantischen und weniger kleidsamen, sicher aber dienlicheren Form, die du wünschest.«

Unser Gespräch wandte sich jetzt den Einzelheiten unsrer Vereinbarung für den kommenden Tag zu. Talbot, so erfuhr ich von meiner Verlobten, war soeben in der Stadt angekommen. Ich sollte ihn sogleich aufsuchen und einen Wagen besorgen. Die Soiree würde kaum vor zwei Uhr beendet sein, und um diese Stunde sollte das Gefährt vor der Tür sein. Bei dem Durcheinander der sich entfernenden Gäste würde es Madame Lalande leicht sein, unbeobachtet Platz zu nehmen. Dann sollten wir bei einem Geistlichen vorfahren, der uns erwarten würde, von ihm getraut werden, Talbot absetzen und eine kurze Reise nach dem Osten antreten – die große Welt hinter uns lassend, die dann den Fall nach Gutdünken durchhecheln mochte.

Nachdem das alles verabredet war, entfernte ich mich sofort und begab mich auf die Suche nach Talbot, doch konnte ich mich unterwegs nicht zurückhalten, in ein Gasthaus einzutreten, um die Miniatur zu betrachten; ich tat es mit Hilfe der ausgezeichneten Gläser. Das Antlitz war überwältigend schön. Die großen strahlenden Augen! Die stolze griechische Nase! Die dunklen üppigen Locken! – »Ah!« sprach ich frohlockend zu mir selbst, »das ist wahrhaftig das sprechende Ebenbild meiner Geliebten!« – Ich betrachtete die Rückseite und entdeckte die Worte – »Eugénie Lalande – siebenundzwanzig Jahre und sieben Monate.«

Ich fand Talbot zu Hause und begann ohne weiteres, ihn mit meinem Glück bekannt zu machen. Er war natürlich ungemein erstaunt, gratulierte mir aber sehr herzlich und erbot sich zu jedem Beistand, der in seiner Macht liege. Mit einem Wort, wir führten unsere Verabredung pünktlich aus, und um zwei Uhr morgens, genau zehn Minuten nach der Zeremonie, befand ich mich mit Madame Lalande – mit Madame Simpson wollte ich sagen – in einem geschlossenen Wagen, der mit größter Geschwindigkeit aus der Stadt hinausfuhr, in nord-nordöstlicher Richtung.

Talbot hatte uns veranlaßt, da wir die ganze Nacht auf sein mußten, in C . . . unsern ersten Halt zu machen, einem etwa zwanzig Meilen hinter der Stadt gelegenen Dorf; dort sollten wir ein Frühstück und ein wenig Ruhe genießen, ehe wir unsere Reise fortsetzten. Punkt vier Uhr fuhr also der Wagen bei dem ersten Gasthof im Orte vor. Ich half meiner angebeteten Gattin heraus und bestellte sodann das Frühstück. Inzwischen wies man uns in ein kleines Zimmer, und wir nahmen Platz.

Es war indessen beinahe, wenn nicht völlig, Tag geworden, und als ich entzückt auf den Engel an meiner Seite blickte, kam mir ganz plötzlich der seltsame Gedanke, daß dies seit meiner Bekanntschaft mit der berühmten Schönheit Madame Lalande tatsächlich der erste Augenblick war, wo ich diese Schönheit bei Tageslicht aus der Nähe betrachten durfte.

»Und nun, MON AMI«, sagte sie, indem sie meine Hand nahm und so meinen Gedankengang unterbrach, »und nun, MON CHER AMI, da wir unlöslich vereint sind – da ich deinen leidenschaftlichen Bitten nachgegeben und meinen Teil der Vereinbarung erfüllt habe, nehme ich an, du hast nicht vergessen, daß auch du mir eine kleine Gunst zu erweisen hast – ein kleines Versprechen, das du gewiß erfüllen willst. Laß mich sehen! Laß mich nachdenken! Ja; ich erinnere mich unschwer des genauen Wortlauts des lieben Versprechens, das du deiner Eugénie heute nacht gegeben hast. Höre! So sagtest du: ›Es sei – ich stimme freudig zu. Ich opfere um Deinetwillen jede Empfindsamkeit! Heute trage ich dieses liebe Augenglas als Einglas und auf meinem Herzen; mit dem ersten Grauen des Morgens aber, der mir das Glück bringt, dich mein Weib zu nennen, will ich es auf meine – auf meine Nase setzen – und künftighin dort belassen, in der weniger romantischen und weniger kleidsamen, sicher aber dienlicheren Form, die du wünschest.‹ Das waren genau die Worte, mein geliebter Mann, nicht wahr?«

»So ist es«, sagte ich, »du hast ein ausgezeichnetes Gedächtnis; und selbstredend, meine schöne Eugénie, habe ich auch nicht die Absicht, das kleine Versprechen, das diese Worte enthalten, zu umgehen. Sie! Schau her! Ist sie nicht – eigentlich – ganz kleidsam?« Und hier setzte ich die Brille, in die ich das Glas zunächst umgewandelt hatte, behutsam auf, während Madame Simpson ihre Haube zurechtrückte, die Arme kreuzte und herausfordernd, sogar recht steif und geziert und in nicht sehr würdevoller Haltung in ihrem Stuhle saß.

»Gott steh mir bei!« rief ich fast im gleichen Augenblick, als die Brille mir auf der Nase saß – »Herrgott, steh mir bei! – Was, was kann denn nur mit der Brille los sein?« Und rasch nahm ich sie ab, rieb sie sorgsam mit einem seidenen Taschentuch und setzte sie wieder auf.

Wenn aber im ersten Augenblick sich nur etwas ereignet hatte, was mich überraschte, so wurde im nächsten Augenblick die Überraschung zum Erstaunen, und dies Erstaunen war tief – war grenzenlos – ja, ich kann sagen, es war grauenvoll. Bei allem, was scheußlich ist, was hatte das zu bedeuten? Konnte ich meinen Augen trauen? – konnte ich? – Da lag die Frage. War das – war das – war das »Rouge«? Und waren das – waren das – waren das Runzeln im Antlitz Eugénie Lalandes? Und, o Jupiter! Und bei allen Göttern, den großen wie den kleinen! Was – was – was – was war aus ihren Zähnen geworden? Ich schleuderte die Brille heftig zu Boden, sprang auf die Füße und stand aufrecht mitten im Zimmer Mrs. Simpson gegenüber, die Arme in die Hüften gestemmt; ich knirschte, ich raste, war aber gleichzeitig einfach sprachlos und hilflos vor Wut und Entsetzen.

Nun habe ich ja schon gesagt, daß Madame Eugénie Lalande – das heißt Simpson – die englische Sprache kaum besser reden als schreiben konnte, und aus dem Grunde versuchte sie wohlweislich nie, sie für gewöhnlich anzuwenden. Die Wut aber kann eine Dame zum Äußersten treiben, und im vorliegenden Falle trieb sie Mrs. Simpson zu dem wirklich außerordentlichen Einfall, eine Rede in einer Sprache zu halten, die sie nicht ganz beherrschte.

»Nun, Err! Un vas denn? Vas sein loß? Sein es den Danz von der Sank Veit, der Sie aben? Wenn nikt mögen mir, was dann kauf Katz in Sack?«

»Du Hexe!« sagte ich, nach Atem ringend – »du – du – du du widerliches altes Scheusal!«

»Scheusal? – alde? – Ick gar nikt so serr alde! Ick kein Dag merr als zweiunakzig.«

»Zweiundachtzig!« stammelte ich und tastete nach der Wand – »Zweiundachtzigtausend Paviane! Auf der Miniatur stand siebenundzwanzig Jahre und sieben Monate!«

»Gewiß! Dat ise so – serr wahr! Aberr dann der portraite sein gemakt vor fünfundfünfzig Jahr. Als ick gingte su eirat mein sweite Mann, Monsieur Lalande, da lassen ick nehmen der portraite für mein Tochter aus erster eirat mit Monsieur Moissart.«

»Moissart?« sagte ich.

»Ja, Moissart«, sagte sie, meine allerdings nicht einwandfreie Aussprache nachahmend; »un was ise? Was Sie wissen von die Moissart?«

»Nichts, du alte Vogelscheuche! – Gar nichts weiß ich von ihm; ich habe nur seinerzeit mal einen Vorfahren dieses Namens gehabt.«

»Diese Namen! Un was aben Sie zu sagen ieber diese Namen? Ise serr gutt Namen. Un auch Voissart – ise serr gutt Namen. Mein Tochter, Mademoiselle Moissart, sie eirat ein Err Voissart, und die beiden Namen ise serr achtbare Namen.«

»Moissart?« rief ich, »und Voissart? Ja, was meinen Sie damit?«

»Vas ick meinen? – Ick meinen Moissart und Voissart, un meinen Croissart und Froissart, wann ick nur Lust ab, so ßu meinen. Die Tochter von mein Tochter, sie eirat ein Err Croissart, un dann die Enkel von mein Tochter, Mademoiselle Croissart, sie eirat ein Err Froissart, un Sie volle sag, das ise nickt serr achtbare Namen?«

»Froissart!« sagte ich, einer Ohnmacht nahe. »Du willst doch wohl nicht sagen Moissart und Voissart und Croissart und Froissart?«

»Ja«, erwiderte sie, lehnte sich tief in ihren Stuhl zurück und streckte die unteren Gliedmaßen weit von sich; »jawohl, Moissart un Voissart un Croissart un Froissart. Aberr Monsieur Froissart, er warr eine serr großmächtig Esel – er war eine serr großmächtige Dummkopf wie Ihnen – denn er sein fort von la belle France für kommen su diesen dummen Amérique – un wann er kamte ier, er nahmte eine serr dumme, eine serr, serr dumme Sonn, wie ick ör, aber ick noch nickt aben das plaisir, im su begegnen – weder ick, noch mein Freindin Madame Stephanie Lalande. Er ise genennen Napoleon Buonaparte Froissart, un Sie vollen etwa sag, auch das sein keine achtbar Namen?«

Die Länge oder der Inhalt ihrer Rede brachte Mrs. Simpson in eine gewaltige Aufregung, und um diesen Redestrom austoben zu lassen, sprang sie plötzlich wie behext vom Stuhle auf und erhob sich mit gewaltigem Gepolter auf die Beine. Als sie endlich stand, fletschte sie die Zähne, reckte die Arme, rollte die Ärmel auf, schüttelte mir die Faust ins Gesicht und endete dies Gehabe, indem sie die Haube vom Kopfe riß und mit ihr eine mächtige Perücke von kostbarstem und schönstem schwarzen Haar, was sie alles mit Geheul zu Boden warf, um in geradezu rasender Wut einen Fandango darauf zu tanzen.

Inzwischen sank ich entgeistert in den von ihr verlassenen

Stuhl. »Moissart und Voissart!« wiederholte ich gedankenvoll, als sie eine wilde Drehung machte, »und Croissart und Froissart!«, als sie sich wieder zurückdrehte – »Moissart und Voissart und Croissart und Napoleon Buonaparte Froissart! – He! du unglaubliche alte Schlange, das bin *ich* – das bin *ich* – hörst du? Das bin *ich*« – hier schrie ich mit meiner schrillsten Stimme – »das bin *i-i-ich! Ich* bin Napoleon Buonaparte Froissart! Und der Henker soll mich holen, wenn ich nicht meine Ururgroßmutter geheiratet habe!«

In allem Ernst, Madame Eugénie Lalande quasi Simpson, früher Moissart, war meine Ururgroßmutter. In ihrer Jugend war sie schön gewesen, und selbst mit Zweiundachtzig behielt sie noch die majestätische Gestalt, den edlen Umriß des Hauptes, die schönen Augen und die griechische Nase ihrer Jugendzeit. Dadurch und mit Hilfe von Perlpuder, Rouge, falschen Haaren, falschen Zähnen und falscher »Tournüre« und unterstützt von den geschicktesten Pariser Modistinnen, gelang es ihr, mit jenen Schönheiten der französischen Metropole, die schon ein wenig passé waren, leidlich Schritt zu halten. In dieser Hinsicht mochte man sie wirklich nicht geringer einschätzen als die berühmte Ninon de l'Enclos.

Sie besaß ungeheuren Reichtum, und da sie wiederum Witwe und kinderlos war, hatte sie sich auf mein Dasein in Amerika besonnen und kam, um mich zu ihrem Erben zu machen, nach den Vereinigten Staaten, in Begleitung einer entfernten und wunderschönen Verwandten von seiten ihres zweiten Gatten – einer Madame Stephanie Lalande.

In der Oper erregte ich durch mein Hinschauen die Aufmerksamkeit meiner Ururgroßmutter, und als sie mich durch das Augenglas betrachtete, wurde sie von einer gewissen Familienähnlichkeit mit sich selber überrascht. Dadurch interessiert, und weil sie wußte, daß der gesuchte Erbe sich gegenwärtig in der Stadt aufhielt, wandte sie sich mit Fragen über mich an ihre Begleitung. Der Herr in ihrer Gesellschaft kannte mich vom Sehen und sagte ihr, wer ich sei. Die Aufklärung veranlaßte sie, ihre Beobachtung von neuem aufzunehmen, und diese eingehende Besichtigung war es, die mich so kühn machte, daß ich mich in der bereits geschilderten Weise benahm. Sie erwiderte jedoch meinen Gruß in der Meinung, durch irgendeinen sonderbaren Zufall habe ich erfahren, wer sie sei. Als ich, von meiner schwachen Sehkraft und den Toilettenkünsten über Alter und Reize der fremden Dame getäuscht, Talbot so begeistert fragte, wer sie sei, nahm er als selbstverständlich an, daß ich die jüngere Schönheit meinte, und sagte also sehr wahr, es sei »die berühmte Witwe Madame Lalande«.

Am nächsten Morgen begegnete meine Ururgroßmutter auf der Straße Talbot, einer alten Pariser Bekanntschaft, und ganz natürlich bezog das Gespräch sich auf mich. Meine Kurzsichtigkeit wurde erörtert, denn die war offenkundig, so unbekannt auch mir selbst diese Offenkundigkeit blieb, und meine gute alte Verwandte entdeckte sehr zu ihrem Leidwesen ihren Irrtum, als sie glaubte, ich kenne sie, und daß ich mich nur selber furchtbar bloßgestellt hatte, indem ich im Theater mit einer fremden alten Frau öffentlich kokettierte. Um mich für diese Unvorsichtigkeit zu strafen, schloß sie mit Talbot ein Komplott. Er ging mir absichtlich aus dem Wege, um mich nicht einführen zu müssen. Meine Erkundigungen auf der Straße nach der entzückenden Witwe Madame Lalande wurden natürlich auf die jüngere Dame bezogen, und so kann man sich die Unterredung mit den drei Herren, die ich kurz nach dem Verlassen von Talbots Wohnung ansprach, leicht erklären, ebenso ihre Bezugnahme auf Ninon de l'Enclos. Ich hatte keine Gelegenheit, Madame Lalande bei Tageslicht aus der Nähe zu sehen, und bei ihrer musikalischen Soiree hinderte mich mein alberner Verzicht auf helfende Augengläser, ihr Alter herauszufinden. Als man »Madame Lalande« zu singen bat, war die jüngere Dame gemeint, und sie war es, die sich erhob, um dem Rufe zu folgen; meine Ururgroßmutter aber erhob sich gleichzeitig, um die Täuschung durchzuführen, und begleitete sie ans Piano im großen Gesellschaftszimmer. Hätte ich mich entschlossen, sie dorthin zu begleiten, so hätte sie mir nahegelegt, es sei ratsamer, zu bleiben, wo ich war; meine eigene Vorsicht machte das aber überflüssig. Der Gesang, den ich so tief bewunderte und der meinen Eindruck von der Jugend meiner Angebeteten so befestigte, entströmte dem Munde der Madame Stephanie Lalande. Das Augenglas wurde mir überreicht, um dem Spott die Schmach hinzuzufügen – der hohnvollen Täuschung noch einen Stachel zu geben. Das Geschenk bot Gelegenheit zu einer Vorlesung über Zuneigung, mit der man mich besonders erbaute. Es ist recht überflüssig, zu sagen, daß die Gläser des Instruments, wie die alte Dame sie benutzte, gegen ein Paar meinen Jahren besser passende ausgetauscht worden waren. Tatsächlich paßten sie mir vorzüglich.

Der Geistliche, der nur so tat, als knüpfe er die fatale Schlinge, war ein guter Freund Talbots und kein Priester. Jedenfalls war er ein gewandter Betrüger, und als er das Unterkleid des Geistlichen mit einem Überrock vertauscht hatte, kutschierte er mit seiner Mähre das »glückliche Paar« zur Stadt hinaus. Talbot nahm neben ihm Platz. Die beiden Schurken hatten sich also mitgeschmuggelt und ergötzten sich daran, durch ein halboffenes Fenster des Gastzimmers die Lösung des Dramas mitanzusehen. Ich werde wohl genötigt sein, sie alle beide zu fordern.

Immerhin, ich bin nicht der Gatte meiner Ururgroßmutter, und das ist ein Bewußtsein, das sehr befreiend wirkt; aber ich bin der Gatte von Madame Lalande – von Madame Stephanie Lalande –, denn meine gute alte Verwandte, die mich zu ihrem einzigen Erben nach ihrem Tode ernannt hat – wenn sie je stirbt –, hat sich bemüht, aus uns ein Paar zu machen. Zum Schluß: ich bin ein für allemal fertig mit »BILLETS-DOUX« und lasse mich nie mehr ohne Brille blicken.

Über den Schwindel als Wissenschaft

Seit Erschaffung der Welt hat es zwei Jeremiasse gegeben. Der eine schrieb eine Jeremiade über den Wucher und hieß Jeremias Bentham. Er wurde von Mr. John Neal lebhaft bewundert und war sicherlich ein großer Mann in kleinen Dingen. Der zweite gab der bedeutendsten Wissenschaft den Namen und war ein großer Mann in großen Dingen, ich darf wohl sagen – in den größten Dingen.

Über den abstrakten Begriff Schwindel, d. h. über die Bedeutung des Zeitwortes Schwindel weiß jedermann Bescheid. Einigermaßen schwierig aber ist es, Schwindel als solchen, als Tat, als Greifbares festzulegen. Wir kommen der Sache leichter auf den Grund, wenn wir nicht vom Begriff Schwindel selbst ausgehen, sondern vom Menschen als einem Tier, das schwindelt. Wäre Plato auf den Gedanken gekommen, so wäre ihm die Blamage mit dem gerupften Huhn erspart geblieben.

Plato wurde nämlich einmal allen Ernstes gefragt, warum ein gerupftes Huhn, das doch offenbar »ein Zweifüßer ohne Federn« sei, nicht auch nach seinen Darlegungen als Mensch bezeichnet werden könnte. Mir kann keiner mit solcher Frage kommen. Der Mensch ist ein Tier, das schwindelt, und außer dem Menschen gibt es kein Tier, das schwindelt. Man braucht schon einen ganzen Korb voll gerupfter Hühner, wenn man dieser These zu Leibe rücken will. Alles, was mit Schwindeln zusammenhängt, ist lediglich den Geschöpfen eigen, die Röcke und Hosen tragen. Die Krähe stiehlt, der Fuchs betrügt, das Wiesel überlistet; der Mensch aber schwindelt. Schwindeln ist seine Bestimmung. »Der Mensch ist zum Leid geboren«, sagt der Dichter. Nein – zum Schwindeln! Schwindeln ist sein Streben, sein Werk, sein Ziel.

Genau betrachtet ist Schwindeln eine Zusammensetzung, bestehend aus Gewissenhaftigkeit, Interesse, Beständigkeit, genialer Veranlagung, Kühnheit, Gelassenheit, Witz, Frechheit und Lächeln.

Gewissenhaftigkeit: Der Schwindler ist gewissenhaft. Seine Schachzüge bewegen sich in kleinem Rahmen. Er betreibt Kleinhandel gegen Barzahlung oder sichere Wechsel auf Sicht. Tritt aber einmal die Versuchung an ihn heran, eine aussichtsvolle Spekulation zu wagen, so verliert er alsbald seine sichere Form und wird das, was wir mit dem Ausdruck »Finanzier« bezeichnen. Der Finanzier entspricht dem Begriff Schwindler in jeder Hinsicht, nur fehlt ihm die Größe. Ein Schwindler kann also gewissermaßen als Bankier IN PETTO betrachtet werden; eine Finanzoperation als Schwindel von Brobdingnag. Das eine verhält sich zum andern wie Homer zu »Flaccua«, wie ein Mastodon zu einer Maus, wie der Schweif eines Kometen zum Ringelschwanz eines Schweins.

Interesse: Der Schwindler läßt sich von Eigennutz leiten. Er verachtet, um des Schwindelns willen zu schwindeln. Er hat ein Ziel vor Augen – seine Tasche – und deine Tasche. Er wartet nur auf günstige Gelegenheit. Er sorgt für Nummer eins. Du bist Nummer zwei und mußt für dich selber sorgen.

Beständigkeit: Der Schwindler ist hartnäckig. Er läßt sich durch nichts entmutigen. Eine Sache mag noch so schief gehen, er verliert nie das Gleichgewicht. Rastlos verfolgt er sein Ziel und, »UT CANIS A CORIO NUNQUAM ABSTERREBITUR UNCTO«, so läßt auch er nie seine Beute fahren.

Geniale Veranlagung: Der Schwindler hat Talent. Er besitzt Erfindungsgabe. Er versteht Intrigen auszuarbeiten. Er findet Wege und Umwege. Wäre er nicht Alexander, so wünschte er Diogenes zu sein. Wäre er kein Schwindler, so würde er Patentmäusefallen erfinden oder Forellen angeln.

Kühnheit: Der Schwindler ist kühn. Er ist ein schwerer Junge. Er überzieht Afrika mit Krieg. Er erobert alles im

Sturm. Er fürchtet sich nicht vor Dolchen. Wäre Dick Turpin nur ein wenig klüger gewesen, er hätte sicher einen guten Schwindler abgegeben; und bei etwas mehr Zurückhaltung auch Daniel O'Conell. Karl XII. endlich fehlten zum Schwindler nur ein paar Pfund Gehirn.

Gelassenheit: Der Schwindler ist kaltblütig. Er regt sich über nichts auf. Nerven sind ihm unbekannt. Er gerät nie in Verwirrung. Er kommt nie aus dem Häuschen, außer, wenn er irgendwo hinausgeworfen wird. Er ist kühl – kühl wie eine Gurke. Er ist ruhig – ruhig wie ein Lächeln von den Lippen Lady Burys. Er ist zugänglich – zugänglich wie ein alter Handschuh oder die Jungfrauen des alten Bajä.

Witz: Der Schwindler hat Witz und weiß es. Er hat eigene Gedanken. Er verachtet es, sich der Gedanken eines andern zu bedienen. Geläufige Tricks sind ihm ein Greuel. Er würde ohne weiteres eine Börse zurückerstatten, wenn er nachträglich zu der Einsicht gelangte, daß er sie auf nicht originelle Weise erschwindelt hätte.

Frechheit: Der Schwindler ist frech. Er tritt großspurig auf. Er stemmt die Arme in die Hüften. Er steckt die Hände in die Hosentaschen. Er grinst dir ins Gesicht. Er tritt dir auf die Hühneraugen. Er ißt dir dein Essen, trinkt dir deinen Wein weg, pumpt dich um Geld an, gibt dir Nasenstüber, tritt deinen Hund und küßt deine Frau.

Lächeln: Der echte Schwindler erledigt alles mit einem Lächeln. Aber außer ihm selber sieht dies Lächeln niemand. Er lacht sich eins in seiner Kammer bei Nacht, wenn sein Werk getan ist; er tut es lediglich zu seiner eigenen Unterhaltung. Er kommt nach Hause. Er schließt seine Tür. Er zieht sich aus. Er löscht die Kerze. Er steigt ins Bett. Er bettet seinen Kopf in die Kissen. Ist all dies geschehen, dann lächelt der Schwindler. Dies ist nicht Vermutung, sondern reine Wahrheit. Ohne dieses Lächeln würde ein Schwindel kein Schwindel sein. –

Der Ursprung des Schwindelns läßt sich bis zu den Kindheitstagen der Menschheit zurückverfolgen. Vermutlich war Adam der erste Schwindler. Auf jeden Fall finden wir noch im entferntesten Altertum Spuren dieser Wissenschaft. Die Modernen haben es freilich im Schwindeln zu einer Fertigkeit gebracht, von der sich unsre dickköpfigen Vorfahren nicht hätten träumen lassen. Ich übergehe daher die »gute alte Zeit« und begnüge mich mit einem kurzen Bericht einiger »zeitgenössischer Fälle«.

Ein gutes Stückchen ist folgendes: Eine Zimmervermieterin braucht ein Sofa und besucht daher eine Reihe von Möbelausstellungen in den Warenhäusern. Schließlich kommt sie zu einer, die eine außerordentlich reiche Auswahl bietet. Ein höflicher Herr von gediegenem Aussehen steht an der Tür, begrüßt sie und bittet sie, einzutreten. Sie findet auch bald ein Sofa, das ihren Wünschen entspricht, erkundigt sich nach dem Kaufpreis und ist angenehm überrascht, als ihr eine Summe genannt wird, die um mindestens zwanzig Prozent niedriger ist als der Betrag, mit dem sie gerechnet hat. Sofort schließt sie den Kauf ab, bezahlt, erhält eine Quittung, hinterläßt ihre Adresse, bittet, daß ihr der gekaufte Gegenstand sobald wie möglich zugesandt werde, und verläßt das Geschäft unter nicht endenwollenden Verbeugungen des Ladenbesitzers. Es wird Abend, und das Sofa kommt nicht. Der nächste Tag geht vorüber, und noch immer zeigt sich kein Sofa. Nun wird das Dienstmädchen nach dem Geschäft geschickt, um nachzufragen. Der Kauf wird dort abgeleugnet. Man hat kein Sofa verkauft – kein Geld empfangen; freilich, denn der Schwindler hat es eingesteckt, der für kurze Zeit die Rolle des Ladenbesitzers spielte.

In vielen Warenhäusern stehen die Möbelausstellungen ohne Aufsicht und bieten daher günstige Gelegenheit zu einem Trick dieser Art. Besucher treten ein, sehen sich die Möbel an und verlassen das Geschäft, ohne daß sie jemand beachtet. Wünscht jemand einen Kauf abzuschließen oder sich nach dem Kaufpreis eines Gegenstandes zu erkundigen, so befindet sich eine Klingel in der Nähe; dies wird als vollkommen genügend erachtet.

Auch der folgende Fall ist ein ganz hübscher Schwindel. Ein gut gekleideter Herr tritt in einen Laden, kauft etwas um einen Dollar, entdeckt zu seinem Ärger, daß er seine Brieftasche in der Tasche eines anderen Rocks hat stecken lassen, und sagt zu dem Kaufmann:

»Lieber Herr, das macht ja weiter nichts. Vielleicht sind Sie so liebenswürdig und schicken das Paket nach meiner Wohnung. Aber halt! da fällt mir eben ein, daß ich dort gerade kein Kleingeld habe; nur einen Fünfdollarschein. Aber Sie können ja mit dem Paket vier Dollar zum Wechseln schicken, nicht.«

»Sehr wohl, mein Herr«, entgegnet der Verkäufer, der nun eine hohe Meinung von der redlichen Gesinnung seines Kunden hat. »Ich kenne Leute«, sagt er sich, »die einfach den gekauften Gegenstand unter den Arm genommen hätten und weggegangen wären mit dem bloßen Versprechen, den Dollar zu bezahlen, wenn sie am Nachmittag wieder am Geschäft vorüberkämen.«

Ein Junge wird mit Paket und Wechselgeld ausgeschickt. Unterwegs trifft er ganz zufällig den Käufer, der sogleich ausruft:

»Ah! da kommt ja mein Paket. Ich dachte, Sie wären damit schon längst in meiner Wohnung. Schön; gehen Sie nur. Meine Frau, Mrs. Trotter, wird Ihnen die fünf Dollar aushändigen. Ich habe sie schon zurechtgelegt. Übrigens können Sie mir die vier Dollar gleich hier herausgeben; ich kann gerade etwas Silber auf der Post gebrauchen. Schön: eins – zwei – ist der Quarter da gut? – drei – vier – stimmt! Sagen Sie Mrs. Trotter, daß Sie mich getroffen haben. Gehen Sie nur rasch und verirren Sie sich nicht.«

Der Junge verirrt sich nicht; aber er braucht lange, bis er von seinem Gang zurückkehrt, denn eine Dame, die Mrs. Trotter heißt, war beim besten Willen nicht aufzufinden. Er tröstet sich schließlich mit dem Gedanken, daß er wenigstens nicht so dumm war, die Ware ohne Geld abzugeben, betritt den Laden mit selbstzufriedener Miene und fühlt sich schmerzlich enttäuscht und beleidigt, als ihn sein Herr fragt, was aus dem Wechselgeld geworden wäre.

Ein höchst einfacher Schwindel ist folgender: Dem Kapitän eines Schiffs, das gerade vor der Ausreise steht, wird von einer Person von beamtenhaftem Aussehen eine außerordentlich niedrige Rechnung über städtische Gebühren überreicht. Froh, so leichten Kaufes davonzukommen, und mit hundert andern Dingen beschäftigt, die nun alle auf einmal erledigt sein wollen, bezahlt er sofort bar. Fünfzehn Minuten später kommt aber ein andrer Beamter mit einer weniger gemäßigten Rechnung, und es stellt sich auf einmal heraus, daß der erste Einnehmer ein Schwindler und daß die zuerst vorgelegte Rechnung falsch war.

Die folgende Geschichte ist dieser ähnlich: Ein Dampfer ist eben im Begriff, sich vom Kai zu lösen. Da sieht man einen Reisenden, der mit dem Mantel auf dem Arm in höchster Eile auf den Kai zuläuft. Plötzlich bleibt er stehen, bückt sich und hebt mit Zeichen höchster Aufregung etwas vom Boden auf. Es ist eine Brieftasche. »Hat einer der Herren seine Brieftasche verloren?« ruft er laut. In der ersten Überraschung kann keiner behaupten, daß er eine Brieftasche verloren habe; die Aufregung wächst, wie sich nun ergibt, daß die Brieftasche viel Geld enthält. Trotzdem darf das Schiff nicht angehalten werden.

»Ebbe und Flut warten auf niemand«, sagt der Kapitän.

»Um Gottes willen, warten Sie nur noch ein paar Minuten«, ruft der Finder der Brieftasche, »der Besitzer muß ja jeden Augenblick auftauchen.«

»Kann nicht warten!« entgegnet der Mann, der die Verantwortung trägt. »Machen Sie schnell! hören Sie!«

»Was soll ich nur tun?« ruft der Finder außer sich. »Ich bin im Begriff, das Land auf einige Jahre zu verlassen, und kann darum nicht mit gutem Gewissen die hohe Summe solange behalten. – Entschuldigen Sie, mein Herr (damit wendet er sich an einen Herrn am Ufer), Sie machen auf mich den Eindruck eines ehrlichen Mannes. Würden Sie so gut sein, für mich diese Brieftasche zu übernehmen und – ich weiß, daß ich mich auf Sie verlassen kann – dem Eigentümer wieder zuzustellen? Es handelt sich, wie Sie sehen, um ein dickes Bündel Banknoten. Der Eigentümer wird Sie ohne Zweifel für Ihre Bemühungen belohnen.«

»Mich? Nein, Sie! *Sie* waren es doch, der die Brieftasche gefunden hat.«

»Nun, wenn Sie es eben nicht anders haben wollen – nur um Ihre Bedenken zu besiegen, will ich eine kleine Belohnung annehmen. Ich will einmal nachsehen – wie! – nein, das sind lauter Hundertdollarnoten, und hundert Dollar ist mehr, als ich mit gutem Gewissen nehmen kann. Fünfzig genügen vollauf.«

»Machen Sie voran!« sagt der Kapitän.

»Aber nun habe ich nicht einmal genügend Wechselgeld für einen der Hunderter bei mir. Es wäre entschieden besser ...«

»Vorwärts!« ruft der Kapitän.

»Macht nichts!« ruft der Herr am Ufer, der inzwischen seine eigene Brieftasche untersucht hat. »Macht gar nichts! Ich kann es doch machen. Hier habe ich einen Fünfziger von der Bank von Nordamerika. Geben Sie mir jetzt nur die Brieftasche.«

Der übermäßig gewissenhafte Finder nimmt erleichtert den Fünfziger, reicht dem Herrn die Brieftasche, wie gewünscht wurde, und das Schiff dampft davon. Eine halbe Stunde nach der Abfahrt stellt sich heraus, daß das »dicke Bündel« aus Scherzbanknoten besteht und die ganze Geschichte ein großer Schwindel war.

Ein grober Schwindel ist dies: Ein Waldfest oder etwas Ähnliches soll an einem Platz abgehalten werden, der nur über eine Brücke zu erreichen ist. Ein Schwindler stellt sich auf die Brücke, unterrichtet alle Vorübergehenden höflichst über die Einführung der neuen Verordnung, daß nunmehr als Sportel für Benutzung der Brücke jeder Fußgänger ein Cent, Pferde und Esel aber zwei Cent zu entrichten hätten. Manche schimpfen, aber alle unterwerfen sich, und schließlich entfernt sich der Schwindler, um etliche fünfzig bis sechzig Dollar sauer verdientes Geld reicher. Die Abnahme der Sportel von einer großen Menge Menschen ist schon eine ziemlich mühsame Arbeit.

Ein gelungener Schwindel ist folgender: Ein Bekannter des Schwindlers besitzt einen Schuldschein von ihm, eines der üblichen, mit rotem Vordruck versehenen Formulare, das ordnungsgemäß ausgefüllt und unterschrieben ist. Der Schwindler verschafft sich ein oder zwei Dutzend leere Formulare, taucht jeden Tag eines davon in seine Suppe, läßt seinen Hund danach springen und gibt es ihm schließlich zu fressen. Um die Zeit, zu der der Wechsel fällig wird, besucht der Schwindler mit seinem Hund den Bekannten. Das Gespräch dreht sich um den Wechsel. Der Bekannte holt den Wechsel aus seinem Schreibtisch und will ihn eben dem Schwindler zureichen, da springt der Hund des Schwindlers in die Höhe und verschlingt den Wechsel im Handumdrehen. Der Schwindler ist ebenso überrascht wie verlegen und erbost über das seltsame Gebaren seines Hundes und erklärt sich schließlich bereit, den Wechsel jederzeit einzulösen, sobald er wieder zum Vorschein käme.

Sehr mäßig ist die folgende Sache: Auf der Straße wird eine Dame von dem Komplizen des Schwindlers belästigt. Der Schwindler eilt ihr zu Hilfe, verabfolgt seinem Freund eine Tracht Prügel und besteht darauf, die Dame nach Hause zu begleiten. Hier angekommen, verbeugt er sich mit der Hand auf dem Herzen und sagt der Dame sehr höflich Lebewohl. Sie aber bittet ihren Befreier, einzutreten und sich ihrem großen Bruder und ihrem Vater vorstellen zu lassen.

Mit einem Seufzer erklärt der Schwindler seine Einwilligung. »Gibt es denn nichts, mein Herr«, flüstert die Dame, »womit ich Ihnen meine Dankbarkeit bezeugen könnte?«

»O doch, Madame. Wären Sie vielleicht so freundlich, mir einige Schillinge zu leihen?«

Im ersten Schreck will die Dame schlankweg in Ohnmacht fallen. Aber dann besinnt sie sich eines Bessern, öffnet ihre Börse und gibt dem Schwindler ihr Bargeld. Es ist, wie gesagt, ein sehr mäßiger Schwindel, denn die Hälfte des Gewinnes muß dem Gentleman bezahlt werden, der die Mühe hatte, die Dame zu belästigen und dann stillzuhalten, um sich dafür prügeln zu lassen.

Ein unbedeutender, aber doch wissenschaftlich interessanter Schwindel ist folgender: Der Schwindler betritt die Bar eines Gasthauses und verlangt ein paar Rollen Tabak. Sie werden ihm ausgehändigt. Er prüft sie oberflächlich und sagt dann: »Der Tabak gefällt mir nicht. Nehmen Sie ihn wieder zurück und geben Sie mir dafür einen Brandy mit Wasser.«

Der Brandy mit Wasser wird ihm gereicht; der Schwindler trinkt ihn aus und geht zur Tür. Aber die Stimme des Wirts hält ihn auf:

»Ich glaube, Herr, Sie haben vergessen, den Brandy mit Wasser zu bezahlen.«

»Brandy mit Wasser bezahlen? Ich habe Ihnen doch den Tabak für den Brandy mit Wasser gegeben. Was wollen Sie denn noch?«

»Aber erlauben Sie, mein Herr, ich kann mich nicht entsinnen, daß Sie den Tabak bezahlt haben.«

»Was wollen Sie damit sagen, Sie Gauner? Habe ich Ihnen den Tabak nicht zurückgegeben? Ist das dort nicht Ihr Tabak? Oder meinen Sie vielleicht, ich solle etwas bezahlen, was ich gar nicht genommen habe?«

»Aber, mein Herr ...«, sagt der Wirt, der nun wirklich nicht weiß, was er sagen soll, »aber ...«

»Keine Aber, mein Herr«, ruft der Schwindler in offensichtlichem Zorn und wirft die Tür hinter sich ins Schloß, als er die Bar verläßt. »Keine Aber. Und verschwenden Sie nur an mich keinen Ihrer Tricks, harmlose Reisende auszubeuten!«

Hier ein sehr schlau angelegter Schwindel, für den nicht zum wenigsten seine Einfachheit spricht: Ein Geldbeutel oder eine Brieftasche ist wirklich verloren worden, und der Verlierer veröffentlicht in *einer* der Tageszeitungen einer großen Stadt eine Anzeige mit genauer Beschreibung.

Der Schwindler schreibt sich die Angaben aus dieser Anzeige ab, ändert aber den Kopf, sowie Stil und Adresse. Angenommen, das Original sei lang, wortreich und überschrieben: »Brieftasche verloren!« und: »bitte, das Gefundene in Tomstraße 1 abzugeben« – so ist die Kopie kurz und nur überschrieben: »Verloren!« und gibt als Adresse des Eigentümers an: »Dickstraße 2« oder »Harrystraße 3«. Außerdem wird die Kopie in mindestens fünf oder sechs Tageszeitungen veröffentlicht und erscheint nur wenige Stunden nach dem Original. Liest nun der Mann, der die Brieftasche verloren hat, die Anzeige, so wird er schwerlich darauf verfallen, daß sie in Zusammenhang mit seinem Unglück steht. Die Aussichten stehen nun fünf oder sechs gegen eins, daß der Finder sich bei der vom Schwindler angegebenen Adresse meldet, anstatt bei der des rechtmäßigen Eigentümers. Jener zahlt die Belohnung aus, steckt die Brieftasche ein und verduftet.

Sehr ähnlich ist folgender Fall: Eine vornehme Dame hat irgendwo auf der Straße einen Diamantring von hohem Wert verloren. Dem Finder bietet sie vierzig bis fünfzig Dollar Belohnung und gibt in der Anzeige eine genaue Beschreibung des Steins und der Fassung. Sie erklärt, daß bei Abgabe des Ringes in Nummer soundso in der und der Straße die Belohnung ohne weiteres ausbezahlt werden würde. Einen oder zwei Tage später, wenn die Dame gerade von Hause abwesend ist, läutet es an der Tür von Nummer soundso in der und der Straße. Ein Dienstmädchen öffnet. Man fragt nach der Dame des Hauses und erfährt, daß sie ausgegangen sei. Der Besucher drückt sein Bedauern hierüber aus. Es handelt sich um eine wichtige Angelegenheit, die die Dame des Hauses angeht. Kurz, er hat das Glück gehabt, ihren Diamantring zu finden. Aber er könnte ja ebensogut ein andermal wiederkommen. »Unter keinen Umständen«, sagt das Dienstmädchen, und »unter keinen Umständen«, sagen die Schwester und die Schwägerin der Dame, die sofort herbeigeholt wurden. Unter Ausrufen der Begeisterung wird der Ring wiedererkannt, die Belohnung ausbezahlt und der Finder fast zur Tür hinausgeworfen. Die Dame kehrt zurück und ist wenig befriedigt mit Schwester und Schwägerin, weil sie vierzig bis fünfzig Dollar für eine Nachahmung ihres Diamantrings bezahlt haben – eine Nachahmung aus echtem Tombak und unverkennbarem Leim.

Es ist kein Ende der Schwindel abzusehen, und mein Essay würde nie zu Rande kommen, wollte ich nur die Hälfte der Variationen und Modulationen andeuten, die in dieser Wissenschaft vorkommen. Gewaltsam muß ich meine Arbeit abschließen, und dies gelingt am besten mit dem Bericht eines einfachen, aber sehr geschickt eingefädelten Schwindels, der sich einmal vor nicht allzu langer Zeit in dieser Stadt abspielte und später mit Erfolg in andern noch einfältigeren Städten der Union wiederholt wurde.

Ein Herr in mittlerem Alter kommt aus unbekannter Gegend in die Stadt. Er ist erstaunlich peinlich, vorsichtig, gelassen und bedacht in seinem Benehmen. Sein Anzug ist peinlich sauber, aber schlicht und unauffällig. Er trägt eine weiße Halsbinde, einen weiten Rock, der offenbar mehr unter dem Gesichtspunkt der Bequemlichkeit zugeschnitten wurde, doppelt besohlte bequeme Stiefel und Hosen ohne Stege. Er hat das Aussehen eines gut situierten, gut gekleideten, pünktlichen und achtenswerten Geschäftsmannes PAR EXCELLENCE – eines jener strengen, nach außen harten, innerlich aber gutmütigen Menschen, wie wir sie in den Schauspielen aus dem modernen gesellschaftlichen Leben sehen – Leute, deren Worte den Wert von Kassenscheinen haben, die dafür bekannt sind, daß sie mit der einen Hand zu wohltätigen Zwecken Goldstücke weggeben, während sie in Dingen, die ihr Geschäft angehen, mit der andern Hand den kleinsten Bruchteil eines Pfennigs festhalten.

Er macht große Umstände, bis er ein Boardinghaus gefunden hat, das ihm zusagt. Er liebt Kinder nicht. Er ist an Ruhe gewöhnt. Seine Gewohnheiten sind methodisch. Und dann würde er vorziehen, in eine einsame und achtenswerte Familie mit gottesfürchtiger Veranlagung zu kommen. Mietpreis spielt keine Rolle; nur muß der Herr darauf bestehen, daß er seine Rechnung pünktlich am ersten jedes Monats erhält (man schreibt gerade den zweiten), und bittet seine Wirtin, nachdem er endlich eine nach seinem Geschmack gefunden hat, sie möchte doch ja nicht diesen seinen Wunsch außer acht lassen – »senden Sie jedesmal am ersten des Monats pünktlich um zehn Uhr Rechnung und Quittung, und schieben Sie es unter keinen Umständen auf den zweiten auf.«

Sind diese Vorbereitungen getroffen, so mietet unser Geschäftsmann in einem mehr bürgerlich gediegenen als feinen Viertel der Stadt ein Bureau. Nichts ist ihm verhaßter als Aufsehen. »Wo außen viel zu sehen ist«, sagt er, »steckt selten etwas Rechtes dahinter«, eine Bemerkung, die die Seele der Wirtin so tief bewegt, daß sie sie sogleich mit Bleistift auf dem breiten Seitenrand der Sprüche Salomonis in die Familienbibel einträgt.

Der nächste Schritt besteht darin, in den wichtigsten Sechspenny-Geschäftsblättern der Stadt eine entsprechend abgefaßte Anzeige zu erlassen – die Pennyblätter gelten als unfein, weil sie für alle Anzeigen Vorausbezahlung fordern. Unser Geschäftsmann ist nämlich grundsätzlich der Meinung, daß Arbeit niemals bezahlt werden sollte, ehe sie geleistet wurde.

»*Gesucht:* Aufgeber der Anzeige stehen im Begriff, geschäftliche Unternehmungen großen Stils in dieser Stadt einzuleiten, und benötigen zu diesem Zweck die Dienste von drei oder vier klugen und sachverständigen Angestellten, denen ein hohes Gehalt ausgesetzt werden soll. Man erwartet beste Zeugnisse, wobei weniger auf geschäftliche Gewandtheit als auf absolute Zuverlässigkeit Wert gelegt werden wird. Die Stellen, die die Angestellten zu bekleiden haben, bedingen eine hohe Verantwortlichkeit; es müssen große Geldbeträge den Weg durch ihre Hände nehmen, weshalb auch für angezeigt erachtet worden ist, von jedem Angestellten die Stellung einer Kaution in der Höhe von fünfzig Dollar zu verlangen. Es wollen sich keine Bewerber einfinden, die nicht bereit sind, diese Summe bei den Aufgebern der Anzeige zu deponieren, und die kein Zeugnis über durchaus zufriedenstellende moralische Befähigung vorzuweisen haben. Junge Herren von gottesfürchtiger Veranlagung erhalten den Vorzug. Bewerber wollen sich vormittags zwischen zehn und elf Uhr und nachmittags zwischen vier und fünf Uhr melden bei den Herren

Bogs, Hogs, Logs, Frogs & Co.
Nr. 110, Mopsstraße.«

Am einunddreißigsten des Monats hat diese Anzeige vor dem Bureau der Herren Bogs, Hogs, Logs, Frogs & Co. etwa fünfzehn bis zwanzig junge Herren mit gottesfürchtiger Veranlagung versammelt. Aber unser Geschäftsmann hat es nicht eilig, einen Vertrag mit dem einen oder andern von ihnen abzuschließen – kein guter Geschäftsmann hat jemals Eile –, und erst nach eingehender Prüfung der gottesfürchtigen Veranlagung jedes der jungen Herren werden sie angestellt und ihre fünfzig Dollar von der achtenswerten Firma der Herren Bogs, Hogs, Logs, Frogs & Co. lediglich der Vorsicht halber vereinnahmt.

Am Morgen des ersten bringt die Wirtin ihre Rechnung nicht an den Mann, obschon dies doch ausgemacht worden ist. Das Oberhaupt des Geschäftshauses mit den auf *»ogs«* endenden Namen würde sie ohne Zweifel nicht wenig ausgescholten haben, wäre es ihm nur möglich gewesen, zu diesem Zweck noch einige Tage in der Stadt zu bleiben.

Die Polizisten haben mit dieser Geschichte viel Schererei gehabt; sie mußten bald hierhin, bald dahin laufen und konnten doch weiter nichts tun, als den Geschäftsmann in allen Tonarten als einen Erzgauner hinstellen. Inzwischen haben die jungen Herren alle etwas von ihrer gottesfürchtigen Veranlagung eingebüßt, während die Wirtin um einen Schilling einen Radiergummi von der besten Sorte ersteht und damit sorgsam die Bleistiftnotiz entfernt, die irgendein Narr auf den breiten Seitenrand der Sprüche Salomonis in ihrer großen Familienbibel geschrieben hat.

Des wohlachtbaren Herrn Thingum Bob,

Früheren Herausgebers der »Blechschmiede«,
Literarischer Werdegang
von ihm selbst

Man wird älter, und da ich mir darüber klar bin, daß Shakespeare und Mr. Emmons gestorben sind, so halte ich es nicht für unmöglich, daß auch ich einst sterben muß. So kommt mir der Gedanke, mich aus der Öffentlichkeit zurückzuziehen und auf meinen Lorbeeren auszuruhen. Doch mein Ehrgeiz spornt mich an, den Entschluß der Niederlegung meiner literarischen Herrschaft durch irgendeine für die Nachwelt wichtige Tat zu feiern. Kann ich es besser tun, als indem ich meinen literarischen Lebenslauf niederschreibe? Mein Name hat so lange und so beständig der Öffentlichkeit gehört, daß ich wohl verstehe, wie natürlich das Interesse ist, welches er überall erregt hat, und ich bin gern bereit, die außerordentliche Neugierde, deren Ziel sein Träger war, zu befriedigen. Wahrlich, es ist die unbedingte Pflicht dessen, der Großes erreicht hat, auf dem Pfade zur Höhe deutliche Wegzeichen zu hinterlassen, damit auch andre den Weg zur selben Höhe finden. Das Ziel, das mir beim gegenwärtigen Aufsatz (den ich eigentlich »Memoranda zur Literaturgeschichte Amerikas« nennen wollte) vorschwebt, ist also, die wichtigen, wenn auch schwachen und schwankenden ersten Schritte, durch die ich zuletzt den Höhenweg zum Gipfel menschlichen Ruhmes erreichte, näher zu beschreiben.

Es ist wohl unnötig, viel Worte über die entfernteren Vorfahren zu verlieren. Mein Vater, der ehrenwerte Thomas Bob, stand jahrelang an der Spitze seiner Kollegen, der Barbiere in der Stadt Smug. Sein Laden war der Zusammenkunftsort aller hervorragenden Leute der Stadt, besonders aber kam bei ihm die Gilde der Herausgeber zusammen, eine

Vereinigung, die tiefste Ehrfurcht und größte Scheu einflößt. Was mich betrifft, so betrachtete ich sie als Götter. Ich schlürfte leidenschaftlich den glänzenden Witz und die tiefe Weisheit, die von ihren göttlichen Lippen floß, während jenes Aktes der Behandlung, den wir »einseifen« nennen. Die erste Inspiration kam blitzartig über mich, als der geistvolle Leiter der »Bremse« in den Pausen, die die Zeremonie der Einseifung ihm ließ, mit lauter Stimme vor der Versammlung unsrer Lehrlinge ein unvergleichbares Gedicht zu Ehren des »einzig echten Bobschen Öles« (nach meinem Vater, seinem genialen Erfinder, so genannt) vortrug. Für diesen Erguß wurde der Herausgeber der »Bremse« mit königlicher Freigebigkeit von der Firma Thomas Bob & Co. belohnt.

Die Genialität, die aus den Zeilen des »Bobschen Öles« mich anwehte, hauchte mir, wie gesagt, göttliche Begeisterung ein. Auf der Stelle beschloß ich, ein großer Mann zu werden. Weiter beschloß ich, dies damit anzufangen, daß ich ein großer Dichter wurde. An diesem Abende warf ich mich meinem Vater zu Füßen.

»Vater«, sagte ich, »verzeihe! Aber meine Seele strebt über das Einseifen hinaus. Es ist mein fester Entschluß, meinen Beruf zu wechseln. Ich will ein Herausgeber werden, ein Poet. Ich will Verse über das ›Bobsche Öl‹ niederschreiben. Verzeihe mir und bahne mir den Weg zur Größe!«

»Mein lieber Thingum«, antwortete mein Vater (ich war Thingum getauft worden nach einem sehr reichen Verwandten, der diesen Namen führte), »mein lieber Thingum«, sagte er, indem er mich bei den Ohren aus meiner knienden Stellung emporzog, »Thingum, mein Sohn, du bist ein Maulheld und artest deinem Vater nach, denn du besitzt Seele. Außerdem hast du einen Riesenschädel, in dem eine ganze Menge Gehirnmasse stecken muß. Das habe ich schon lange bemerkt, und wegen dieser Eigenschaft war ich schon auf den Gedanken gekommen, einen Juristen aus dir zu machen. Diese Laufbahn ist aber jetzt nicht mehr vornehm und die politische nicht mehr lohnend. Im großen ganzen hast du ja recht. Der Herausgeberstand ist immer noch der beste, und wenn du es fertigbringst, gleichzeitig ein Dichter zu werden, wie die meisten Herausgeber es sind, so wirst du wohl im Laufe der Zeit zwei Fliegen mit einer Klappe treffen. Zu deiner Ermutigung will ich dir im Anfange mit folgendem unter die Arme greifen: einer Dachkammer, Feder, Tinte und Papier, einem Reimwörterbuch und Exemplaren der ›Bremse‹. Mehr kannst du wohl nicht verlangen!«

»Ich würde ein undankbarer Schuft sein, wenn ich das nicht anerkennen wollte«, antwortete ich begeistert. »Deine Freigebigkeit ist grenzenlos. Ich will sie vergelten, indem ich dich zum Vater eines Genies mache.«

So endete meine Unterredung mit dem besten der Menschen, und sofort stürzte ich mich mit Eifer in meine poetische Beschäftigung, da ich hauptsächlich durch sie den Hochsitz eines Herausgebers zu erklimmen hoffte.

Bei meinen Versuchen in der Reimkunst waren mir die Verse über das »Bobsche Öl« eher ein Hindernis als eine Hilfe. Ihr Glanz erleuchtete mich nicht, er blendete. Bei der Betrachtung ihrer Vorzüglichkeit wurde ich naturgemäß sehr entmutigt, verglich ich sie mit meinen selbstgeschaffenen »Produkten«. So arbeitete ich also lange Zeit fruchtlos. Zuletzt tauchte in meinem Gehirn einer jener außerordentlichen Einfälle auf, die hie und da das Gehirn eines genialen Mannes durchkreuzen. Es war folgender, oder, besser gesagt, folgendermaßen wurde er zur Ausführung gebracht: aus dem Bücherplunder eines alten Ladens, der im äußersten Winkel der Vorstadt lag, kaufte ich verschiedene, alte, unbekannte und vergessene Bände zusammen. Der Buchhändler überließ sie mir spottbillig. Aus einem derselben, das die Übersetzungen des Werkes *Inferno* eines gewissen Dante vorstellen sollte, schrieb ich mit besonderer Sorgfalt eine lange Stelle ab, die über einen Mann handelte, dessen Name Ugolino war, der Rangen in stattlicher Zahl besaß. Einem andern Buch, das eine Menge altertümlicher Schauspiele enthielt, die von einer Person geschrieben waren, deren Namen ich vergessen habe, entnahm ich in gleicher Art und mit gleicher Sorgfalt eine Anzahl Verse, die über »Engel«, »frohe Botschafter«, »verdammte Wichte« und anderes dieser Art sich verbreiteten. Einem dritten, das die Schöpfung eines Blinden oder sonstwie Bresthaften war, eines Griechen vielleicht oder Kalmücken – ich kann mich natürlich nicht jeder Einzelheit erinnern –, entnahm ich ungefähr fünfzig Verse, die mit »Achills Zorn« und »Fett« und ähnlichen Dingen begannen. Aus einem andern, das, soviel ich mich entsinne, auch das Werk eines Blinden war, wählte ich ein oder zwei Seiten über »Heil« und »heiliges Licht«; und wenn es auch eigentlich nicht ins Fach eines Blinden schlägt, über Licht zu schreiben, so waren die Verse in ihrer Art doch recht gut.

Ich schrieb nun diese Gedichte, jedes für sich, ordentlich ab und unterzeichnete jedes mit »Oppodeldoc« (wirklich doch ein schöner wohlklingender Name), steckte jedes einzeln in ein besonderes Kuvert und schickte je eines an jede der vier Hauptgazetten mit der Bitte um schnelle Veröffentlichung und schleunigste Honorarzahlung. Das Resultat dieses wohldurchdachten Planes (dessen Erfolg mir in meinem späteren Leben viel Arbeit erspart haben würde) überzeugte mich, daß manche Redakteure an der Nase herumzuführen ein vergeblicher Versuch ist. Es gab, mit den Transzendentalisten zu reden, meiner jung keimenden Hoffnung den »COUP-DE-GRÂCE« (wie man in Frankreich sagt).

Um bei der Wahrheit zu bleiben, muß ich gestehn, daß jedes der Blätter dem Mr. Oppodeldoc in dem Monatsbericht für Korrespondenten eine gründliche Abfuhr bereitete. Die »Brummtrommel« richtete ihn folgendermaßen zu:

»›Oppodeldoc‹ (oder wer sich hinter diesem Pseudonym verbirgt) hat uns eine lange Tirade über einen Tollhäusler eingeschickt, den er ›Ugolino‹ nennt, der einen Haufen Kinder hatte, die alle durchgeprügelt und ohne Abendessen ins

Bett hätten geschickt werden sollen. Die ganze Geschichte ist unglaublich zahm, um nicht zu sagen platt. ›Oppodeldoc‹ (oder wer sich hinter diesem Pseudonym verbirgt) ist aller Phantasie bar; aber Phantasie ist, nach unsrer unmaßgeblichen Meinung, nicht allein die Seele der *›Poesie‹*, sondern ihr Herz selbst. ›Oppodeldoc‹ (oder wer sich hinter diesem Pseudonym verbirgt) hat die Keckheit, von uns für sein Gewäsch ›schnelle Veröffentlichung und schleunigste Honorarzahlung‹ zu erbitten. Wir veröffentlichen weder solches Zeug, noch bezahlen wir es. Es ist jedoch unzweifelhaft, daß er all den Galimathias, den er da zusammenschmiert, bei den Redaktionen des ›Radau‹, des ›Honigsüßen‹ oder der ›Blechschmiede‹ loswerden würde.«

Man kann nicht leugnen: das war ein reichlich strenges Urteil über »Oppodeldoc«; aber die schärfste Spitze lag doch darin, daß das Wort *Poesie* durch besonderen Druck hervorgehoben war. Welch eine Welt von Bitterkeit ist in diesen fünf hervorstechenden Buchstaben ausgedrückt!

Der »Radau« strafte »Oppodeldoc« mit gleicher Strenge. Er schrieb:

»Wir haben eine seltsame und unverschämte Zuschrift von einem Individuum, mit dem Pseudonym ›Oppodeldoc‹ (wer immer sich hinter diesem Pseudonym verbirgt) unterzeichnet, erhalten. Der Kerl entblödet sich nicht, den gleichlautenden Namen des berühmten römischen Kaisers zu entweihen. Dem Schreiben ›Oppodeldocs‹ (oder wer sich hinter diesem Pseudonym verbirgt) waren verschiedene Verse beigeschlossen, die in schwülstiger Sprache von ›Gnadenboten und Engeln‹ handeln, wie sie eben nur ein Verrückter vom Schlage ›Oppodeldocs‹ selbst verbrechen kann. Und für diesen Quadratschund wird bescheiden von uns ›prompte Bezahlung‹ gefordert. Keine Rede davon, mein Herr! Für solches Zeug zahlen wir nicht. Wenden Sie sich an die ›Brummtrommel‹, den ›Honigsüßen‹ oder die ›Blechschmiede‹. Diese ›Zeitschriften‹ werden fraglos jede Art von literarischem

Müll, den Sie ihnen anbieten, aufnehmen und ebenso fraglos Bezahlung – versprechen.«

Das war sicherlich recht hart für den armen »Oppodeldoc«; aber in diesem Falle fiel doch die Hauptschwere der Satire auf die »Brummtrommel«, den »Honigsüßen« und die »Blechschmiede«, die beißend als »Zeitschriften« – das Wort sogar in Gänsefüßchen – bezeichnet wurden, was sie mitten ins Herz treffen mußte.

Kaum weniger wild gebärdete sich der »Honigsüße«, der sich folgendermaßen vernehmen ließ:

»Irgendein Individuum, das sich, offenbar sehr zu seinem eigenen Behagen, den Namen ›Oppodeldoc‹ beilegt (zu welch minderwertigen Zwecken werden die Namen berühmter Toter oft erniedrigt), hat uns fünfzig bis sechzig Verse zugehen lassen, die ungefähr so beginnen:

›Achills Zorn, für Griechenland der Grund
Unzähl'gen Unheils‹, usw. usw. usw. usw.

›Oppodeldoc‹ (oder wer sich unter diesem Pseudonym verbirgt) wird mit aller Höflichkeit darauf hingewiesen, daß in unsrer Redaktion nicht ein einziger Laufjunge beschäftigt ist, der nicht täglich gewohnheitsmäßig bessere Verse zusammenschustert. ›Oppodeldocs‹ Verse sind unskandierbar. ›Oppodeldoc‹ sollte lieber zählen lernen. Aber wie er auf den Gedanken kam, daß wir (unter allen gerade wir) unsre Seiten mit seinem unsagbaren Blödsinn verschandeln würden, entzieht sich unserm Begriffsvermögen. Du lieber Gott, das absurde Gewäsch wäre kaum gut genug für die ›Brummtrommel‹, den ›Radau‹ oder die ›Blechschmiede‹, Zeug, das seinen Lesern sogar ›Mutter Gänsins Lieder‹ als Originallyrik vorzusetzen sich nicht entblödet. Und ›Oppodeldoc‹ (oder wer sich hinter diesem Pseudonym verbirgt) verlangt sogar mit kecker Stirn Bezahlung für sein Gefasel. Weiß ›Oppodeldoc‹ (oder wer sich hinter diesem Pseudonym verbirgt) denn tatsächlich nicht, ist es ihm denn wirklich nicht eingefallen, daß wir es nicht einmal drucken könnten, wenn man uns dafür honorierte?«

Wie ich dies las, wurde ich von Augenblick zu Augenblick kleiner, und als ich an die Stelle kam, wo der Redakteur ironisch von »Versen« spricht, war nicht viel mehr von mir übrig als eine Unze. Was den »Oppodeldoc« anbetrifft, so begann ich mit dem armen Teufel Mitleid zu fühlen. Aber die »Blechschmiede« übte, wenn möglich, noch weniger Gnade als der »Honigsüße«. Das Blatt schrieb:

»Ein erbärmlicher Poetaster, der ›Oppodeldoc‹ unterschreibt, ist töricht genug, sich einzubilden, wir würden seinen bombastischen, unzusammenhängenden, ungrammatikalischen Mischmasch, den er uns übersandte, drucken und zahlen. Das Zeug beginnt mit der faselnden Zeile:

›Heil, göttliches Licht! Erstling des Himmels!‹

Wir sagen ›faselnd‹. ›Oppodeldoc‹ (oder wer sich hinter diesem Pseudonym verbirgt) ist vielleicht so gütig, uns darüber aufzuklären, wie ›Hagel‹* ›göttliches Licht‹ sein kann. Wir haben ihn immer für gefrorenen Regen gehalten. Will er uns wohl auch sagen, wie gefrorener Regen zugleich ›göttliches Licht‹ (was dies auch bedeuten möge) und ein ›Erstling‹ sein kann? Letztere Bezeichnung wird (wenn wir uns der Kenntnis unserer Sprache rühmen dürfen) nur auf kleinste Babys bis etwa zur sechsten Woche angewendet. Doch es wäre Torheit, sich überhaupt mit solchen Absurditäten abzugeben, wenn ›Oppodeldoc‹ (oder wer sich hinter diesem Pseudonym verbirgt) nicht auch noch die unvergleichliche Frechheit besäße, vorauszusetzen, daß wir seine blöden Wahnprodukte nicht nur ›abdrucken‹, sondern sogar ›bezahlen‹ würden!

Das ist denn doch unglaublich! Und wir hätten fast Lust,

* Für »Heil« und »Hagel« hat die englische Sprache das gleiche Wort (HAIL). Der Parallelismus ist im Deutschen nicht wiederzugeben. (Anm. d. Ü.)

diesen jungen Schmierer für sein überhebendes Gekrähe dadurch zu bestrafen, daß wir seinen Erguß ›VERBATIM ET LITERATIM‹ genau publizieren, wie er ihn geschrieben hat. Wir könnten keine schwerere Strafe für ihn finden, und wir würden ihm diese auch zudiktieren, wenn wir unsern Lesern nicht die schreckliche Langeweile dieser Lektüre ersparen wollten.

›Oppodeldoc‹ (oder wer sich hinter diesem Pseudonym verbirgt) mag alle künftigen Werke dieser Art an die ›Brummtrommel‹, den ›Honigsüßen‹ oder den ›Radau‹ schicken. Sie werden ihre Spalten dafür öffnen, sie veröffentlichen ja jeden Monat solches Zeug. Schicken Sie es ihnen nur ein. *Wir* aber lassen uns nicht ungestraft beleidigen.«

Das gab mir den letzten Stoß. Wie aber die »Brummtrommel«, der »Radau« und der »Honigsüße« den Angriff überstanden, ist mir bis heute schleierhaft. Ihre Namen waren in der kleinstmöglichen Kolonelschrift gesetzt (das war nämlich der Hieb, um zu zeigen, wie niedrig, wie gering sie seien), während das »Wir« von der »Blechschmiede« in riesigen Buchstaben gewissermaßen auf sie herabblickte! Das war doch zu bitter! Das war Wermut, das war Galle. Wenn ich eine dieser Zeitschriften gewesen wäre, so hätte ich alles dafür geopfert, der »Blechschmiede« einen Prozeß anzuhängen. Man hätte das Blatt auf Grund der Tierschutzgesetze in Anklagezustand versetzen können. Was nun den »Oppodeldoc« (oder wer sich hinter diesem Pseudonym verbarg) anbetrifft, so hatte ich endlich alle Geduld mit dem Burschen verloren, und alle meine Sympathie für den Kerl war dahin. Ein Narr war er (wer sich auch hinter seinem Pseudonym verbarg) und hatte die erhaltenen Fußtritte alle wohlverdient.

Das Resultat meines Versuchs mit den alten Büchern überzeugte mich erstens, daß »Ehrlichkeit am längsten währt«, und zweitens, daß, wenn ich nicht besser schreiben könnte als Mr. Dante, die zwei Blinden und die übrigen alten Datteln, es doch immerhin schwer sein würde, schlechter zu schreiben. Ich faßte daher Mut und beschloß, von jetzt an mich nur mehr dem »völlig Originellen« (wie es auf dem Titelblatte der Zeitschriften heißt) zu widmen, wieviel Arbeit und Mühe mir auch immer die Durchführung dieses Entschlusses verursachen möchte. Und wieder hielt ich mir die glänzenden Verse über das »Bobsche Öl«, die dem Herausgeber der »Bremse« ihren Ursprung verdankten, vor Augen und beschloß, über das gleiche erhabene Thema eine Ode zu verfassen und so in Wettbewerb mit dem bereits bestehenden Meisterwerk zu treten.

Die Niederschrift der ersten Zeile ging ohne Schwierigkeit vonstatten. Sie lautete:

Über das »Prachtöl des Herrn Bob« ...

Nachdem ich nun aber mit alleräußerster Sorgfalt alle passenden Reimworte auf »Bob« durchgegangen war, saß ich fest. In dieser Schwierigkeit nahm ich Zuflucht zu meinem Vater, und nach einigen Stunden tiefen Nachdenkens setzten mein Vater und ich den Text folgendermaßen fest:

Über das »Prachtöl des Herrn Bob«
Eine Ode zu schreiben, lohnt sich gottlob!
(Unterschrift) Snob.

Gewiß ist, daß dieses Kunstwerk nicht allzu lang war, doch mir muß, wie die »Edinburgh Review« zu sagen pflegt, »erst bewiesen werden«, daß die bloße Länge einer literarischen Schöpfung etwas mit ihrem Werte zu tun hat. Was nun das zunftmäßige, immer wiederholte Getue über »dauernde Anspannung« betrifft, so kann ich dem Ausdruck mit dem besten Willen keinen Sinn abgewinnen. Im großen ganzen war ich also mit dem Ausfall meiner Jungferndichtung zufrieden, und nun war die einzige Frage, wie ich sie verwenden sollte. Mein Vater schlug vor, sie an die »Bremse« zu schicken; aber zwei Gründe hielten mich von der Befolgung dieses Rates ab. Ich fürchtete die Eifersucht des Redakteurs, und ich hatte herausgebracht, daß er für Originalbeiträge nichts bezahlte. Ich bestimmte daher nach reiflicher Erwägung den Beitrag für die würdevolleren Spalten des »Honigsüßen« und wartete das Ergebnis dieses Schrittes etwas unruhevoll zwar, doch mit Ergebung ab.

Mit stolzer Befriedigung fand ich in der nächsten Nummer mein Gedicht unverkürzt an der Stelle des Leitartikels abgedruckt. Beigefügt waren, in Kursivdruck und zwischen Klammern, noch die folgenden so bezeichnenden Worte:

»(Wir möchten die Aufmerksamkeit unserer Leser auf die unten abgedruckten bewundernswerten Verse über das ›Bobsche Öl‹ hinlenken. Es wäre überflüssig, ein Wort über ihre Erhabenheit oder über das Pathos, das aus ihnen spricht, zu verlieren. Niemand kann sie wohl trockenen Auges lesen. Diejenigen, die sich vor einiger Zeit durch eine traurige Stilprobe über denselben herrlichen Gegenstand aus dem Gänsekiel des Redakteurs der ›Bremse‹ angeekelt fühlten, mögen abwägen und vergleichen.

P. S. Wir zittern vor Begierde, das Geheimnis zu durchdringen, das offenbar unter dem Pseudonym »Snob« verborgen liegt. Dürfen wir auf den Vorzug eines persönlichen Interviews hoffen?)«

Dies alles war nicht mehr als gerecht, doch überraschte es mich, offen gestanden, da ich nicht so viel erwartet hatte – ein Geständnis, das ich zur Schande der undankbaren Menschheit im allgemeinen und meines Vaterlandes im besonderen nicht verheimlichen kann. Immerhin verlor ich keine Zeit und besuchte den Herausgeber des »Honigsüßen«. Ich hatte das Glück, den Herrn zu Hause zu treffen. Er begrüßte mich mit allen Zeichen großen Respekts, der eine kleine Beimischung von väterlicher und gönnerhafter Bewunderung zeigte. Offenbar kam dieser kleine Beischmack vom außerordentlich Jugendlichen und Unerfahrenen meiner Erscheinung. Er bot mir einen Sitz an und begann sogleich, von meinem Gedicht zu sprechen. Meine Bescheidenheit erlaubt mir nicht, die tausend Komplimente zu wiederholen, die er in verschwenderischer Fülle über mich ausstreute. Die Lobsprüche des Herrn Sauertopf (so hieß der Redakteur) waren jedoch keineswegs unkritisch oder übermäßig. Er analysierte meine Schöpfung mit viel Freimut und großer Geschicklichkeit und stand nicht an, einige kleinere Fehler zu erwähnen, was ihn hoch in meiner Achtung steigen ließ. Die »Bremse« wurde selbstverständlich auch aufs Tapet gebracht, und ich hoffe, niemals solch durchdringender Kritik, solch vernichtendem Tadel ausgesetzt zu werden, wie sie Herr Sauertopf über das unglückselige Machwerk des Redakteurs der »Bremse« ausgoß. Früher hatte ich diesen Redakteur als ein übermenschliches Wesen betrachtet; aber Herr Sauertopf belehrte mich bald eines bessern. Er setzte den literarischen und den persönlichen Charakter der »Klapper« (wie er höhnisch seinen Gegenpart nannte) ins rechte Licht. An dieser Klapper war wirklich wenig zu loben. Er hatte niederträchtige Sachen geschrieben. Er war ein Zeilenfuchser, ein Hansnarr, ein Schurke. Er hatte eine Tragödie geschrieben, über die das ganze Land in Gelächter ausbrach, und eine Farce, die das Weltall in Tränen versenkte. Neben diesen schlimmen Taten hatte er noch die Unverschämtheit gehabt, ein Zeug niederzuschreiben, das er als Schmähschrift auf ihn (Herrn Sauertopf) verfaßt hatte, und die Frechheit, ihn einen Esel zu nennen! Wenn ich die Absicht hätte, in den Spalten des »Honigsüßen« die Klapper anzugreifen, so, versicherte mir Herr Sauertopf, würde er zu meiner unbeschränkten Verfügung stehen. Inzwischen sei es aber ziemlich sicher, daß die Klapper mich wegen meines Versuches, mit seinem Gedicht über das »Bobsche Öl« zu rivalisieren, angreifen würde. Dann würde er (Herr Sauertopf) es auf sich nehmen, in äußerst energischer Weise meine privaten und persönlichen Interessen zu verteidigen. Wenn ich jetzt also nicht auf einen Schlag ein gemachter Mann werde, so läge das gewiß nicht an ihm, Herrn Sauertopf.

Da nun Herr Sauertopf eine kurze Pause in seiner Rede (deren letzten Teil ich beim besten Willen nicht verstehen konnte) machte, so wagte ich es, etwas von dem Honorar zu erwähnen, das ich für mein Gedicht erwartete, da ich auf dem Umschlag des »Honigsüßen« eine Notiz bemerkt hatte, die verkündigte, daß der »Honigsüße« »seinen Ehrgeiz« darin sehe, exorbitante Honorare für alle angenommenen Beiträge zu bezahlen, daß er oft mehr Geld für ein einziges kurzes Gedicht ausgebe, als die jährlichen Auslagen von der »Brummtrommel«, dem »Radau« und der »Blechschmiede« zusammen betrügen.

Kaum aber war das Wort »Honorar« meinen Lippen entflohen, als Herr Sauertopf zuerst seine Augen weit aufriß und dann seinen Mund zu ungeheurer Weite aufsperrte, so daß der Eindruck, den er bot, ganz dem glich, den eine aufgeregte alte Ente in dem Moment auf uns macht, wo sie im Begriff ist, zu quaken. Und in diesem Zustande blieb er. Hie und da preßte er seine Hände krampfhaft an seine Stirne, als wenn er sich in einem Zustande verzweifelter Verwirrung befände, und so also blieb er, bis ich mit dem, was ich zu sagen hatte, so ziemlich zu Ende war.

Als ich aufhörte, zu sprechen, sank er in seinen Stuhl mit einer Gebärde zurück, als sei er tief erschüttert; schlaff ließ er die Arme zu beiden Seiten sinken und vergaß seinen noch immer offenen Mund zu schließen, als wäre er wirklich eine Ente. Während ich nun so in sprachlosem Erstaunen vor ihm stand und mir sein Besorgnis erregendes Benehmen nicht zu deuten wußte, sprang er plötzlich auf und rannte nach dem Klingelzug. Im Moment, wo er ihn erreichte, schien er seine Absicht zu ändern (welche, weiß ich nicht), denn er tauchte unter den Tisch und erschien in unglaublich kurzer Zeit mit einem Knüttel. Gerade erhob er ihn (zu welchem Zwecke, kann ich mir nicht vorstellen), als sich plötzlich ein mildes

Lächeln über seine Züge verbreitete und er friedlich wieder in seinen Stuhl zurücksank.

»Herr Bob«, sagte er (denn ich hatte ihm meine Visitenkarte hinaufgeschickt, eh' ich selbst eintrat), »teuerster Herr Bob, Sie sind ein junger Mann – ich vermute, sehr jugendlich?«

Ich gab das zu und fügte bei, daß ich vorläufig noch nicht drei Lustren vollendet habe.

»Ah, ja!« äußerte er, »ganz gewiß! Die Sache ist mir jetzt klar; Sie brauchen weiter nichts zu sagen! Was nun die Honorarfrage betrifft, so muß ich gestehen, daß, was Sie da sagten, wohl sehr richtig ist, sogar äußerst richtig. Aber – hm – hm – der erste Beitrag, wissen Sie, der erste Beitrag, muß ich Ihnen sagen, wird gewohnheitsmäßig von der Zeitung nicht bezahlt. Sie begreifen – hm, um ganz die Wahrheit zu sagen – gewöhnlich sind wir noch die Empfangenden in solchen Fällen.« (Herr Sauertopf lächelte süßlich und betonte ganz besonders das Wort »Empfangenden«). »Im Durchschnitt werden wir für die Aufnahme eines Jungfernbeitrags bezahlt, besonders wenn es sich um Verse handelt. Und dann, Mr. Bob, ist es Prinzip bei den Zeitschriften, niemals EN ARGENT COMPTANT (wie man in Frankreich sagt) – also sozusagen niemals bar zu bezahlen. Sie verstehen sicher, nicht wahr? Ein Vierteljahr, manchmal auch zwei nach der Veröffentlichung eines Artikels, oder ein Jahr oder zwei Jahre später haben wir nichts dagegen, ein Akzept auf neun Monate auszustellen, vorausgesetzt natürlich, daß wir unsere geschäftlichen Verpflichtungen so ordnen können, daß eine Pleite für die nächsten sechs Monate ausgeschlossen erscheint. Ich hoffe von Herzen, Herr Bob, daß Sie diese Erklärung als ausreichend betrachten werden.« Jetzt schwieg Herr Sauertopf, und seine Augen füllten sich mit Tränen.

Tief betrübt, die allerdings unschuldige Ursache der Schmerzen dieses so hervorragenden und gefühlvollen Mannes zu sein, beeilte ich mich, ihn um Entschuldigung zu bitten und ihn durch die Versicherung zu beruhigen, daß ich seinen Ansichten völlig beistimme und die Schwierigkeiten seiner Stellung vollkommen einsähe. Ich tat dies in gewählten Worten und verabschiedete mich.

Eines schönen Morgens, nicht lange nach dieser Unterredung, wachte ich auf – und war berühmt. Die Größe des Ruhmes kann am besten nach den empfehlenden Äußerungen in den Tagesblättern bemessen werden. Diese Äußerungen waren in den kritischen Notizen über die Nummer des »Honigsüßen« enthalten, in der mein Gedicht erschienen war. Sie sind sehr befriedigend, erschöpfend und klar, mit Ausnahme von einigen hieroglyphenähnlichen Zeichen am Ende jeder Notiz.

Die »Eule«, eine Zeitschrift voll tiefer Weisheit und wegen des überlegenen Tones ihrer literarischen Urteile allbekannt, die »Eule« schrieb wie folgt:

»›Der Honigsüße!‹ Die Oktobernummer dieser vorzüglichen Zeitschrift überragt ihre Vorgänger und schlägt jede Konkurrenz aus dem Felde. Durch die Schönheit des Drukkes und des Papiers, die Menge und Vorzüglichkeit der Reproduktionen, den literarischen Wert der Beiträge erscheint der ›Honigsüße‹ neben seinen schwerdahinschreitenden Rivalen wie Hyperion neben einem Satyr. Der ›Brummtrommel‹, dem ›Radau‹ und der ›Blechschmiede‹ muß man allerdings den Vorrang in der Prahlerei zugestehen, allein in jeder andern Hinsicht ist ihnen der ›Honigsüße‹ überlegen! Wie die berühmte Zeitschrift ihre offensichtlich horrenden Spesen zu decken vermag, geht über unsere Begriffe. Allerdings erscheint sie in einer Auflage von 100000 Exemplaren, und ihre Abonnentenzahl ist im letzten Monat noch um ein Viertel gestiegen, aber andrerseits ist die Summe, die sie fortlaufend für Beiträge aufzubringen hat, eine ungeheure. Es wird behauptet, daß Herr Schlauesel nicht weniger als 37½ Pfennig für seinen unnachahmlichen Beitrag über ›Schweine‹ erhielt. Mit Herrn Sauertopf als Redakteur und solchen Namen wie Snob und Schlauesel als Mitarbeiter ist der Erfolg des ›Honigsüßen‹ als gesichert zu betrachten. Eilen Sie! Abonnieren Sie! Sept., 15 It.«

Ich muß gestehen, daß ich mich von solch hochtönender Kritik von seiten eines solchen Blattes wie der »Eule« sehr gehoben fühlte. Daß mein Name, d. h. mein ›NOM DE GUERRE‹, dem des großen Schlauesel vorangestellt war, war ein Kompliment, das mich an und für sich ebenso erfreute wie das Gefühl, es verdient zu haben.

Nun wurde meine Aufmerksamkeit durch folgende Stelle in der »Kröte« angezogen. Die »Kröte« zeichnet sich vor allem durch ihre Geradheit und Unabhängigkeit, durch ihren völligen Verzicht auf Schmeichelei und Kriecherei Essenspendern gegenüber aus:

»Die Oktobernummer des ›Honigsüßen‹ ist allen konkurrierenden Blättern weit voraus und übertrifft sie, wie nicht anders zu erwarten ist, sowohl durch die Pracht ihrer Ausstattung wie durch den Inhalt. Die ›Brummtrommel‹, der ›Radau‹ und die ›Blechschmiede‹ ragen, wie wir zugeben müssen, durch Prahlerei hervor, aber in jeder andern Hinsicht ist ihnen der ›Honigsüße‹ überlegen! Wie die berühmte Zeitschrift ihre offensichtlich horrenden Spesen zu decken vermag, geht über unsre Begriffe. Allerdings erscheint sie in einer Auflage von 200000 Exemplaren, und ihre Abonnentenzahl ist in den letzten 14 Tagen noch um ein Drittel gestiegen, aber andrerseits ist die Summe, die sie monatlich für Beiträge aufzubringen hat, erschreckend hoch. Wir hören, daß Herr Saugfinger nicht weniger als 50 Pfennige für sein ›Trauerlied im Lehmpfuhl‹ erhielt.

Unter den Mitarbeitern mit Originalbeiträgen wollen wir (neben dem hervorragenden Redakteur, Herrn Sauertopf) nur Namen erwähnen wie Snob, Schlauesel, Saugfinger. Abgesehen vom Leitartikel, scheint uns der wertvollste Beitrag ein poetisches Juwel aus der Feder von Snob über das

Bobsche Öl zu sein. Unsre Leser müssen aber nicht aus dem Titel dieses unvergleichlichen Kleinodes schließen, daß es die geringste Ähnlichkeit mit dem über denselben Gegenstand verfaßten Schwulst habe, den ein gewisses verachtenswertes Individuum verfaßt hat, dessen Namen man vor zarten Ohren überhaupt nicht erwähnen kann. Das hier erwähnte Gedicht über das ›Bobsche Öl‹ hat allgemein Neugierde und das Verlangen erweckt, den Träger des offenbaren Pseudonyms ›Snob‹ kennenzulernen, eine Neugierde, die zu befriedigen wir in der glücklichen Lage sind. ›Snob‹ ist der ›NOM DE PLUME‹ des Herrn Thingum Bob, Bürgers der Stadt, Verwandten des großen Herrn Thingum (dessen Namen er trägt) und auch sonst mit den besten Familien des Staates verwandt und verschwägert. Sein Vater, der sehr ehrenwerte Thoms Bob, ist ein reicher Kaufmann in Smug. Sept. 151t.«

Diese edelmütige Anerkennung rührte mich tief, um so mehr, als sie aus einer so unzweifelhaft, so sprichwörtlich lauteren Quelle (der »Kröte«) floß. Der Ausdruck »Schwulst« als Bezeichnung des von der »Klapper« verfaßten »Bobschen Öles« erschien mir außerordentlich treffend und angemessen. Etwas zu lau jedoch fand ich die auf mein Werk bezüglichen Worte »Juwel« und »Kleinod«. Es mangelte ihnen die innere Kraft, LE PRONONCÉ (wie man in Frankreich sagt).

Kaum hatte ich die »Kröte« verdaut, als ein Freund mir ein Exemplar des »Maulwurf« in die Hand drückte. Der »Maulwurf« ist eine Tageszeitung und genießt einen großen Ruf wegen der durchdringenden Schärfe seiner Auffassungen im allgemeinen und des offenen, ehrlichen, lichtvollen Stils seiner Leitartikel im besonderen. Der »Maulwurf« äußerte sich über den »Honigsüßen« wie folgt:

»Eben ist der Redaktion die Oktobernummer des ›Honigsüßen‹ zugegangen. Wir müssen gestehen, daß uns noch nie eine Nummer irgendeines Journals vor Augen gekommen ist, deren Lektüre uns so viel innere Befriedigung gewährt hat. Wir sagen dies mit gutem Bedacht. Die ›Brummtrommel‹, der ›Radau‹ und die ›Blechschmiede‹ werden einen harten Stand haben. Diese übertreffen zweifellos alle andern Blätter, was geräuschvolle Sensationsmacherei anbelangt, in jeder andern Hinsicht aber ist ihnen der ›Honigsüße‹ überlegen! Wie die berühmte Zeitschrift ihre offensichtlich horrenden Spesen zu decken vermag, geht über unsre Begriffe. Allerdings erscheint sie in einer Auflage von 300000 Exemplaren, und ihre Abonnentenzahl ist in der letzten Woche um die Hälfte gestiegen, aber andrerseits ist die Summe, die sie monatlich für Beiträge aufzubringen hat, erschreckend hoch. Uns ist von zuverlässiger Seite berichtet worden, daß Herr Fettquaker nicht weniger als zweiundsechzigeinhalb Pfennig für seine häusliche Novelette ›Der Scheuerlappen‹ erhalten hat.

Die Mitarbeiter der Nummer, die vor uns liegt, sind: Herr Sauertopf (der hervorragende Redakteur), Snob, Saugfinger, Fettquaker und andre; aber nächst den unnachahmbaren Beiträgen des Redakteurs ziehen wir allen den diamantgleichen Erguß vor, der aus der Feder eines neu aufsteigenden Dichters stammt, der ›Snob‹ unterzeichnet. ›Snob‹ ist nur ein ›NOM DE GUERRE‹, der eines schönen Tages sicher selbst die glanzvollsten Autoren überstrahlen wird. Wir hören, daß ›Snob‹ ein Herr Thingum Bob ist, der einzige Erbe eines reichen Kaufherrn dieser Stadt, des sehr ehrenwerten Herrn Thomas Bob, und ein naher Verwandter des hochgeachteten Herrn Thingum. Der Titel des bewunderungswerten Gedichtes von Herrn Bob ist ›Das Bobsche Öl‹, nebenbei erwähnt ein etwas unglücklich gewählter Name, da ein verächtlicher Vagabund, der Beziehungen zur Schundpresse unterhält, der Stadt den Gegenstand durch ein unsagbar minderwertiges Versgeschmiere über dasselbe Thema verekelt hat. Gott sei Dank ist eine Verwechslung der Produkte vollständig unmöglich. Sept., 151t.«

Die edle Anerkennung einer so klarblickenden Zeitung

wie des »Maulwurf« erfüllte mein Herz mit Wonne. Das einzige, was ich zu tadeln fand, war der Ausdruck »verächtlicher Vagabund«. Ich hätte die Bezeichnung »widerlicher, verächtlicher Tropf, Schurke und Vagabund« für zweckmäßiger gehalten. Das würde, meiner Meinung nach, anmutiger geklungen haben. Auch »diamantgleich« war, wie man wohl zugeben muß, kaum ein Ausdruck von genügender Intensität. Es kam doch darin nicht ganz zum Ausdruck, was der »Maulwurf« offenbar von dem Glanz und der Leuchtkraft des »Bobschen Öles« sagen wollte.

Am Nachmittag desselben Tages, an dem ich mich an den Kritiken der »Eule«, der »Kröte« und des »Maulwurf« erfreut hatte, kam mir ein Exemplar des »Langlebigen« zu Gesicht. Er äußerte sich wie folgt:

»›Der Honigsüße‹!!! Diese prächtige Zeitschrift liegt uns bereits in ihrer Oktobernummer vor. Der Streit um den Vorrang unter den Zeitschriften scheint uns jetzt entschieden, und zwar definitiv. Ein weiterer Vorstoß von seiten der Konkurrenten ›Brummtrommel‹, ›Radau‹ und ›Blechschmiede‹ erscheint uns als ein äußerst abgeschmacktes Beginnen. Sie sind ein für allemal erledigt. Was die Marktschreierei betrifft, so setzen sie allerdings den ›Honigsüßen‹ tief in Schatten, aber in jeder andern Hinsicht ist ihnen der ›Honigsüße‹ überlegen! Wie die berühmte Zeitschrift ihre offensichtlich horrenden Spesen zu decken vermag, geht über unsre Begriffe. Allerdings erscheint sie in einer Auflage von genau einer halben Million Exemplaren, und ihre Abonnentenzahl ist in den letzten zwei Tagen um 75 Prozent gestiegen, aber andrerseits ist die Summe, die sie monatlich für Beiträge aufzubringen hat, von kaum glaublicher Höhe. Es ist uns nicht unbekannt geblieben, daß Fräulein Kleindieb nicht weniger als siebenundachtzigeinhalb Pfennige für ihre letzte Erzählung aus der Revolutionszeit bekam, die den Titel führt: ›Die Großstadt-Pflanze und die Häusler-Unschuld.‹

Die besten Artikel der uns vorliegenden Nummer sind natürlich die des Redakteurs (des hervorragenden Herrn Sauertopf), doch enthält das Blatt außerdem noch großartige Beiträge. Wir finden Namen wie: Snob, Fräulein Kleindieb, Schlauesel, Frau Schwindlian, Saugfinger, Fräulein Spottvogel, und als letzten, nicht geringsten Fettquaker. Wir fordern die Welt in die Schranken. Sie mag zeigen, ob sie eine so glänzende Versammlung genialer Autoren zum zweitenmal vorweisen kann.

Das mit ›Snob‹ unterzeichnete Gedicht zieht, wie wir besonders betonen möchten, die allgemeine Aufmerksamkeit auf sich, und wir müssen zugeben, daß es, wenn möglich, noch mehr und höheres Lob verdient, als es bereits erhalten hat. Dies Meisterwerk der Kunst und der Beredsamkeit führt den Titel ›Das Bobsche Öl‹. Ein oder der andre Leser mag noch eine schwache, wenn auch reichlich widerliche Erinnerung an ein ähnlich betiteltes Gedicht (?) haben, die Freveltat eines Zeilenfuchsers, eines elenden Bettlers, eines Halsabschneiders, der, wie wir glauben, als Küchenjunge bei einem der unanständigen Vorstadtblätter angestellt ist. Wir bitten die Leser, um Gottes willen die Gedichte nicht zu verwechseln. Der Verfasser des ›Bobschen Öles‹ ist, wie uns gesagt wird, der sehr ehrenwerte Thingum Bob, ein hochbegabter Mann und ein Gelehrter. ›Snob‹ ist nur ein ›NOM DE GUERRE‹ Sept. 15-1t.«

Ich konnte meine Entrüstung kaum zurückhalten, als ich die Endzeilen dieser Kritik las. Es war mir klar: die gewundene »Wasch mir den Pelz und mach mich nicht naß!«-Manier, um nicht zu sagen: die sanfte Art, die Schonung, mit der der »Langlebige« das Schwein, den Redakteur der »Bremse«, behandelte – es war mir ganz klar, daß diese milde Sprache von nichts anderm herrühren konnte, als von einer Voreingenommenheit für die »Bremse«. Es lag am Tage, daß der »Langlebige« die Absicht hatte, die »Bremse« auf meine Kosten herauszustreichen. Selbst ein Blinder mußte deutlich erkennen, daß der »Langlebige« sich in spitzen, präziseren, dem Zweck mehr angepaßten Ausdrücken hätte ergehen können, wäre seine Absicht wirklich die gewesen, die er vorgab. Die Worte »Zeilenfuchser«, »Bettler«, »Küchenjunge« und »Halsabschneider« waren so absichtlich zweideutig und ausdruckslos gewählt, daß sie schlimmer waren als gar nichts, wenn man in Betracht zieht, daß sie einem Verfasser galten, der die schlechtesten Verse verbrochen hatte, die je eine menschliche Feder verbrochen hat. Wir alle wissen, was der Ausdruck »durch schwaches Lob verurteilen« bedeutet. Hier war es unverkennbar, daß der »Langlebige« eine versteckte Absicht hatte, nämlich – durch leichten Tadel zu erheben.

Schließlich ging es mich ja nichts an, was der »Langlebige« in seinem Verkehr mit der »Bremse« zu sagen für richtig befand. Aber was er über mich äußerte, darin hatte ich ein Wort mitzureden. Nach der achtungsvollen Kritik, die »Eule«, »Kröte« und »Maulwurf« über mein Können von sich gegeben hatten, war es wirklich unerträglich, sich von einer solchen Kreatur wie dem »Langlebigen« mit so kühlen Worten, wie z. B. »ein hochbegabter Mann und Gelehrter«, abfertigen zu lassen. Also nichts als – ein hochbegabter Mann! Ich faßte sofort den Entschluß, entweder den »Langlebigen« zu einer schriftlichen Entschuldigung zu zwingen oder ihn herauszufordern.

Ganz erfüllt von meinem Vorhaben, sah ich mich nach einem Freunde um, den ich mit einer Botschaft an Ihro Gnaden den »Langlebigen« betrauen könnte, und da der Redakteur des »Honigsüßen« mir deutliche Beweise seines Wohlwollens gegeben hatte, so entschloß ich mich zuletzt, seinen Beistand im vorliegenden Falle nachzusuchen.

Ich habe es niemals fertiggebracht, mir in ausreichender Weise Rechenschaft über das sonderbare Benehmen zu geben, das Herr Sauertopf zur Schau trug, als ich ihm meine Absicht darlegte. Er führte wieder die ganze Szene mit dem

Klingelzug und dem Knüttel auf und vergaß auch die Ente nicht. Einen Augenblick lang glaubte ich, daß er wirklich losquaken würde. Sein Anfall ging jedoch wieder vorbei, wie er das letzte Mal vorübergegangen war, und er fing an, in vernünftiger Weise zu handeln und zu sprechen. Er lehnte es rundweg ab, mein Kartellträger zu sein, und redete mir aus, den »Langlebigen« überhaupt herauszufordern. Andrerseits gab er mit liebenswürdigster Offenherzigkeit zu, daß der »Langlebige« stark im Unrecht sei, besonders was die Bezeichnungen »hochbegabter Mann« und »Gelehrter« beträfe.

Gegen das Ende dieser Unterredung mit Herrn Sauertopf, der ein wahrhaft väterliches Interesse an mir zu nehmen schien, rückte er mit dem Vorschlag heraus, daß ich mir eigentlich einen ganz hübschen kleinen Verdienst schaffen und zugleich meinem Ruhme förderlich sein könnte, wenn ich hie und da für den »Honigsüßen« den Thomas Hawk spielen würde.

Ich bat Herrn Sauertopf, mir mitzuteilen, wer denn eigentlich Herr Thomas Hawk sei und wie ich ihn darstellen solle.

Hier machte Herr Sauertopf von neuem »große Augen« (wie man in Deutschland zu sagen pflegt); aber nachdem er sich von seinem heftigen Erstaunen erholt hatte, versicherte er mir, daß er die Worte »Thomas Hawk« anwende, um den pöbelhaften Ausdruck Tommy zu vermieden, aber daß er eigentlich Tommy Hawk oder, genauer gesagt, Tomahawk meine und daß er durch den Ausdruck »Tomahawk darstellen« auf »Skalpieren« anspielen wolle, das heißt, auf die verächtliche Behandlung, die man der Herde von armen Teufeln angedeihen ließe, die sich Autoren nennen.

Ich versicherte meinem Beschützer, daß, wenn er weiter nichts von mir wolle, ich mich vollkommen damit einverstanden erkläre, die Rolle des Thomas Hawk zu übernehmen. Hierauf forderte mich Herr Sauertopf auf, nur gleich einmal den Herausgeber der »Bremse« ordentlich vorzunehmen und ihn im wildesten Stil, den ich nur aufbringen könnte, abzuschlachten. Es sei dies zugleich eine Probe meines Könnens. Ich machte mich sogleich daran. Ich schrieb eine Kritik seines Gedichtes über das »Bobsche Öl«, die sechsunddreißig Seiten des »Honigsüßen« füllte. Dabei kam es mir zum Bewußtsein, daß das Thomas-Hawk-Spielen eine weit weniger beschwerliche Aufgabe sei als das Verfertigen von Gedichten. Ich verfiel auf ein famoses System, und so war es nicht schwer, die Sache gründlich und vortrefflich abzumachen. Ich griff die Sache nämlich folgendermaßen an. Ich kaufte in Auktionen (und zwar billigst) Exemplare von »Lord Broughams Reden«, »Cobbetts vollständige Werke«, ein »Lexikon der Gaunersprache«, die »Gesamtkunst des Anschnauzens«, »Lehrlings Schimpfredensammlung« (Folio-Ausgabe) und Lewis G. Clarkes »Sprache der Gosse«. Diese Werke zerschnitt ich gründlich mit einem Gerbermesser, dann warf ich die Schnitzel in einen Korb, sortierte dann sorgsam alles heraus, was einigermaßen anständig erschien (es war wenig genug), und hielt nur die pöbelhaften Sätze zurück, die ich in einen großen zinnernen Pfefferstreuer, der in der Längsrichtung Löcher besaß, warf, so daß ein ganzer Satz herausgleiten konnte, ohne irgendwie Schaden zu leiden. Nun war die Mischung gebrauchsfertig. Forderte man mich nun auf, Thomas Hawk zu spielen, so bestrich ich einen Foliobogen mit Klebstoff, zerschnitt das Schriftstück, das ich rezensieren sollte, in derselben Weise, wie ich vorher die Bücher zerschnitten hatte, nur ein wenig sorgfältiger, so daß jedes Wort einzeln zu stehen kam. Nun warf ich die zuletzt gemachten Schnitzel zu denen, die schon im Pfefferstreuer lagen, schraubte den Deckel sorgfältig auf, schüttelte das Ganze gründlich durch und stäubte die Mischung auf das mit Klebstoff versehene Papier, wo sie haften blieb. Das Resultat übertraf alle Erwartungen, es war fesselnd. Niemals hat irgend jemand die Kritiken auch nur von ferne erreicht, die ich auf diese Weise zustande brachte. Sie waren »das Weltwunder«. Im Anfang war ich, aus Mangel an Erfahrung, etwas schüchtern und ließ mich durch eine gewisse Zusammenhangslosigkeit, ein bizarres Aussehen (wie man in Frankreich sagt), die das Werk im ganzen zeigte, verwirren. Nicht alle Sätze saßen (wie man im Angelsächsischen sagt). Manche waren ganz krumm und schief; mehr noch, manche standen direkt auf dem Kopfe. Es waren sogar einige vorhanden, die bis zu einem gewissen Grad durch dieses Ausrenken Schaden nahmen. Nur die des Mr. Lewis G. Clarke waren so derb und kräftig gebaut, daß sie durch keine noch so verrückte Art der Stellung aus dem Konzept zu bringen waren; sie sahen immer gleich befriedigend und frohgemut aus, ob sie auf den Füßen standen oder auf dem Kopfe.

Was aus dem Verfasser der »Bremse« wurde, nachdem meine Kritik über sein »Bobsches Öl« veröffentlicht war, ist schwer festzustellen. Die Vermutung, die die größte Wahrscheinlichkeit für sich hat, ist, daß er sich zu Tode weinte. Wie dem auch sei, er verschwand augenblicklich vom Angesicht der Erde, und niemand hat auch nur mehr seinen Geist erblickt.

Nachdem nun dieses Geschäft in gehöriger Weise erledigt war und die Furien sich besänftigt hatten, stieg ich mächtig in der Gunst des Herrn Sauertopf. Er zog mich ins Vertrauen, gab mir eine Daueranstellung als Thomas Hawk beim »Honigsüßen«, und da er mir für den Augenblick kein Honorar bezahlen konnte, so erlaubte er mir, in jeder Beziehung von seinen Ratschlägen zu profitieren.

»Mein lieber Thingum«, sagte er eines schönen Tages nach dem Essen, »ich habe Achtung vor Ihrem Können und liebe Sie wie einen Sohn. Sie sollen mein Erbe sein. Wenn ich sterbe, will ich Ihnen den ›Honigsüßen‹ hinterlassen. Inzwischen will ich Ihnen aber helfen, daß Sie ein gemachter Mann werden. Ich werde das tun – vorausgesetzt natürlich, daß Sie meinem Rate Folge leisten. Das erste, was Sie zu tun haben, ist, daß Sie sich den alten Stocherer abhalftern.«

»Stocherer?« sagte ich, »Hauerträger, nicht? – APER? (wie der Lateiner sagt) – Wer? – Wo?«

»Ihren Vater!« sagte er.

»Gewiß, gewiß«, sagte ich. »Schwein!«

»Sie können Ihr Glück machen, Thingum«, fuhr Herr Sauertopf fort; »dieser, Ihr Leiter und Führer, ist ein Mühlstein an Ihrem Hals. Wir müssen ihn schleunigst absäbeln.« (Hier zog er sein Messer heraus.) »Wir müssen ihn absäbeln«, fuhr Herr Sauertopf fort, »und zwar ein für allemal. Wir können ihn nicht brauchen – es geht wahrhaftig nicht. Wenn ich mir die Sache wirklich recht überlege, so sollten Sie ihn eigentlich mit Fußstößen bearbeiten oder ihn durchprügeln oder so was ähnliches.«

»Was würden Sie dazu sagen«, wagte ich bescheiden einzuwerfen, »wenn ich ihm erst ein paar Tritte gäbe, ihn dann durchprügelte und zum Abschluß an der Nase zupfte?«

Herr Sauertopf blickte mich einige Augenblicke nachdenklich an und antwortete wie folgt:

»Ich denke, Mr. Bob, bis zu einem gewissen Punkte sind Ihre Vorschläge sehr praktisch. Ja, – tatsächlich, außerordentlich zweckmäßig. Aber bei Barbieren begegnet das Absäbeln ganz außerordentlich großen Schwierigkeiten, und ich denke, Sie sollten, wenn Sie an Thomas Bob die von Ihnen vorgeschlagenen Operationen vollzogen haben, ihm mit Ihren Fäusten beide Augen so sorgfältig und gründlich bearbeiten, daß er Sie nie wieder auf den vornehmen Promenaden erblicken kann. Wenn Sie dies vollbracht haben, so weiß ich wirklich nicht, was Sie noch mehr tun könnten. Vielleicht wäre es aber auch nicht übel, ihn ein- oder zweimal in der Gosse herumzuwälzen und ihn dann der Polizei anzuvertrauen. Sie können ja am nächsten Morgen zur Polizeiwache gehen und einen Überfall vorgeben.«

Ich war im Innersten von dem gütigen Gefühl ergriffen, das Herr Sauertopf mir gegenüber an den Tag legte, indem er mir diesen vorzüglichen Rat gab, und ich verfehlte auch nicht, mich dieses Rates zu bedienen. Das Resultat war, daß ich den alten Stocherer los wurde und mich unabhängiger und vornehmer zu fühlen begann. Trotzdem war der Geldmangel in den nächsten Wochen eine Quelle der Unbehaglichkeit für mich. Aber mit der Zeit, als ich gelernt hatte, meine beiden Augen gut zu gebrauchen und den Lauf der Welt besser zu verstehen, bekam ich allmählich heraus, wie man den Stier bei den Hörnern fassen müsse und wie das Ding zu deichseln wäre. Ich sage »Ding«, weil ich gehört habe, daß das lateinische Wort dafür »REM« sei. Weil ich übrigens gerade von Latein spreche: kann mir vielleicht jemand sagen, was »QUOCUNQUE« bedeutet oder welche Bedeutung das Wort »MODO« hat?

Mein Plan war außerordentlich einfach. Ich kaufte mir für ein paar Batzen ein Sechzehntel des »Schnapphahn« – und damit war die Sache erledigt. Es war erreicht, ich bekam Geld in meinen Beutel. Allerdings waren später noch einige Einrichtungen zu treffen, aber das waren Kleinigkeiten und gehörten nicht zum Plan. Sie waren vielmehr eine Folge, ein Resultat. Zum Beispiel kaufte ich Feder, Tinte und Papier und versetzte sie in wütende Bewegung. Wenn ich auf diese Weise einen Artikel zustande gebracht hatte, gab ich ihm als Titel zum Beispiel »Narretei vom Verfasser des ›Bobschen Öls‹« und sandte ihn der »Blechschmiede« ein. Wenn nun diese Zeitung in ihren »Monatlichen Anweisungen an die Mitarbeiter« das Schriftstück »Gewäsch« genannt hatte, änderte ich die Überschrift und nannte es »Schwanken und Wanken von Thingum Bob, Verfasser der Ode über das ›Bobsche Öl‹ und Redakteur der ›Schnapp-Schildkröte‹«. Mit dieser Abänderung schickte ich es wieder an die »Blechschmiede« und veröffentlichte während der Wartezeit täglich im »Schnapphahn« sechs Spalten einer philosophisch analytischen Forschung über die literarischen Verdienste der »Blechschmiede« und über den persönlichen Charakter ihres Herausgebers. Am Ende der Woche hatte die »Blechschmiede« bereits entdeckt, daß im Drange der Arbeit durch einen seltsamen Irrtum »irgendein blödsinniger Artikel mit der Überschrift ›Schwanken und Wanken‹, den irgendein unbekannter Ignoramus verbrochen hatte, mit einem strahlendem Juwel verwechselt worden sei, das denselben Titel trüge und das Werk des hochehrenwerten Herrn Thingum Bob, des berühmten Verfassers des ›Bobschen Öles‹, sei.« Die »Blechschmiede« bedauerte tief »diesen begreiflichen Irrtum« und versprach außerdem, das echte »Schwanken und Wanken« in der allernächsten Nummer der Zeitschrift abzudrucken.

Tatsache ist, daß ich glaubte, wirklich glaubte, damals wirklich glaubte – und keinen Grund einsehe, warum ich jetzt anders glauben sollte, daß die »Blechschmiede« wirklich diesen Irrtum begangen hatte. Mit dem besten Willen der Welt kann ich mich nicht entsinnen, jemals irgendwo soviel seltsame Irrtümer beisammen gesehen zu haben wie in der »Blechschmiede«. Seit diesem Tage hatte ich eine erklärte Vorliebe für die »Blechschmiede«, und das Resultat war, daß ich bald in die tiefsten Tiefen ihrer Verdienste eindrang. Ich versäumte nicht, mich darüber im »Schnapphahn« zu verbreiten, sobald sich nur eine passende Gelegenheit dazu finden ließ. Es ist nun als ein sonderbares Zusammentreffen anzusehen, als eines jener auffallend merkwürdigen Zusammentreffen, welche zu tiefem Nachdenken Anlaß geben, daß eine gleiche Meinungsänderung, ein gleiches »BOULEVERSEMENT« (wie man in Frankreich sagt), eine gleiche »Umwertung aller Werte« (wenn es mir erlaubt ist, einen etwas gewaltsamen Ausdruck der Choctaws zu gebrauchen), wie sie »PRO« und »CONTRA« zwischen mir einerseits und der »Blechschmiede« andrerseits vorfiel, auch, kurze Zeit später, tatsächlich und von ähnlichen Umständen begleitet zwischen mir einerseits und dem »Radau« andrerseits, zwischen mir einerseits und der »Brummtrommel« andrerseits sich ereignete.

So kam es, daß ich durch einen genialen Meisterstreich auf der höchsten Höhe meines Triumphes anlangte und »Geld in meinen Beutel kriegte«. So hat also wirklich und wahrhaftig jetzt die glänzende und ereignisreiche Laufbahn begonnen, die mich berühmt machte. Wenn ich auf sie zurückblikke, kann ich mit Chateaubriand sagen: »Ich habe Geschichte gemacht – J'AI FAIT L'HISTOIRE.«

Und in der Tat: ich habe Geschichte gemacht. Von der strahlenden Epoche an, deren Erinnerung ich eben jetzt erweckt habe, sind meine Taten, meine Werke das Allgemeingut der Menschheit. Die Welt kennt sie. So ist es unnötig, zu erzählen, wie ich höher und höher stieg, wie ich das Erbe des »Honigsüßen« antrat, wie ich die Zeitschrift mit der »Brummtrommel« verschmolz, wie ich dann den »Radau« kaufte und die drei Zeitschriften verband, wie ich zuletzt auch noch den einzigen selbständigen Rivalen aufkaufte und so die ganze Literatur des Landes in einer einzigen prachtvollen Zeitschrift vereinigte, überall bekannt als »Radau und Honigsüßer, Brummtrommel und Blechschmiede«.

Ja, ich habe Geschichte gemacht. Mein Ruhm strahlt über die Erde. Er breitet sich bis in ihre äußersten Winkel aus. Sie können kein Blatt in die Hand nehmen, ohne auf eine Bemerkung über den unsterblichen Thingum Bob zu stoßen. Da steht: »Mr. Thingum Bob sagte so«, oder: »Mr. Thingum Bob schrieb jenes«, oder: »Mr. Thingum Bob tat dieses«. Aber ich bin bescheiden und demütigen Herzens. Denn was ist es schließlich – jenes undefinierbare Etwas, das die Menschen »Genie« nennen? Ich gebe Buffon und Hogarth recht: im Grunde genommen ist es nur Fleiß.

Seht mich an! – wie ich arbeitete, wie ich schuftete, wie ich schrieb! Schrieb ich vielleicht nicht, o Götter? Das Wort »Muße« war mir unbekannt. Bei Tage klebte ich an meinem Pult, und bei Nacht arbeitete ich, blaß und überwacht, beim

Scheine des Öllämpchens, noch um Mitternacht. Ihr solltet mich damals gesehen haben. Ich stützte mich rechts auf, ich stützte mich links auf, ich stützte mich nach vorn auf beide Ellenbogen. Ich lehnte mich zurück. Ich saß »TÊTE BAISSÉE« (wie es bei den Kickapoos heißt) und neigte meinen Kopf dicht auf das alabasterweiße Papier. Und bei alledem – ich schrieb, schrieb. Bei Freude und bei Schmerz – ich schrieb. Bei Hunger und Durst – ich schrieb. Bei guten Erzählungen und schlechten Nachrichten – ich schrieb. Was ich schrieb, tut nichts zur Sache. Der Stil ist das Wesentliche! Ich verdanke ihn Meister Fettquaker – st! st! –, und hier habt ihr ein Pröbchen davon.

Unterredung mit einer Mumie

Das Gelage vom verflossenen Abend hatte meine Nerven zerrüttet. Der Kopf tat mir weh, und meine Augenlider wollten zufallen, so schlaftrunken war ich. Anstatt auszugehen und den Abend zu verbummeln, wie mein Plan war, deuchte es mir klüger, einen Bissen zu essen und mich dann gleich in mein Bett zu verkriechen.

Natürlich wollte ich nur ein leichtes Abendessen einnehmen. Eine meiner Leibspeisen ist Walliser Kaninchen. Man sollte aber nicht mehr als *ein* Pfund auf einmal für gewöhnlich davon genießen. Freilich, es läßt sich auch nicht viel dagegen sagen, wenn man zwei Pfund davon ißt. Und zwischen zwei und drei liegt doch nur ein Unterschied von *einem* Pfund. Ich brachte es, glaube ich, auf vier. Aber meine Frau behauptet, es seien fünf gewesen; – aber sicherlich liegt bei ihr eine Verwechslung vor mit einer andern Sache. Die Zahl fünf als solche will ich gelten lassen, aber sie bezog sich auf die Flaschen Braunbier, ohne dessen Würze nun einmal Walliser Kaninchen nicht zu genießen sind.

Nachdem ich also mein bescheidenes Mahl eingenommen hatte, zog ich die Nachtmütze über die Ohren in der stillen Hoffnung, sie vor Mittagszeit des nächsten Tages nicht wieder abziehen zu müssen, begrub mein Haupt in die Kissen und fiel, dank meinem guten Gewissen, alsbald in tiefen Schlaf.

Aber wann hätten sich Hoffnungen je erfüllt! Ich hatte noch nicht den dritten Atemzug zu Ende geschnarcht, da bellte die Hausglocke, und hinterdrein polterte der Türklopfer voll Ungeduld, bis ich erwachte. Ich setzte mich auf und rieb mir die Augen, und dann erschien meine Frau und hielt mir einen Schreibebrief von meinem Busenfreund, dem

Doktor Ponnonner, unter die Nase. Hastig überflog ich die Zeilen:

»Mein lieber Freund! Wenn Du dieses Schreiben in Händen hast, so laß alles liegen und stehen und komm zu mir. Komm und nimm teil an dem freudigen Ereignis. Nach langwierigen, mit zäher Schlauheit geführten Verhandlungen ist es mir endlich gelungen, die Einwilligung des Direktors vom städtischen Museum zur Untersuchung der Mumie – Du kennst sie ja – zu erlangen. Es ist mir gestattet, sie auszuwikkeln und aufzuschneiden, falls sich dies als notwendig erweisen sollte. Außer Dir – ich rechne bestimmt auf Dich – sind noch einige meiner Freunde geladen. Die Mumie befindet sich bereits in meiner Wohnung; heute nacht Punkt elf Uhr wird sie ausgepackt.«

Als ich die Unterschrift »Ponnonner« hinter mir hatte, war ich so wach, wie ein Mensch nur wach sein kann. In heller Begeisterung fuhr ich aus dem Bett, rannte alles über den Haufen, was mir im Wege stand, und zog mich mit fabelhafter Geschwindigkeit an. Im Laufschritt erreichte ich die Wohnung des Doktors.

Die Gäste waren bereits alle versammelt und hatten mich voll Ungeduld erwartet. Mitten auf dem Eßtisch aber lag die Mumie bereit, und kaum hatte ich die Tür hinter mir ins Schloß gedrückt, da wurde auch schon mit der Untersuchung begonnen.

Es handelte sich um eine der beiden Mumien, die Kapitän Sabretash, Ponnonners Vetter, vor etlichen Jahren in einem Grab bei Eleithias aufgefunden hatte. Eleithias liegt im Libyschen Bergland, eine gute Strecke oberhalb Thebens am Nil. Die Gräber in jener Gegend sind für die Forschung wertvoller als die prunkhaften Gewölbe von Theben; denn sie gewähren besonders charakteristische Einblicke in das Leben und Treiben des ägyptischen Volkes. Die Grabkammer, aus der unsre Mumie stammte, soll in dieser Hinsicht reiche Ausbeute geliefert haben; bis in die entlegensten Winkel waren die Wände mit Freskomalerei und Basreliefs bedeckt, und auch Statuen, Vasen und Mosaikplatten von erlesener Arbeit wurden gefunden, die auf hohen Reichtum des Verstorbenen schließen ließen.

In dem Zustand, wie Kapitän Sabretash die Mumie aufgefunden hatte, war sie im Museum aufgestellt worden; der Schrein wurde nicht geöffnet. Acht Jahre lang hatte er dagestanden und war den Blicken der Museumsbesucher nur von außen zugänglich gewesen. Es stand uns also eine vollständige Mumie zur Verfügung; wie sehr wir Grund hatten, uns über den Glücksfall zu freuen, mögen die beurteilen, denen bekannt ist, wie selten ein Stück von solchem Alter unbeschädigt unser Gestade erreicht.

Ich trat zum Tische und erblickte darauf etwas, das Ähnlichkeit mit einer Kiste oder einem Koffer hatte und etwa sieben Fuß lang, drei Fuß breit und zweieinhalb Fuß tief war. Die Form zog sich in die Länge, war aber nicht mit den bei uns üblichen Sargformen zu vergleichen. Wir hatten den Schrein für Sykomorenholz gehalten; der erste Einschnitt ergab, daß er aus Pappe war, genauer: aus einer Art Papiermaché von Papyrusfasern. Er war überladen mit Malereien, die Begräbnisszenen und andre traurige Begebenheiten darstellten; dazwischen waren kreuz und quer Hieroglyphenzeichen angebracht, die sich in bestimmter Folge wiederholten, offenbar der Name des Verstorbenen. Zum Glück war Mr. Gliddon anwesend und konnte die Runen entziffern. Sie versinnbildlichten Klanglaute und bedeuteten im Verein das Wort: Allamistakeo.

Es war nicht leicht, die Kiste zu öffnen, ohne sie zu beschädigen. Endlich waren wir so weit, und da lag vor uns eine zweite Kiste, der ersten vollkommen gleich, nur viel kleiner. Der Zwischenraum zwischen den beiden Kistenwänden war mit Harz ausgefüllt; die Bemalung der zweiten Kiste hatte bis zu einem gewissen Grade darunter gelitten.

Wir hatten nun schon einige Übung; die zweite Kiste lag

im Handumdrehen offen, und da stießen wir auf eine dritte Kiste, die sich von den beiden vorhergehenden nur in einem unterschied: sie war aus Zedernholz gefertigt und atmete noch immer den köstlichen Duft aus, der dieser Holzart eigen ist. Zwischen Kiste Nummer zwei und drei war kein Raum gelassen; die eine paßte in die andre wie eingegossen.

Als wir die dritte Kiste geöffnet hatten, lag vor uns der Körper, und wir hoben ihn heraus. Wir hatten erwartet, ihn wie üblich dick mit Linnenstreifen umwickelt zu finden, statt dessen steckte er in einer Art Scheide von Papyrusgewebe, die mit Gips überzogen war und reiche Bemalung und Vergoldung aufwies. Die Malereien behandelten die Pflichten, die nach der Glaubenslehre der abgeschiedenen Seele harrten, vor allem die Vorstellung bei den verschiedenen Gottheiten inmitten zahlreicher menschlicher Gestalten, die ohne Zweifel Bildnisse des Einbalsamierten sein sollten. Von oben bis unten lief eine hieroglyphische Schrift, die den Namen und Stand des Toten und seiner nächsten Verwandten angab. Um den Hals der Mumie war eine Kette von langgeformten, bunten Glasperlen geschlungen; sie war so angeordnet, daß ihre Windungen Symbole von Gottheiten, unter andern das Zeichen des Skarabäus beschrieben. Ein Gürtel von ähnlicher Art legte sich um die Lenden.

Die Papyrushülle wurde abgestreift. Wir fanden den Körper erstaunlich wohlerhalten und ohne eine Spur von Geruch. Er schimmerte rötlich. Die Haut war hart, glatt und glänzend. Zähne und Haare waren in gutem Zustand. Die Augen – so schien es – hatte man entfernt und durch gläserne ersetzt, die wundersam naturgetreu waren, nur lag in ihrem Blick etwas Starres. Nägel und Finger waren vergoldet.

Aus dem rötlichen Schimmer der Haut schloß Mr. Gliddon, daß zur Einbalsamierung Asphalt verwendet worden war. Wir schabten mit einem scharfen Instrument von der Haut etwas ab und streuten das erhaltene Pulver in eine Flamme. Und da verbreitete sich ein Duft von Kampfer und allerlei wohlriechenden Harzen. Nun untersuchten wir den Körper sehr genau, um die uns bekannten Öffnungen zu finden, durch die vor der Einbalsamierung die Eingeweide entfernt zu werden pflegten; zu unserem Befremden waren keine vorhanden. Damals wußte noch niemand von uns, daß es Mumien ohne Anschnitte gibt. Das Gehirn wurde gewöhnlich durch die Nasenhöhle, die Eingeweide durch einen Einschnitt in die Bauchseite entfernt; sodann wurde der einzubalsamierende Körper rasiert, gewaschen und mit Salz eingerieben. In diesem Zustand blieb er einige Wochen liegen, und dann erst begann die eigentliche Einbalsamierung.

Wir hatten also festgestellt, daß sich keine Öffnung an dem vorliegenden Körper befand. Jetzt legte Doktor Ponnonner seine Instrumente bereit und schickte sich an, mit der Sezierung zu beginnen. Allein ich machte die Bemerkung, daß es schon zehn Minuten über zwei Uhr sei, und wir kamen überein, die innerliche Untersuchung des Körpers bis zum folgenden Abend aufzuschieben. Eben wollten wir aufbrechen, da schlug noch jemand vor, wir sollten einige Versuche mit der Voltaschen Säule machen.

Sonderlich weise schien der Gedanke wahrlich nicht, eine Mumie, deren Alter nach Jahrtausenden zählte, mit Elektrizität behandeln zu wollen. Immerhin war der Vorschlag originell; wir waren alle gleich dabei, die Versuche noch zu machen. Unter scherzhaften Bemerkungen und doch auch voll geheimer Neugier stellten wir im Laboratorium des Doktors die Batterie bereit und trugen den Ägypter dahin.

Es kostete Mühe genug, eine Stelle der Muskulatur an den Schläfen bloßzulegen, wo das Fleisch weniger spröde als am übrigen Körper zu sein schien. Wir stellten den Kontakt mit der Batterie her, aber natürlich wurde keinerlei Anzeichen einer Empfänglichkeit für elektrische Einwirkung bemerkt. Wir hatten von dem einen Versuch genug, lachten uns gegenseitig aus, wünschten gute Nacht und – in diesem Augenblick fiel mein Blick gerade auf die Augen der Mumie und erstarrte; ich entdeckte, daß ihre Augen, die von uns für gläsern starre Gebilde gehalten worden waren, sich so weit geschlossen hatten, daß nur noch ein schmaler Streif des Weißen im Auge unter den Lidern sichtbar blieb.

Ich schrie laut auf, da wurden auch die andern auf das unheimliche Geschehnis aufmerksam. Daß ich mich »entsetzte«, kann ich aber nicht behaupten. Der Ausdruck »Entsetzen« paßte wirklich nicht auf mein Verhalten, wenn ich auch nicht leugnen will, daß ich ein wenig zitterte. Die andern dagegen machten nicht die mindeste Anstrengung, die schlotternde Furcht zu bemänteln, die sich ihrer bemächtigt hatte. Doktor Ponnonner bot einen bedauerlichen Anblick. Mr. Gliddon hatte es irgendwie fertiggebracht, sich plötzlich unsichtbar zu machen. Und Mr. Silk Buckingham wird wohl nicht wagen, zu leugnen, daß er auf allen vieren unter den Tisch kroch.

Jedoch verflog der erste Schreck, und nun wollten wir natürlich weitere Versuche anstellen. Wir richteten jetzt unsre Operationen gegen die große Zehe des rechten Fußes und führten hier einen Schnitt über den äußeren OS SESAMOIDEUM, durch den die Wurzel des Abduktormuskels bloßgelegt wurde. Wir holten die Batterie herbei und ließen den Strom auf den soeben präparierten Nerv einwirken . . . da zog die Mumie mit einer Bewegung, die durchaus wie natürliches Leben wirkte, das rechte Knie im Bogen an den Leib, schnellte dann mit einem unstreitig kräftigen Ruck das Bein nach vorne und versetzte dem Doktor Ponnonner einen so ausgiebigen Fußtritt, daß dieser Herr wie ein von der Armbrustsehne geschnellter Pfeil durch die nächste Fensterscheibe hindurch auf die Straße hinunterwirbelte. Wir stürzten sofort hinaus, um seine zerschmetterten Knochen zusammenzulesen; wie freudig war unsre Überraschung, als wir ihm schon wieder auf der Treppe begegneten, die er in unglaublicher Hast heraufpolterte, außer sich vor Eifer und mehr denn je gewillt, die Versuche mit Hochdruck fortzusetzen.

Nach seiner Weisung machten wir auf der Stelle einen tiefen Einschnitt in die Nasenspitze der Mumie. Aufgeregt brachte der Doktor die Stelle in Kontakt mit dem elektrischen Draht.

Die Wirkung war in jeder Hinsicht durchschlagend. Erst klappte der Leichnam die Augenlider hoch und blinzelte mehrere Minuten lang so heftig, wie Mr. Barnes in der Pantomime tut; dann nieste er. Als drittes richtete er sich empor, hielt dem Doktor Ponnonner die Faust unter die Nase, wandte sich zu den Herren Gliddon und Buckingham und hielt ihnen in gewähltem Ägyptisch folgende Standrede:

»Meine Herren, Ihr Benehmen überrascht mich ebensosehr, wie es mich kränkt. Von einem Doktor Ponnonner konnte ich ja nichts Besseres erwarten; er ist ein trauriger, dicker, kleiner Knirps, der es eben nicht besser versteht. Er kann mir nur leid tun, und ich will ihm nichts übelnehmen. Von Ihnen aber, Mr. Gliddon, und auch von Ihnen, Silk, hätte ich doch etwas mehr Anstand erwartet. Sie haben Ägypten bereist, haben sich dort aufgehalten, haben gewissermaßen Heimatrecht in jenem Land, haben so enge Fühlung mit meinen Landsleuten gewonnen, daß Sie Ägyptisch so gut sprechen wie Ihre Muttersprache. Ich hatte Sie wirklich immer für verständnisvolle Freunde von uns Mumien gehalten. Was soll ich nun davon glauben, wenn Sie in aller Seelenruhe hier stehen und zusehen, wie man mich auf solch unhöfliche Weise behandelt? Was soll ich darüber denken, daß mit Ihrer Einwilligung Tom, Dick und Harry mich aus meinen Schreinen zerren und mir die Kleider vom Leibe ziehen bei dieser verdammten Kälte? Wie soll ich mich dazu stellen, daß Sie dem Trauerwedel da, dem Doktor Ponnonner, in dieser Art helfen, mich an der Nase zu ziehen?«

Man sollte annehmen, daß wir alle vor dieser unter solchen Umständen gehaltenen Philippika in wilder Flucht zur Tür hinausgestürzt wären oder in hysterische Krämpfe und Ohnmachten hätten fallen müssen. Ich weiß mir auch auf mein Wort nicht recht zu erklären, wie es geschehen konnte, daß nichts dergleichen eintrat. Es lag vielleicht an der schlichten, sachlichen Art, wie die Mumie sprach, wodurch das Gespenstische des Eindrucks verwischt wurde ... Tatsache ist, daß niemand von den Anwesenden Bestürzung zeigte oder unter dem Eindruck zu stehen schien, daß es nicht mit rechten Dingen zugehe.

Was mich betrifft, so fand ich alles in bester Ordnung und trat nur ein wenig zur Seite, um außer Reichweite der Faust des Ägypters zu kommen. Doktor Ponnonner hatte die Hände in die Taschen gesteckt, blickte die Mumie scharf an und bekam einen roten Kopf. Mr. Gliddon bearbeitete seinen Schnurrbart und zog den Hemdkragen hoch. Mr. Bukkingham ließ den Kopf hängen und steckte den Daumen der rechten Hand in den linken Mundwinkel.

Der Ägypter fixierte ihn eine Weile, dann sagte er in spöttischem Ton: »Warum antworten Sie nicht, Mr. Buckingham? Haben Sie meine Frage verstanden? Ja oder nein? Nehmen Sie doch den Daumen aus dem Mund!«

Mr. Buckingham zuckte zusammen, zog den Daumen der rechten Hand aus dem linken Mundwinkel und steckte zerstreut den Daumen der linken Hand in den rechten Mundwinkel. Da er die Antwort schuldig blieb, wandte sich die Mumie jetzt mißgestimmt an Mr. Gliddon und erkundigte sich sehr von oben herab, was wir denn nur überhaupt wollten.

Daraufhin hielt Mr. Gliddon eine Ansprache auf Hieroglyphenägyptisch; es tut mir leid, daß unsre Druckereien die entsprechenden Typen nicht führen, sonst hätte ich die ausgezeichnete Rede im Originaltext wiedergegeben. Ich will bei dieser Gelegenheit bemerken, daß die ganze folgende Unterredung mit der Mumie in altägyptischer Sprache geführt wurde. Soweit wir ihrer nicht mächtig waren, wirkten die Herren Gliddon und Buckingham als Dolmetscher. Die beiden Herren sprachen die Muttersprache der Mumie fließend, und doch machte ich die Beobachtung, daß sie oft ihre liebe Not hatten, der Mumie einen Begriff für irgendeinen zeitgemäßen Ausdruck zu vermitteln. So gelang es Mr. Gliddon nicht eher, dem Ägypter das Wort »Politik« zu erklären, als bis er mit einem Stück Zeichenkohle an der Wand die Skizze eines kleinen Mannes mit einer Karfunkelnase entworfen hatte, der auf einem Baumstumpf stand, den linken Fuß nach hinten abspreizte, den rechten Arm mit geballter Faust in die Luft reckte, die Augen gen Himmel verdrehte und den Mund in einem Winkel von neunzig Grad aufgesperrt hatte. Ein andermal hatte Mr. Buckingham Schwierigkeiten, eine Übersetzung für den durchaus modernen Begriff »Perücke« zu finden, bis er auf eine Bemerkung Doktor Ponnonners hin mit einem Male sehr blaß wurde und sich schließlich herbeiließ, die eigene vom Kopf zu nehmen.

Mr. Gliddons Rede handelte von den Vorteilen, die der Wissenschaft durch das Aufwickeln und Aufschneiden von Mumien entstehen. Die geschätzte Mumie Allamistakeo wolle in diesem Sinne gütigst die ihr widerfahrene Belästigung entschuldigen, und nachdem somit diese nebensächlichen Punkte erörtert seien, wolle man – so war der Schluß der Rede – die begonnene Untersuchung weiterführen. Sofort legte Doktor Ponnonner seine Instrumente bereit.

Aus mir unverständlichen Gründen schien dieser Schluß auf Allamistakeo einen ungünstigen Eindruck zu machen, doch zeigte er sich mit den vorgebrachten Entschuldigungen befriedigt, stieg vom Tische herab und schüttelte uns einem nach dem andern die Hand. Sowie dieser feierliche Akt beendet war, machten wir uns unverzüglich ans Werk, die Schäden zu flicken, die unser Gast durch das Skalpell erlitten hatte. Die Schnittwunde an seiner Schläfe wurde genäht, um den Fuß bekam er einen Verband, und auf die Nasenspitze klebten wir ihm ein schwarzes Pflaster von quadratischer Form.

Dabei bemerkten wir, daß der Graf (dies war Allamistakeos Rang) einen leichten Schüttelfrost hatte. Ohne Zweifel fror ihn. Sogleich verschwand der Doktor in der Richtung nach seinem Ankleideraum und kehrte bald darauf zurück mit einem schwarzen Frack (Letzte Neuheit bei Jenning), einem Paar himmelblauer Beinkleider mit Stegen, einem nelkenfarbenen Ginghamhemd, einer Schwalbenschwanzweste von Brokat, einem hellen Überzieher von Glockenform, einem Spazierstock mit Rundhakengriff, einem randlosen Hut, Glanzlackstiefeletten, strohblonden Glacéhandschuhen, Monokel, einem Backenbart und einer Kravatte À LA Wasserfall. Leider war das Größenverhältnis zwischen dem Doktor und dem Ägypter etwa 1:2; es verursachte daher einiges Kopfzerbrechen, bis der Graf die Kleider auf dem Leibe hatte. Als aber alles soweit war, konnte man ihn als gesellschaftsfähig betrachten. Mr. Gliddon bot ihm den Arm und geleitete ihn zu einem Klubsessel vor dem Kaminfeuer, derweil der Doktor klingelte und Zigarren und Wein bestellte.

Es entspann sich nun eine angeregte Unterhaltung; in erster Linie waren wir begierig, zu erfahren, wie es zuging, daß Allamistakeo noch am Leben war. »Ich hätte gedacht«, bemerkte Mr. Buckingham, »es sei hohe Zeit, daß Sie tot wären.«

»Wieso?« gab der Graf erstaunt zurück. »Ich habe ja kaum siebenhundert Jahre hinter mir. Mein Vater wurde tausend Jahre alt und befand sich noch im Besitz voller Geisteskraft, als er starb.«

Daraufhin entwickelte sich ein Hinüber und Herüber von Fragen und Antworten; es stellte sich heraus, daß man das Alter der Mumie falsch eingeschätzt hatte; fünftausendundfünfzig Jahre und etliche Monate waren verflossen, seit sie in den Katakomben von Eleithias beigesetzt worden war.

»Meine Bemerkung vorhin«, sagte Mr. Buckingham, »bezog sich nicht auf Ihr Alter zur Zeit der Grablegung. Ich bestätige Ihnen gerne, daß Sie noch ein junger Mann sind.

Ich dachte nur an die unermeßlich lange Zeit, während der Sie Ihrer eigenen Betrachtung nach in Asphalt lagen.«

»In was?« fragte der Graf.

»In Asphalt«, beharrte Mr. Buckingham.

»Ah so ... ich kann mir schon vorstellen, was Sie meinen. Gewiß, es mag ja seine Zwecke vollkommen erfüllen, dieses ... Zu meiner Zeit aber verwandte man kaum ein andres Mittel als Quecksilberbichlorid.«

»Es ist uns ein Rätsel«, ließ sich jetzt Doktor Ponnonner vernehmen, »wie Sie bei lebendigem Leibe hier sitzen können und sich dabei noch allem Anschein nach wohl fühlen, nachdem Sie in Ägypten vor fünftausend Jahren gestorben sind und begraben wurden.«

»Wäre ich damals gestorben, wie Sie sagen«, entgegnete der Graf, »so wäre ich wohl heute noch tot. Ich sehe, daß Sie mit Ihren Studien über Galvanismus noch sehr in den Kinderschuhen stecken und keine Ahnung davon haben können, was zu meiner Zeit darin geleistet wurde. Die Sache verhält sich folgendermaßen: ich verfiel in Starrkrampf und wurde von meinen besten Freunden für tot erklärt; sie ließen mich auf der Stelle einbalsamieren. Ich darf wohl annehmen, daß Sie die der Technik der Einbalsamierung zugrunde liegenden Ideen so ziemlich kennen?«

»Gewiß ... das heißt nicht genau.«

»Ah ... also nicht! Ein bedenklicher Tiefstand des Wissens! Ich kann Ihnen jetzt natürlich nicht die Einzelheiten auseinandersetzen, aber soviel will ich verraten: der Grundgedanke der Einbalsamierung war, alle Säfte im Körper auf unbegrenzte Zeit zum Stocken zu bringen. Ich gebrauche den Ausdruck »Säfte« hier in konkreter und abstrakter Bedeutung. Einbalsamierung ist nichts andres als plötzliches Anhalten und Aufspeichern der lebenserhaltenden Kräfte; das Individuum verblieb in dem Zustand, in dem es sich unmittelbar vor der Einbalsamierung befunden hatte. Ich habe nun das Glück, dem Geschlecht der Skarabäer anzugehören, und wurde darum lebendig, wie Sie mich hier vor sich sehen, einbalsamiert.«

»Dem Geschlecht der Skarabäer?« fragte Doktor Ponnonner erstaunt.

»Ja. Der Skarabäus war das Wappen einer distinguierten Adelsfamilie.«

»Aber was hat das mit dem Umstand zu schaffen, daß Sie noch am Leben sind?«

»Es war üblich, vor der Einbalsamierung Eingeweide und Gehirn aus den Leichen zu entfernen; die Familie der Skarabäer allein erkannte diesen Brauch nicht an. Wäre ich kein Skarabäer, so hätte ich heute weder Gehirn noch Eingeweide, und ohne diese Dinge läßt sich schlechterdings nicht leben.«

»Das gebe ich zu«, sagte Mr. Buckingham. »Wir können also annehmen, daß jede uneröffnete Mumie, die zu uns gelangt, aus der Familie der Skarabäer stammt?«

»So ist es.«

»Ich dachte immer«, bemerkte Mr. Gliddon unsicher, »der Skarabäus sei eine ägyptische Gottheit.«

»Eine ägyptische – was?« rief die Mumie und sprang vom Sessel auf.

»Gottheit«, wiederholte der Forscher.

»Mr. Gliddon, ich bin sprachlos, wie Sie solchen Unsinn reden mögen«, sprach der Graf und ließ sich in seinen Sessel zurücksinken. »Kein Volk der Erde hat je mehr als *einen* Gott anerkannt. Der Skarabäus, der Ibis waren für uns Symbole oder Medien, in denen wir den Schöpfer aller Dinge verehrten, dessen Erhabenheit wir uns unmittelbar nicht nähern können.«

Es entstand eine Pause. Doktor Ponnonner nahm dann den Faden des Gesprächs wieder auf.

»Es ist also nach dem, was Sie eben erklärten, möglich, daß in den Katakomben am Nil noch weitere Mumien aus der Skarabäusfamilie liegen, die noch leben?« fragte er.

»Allerdings«, gab der Graf zur Antwort. »Alle Skarabäer, die lebten, als sie einbalsamiert wurden, leben heute noch. Vielleicht haben die Testamentsvollstrecker auch einige vergessen, die sich absichtlich einbalsamieren ließen.«

»Würden Sie die Güte haben, zu erklären, was Sie unter ›absichtlich einbalsamieren‹ verstehen?« sagte ich.

»Bitte sehr«, entgegnete die Mumie, nachdem sie mich eine Weile durch das Einglas betrachtet hatte, denn es geschah zum erstenmal, daß ich eine Frage stellte. »Bitte sehr«, sagte sie. »Ein Menschenleben währte zu meiner Zeit ungefähr achthundert Jahre. Es waren Ausnahmefälle – von unnatürlichen Todesursachen abgesehen –, wenn jemand vor seinem sechshundertsten Lebensjahre starb. Die Fortschritte der Einbalsamierungstechnik, die ich ja eben geschildert habe, brachten nun unsre Philosophen auf den Gedanken, es müsse ein hochinteressantes Abenteuer und gleichzeitig eine weittragende Möglichkeit für die wissenschaftliche Forschung sein, wenn man sein Leben in zeitlich getrennte Abschnitte zerlegte. Besonders der Geschichtswissenschaft versprach die Einrichtung zugute zu kommen. Nehmen Sie an, ein Historiker schrieb mit fünfhundert Jahren ein umfassendes Werk und ließ sich einbalsamieren, nachdem er seine Testamentsvollstrecker beauftragt hatte, seine Auferwekkung nach einem bestimmten Zeitraum – sagen wir nach fünfhundert Jahren – zu veranlassen. Kehrte er dann nach Ablauf des vereinbarten Zeitraums ins Leben zurück, so fand er sein großzügiges Werk mit Sicherheit als eine Art Sammelalbum für Geistesblitze wieder; es war zum Schlachtfeld widerstreitender Anmerkungen, Erklärungsversuche und subjektiv gefärbter Randglossen übereifriger Oberlehrer geworden. Der Urtext war dadurch so verdreht worden, daß der Verfasser nun seinen eigenen Gedankenfaden mit der Laterne suchen mußte. Er hatte so die Möglichkeit, sein Werk in der ursprünglichen Form wiederherzustellen und so das Wissen der neuen Gegenwart über die

Epoche, in der er den ersten Teil seines Lebens verbracht hatte, zu berichtigen. Auf diese Weise wurde verhütet, daß die geschichtliche Überlieferung völlig zur Fabel entartete.«

»Wir haben festgestellt«, bemerkte der Doktor, »daß seit Ihrer Grablegung zum mindesten fünftausend Jahre verflossen sind. Ihre geschichtlichen Kenntnisse, wenn nicht gar Ihre persönlichen Erinnerungen müßten demnach imstande sein, das flammende Rätsel der Weltschöpfung zu erschließen, die, wie Sie wissen, nur etwa um tausend Jahre zurückliegt.«

»Wie beliebt?« fragte Graf Allamistakeo.

Der Doktor wiederholte, aber es bedurfte umständlicher Erklärungen, bis der fremde Gast verstand. Er bedachte sich eine Weile, dann meinte er:

»Was Sie da sagen, ist mir vollkommen neu. Zu meinen Lebzeiten dachte niemand daran, daß das All oder die Welt – wie Sie sagen – je einen Anfang gehabt hätte. Ein einziges Mal erinnere ich mich, von einem zu Grübeleien veranlagten Menschen eine weitschweifige Anspielung auf den mutmaßlichen Ursprung des Menschengeschlechts gehört zu haben, und zwar spielte merkwürdigerweise dabei das Wort ›Adam‹ eine Rolle, das auch Sie eben gebrauchten. Adam bedeutet bekanntlich Lehm. Mein Mann gab aber dem Wort eine allgemeine Bedeutung; er bezeichnete damit die unerschöpfliche Fruchtbarkeit der Erde, die in fünf verschiedenen Erdteilen gleichzeitig jene fünf großen Menschenrassen gebären konnte.«

Jetzt zuckten wir allesamt die Achseln, und der eine oder andere berührte wohl auch in nicht mißzuverstehender Gebärde die Stirn mit dem Finger. Mr. Silk Buckingham warf einen prüfenden Blick auf die Schädelbildung Allamistakeos und sagte schließlich:

»Die lange Dauer des menschlichen Lebens zu Ihrer Zeit wie auch die gelegentlich benutzte Möglichkeit, das Leben in Raten zu verbringen, müssen für die Entwicklung und Anhäufung von Wissen von ungeheurem Wert gewesen sein. Wenn die alten Ägypter auf allen Gebieten hinter dem Menschen von heute zurückblieben, so ist dies allein auf die besondere Dicke des ägyptischen Schädels zurückzuführen.«

»Ich verstehe wieder nicht recht«, erwiderte der Graf mit Würde. »Wollen Sie mir nicht sagen, welche Gebiete Sie im Auge haben?«

Sogleich redeten wir alle zusammen auf den Ägypter ein. Wir schilderten ihm in aller Breite die Errungenschaften der Phrenologie und vor allem die herrlichen Erfolge unsrer Versuche mit tierischem Magnetismus.

Der Graf hörte zu und gab darauf einige Anekdoten zum besten, die klar bewiesen, daß in Ägypten schon vor uralter Zeit Vorläufer von Gall und Spurzheim die Sensation des Tages gewesen und wieder in die Grube der Vergessenheit gefahren waren. Übrigens seien Mesmers Versuche nichts als Spielerei im Vergleich zu den wahrhaftigen Wundertaten der weisen Männer von Theben, denen unter andrem die Erschaffung richtiger Läuse gelungen sei.

Ich fragte den Grafen, ob seine Volksgenossen imstand gewesen seien, Sonnen- und Mondfinsternisse zu berechnen. Er lächelte mitleidig und bejahte.

Dies brachte mich ein wenig aus dem Konzept. Ich stellte noch andre Fragen aus dem Gebiet der Astronomie, aber da flüsterte mir ein Herr, der bisher den Mund noch nicht aufgetan hatte, ins Ohr, ich sollte doch lieber in diesem Punkt einen gewissen Ptolemäus zu Rate ziehen.

Nun fragte ich die Mumie über Brenngläser, über Linsen, über die Herstellung von Glas im allgemeinen aus. Und schon wieder berührte der schweigsame Herr von vorhin verstohlen meinen Ellbogen und bat mich, doch um Himmels willen erst einen Blick in den Diodorus Siculus zu werfen. Statt einer Antwort stellte der Graf seinerseits eine Frage an mich, ob wir Mikroskope hätten, mit deren Hilfe man

Kameen in der Art der ägyptischen schneiden könnte? Ich war noch dabei, mir die Antwort zurechtzulegen, da blamierte sich der kleine Doktor Ponnonner unsterblich.

»Betrachten Sie doch unsre Architektur«, rief er aus, zum lebhaften Ärger der beiden Ägyptologen; sie kniffen ihn grün und blau und brachten ihn doch nicht zum Schweigen. »Sehen Sie sich doch einmal den Bowlinggreen-Springbrunnen in Neuyork an oder werfen Sie einen Blick auf das Kapitol von Washington ...« Und nun begann der gute kleine Medikus das Gebäude in seinen Einzelheiten zu schildern; er erzählte, daß allein in der Vorhalle nicht weniger als vierundzwanzig Säulen von fünf Fuß Durchmesser mit zehn Fuß Zwischenraum stünden.

Der Graf sagte, er entsinne sich nicht mehr genau der Maße eines der größten Gebäude in der Stadt Aznac, über deren Gründung keine Überlieferung bestehe. Zu seiner Zeit seien noch die Ruinen in der großen Sandwüste westlich von Theben sichtbar gewesen. Er erinnere sich hingegen, da man gerade von Säulenhallen spreche, einer solchen vor einem kleinen Palaste der Vorstadt Carnac. Hundertundvierundvierzig Säulen, die fünfundzwanzig Fuß weit voneinander entfernt standen und je siebenunddreißig Fuß im Umfang maßen, hätten diese Halle getragen. Vom Ufer des Nil her habe zu der Säulenhalle eine zwei Meilen lange Allee geführt, zu deren Seiten Sphinxe, Standbilder und Obelisken von zwanzig, sechzig, ja hundert Fuß Höhe gestanden hätten. Der Palast selber sei, soweit er sich erinnern könne, zwei Meilen lang gewesen, der Umfang sei mit sieben Meilen nicht überschätzt. Innen und außen seien die Wände über und über mit Hieroglyphenmalerei bedeckt gewesen. Ohne weiteres hätten fünfzig oder sechzig von des Doktors Kapitolen hinter den Mauern des einen Gebäudes aufgestellt werden können, bei einigem Kopfzerbrechen hätte man ihrer zwei- oder dreihundert hineinpressen können. Aber wie gesagt, dieser Palast in Carnac sei nur ein unbedeutendes, kleines Gebäude gewesen. Anderseits wolle er (der Graf) gerne zugeben, daß jener Bowlinggreen-Springbrunnen, von dem der Doktor erzählt hätte, ein herrliches Gebilde sein müsse. Ein derartiges Monument sei wohl noch nie erblickt worden, weder in Ägypten noch sonstwo.

Jetzt stellte ich die Frage an den Grafen, was er denn von unsern Eisenbahnen zu halten beliebe.

»Nicht eben viel«, war die Antwort. Sie seien schwach und unzweckmäßig konstruiert. Man könne sie auf keinen Fall mit den mächtigen, ebenen, schnurgeraden, eisenbeschlagenen Dämmen vergleichen, auf denen die Ägypter vollständige Tempelbauten und massive Obelisken von hundertundfünfzig Fuß Höhe beförderten.

Ich erwähnte unsre gewaltigen Maschinen.

Auf diesem Gebiet hätten wir Brauchbares geleistet, gab er zu. Und dann stellte er an mich die Frage, wie ich es angestellt haben würde, in dem kleinen Palast von Carnac die Türpfeiler auf die Schwellen zu heben. Ich hielt es für das beste, diese Frage zu überhören. Ob er wüßte, was ein artesischer Brunnen sei, hielt ich ihm dafür entgegen. Er zog nur die Augenbrauen in die Höhe; Mr. Gliddon machte mir Zeichen und raunte mir dann zu, daß vor kurzem erst von Ingenieuren beim Bohren nach Wasser in einer Oase einer gefunden worden sei.

Unverzüglich brachte ich das Gespräch auf unsre Stahlindustrie. Allamistakeo rümpfte die Nase und erkundigte sich, ob unsre Stahlwerkzeuge die haarscharfe Bildhauerarbeit an den Obelisken ausführen könnten, die mit ägyptischen Kupferinstrumenten hergestellt worden sei.

Allmählich gerieten wir in Verwirrung und hielten es für ratsam, die Angriffe mehr auf geistiges Gebiet hinüberzuspielen. Wir ließen ein Exemplar einer Zeitschrift holen, die den Titel »THE DIAL« führte, und lasen daraus ein oder zwei Kapitel über ein etwas verworrenes Thema vor, das man in Boston »Die große Bewegung« und »Fortschritt« nennt.

Der Graf bemerkte, zu seiner Zeit seien große Bewegungen an der Tagesordnung gewesen, und was den »Fortschritt« anlange, so habe er lange Zeit gebremst und nie gefördert.

Jetzt rückten wir mit den Idealen und der wirtschaftlichen Bedeutung der Demokratie heraus und gaben uns redlich Mühe, dem Grafen all die Vorzüge auszumalen, die wir genossen, weil wir in einem Staate lebten, in dem es allgemeines freies Stimmrecht und keinen König gab.

Allamistakeo verzog keine Miene und hörte mit sichtlichem Interesse zu. Als wir fertig waren, erzählte er, vor langer Zeit sei in Ägypten eine ähnliche Komödie dagewesen. Dreizehn ägyptische Provinzen hätten eines Tages den Entschluß gefaßt, frei zu sein und der Menschheit mit leuchtendem Beispiel voranzugehen. Sie trommelten ihre hellsten Köpfe zusammen und brachten die genialste Verfassung zustande, die man sich denken kann. Eine Zeitlang ging alles gut, nur prahlten die Leute gar zu unverschämt. Die Geschichte endete damit, daß die dreizehn Staaten sich mit fünfzehn oder zwanzig andern unter einem Despotismus vereinigten, der an Widerwärtigkeit und Bedrückung auf der ganzen Erde nicht seinesgleichen hatte.

Ich erkundigte mich nach dem Namen des Tyrannen. Der Graf sagte, wenn er sich recht erinnere, habe er Mob geheißen.

Ich wußte nicht, was ich davon halten sollte, und so erhob ich meine Stimme und beklagte die Ägypter, daß sie nichts vom Dampf gewußt hätten. Sprachlos starrte mich der Graf an und schwieg. Indessen versetzte mir der schweigsame Herr einen unsanften Rippenstoß mit seinem Ellbogen und meinte, ich hätte mich doch nun wahrlich zur Genüge blamiert. Ob ich denn tatsächlich ein solcher Ignorant sei, daß ich nicht einmal wüßte, daß die moderne Dampfmaschine von der Erfindung eines gewissen Hero abgeleitet sei.

Die Gefahr war nun groß, daß wir der Mumie gegenüber

den kürzeren ziehen würden; zu unserm Heil trat da nach reiflichem Bedenken der Doktor Ponnonner in die Schranken. Er fragte, ob das ägyptische Volk im Ernst behaupten wolle, es mit uns Modernen in den ausgesuchten Feinheiten der Garderobe aufnehmen zu können.

Der Graf sah an sich herab und betrachtete die Stege seiner Beinkleider, dann erfaßte er einen der Frackschöße, hielt ihn sich einige Minuten lang dicht vor die Augen und ließ ihn schließlich fallen; sein Mund dehnte sich langsam von Ohr zu Ohr. Ich glaube, er gab gar keine Antwort.

Infolgedessen wuchs unser Mut; der Doktor trat mit großer Feierlichkeit auf die Mumie zu und ersuchte sie, bei ihrer Ehre als Gentleman offen und ehrlich zu sagen, ob die Ägypter zu irgendeiner Zeit etwas von der Herstellung von Ponnonners Pastillen verstanden hätten.

In fieberhafter Spannung lauerten wir auf die Antwort, doch sie blieb aus. Der Ägypter wurde rot und senkte sein Haupt. Nie wurde ein vollkommener Sieg errungen, nie wurde eine Niederlage mit so geringer Seelengröße getragen. Ich konnte wirklich die tödliche Verlegenheit der armen Mumie nicht länger mit ansehen. Ich nahm meinen Hut, machte der Mumie eine formelle Verbeugung und empfahl mich.

Nach vier Uhr langte ich zu Hause an und legte mich zu Bett. Jetzt ist es zehn Uhr vormittags. Seit sieben Uhr bin ich auf und schreibe diese meine Erlebnisse nieder zum Heil meiner Familie und der Menschheit. Von jener will ich übrigens nichts mehr wissen. Meine Frau ist eine Xanthippe. In Wahrheit habe ich das Leben im allgemeinen und das neunzehnte Jahrhundert im besonderen herzlich satt. Ich bin überzeugt, daß alles noch schief gehen wird. Sobald ich rasiert bin und eine Tasse Kaffee zu mir genommen habe, will ich zu Ponnonner gehen und mich auf ein paar hundert Jahre einbalsamieren lassen.

Von Kempelen und seine Entdeckung

Nach der sehr eingehenden und sorgsamen Abhandlung von Arago – ganz zu schweigen von dem Aufsatz in »Sillimans Journal«, der die soeben von Leutnant Maury veröffentlichten Feststellungen im Auszug enthält – wird man natürlich nicht annehmen, daß ich irgendwie die Absicht habe, den Gegenstand vom wissenschaftlichen Gesichtspunkt zu betrachten, wenn ich mir jetzt einige flüchtige Bemerkungen zu Kempelens Entdeckung erlaube. Meine Absicht ist einfach die, zunächst ein paar Worte über Kempelen selbst zu sagen (zu dem ich vor Jahren in persönlichen Beziehungen stand), da alles, was ihn betrifft, gegenwärtig von Interesse sein dürfte, und hiernach in allgemeiner und spekulativer Weise die Folgen der Entdeckung zu beleuchten.

Ich möchte meinen Betrachtungen vorausschicken, daß ich der allgemeinen Auffassung (die, wie in solchen Fällen üblich, den Zeitungen entlehnt wird) entschieden entgegentreten muß: der Auffassung nämlich, als habe diese Entdeckung, so ungeheuer sie fraglos ist, nicht ihre Vorläufer gehabt.

Bei Einsicht in das »Tagebuch des Sir Humphrey Davy« (Cottle & Munroe, London) ist aus den Seiten 53 und 82 zu ersehen, daß dieser berühmte Chemiker nicht nur die hier in Rede stehende Idee gehabt, sondern tatsächlich nicht unwesentliche experimentelle Fortschritte in ganz derselben analytischen Forschung gemacht hatte, die Kempelen nun zu so erfolgreichem Abschluß gebracht hat. Und wenn er auch nicht den leisesten Hinweis auf jenes »Tagebuch« für nötig hält, so behaupte ich doch (und bin auf Verlangen bereit, dies zu beweisen), daß er jener Schrift zum mindesten die erste Anregung zu seinem Unternehmen verdankt.

Der Artikel aus dem »Kurier«, der jetzt die Runde in der

Presse macht und der den Zweck hat, die Priorität der Erfindung für einen gewissen Herrn Kissam aus Brunswick in Anspruch zu nehmen, scheint mir, wie ich gestehe, ein wenig erdichtet; ich habe mehr als einen Grund zu dieser Annahme, obgleich die Ausführungen weder etwas Unmögliches noch besonders Unwahrscheinliches enthalten. Ich brauche mich nicht auf Einzelheiten einzulassen. Meine Meinung über den Artikel gründet sich hauptsächlich auf seine ganze Form. Er wirkt unwahr. Leute, die Tatsachen berichten, sind selten so kleinlich genau wie Herr Kissam in Orts- und Zeitangaben. Überdies: wenn Herr Kissam tatsächlich zu der von ihm angegebenen Zeit die Entdeckung machte – vor fast acht Jahren also –, wie kommt es, daß er nicht sogleich Schritte tat, die ungeheuren Vorteile aus der Entdeckung zu ziehen, die – wie jeder Dummkopf gewußt haben muß –, wenn schon nicht der Welt im ganzen, so doch ihm selber daraus erwachsen mußten? Es scheint mir höchst unglaubwürdig, daß irgendein Mensch von Durchschnittsverstand das entdeckt haben könnte, was Herr Kissam entdeckt haben will, und daraufhin dann so kindisch – so blind – gehandelt haben sollte, wie Herr Kissam zugibt, es getan zu haben. Nebenbei: Wer *ist* Herr Kissam? Ist nicht vielleicht der ganze Artikel im »Kurier« eine geschickte Machenschaft des Blattes, um »von sich reden zu machen«? Ich muß gestehen, er scheint mir eine arge Ente zu sein, und meiner unmaßgeblichen Meinung nach ist sehr wenig darauf zu geben. Wüßte ich nicht aus Erfahrung, wie ungemein leicht ein Mann der Wissenschaft in Fragen, die etwas außerhalb seines Fachstudiums liegen, zu mystifizieren ist, so wäre ich aufs höchste überrascht, einen so hervorragenden Chemiker wie Professor Draper die Ansprüche jenes Herrn Kissam (oder ist es Herr Quizzam?) auf diese Entdeckung einer so ernsthaften Betrachtung unterziehen zu sehen.

Doch kehren wir zum »Tagebuch« des Sir Humphrey Davy zurück. Diese Arbeit war nicht für die Öffentlichkeit bestimmt, selbst nicht nach dem Ableben des Verfassers, wovon jeder, der von Autorschaft etwas versteht, sich bei oberflächlicher Prüfung des Stils überzeugen kann. Auf Seite 13 in der Mitte lesen wir z. B. in bezug auf seine Nachforschungen über Stickstoff-Orydul: »In weniger als einer halben Minute, Atmung fortgesetzt, ließ allmählich nach, und ihnen folgte ähnlich dem eines leichten Drucks auf allen Muskeln.« Daß nicht die Atmung es war, die »allmählich nachließ«, erhellt nicht allein aus dem nachfolgenden Text, sondern schon aus der Wahl des Plurals »ihnen«. Der Satz war zweifellos so gemeint: »In weniger als einer halben Minute (währenddem die Atmung fortgesetzt wurde, ließen diese Gefühle) allmählich nach, und ihnen folgte (ein Empfinden), ähnlich dem eines leichten Drucks auf allen Muskeln.« Hundert solcher Stellen beweisen, daß dieses so unüberlegterweise der Öffentlichkeit übergebene Manuskript lediglich ein für den Schreiber selbst bestimmtes Konzeptbuch gewesen ist; doch ein Blick in den Artikel genügt, um jeden Denkenden von der Wahrheit meiner Auffassung zu überzeugen. Tatsache ist, daß Sir Humphrey Davy der letzte war, sich in wissenschaftlichen Dingen bloßzustellen. Er hatte nicht nur eine außergewöhnliche Abneigung vor aller Quacksalberei, sondern eine krankhafte Furcht, als Quacksalber zu erscheinen; so sehr er also überzeugt gewesen sein mag, im vorliegenden Falle auf der rechten Fährte zu sein, so würde er das doch nie ausgesprochen haben, ehe er nicht alles zur praktischen Beweisführung bereit gehabt hätte.

Ich bin überzeugt, er wäre in seiner Sterbestunde unsagbar unglücklich gewesen, wenn er hätte ahnen können, daß seine Wünsche, das Tagebuch mit seinen kurzen Notizen und halben Vermutungen solle verbrannt werden, unberücksichtigt bleiben würden – wie es der Fall gewesen zu sein scheint. Ich sage »seine Wünsche«, denn daß er dieses Notizbuch zu den diversen Papieren gezählt zu sehen wünschte, die »zum Verbrennen« bestimmt waren, darüber, denke ich, kann man nicht im Zweifel sein. Ob es ein Glück oder ein Unglück war, daß es den Flammen entging, bleibt zu entscheiden. Daß die oben angeführten Stellen nebst anderen, auf die ich hingewiesen habe, Kempelen den entscheidenen »Wink« gaben, steht für mich außer Zweifel; aber ich wiederhole: es bleibt abzuwarten, ob diese wichtige Entdeckung (wichtig unter allen Umständen) der Menschheit im großen einen Dienst erweist oder nicht; Narrheit aber wäre es, auch nur einen Augenblick anzuzweifeln, daß Kempelen und seine nächsten Freunde reiche Beute machen werden. Sie werden schwerlich so dumm sein, nicht beizeiten durch Ankauf von Häusern und Land für »Realitätenbesitz« zu sorgen.

In dem kurzen Bericht Kempelens, der in der »Heim-Zeitung« erschien und seither vielfach nachgedruckt worden ist, scheint der Übersetzer des deutschen Originalartikels, der diesen Artikel einer der letzten Nummern der Preßburger »Schnellpost« entnommen haben will, einiges mißverstanden zu haben.

»Viele« ist offenbar (wie das oft geschieht) mißverstanden, und was der Übersetzer mit »sorgen« wiedergibt, heißt wahrscheinlich »leiden«, was in seiner wahren Bedeutung dem ganzen Bericht ein völlig anderes Gepräge geben würde; aber natürlich sind das zum großen Teil nur Mutmaßungen von mir.

Wie dem auch sei, Kempelen ist seinem äußeren Gebaren nach keineswegs »ein Misanthrop«. Meine Beziehungen zu ihm waren rein zufällig und ermächtigen mich kaum zu der Behauptung, ihn zu kennen; aber einen Mann von so hervorragender Bedeutung, wie er sie erlangt hat oder in wenigen Tagen erlangen wird, gesehen und gesprochen zu haben, ist keine so uninteressante Sache.

Die »Literarische Welt« (vermutlich irregeführt durch den Artikel in der »Heim-Zeitung«) behauptet, er sei aus Preßburg gebürtig, ich bin aber in der Lage, positiv festzustellen – ich habe es aus seinem eigenen Munde –, daß er in Utica, im

Staate Neuyork, geboren ist, obgleich seine Eltern beide, wie ich glaube, aus Preßburg stammen. Die Familie ist weitläufig verwandt mit Mälzel, bekannt durch den automatischen Schachspieler*. Seine äußere Erscheinung ist klein und dick, mit großen, ausdruckslosen blauen Augen, rötlichem Haar- und Backenbart, einem großen, doch wohlgeformten Mund, guten Zähnen und einer Adlernase. Sein einer Fuß war mißgestaltet. Sein Wesen ist offen und seine ganze Art als gutmütig bekannt. Alles zusammengenommen: er ist in seinem Tun und Reden nichts weniger als »ein Misanthrop«. Wir lernten uns vor sechs Jahren kennen, als wir beide eine Woche lang das gleiche Hotel auf »Rhode-Island« bewohnten, und ich glaube, daß ich verschiedentlich mit ihm ins Gespräch kam und etwa im ganzen drei bis vier Stunden mit ihm sprach. Sein Thema waren die jeweiligen Tagesereignisse, und keine seiner Äußerungen ließ mich seine wissenschaftlichen Kenntnisse vermuten. Er verließ das Hotel früher als ich; er beabsichtigte, nach Neuyork und von da aus nach Bremen zu reisen; in der letzten Stadt war es, wo seine Entdeckung zum erstenmal veröffentlicht wurde – oder vielmehr, dort wurde die erste Vermutung laut, daß er der Entdecker sei. Dies ist so ziemlich alles, was ich persönlich von dem nun unsterblichen Kempelen weiß; aber ich dachte, selbst diese wenigen Einzelheiten könnten für die Allgemeinheit von Interesse sein.

Es steht ganz außer Frage, daß die meisten wundersamen Gerüchte, die über diese Sache umlaufen, bare Erfindungen sind, die ebensoviel Glauben verdienen wie etwa die Erzählungen von Aladin und der Wunderlampe; und doch ist in solchem Falle, wie auch bei der Entdeckung Kaliforniens als Goldland, die Wahrheit oft wundersamer als die Dich-

* Der Erfinder des Schachspielers war W. v. Kempelen (1769). Die Maschine wurde später an Mälzel verkauft. (Anm. d. Ü.)

tung. Die folgende Anekdote jedenfalls ist so gut verbürgt, daß wir sie unbedenklich hinnehmen können.

Von Kempelen hatte sich während seines Aufenthalts in Bremen in keineswegs sehr günstigen Verhältnissen befunden, und es war bekannt, daß er häufig zu wahren Winkelzügen Zuflucht nehmen mußte, um selbst geringe Summen aufzutreiben. Als die Falschmünzerei im Hause Gutsmuth & Co. aufgedeckt wurde, lenkte sich der Verdacht gegen Kempelen, weil er eine größere Besitzung in der Gasperitchstraße gekauft und auf Befragen die Auskunft darüber verweigert hatte, woher die Kaufsumme stammte. Er wurde schließlich arretiert, weil jedoch nichts Bestimmtes gegen ihn vorgebracht werden konnte, zuletzt wieder in Freiheit gesetzt. Die Polizei behielt aber auf all sein Tun und Lassen ein scharfes Auge und entdeckte so, daß er oft ausging und immer denselben Weg einschlug; doch gelang es ihm stets, in der Nähe jenes Labyrinths von Gassen und Durchgängen, das den Spitznamen »Dondergat« führt, seinen Verfolgern zu entwischen. Ihre Ausdauer erreichte es aber endlich doch, seine Spur bis auf den Bodenraum eines alten siebenstöckigen Hauses in einer Allee mit Namen Flätplatz zu verfolgen und ihn, wie sie meinten, mitten in seinem Falschmünzer-Handwerk zu überraschen. Seine Aufregung soll so groß gewesen sein, daß die Beamten von seiner Schuld ganz überzeugt waren. Sie legten ihm daher Handfesseln an und durchsuchten das Zimmer, denn allem Anschein nach bewohnte er die gesamten Mandsardenräume.

Anstoßend an die Bodenkammer, in der sie ihn fingen, befand sich ein Gelaß von zehn zu acht Fuß und in ihm ein chemischer Apparat, dessen Zweck noch nicht ermittelt werden konnte. In einer Ecke des Raums stand ein kleiner Schmelzofen, der in Glut war, und auf der Glut eine Art doppelten Schmelztiegels – zwei durch eine Röhre verbundene Schmelztiegel. Der eine dieser Tiegel war fast ganz mit geschmolzenem Blei gefüllt, doch reichte die Masse nicht bis an die Röhre hinauf, die hoch am Rande angebracht war. Der andere Tiegel enthielt eine Flüssigkeit, die, als die Beamten eintraten, heftig am Verdampfen war. Als Kempelen sich entdeckt sah, ergriff er mit beiden Händen (an denen er Asbesthandschuhe trug) die Tiegel und schleuderte den Inhalt auf den Ziegelboden. Jetzt erst legte man ihm Handfesseln an, und ehe man weitere Haussuchung hielt, wurde er selbst genau visiert; doch fand sich nichts Ungewöhnliches, außer einem Papierpäckchen in seiner Rocktasche, das, wie sich später herausstellte, eine Mischung von Antimon und einer unbekannten Substanz zu fast – aber nicht ganz – gleichen Teilen enthielt. Alle Versuche, die unbekannte Substanz zu analysieren, sind bis jetzt fehlgeschlagen; daß es aber schließlich gelingen wird, steht außer Zweifel.

Aus diesem Gelaß betraten die Beamten mit ihrem Gefangenen eine Art Vorzimmer, das keinerlei Gegenstände enthielt, und gelangten nun in des Chemikers Schlafzimmer. Hier durchsuchten sie Kästen und Schubfächer, entdeckten aber nur einige unwichtige Papiere und etliche Gold- und Silbermünzen. Endlich, als sie unter das Bett blickten, gewahrten sie einen großen, einfachen Fellkoffer, der weder Schloß noch Scharnier hatte; der Deckel lag achtlos quer über der Kiste. Bei dem Versuch, diesen Koffer unter dem Bett hervorzuziehen, stellte es sich heraus, daß ihre vereinten Kräfte (es waren ihrer drei, alles starke Männer) »ihn nicht um einen Zoll vom Platz zu rücken« vermochten. Das verwunderte sie sehr, und einer von ihnen kroch unters Bett, spähte in die Kiste und sagte:

»Kein Wunder, daß wir ihn nicht bewegen konnten – er ist bis zum Rand mit alten Messingstücken angefüllt!«

Der Mann stemmte nun die Füße gegen die Wand, um einen festen Halt zu bekommen, und schob mit aller Macht, während die andern mit ganzer Kraft zogen; so gelang es schließlich mit vieler Mühe, den Koffer unter dem Bett hervorzuholen und seinen Inhalt zu prüfen. Das angebliche

Messing, mit dem er gefüllt war, bestand aus lauter kleinen, platten Stücken von Erbsen- bis Dollargröße, doch waren sie, obgleich alle mehr oder weniger flach, von unregelmäßiger Form und sahen »eigentlich ganz so aus wie Blei, das in geschmolzenem Zustand auf den Boden gegossen wurde, um abzukühlen«. Nicht einer der Beamten ließ es sich einfallen, dies Metall für etwas anderes als Messing zu halten. Der Gedanke, daß es Gold sein könne, kam ihnen natürlich gar nicht; und ihr Erstaunen ist wohl zu begreifen, als es andern Tags in ganz Bremen bekannt wurde, daß die »Menge Messing«, die sie so verächtlich zum Polizeiamt geschafft hatten, ohne sich die Mühe zu machen, sich eine Handvoll anzueignen, nicht nur Gold – wirkliches Gold – war, sondern reineres Gold, als je gemünzt worden ist – kurz: ganz reines Gold, ohne die geringste nachweisbare Beimischung!

Ich brauche nicht die Einzelheiten der Eingeständnisse Kempelens (soweit er sie machte) und seiner Freilassung zu erörtern; sie sind der Öffentlichkeit bekannt. Daß er im Geiste und in der Tat – wenn auch nicht buchstäblich – das uralte Problem vom Stein der Weisen gelöst hat, kann kein Mensch mit gesunden Sinnen mehr bezweifeln. Die Ansichten Aragos haben natürlich ihre Berechtigung; aber er ist keineswegs zuverlässig, und was er von Bismuth sagt, muß cum grano salis genommen werden. Die nackte Wahrheit ist, daß bis jetzt alle Analyse versagt hat; und solange Kempelen uns nicht selbst den Schlüssel zu dem von ihm aufgegebenen Rätsel zeigt, ist es mehr als wahrscheinlich, daß die Angelegenheit jahrelang im STATU QUO verbleibt. Alles, was man bis jetzt weiß, ist: »daß reines Gold leicht und nach Wunsch hergestellt werden kann, und zwar aus Blei in Verbindung mit gewissen andern in Art und Menge unbekannten Substanzen.«

Die theoretische Berechnung beschäftigt sich natürlich mit den sofortigen wie auch den späteren Resultaten dieser Entdeckung – einer Entdeckung, der wohl kein denkender

Mensch eine gewisse Einwirkung auf die jüngste Aufschließung Kaliforniens als Goldland absprechen wird; und diese Betrachtung führt uns unweigerlich zu einer andern – der Unzeitgemäßheit der Entdeckung Kempelens. Wenn bisher viele davon abgehalten wurden, nach Kalifornien zu gehen – einfach durch die Überlegung, daß Gold infolge seines reichlichen Vorhandenseins in jenen Minen nun notgedrungen im Werte sinken müsse und die weite, gefahrvolle Suche daher vielleicht nicht einmal lohnend sei – welch eine Bewegung wird jetzt die Gemüter derer erfassen, die auszuwandern beabsichtigen, und vor allem derer, die bereits dort sind im Goldlande? Was werden sie zu der ungeheuren Entdeckung Kempelens sagen? Einer Entdeckung, die in so beredten Beweisen feststellt, daß, abgesehen von ihrer wertvollen Verwendbarkeit zu Industriezwecken (wie immer diese Verwendbarkeit auch sein mag), Gold nun keinen größeren Wert mehr haben wird als Blei – und weit geringeren Wert als Silber (denn es ist nicht anzunehmen, daß Kempelen sein Geheimnis lange bewahren kann). In der Tat ist es außerordentlich schwierig, die Folgen der Entdeckung vorauszubemessen; eines aber kann festgestellt werden: daß die Bekanntgabe der Entdeckung vor sechs Monaten die Auswanderung nach Kalifornien voraussichtlich äußerst stark beeinflußt haben würde.

In Europa hat sich bis jetzt als bemerkenswerteste Folge eine Steigerung der Bleipreise um hundert und der Silberpreise um fünfundzwanzig Prozent ergeben.

Der Ver-x-te Artikel

Es ist eine bekannte Tatsache, daß die »weisen Männer« von Osten gekommen sind, und da auch Mr. Siehundflieh Dickschädel von Osten kam, so geht daraus hervor, daß Mr. Dickschädel ein weiser Mann war. Sollte es weiterer Beweise bedürfen, so wäre nur noch festzustellen: Mr. Dickschädel war Zeitungsverleger. Seine einzige Schwäche war Reizbarkeit; denn die Starrköpfigkeit, deren ihn manche schuldig sprachen, war alles andre eher als Schwäche; er selbst hielt sie gerade für seine starke Seite. Jawohl; hierin lag seine Stärke, seine Größe. Die gesamte Logik eines Brownson wäre erforderlich gewesen, um ihn zu überzeugen, daß sie eher »etwas andres« war.

Demnach habe ich den Beweis erbracht, daß Siehundflieh Dickschädel ein weiser Mann war. Einmal nur tat er einen Schuß daneben, und zwar indem er die angestammte Heimat aller weisen Männer – den Osten – verließ und nach der Stadt Alexander-der-Große-o-nopolis oder einem Ort mit ähnlichem Namen im Westen auswanderte.

Ich muß jedoch – um ihm Gerechtigkeit widerfahren zu lassen – feststellen, daß er zu dem unwiderruflichen Entschluß, in jener Stadt sich niederzulassen, in der Überzeugung kam, daß es da keine Zeitung und folglich auch keinen Zeitungsverleger gebe. Als er den »Tee-Topf« auftat, war er der Meinung, daß er das Feld allein zur Verfügung habe. Ich bin sicher, daß ihm nicht im Traum eingefallen wäre, sich in Alexander-der-Große-o-nopolis niederzulassen, hätte er zuvor erfahren, daß in Alexander-der-Große-o-nopolis ein Herr namens John Smith (wenn ich mich nicht irre) lebte, der dort schon seit Jahren seinen Weizen baute durch Herausgabe der »Alexander-der-Große-o-nopolis-Gazette«. Auf Grund falscher Information geschah es also, daß sich eines schönen Tages Mr. Dickschädel in Alex . . .– wir wollen es der Kürze wegen »Nopolis« nennen – befand, aber nachdem er sich nun schon einmal da befand, war er auch willens, seiner Starrkö. . ., wollte sagen Charakterfestigkeit Ehre zu machen und zu bleiben. Er blieb; und er tat noch mehr. Er packte seine Presse, seinen Setzkasten und so weiter aus, mietete ein Bureau gerade gegenüber dem der »Gazette«, und am dritten Morgen nach seiner Ankunft ließ er die erste Nummer des Alex. . ., das heißt »Nopolis-Tee-Topf« erscheinen. Wenn mich die Erinnerung nicht täuscht, war dies der Name der neuen Zeitung.

Ich muß nun sagen, der Leitartikel war glänzend – geradezu tiefsinnig. Mit scharfen Geißelhieben machte er Front gegen die bestehenden Zustände im allgemeinen – und was den Verleger der »Gazette« im besonderen angeht, so wurde er einfach in Stücke zerrissen. Einige von Dickschädels Bemerkungen waren in der Tat so vernichtend, daß ich seitdem glaube, dieser John Smith, der heute noch am Leben ist, steht mit dem Salamander im Bunde. Leider kann ich hier nicht alles, was der »Tee-Topf« sagte, wörtlich wiedergeben, aber einen Abschnitt will ich wenigstens zitieren. Er lautete:

»O ja! O, wir sehen schon! O, da ist kein Zweifel! Der Verleger uns gegenüber ist ja ein Genie. O du lieber Himmel! O großer, allbarmherziger Gott! Wozu wohl die Welt noch alles kommt! O Tempora! O Mores!«

Diese ebenso klangvolle wie klassische Philippika platzte wie eine Bombe zwischen die bisher so friedfertigen Bürger von Nopolis. Gruppen von Aufgeregten stauten sich an den Straßenecken. Jeder wartete mit fieberhafter Spannung auf die Entgegnung des würdigen Smith. Am nächsten Morgen war sie da:

»Wir entnehmen der gestrigen Ausgabe des ›Tee-Topf‹ folgenden Artikel: ›O ja! O, wir sehen schon! O, da ist kein Zweifel! O du lieber Himmel! O großer, allbarmherziger Gott! O Tempora! O Mores!‹ Wie kommt der Mann zu all den ›O‹'s? Wir können es uns nur so erklären, daß sich bei ihm die Vernunft im Kreise dreht: alles, was er sagt, hat weder Anfang noch Ende. Wir müssen annehmen, dieser Scherenschleifer kann kein Wort schreiben, in dem nicht ein ›o‹ vorkommt. Übrigens, er kam ja mit auffallender Eile aus dem Osten dahergereist. Ob er wohl da ebenso ge–o–t hat wie hier bei uns? O, est ist zum Heulen!«

Die Wut des Mr. Dickschädel über diese Anpöbelung spottet jeder Beschreibung. Zwar hatten ihm bei seiner aalglatten Veranlagung die gegen seine Person gerichteten Angriffe weniger ausgemacht, als man annehmen sollte. Aber tief erbitterte ihn die Verulkung seines Stils. Was! *Er!* Siehundflieh Dickschädel sollte nicht imstande sein, ein Wort zu schreiben, in dem kein »O« vorkäme? Dem Affen wollte er es eintränken, daß er falsch geraten habe. Ja! Dem wollte er es schon zeigen, daß er sich im Irrtum befand, dem Holzkopf. *Er,* Siehundflieh Dickschädel von Froschtumplium, wollte diesem gewissen Herrn John Smith schon beibringen, daß *er,* Dickschädel, wenn es ihm gerade Spaß machte, einen ganzen Artikel schreiben konnte, in dem der geschmähte Vokal nicht *ein*mal – aber auch nicht ein einziges Mal vorkam. Doch nein! das hieße ja diesem gewissen Herrn John Smith nachgeben. *Er,* Dickschädel, würde doch wohl seinen Stil nicht ändern, um den Launen eines beliebigen Mr. Smith in der Christenwelt einen Gefallen zu tun. Fort mit dem erbärmlichen Gedanken! Es lebe das »O« für immer! Jawohl, nun wollte er gerade auf das »O« hinaufsitzen. Er wollte o-en, was o-en heißt.

Von seinem Entschlusse hell begeistert, brachte der große Siehundflieh in der folgenden Nummer des »Tee-Topf« nur einen schlichten aber kernigen Artikel in bezug auf die unglückselige Geschichte:

»Der Herausgeber des ›Tee-Topf‹ erlaubt sich, dem Herausgeber der ›Gazette‹ mitzuteilen, daß er (der ›Tee-Topf‹) in der kommenden Morgenausgabe das Wort ergreifen wird, um ihm (dem Herausgeber der ›Gazette‹) zu zeigen, daß er ebensowohl kann wie will – sein eigener Berater sein, in Fragen des Stils. Er will ihm (dem Herausgeber der ›Gazette‹) damit seine volle Verachtung ausdrücken, mit der seine (der ›Gazette‹) Kritik seinen (des ›Tee-Topf‹) freien Busen erfüllt. Er wird zu seinem (der ›Gazette‹) Privatvergnügen (?) einen längeren Leitartikel verfassen, in dem der prächtige Vokal – das Symbol der Ewigkeit – obschon er seine (der ›Gazette‹) überfeinerten Nerven zu verletzen scheint – aller Wahrscheinlichkeit nach nicht vermieden werden wird von seinem (der ›Gazette‹) gehorsamen und untertänigsten Diener, beim ›Tee-Topf‹. Soviel für Buckingham!«

In die Ausführung seines furchtbaren, eher düster angedeuteten denn bestimmt angekündigten Planes vertieft, zeigte sich der große Dickschädel taub gegenüber allem Drängen und ersuchte seinen Vorarbeiter kurzerhand, sich zum T . . . l zu scheren, als er (der Vorarbeiter) ihm (dem »Tee-Topf«) klarzulegen versuchte, daß es hohe Zeit zum Setzen sei – er zeigte sich taub – sage ich – für alles und saß beim Schein der Mittnachtslampe, bis der Tag graute, vertieft in die Abfassung eines Artikels, der in seiner Art wirklich einzig dasteht und folgenden Wortlaut hatte:

»So oho, John! Wohl bekomm's! Drohte schon zuvor. Wolltest wohl vor morgen schon die Sonne loben! Doch solltest zuvor den Kot aus den Ohren bohren! O! O! O! Troll doch fort, sofort, John ins trostlose Loch von Concord, wo du geboren worden. Fort vom Ort, großer Tor, fort! Folgst du wohl, John? Oho, so verbohr dich doch nicht so! Hervor vor das Tor! Losgezogen! Fortgeflogen! Schon vor Wochen verlorst du doch am Ort die Scholle von den Sohlen. O John, John, homo, fort vom Ort! Bloß noch ein Floh, ein Ohrbohrer, ein Opossum, ein Rollmops, ein Bodokude bist du, ein brotloser Holzklotz, Hohlkopf, Bock, Stock oder Schmock, geboren vom trostlosen Ort Concord. Schmoll doch, groll doch nicht so, John! Wozu solch Gepolter! Großer Gott, John, so schofel kommst du mir vor! Drohte schon zuvor, John! Stopfe doch morgen schon den Koffer voll, und fort vom Ort, verbohrter Tropf! Brodle doch die Sorgen in einer Bowle zu Tode!«

Erschöpft, wie dies nach einer so großartigen Leistung nicht anders möglich war, hielt der große Siehundflieh inne und war in dieser Nacht zu nichts weiter mehr zu gebrauchen. Entschlossen, kaltblütig und siegesbewußt übergab er das Manuskript dem Setzerlehrling, der schon darauf wartete, schlenderte nach Hause und legte sich voll Genugtuung schlafen.

Indessen rannte aber der Setzerlehrling, dem das Manuskript übergeben worden war, mit affenartiger Gewandtheit die Treppe hinauf zu seinem Setzkasten und machte sich in aller Eile ans Werk, das Manuskript abzusetzen.

»So« war das erste Wort; folglich tat er einen Griff in das große »S«-Fach und brachte triumphierend ein großes »S« zum Vorschein. Darob erfreut stürzte sich nun der Setzerlehrling mit verdoppeltem Eifer auf das Fach der kleinen »o«s, aber wer beschreibt seinen Schrecken, als seine Finger ohne den gewünschten Buchstaben wieder auftauchten? Wer schildert seine Verblüffung, seine Wut, als er entdeckte, während er sich die Knöchel rieb, daß er sie sich zwecklos auf dem Grund eines leeren Faches verstoßen hatte. Nicht ein einziges kleines »o« war in dem Fach der kleinen »o«s, und als er nun einen zaghaften Blick ins große »O«-Fach warf, fand er dieses zu seinem Entsetzen in demselben Zustand der Erschöpfung. Ratlos stand er da, und dann hatte er den Gedanken, zum Vorarbeiter zu laufen.

»Herr«, stammelte er und rang nach Luft, »ich kann doch nicht setzen ohne ›O‹s.«

»Was meinst du damit?« brummte der Vorarbeiter. Er war schlechter Laune, weil er solange aufbleiben mußte.

»Nun, Herr, wir haben kein ›O‹ in der Druckerei, kein großes und auch kein kleines.«

»Wa – was zum T . . .l ist denn mit denen geschehen, die im Kasten waren?«

»Weiß nicht, Herr«, sagte der Setzerlehrling. »Aber da war einer von den Lehrlingen aus der Druckerei der ›Gazette‹ heute abend da. Denke wohl, daß der vielleicht die ›O‹s geklaut hat.«

»Daß ihn der Blitz erschlage! Natürlich hat er sie ausgeführt!« rief der Vorarbeiter und wurde krebsrot vor Wut. »Aber tu, was ich dir sage, Bob, guter Junge! bei nächster Gelegenheit gehst du hinüber und klaust ihnen alle ihre ›i‹s und ›j‹s. (Hol der T . . . l die Bande!)«

»Mache ich«, sagte Bob und zwinkerte mit den Augenlidern. »Ich werde mich bei ihnen einschmuggeln und will so tun, als ob ich was auszurichten hätte. Aber jetzt der Artikel! Muß noch vor Morgen in die Presse, sonst holt uns alle der T . . . l und . . .«

»Und dies nicht zu wenig«, seufzte der Vorarbeiter. »Ist es denn ein langer Artikel, Bob?«

»Nun, so lang ist er gerade nicht«, bemerkte Bob.

»Ah, dann ist ja alles gut. Setz' ihn eben ab, so gut du kannst; wir müssen drucken«, sagte der Vorarbeiter, der bis über die Ohren in der Arbeit steckte. »Nimm einfach einen andern Buchstaben für das ›O‹. Es liest ja doch niemand den Mist, den der Kerl da verzapft.«

»Gut«, sagte Bob. »So läßt es sich machen.« Und er rannte wieder die Treppe hinauf an seinen Kasten.

Der Fall, daß ein Buchstabe fehlt, wie hier beschrieben, kommt in Druckereien nicht selten vor. Ich weiß nun nicht, wie sich das verantworten läßt, aber jedenfalls steht fest, daß, wenn einmal ein Buchstabe fehlt, fast immer »X« dafür eingesetzt wird. Der Grund dafür ist wohl darin zu suchen, daß »X« der bei weitem am häufigsten vertretene Buchstabe in den Setzkasten ist. Wenigstens war dies früher der Fall und lang genug, um die Sache den Setzern geläufig zu machen. Was Bob betrifft, so würde der es geradezu als einen Verrat an seiner Zunft betrachtet haben, wollte er in seiner Lage einen andern Buchstaben einsetzen als »X«, wie er es gewohnt war.

»Ich werde mal den Artikel hier ver-x-en«, sagte er zu sich selbst, aber er wurde doch stutzig, als er den Artikel flüchtig durchlas. »Ist wahrhaftig der schlimmste ›O‹-Artikel, der mir im Leben vorgekommen ist.« So ver-x-te er ihn denn unweigerlich, und ver-x-t kam der Artikel in die Presse.

Am andern Morgen war die Bürgerschaft von Nopolis sprachlos, als sie im »Tee-Topf« den folgenden seltsamen Leitartikel las:

»Sx xhx, Jxhn! Wxhl bekxmm's! Drxhte schxn zuvxr. Wxlltest wxhl vxr mxrgen schxn die Sxnne lxben! Dxch sxlltest zuvxr den Kxt aus den Xhren bxhren! X! X! X! Trxll dxch fxrt, sxfxrt, Jxhn ins trxstlxse Lxch vxn Cxncxrd, wx du gebxren wxrden. Fxrt vxm Xrt, grxßer Txr, fxrt! Fxlgst du wxhl, Jxhn? Xhr, sx verbxhr dich dxch nicht sx! Hervxr vxr das Txr! Lxsgezxgen! Fxrtgeflxgen! Schxn vxr Wxchen verlxrst du dxch am Xrt die Schxlle vxn den Sxhlen. X Jxhn, Jxhn, hxmx, fxrt vxm Xrt! Blxß nxch ein Flxh, ein Xhrbxhrer, ein Xpxssum, ein Rxllmxps, ein Bxdxkude bist du, ein brxtlxser Hxlzkxpf, Bxch, Stxch xder Schmxch, gebxren vxm trxstlxsen Xrt Cxncxrd. Schmxll dxch, grxll dxch nicht sx, Jxhn! Wxzu sxlch Gepxlter! Grxßer Gxtt, Jxhn, sx schxfel kxmmst du mir vxr! Drxhte schxn zuvxr, Jxhn! Stxpfe dxch mxrgen schxn den Kxffer vxll, und fxrt vxm Xrt, verbxhrter Trxpf. Brxdle dxch die Sxrgen in einer Bxwle zu Txde.«

Der Sturm, den dieser mystische und kabbalistische Artikel heraufbeschwor, war nicht zu übersehen. Der erste Gedanke, den die Bürger hatten, war, daß irgendeine teuflische Bosheit hinter den Hieroglyphen verborgen sei, und es gab einen Auflauf vor Dickschädels Wohnung, der zum Ziel hatte, den Verleger zu lynchen. Aber Herr Dickschädel war nicht aufzufinden. Er war verschwunden, und niemand wußte, wie und wohin. Nicht einmal sein Geist ließ sich seither wieder blicken.

Da die Menge also ihr Opfer nicht finden konnte, legte sich mit der Zeit ihre Wut, und nur ein Wirrwarr der verschiedenartigsten Meinungen blieb als Bodensatz zurück. Ein Herr hielt das Ganze für einen x-zellenten Scherz. Ein andrer meinte, dieser Dickschädel habe doch eine x-travagante Phantasie gehabt. Ein dritter bezeichnete ihn als x-zentrisch und nichts weiter. Der vierte drückte sich dahin aus, Dickschädel habe wohl der Nachwelt ein X-empel statuieren wollen.

Auf jeden Fall hatte sich Dickschädel – darin waren sich alle einig – zu X-tremen verleiten lassen; die Tatsache, daß man den Verleger nicht auffinden konnte, ließ Stimmen laut werden, die verlangten, man sollte den andern lynchen.

Am häufigsten vertreten war die Ansicht, die Sache sei nun einmal x-tra-ordinär und darum un-x-plizierbar. Auch der Mathematiker der Stadt mußte gestehen, daß er aus einem so dunklen Problem nichts machen könnte. X sei, wie jeder wüßte, eine unbekannte Größe, aber hier handle es sich (wie er sehr treffend bemerkte) um eine unbekannte Anzahl »X«e.

Die Ansicht Bobs, des Setzerlehrlings (der wohlweislich verschwieg, daß er den Artikel ver-x-t hatte), fand weniger Beachtung, als sie nach meinem Dafürhalten verdiente, obschon er sie offen und furchtlos aussprach. Er sagte, ihm sei die ganze Geschichte ohne weiteres klar, dieser Mr. Dickschädel sei ein ganz verfl-x-ter Trinker gewesen, und wenn er einmal x-tra betrunken gewesen sei, habe er wohl den Leuten gerne ein »X« für ein »O« vorgemacht.

Anmerkung

Wolf Durian übersetzte die Geschichten *Der Löwe*, *Wie man einen Blackwoodartikel schreibt*, *Ein furchtbares Erlebnis*, *Der Mann, der aufgerieben worden war*, *Warum der kleine Franzose die Hand in der Schlinge trägt*, *Der Geschäftsmann*, *Verwette niemals dem Teufel deinen Kopf*, *Über den Schwindel als Wissenschaft*, *Unterredung mit einer Mumie* und *Der ver-x-te Artikel.* Von Gisela Etzel wurde *Eine Geschichte aus Jerusalem*, *Der Teufel im Glockenstuhl*, *Die Brille* und *Von Kempelen und seine Entdeckung*, von Emmy Keller *Bon-Bon*, *Der Duc de l'Omelette*, *Vier Tiere in einem* und *Des wohlachtbaren Herren Thingum Bob, früheren Herausgebers der ›Blechschmiede‹, literarischer Werdegang* und von Karl Lerbs *Der verlorene Atem* und *Fopperei* ins Deutsche übertragen.

Edgar Allan Poe im Diogenes Verlag

»Als ich zum erstenmal ein Buch von ihm aufschlug, fand ich bei ihm Gedichte und Novellen, wie sie mir bereits durch den Kopf gegangen waren, undeutlich und wirr jedoch, ungeordnet – Poe aber hat es verstanden, sie zu verbinden und zur Vollendung zu führen. Bewegt und bezaubert entdeckte ich nicht nur Sujets, von denen ich geträumt hatte, sondern auch Sätze und Gedanken, die die meinigen hätten sein können – hätte sie nicht Poe zwanzig Jahre vorher geschrieben.« *Charles Baudelaire*

Werkausgabe in Einzelbänden, herausgegeben von Theodor Etzel. Aus dem Amerikanischen von Gisela Etzel, Wolf Durian u.a.

Der Untergang des Hauses Usher
und andere Geschichten von Schönheit, Liebe und Wiederkunft

Die schwarze Katze
und andere Verbrechergeschichten

Die Maske des Roten Todes
und andere phantastische Fahrten

Der Teufel im Glockenstuhl
und andere Scherz- und Spottgeschichten

Die denkwürdigen Erlebnisse des Arthur Gordon Pym
Roman. Mit einem Nachwort von Jörg Drews

Meistererzählungen
Ausgewählt und mit einem Nachwort von Mary Hottinger

Edgar Allan Poe

Die denkwürdigen Erlebnisse des Arthur Gordon Pym

Roman. Aus dem Amerikanischen von Gisela Etzel
Mit einem Nachwort von Jörg Drews

»Obgleich weit weniger bekannt geworden als seine Kurzgeschichten, ist *The Narrative of Arthur Gordon Pym* in seiner Mischung aus handfestem Abenteuerbericht, Schauerromantik, geographischer Pseudo-Exaktheit, ingeniöser Spekulation und dunkler Symbolik ein faszinierendes Prosastück, das in mancher Hinsicht Melvilles dreizehn Jahre später erschienenem *Moby-Dick* verwandt ist.« *Jörg Drews*

»Poe wurde der Techniker der Horrorvisionen, der visionäre Ingenieur. Es ist kein Zufall, daß er mit einigen seiner Erzählungen die Detektivgeschichte begründete und mit ihr jenes moderne Märchen, in dem unentwegt heller Verstand über finstere Untaten obsiegt und die Gerechtigkeit wiederherstellt. Sein Thema ist die Beherrschung des Schreckens durch den Einsatz aller Nüchternheit...
Im Gewand der manchmal antiquierten Schauergeschichte erzählt Poe von einem immer aktuellen menschlichen Abenteuer.« *Dieter E. Zimmer*

Jules Verne
Die Eissphinx

Roman. Aus dem Französischen
von Hans-Jürgen Wille und Barbara Klau
Mit einem Frontispiz und
achtundsechzig Illustrabonen von G. Roux

Ein Reisender, der mit der *Halbrane* die Kerguelen-inseln Richtung Heimat verlassen will, muß, kaum an Bord gekommen, feststellen, daß es sich bei dem Kapitän offensichtlich um einen Phantasten handelt: er behauptet, Edgar Allan Poes Roman, *Die Abenteuer des Arthur Gordon Pym,* sei nicht erfunden, vielmehr handle es sich um einen wahrheitsgetreuen Bericht. Er will zum Südpol segeln, um die nach dem Bericht Poes Verschollenen zu suchen.

»Alles, was ein Mensch sich vorstellen kann, werden andere Menschen verwirklichen können.«
Jules Verne, Brief an den Vater

»... Jules Verne, den kein Schulmann aufzunehmen gewillt gewesen wäre, obwohl er als Stilist an Voltaire geschult ist und als Visionär akademische Romanciers dutzendweise an die Wand drückt.« *Robert Minder*

»Die Jules Verne-Ausgabe des Diogenes Verlags sollte an Schulen und Volkshochschulen als Lehrmaterial eingeführt werden, denn nichts scheint mir heute so wichtig wie Lockerungsübungen der Phantasie.«
Robert Jungk

»Die Welt kennt sechs Kontinente: Europa, Afrika, Asien, Amerika, Australien und Jules Verne.«
Claude Roy

Jules Verne im Diogenes Verlag

»Die Welt kennt sechs Kontinente: Europa, Afrika, Asien, Amerika, Australien und Jules Verne.«
Claude Roy

Die Hauptwerke, ungekürzt und originalgetreu, mit allen Illustrationen der französischen Erstausgabe. Bisher liegen vor:

Reise um die Erde in achtzig Tagen
Roman. Aus dem Französischen von Erich Fivian

Fünf Wochen im Ballon
Roman. Deutsch von Felix Gasbarra

Von der Erde zum Mond
Roman. Deutsch von William Matheson

Reise um den Mond
Roman. Deutsch von Ute Haffmans

Zwanzigtausend Meilen unter Meer
Roman in zwei Bänden. Deutsch von Peter Laneus und Peter G. Hubler

Reise zum Mittelpunkt der Erde
Roman. Deutsch von Hansjürgen Wille und Barbara Klau

Der Kurier des Zaren
Michael Strogoff. Roman in zwei Bänden. Deutsch von Karl Wittlinger

Die fünfhundert Millionen der Begum
Roman. Deutsch von Erich Fivian

Die Kinder des Kapitäns Grant
Roman in zwei Bänden. Deutsch von Walter Gerull

Die Erfindung des Verderbens
Roman. Deutsch von Karl Wittlinger

Die Leiden eines Chinesen in China
Roman. Deutsch von Erich Fivian

Das Karpathenschloß
Roman. Deutsch von Hansjürgen Wille und Barbara Klau

Die Gestrandeten
Roman in zwei Bänden. Deutsch von Karl Wittlinger

Robur der Eroberer
Roman. Deutsch von Peter Laneus

Zwei Jahre Ferien
Roman. Deutsch von Erika Gebühr

Das erstaunliche Abenteuer der Expedition Barsac
Roman. Deutsch von Eva Rechel-Mertens

Die Insel der Milliardäre
Roman. Deutsch von Christa Hotz und Ute Haffmans

Die Eissphinx
Roman. Deutsch von Hansjürgen Wille und Barbara Klau

Die großen Seefahrer und Entdecker
Eine Geschichte der Entdeckung der Erde im 18. und 19. Jahrhundert

Meistererzählungen
Deutsch von Erich Fivian

E. T. A. Hoffmann
Meistererzählungen

Mit einem Nachwort von
Stefan Zweig

»Das Publikum verschlang die Erzählungen des ›Gespenster-Hoffmann‹, wie man ihn lange Zeit zu betiteln pflegte, nicht bloß in Deutschland. Die ›feine‹ deutsche Literatur des 19. Jahrhunderts blieb in der Wirkung großenteils beschränkt auf den Bereich der deutschen Sprache. Nach Goethe aber und Schiller hat in diesem ganzen Jahrhundert, bis hinüber zur Neuromantik, neben Heinrich Heine nur Hoffmann wahrhaft hineingewirkt in die Welt und Weltliteratur: von Gogol bis zu E. A. Poe, von den französischen Romantikern bis Baudelaire.
E. T. A. Hoffmann ist einer der wichtigsten deutschen Schriftsteller. Man sollte ihn lesen und wieder lesen.«
Hans Mayer

»In Hoffmanns Dichtungen sind brennende Phantasie und realistische Erzählkunst so kräftig und glücklich gemischt, daß die Lektüre den weitesten Leserkreisen seltene Genüsse bietet. Hoffmann ist Erzähler und Humorist. Mit dämonischer Kraft gebietet er über das spukhaft Schreckliche, das grausig Spannende, über alle Schauer dieser unheimlich verzerrten, dennoch organisch lebenden Phantasiewelt.« *Hermann Hesse*

Honoré de Balzac

Eine dunkle Geschichte

Roman. Aus dem Französischen
von Friedrich von Oppeln-Bronikowski

»Der spannend erzählten dramatischen Handlung des Romans liegt ein historisches Ereignis zugrunde, die Entführung des Senators Clément de Ris durch sechs ehemalige ›Königstreue‹ aus seinem Schloß Beauvais bei Tours im Jahre 1800. De Ris wollte angeblich nach einer Niederlage Napoleons im Italienfeldzug zusammen mit Talleyrand und Fouché die Macht ergreifen...
Balzac hat zwar die amazonenhafte Daorence de Cinq-Cygne der Diona Vernon aus Walter Scotts Roman *Rob Roy* nachgebildet, doch im ganzen gesehen sprengt er den historischen Roman Scottscher Prägung. So hat man *Eine dunkle Geschichte* schon früh als ›roman policier‹ bezeichnet, und indem der Roman das Geheimnis einer undurchsichtigen, erst am Ende aufgeklärten Tat umkreist und das eigenmächtige Vorgehen der Polizei, insbesondere Corentins, aufgrund von Spuren, Indizien und Zeugenaussagen schildert, nimmt er in der Tat Züge des modernen Kriminalromans vorweg. Zu den Schöpfern dieser Gattung gehört Balzac damit ebenso wie E. A. Poe.« *Kindlers Literatur Lexikon*

»All seine Bücher bilden nur ein Buch, ein lebendiges Buch, lichtvoll, tief, wo man unsere ganze zeitgenössische Zivilisation kommen und gehen und sich bewegen sieht, die Realität irgendwie gemischt mit Bestürzendem und Schrecklichem.« *Victor Hugo*

Herman Melville im Diogenes Verlag

Moby-Dick

Roman. Aus dem Amerikanischen von
Thesi Mutzenbecher und Ernst Schnabel
Mit einem Essay von W. Somerset Maugham

Das gewaltige Epos vom großen weißen Wal im Diogenes Verlag.

»Das größte Buch der amerikanischen Literatur.«
William Faulkner

»Ein großes Buch, ein sehr großes Buch, das größte Buch... eines der seltsamsten und erstaunlichsten Bücher der Welt.« *D. H. Lawrence*

»*Moby-Dick* ist der größte amerikanische Roman.«
C. G. Jung

»*Moby-Dick* ist der einzige dicke Roman, den ich zu Ende gelesen habe.« *Friedrich Dürrenmatt*

Billy Budd

Novelle. Deutsch von Richard Moering
Mit einem Essay von Albert Camus

»*Billy Budd* ist eine abseitige, unirdische Episode, aber es ist als Lied nicht ohne Worte; man sollte es um seiner Schönheit willen lesen, aber auch als Einübung in schwierigere Werke.« *E. M. Forster*

»Er war der modernste unter den dreien – Poe, Hawthorne, Melville –; er war auch der pessimistischste. Er hatte stets den Verdacht, daß etwas im Menschen korrupt bleiben würde. Ohne sich dessen bewußt zu sein, daß er schrie, hat Melville dies immer wieder herausgeschrien, und er sah Apotheosen der Reinheit in Bildern der Selbstzerstörung: wie in dem des *Billy Budd*.« *Elio Vittorini*

»Es erscheint mir natürlich, wenn Melville alttestamentarisch, biblisch wird. Und wenn er barbarisch wird, so erscheint mir das ebenfalls natürlich. Ich hatte bei der Lektüre keine Zeit zur Frage gehabt: wo hört jetzt das Biblische auf und wo beginnt das Barbarische?« *William Faulkner*

»Von den drei Giganten der großen amerikanischen Epoche – Poe, Hawthorne, Melville – ist uns Melville heute am nächsten. Und *Billy Budd* ist das Kronjuwel seines Werkes.« *Eugenio Montale*

Billy Budd wurde unter der Regie von Peter Ustinov verfilmt und von L.O. Coxe dramatisiert; Benjamin Britten vertonte die Novelle.

Meistererzählungen

Deutsch von Günther Steinig. Mit einem Nachwort von Hans-Rüdiger Schwab

»Schonungslos schildert Melville das Elend und die sozialen Überlebenskämpfe im Großstadtdschungel beiderseits des Atlantiks. Dem unkontrollierten Recht des Stärkeren gilt jederzeit seine Abscheu, in welcher Form es sich auch äußern mag, ob in individueller Willkür, in wirtschaftlicher Unterdrückung oder in aggressiver Machtpolitik.«
Hans-Rüdiger Schwab im Nachwort

»Melvilles bewundernswerte Bücher gehören zu den seltenen Werken, die man auf verschiedene Art lesen kann; sie sind einleuchtend und geheimnisvoll zugleich, dunkel wie das hellste Sonnenlicht und doch klar wie ein tiefes Gewässer. Das Kind wie der Weise finden darin, was sie brauchen.« *Albert Camus*

Charles Baudelaire
Die Blumen des Bösen

Gedichtzyklus. Aus dem Französischen
von Terese Robinson

»Mein lieber Freund, ich habe *Die Blumen des Bösen* zuerst von Anfang bis Ende verschlungen wie eine Köchin einen Feuilletonroman, und nun lese ich den Band seit acht Tagen Vers für Vers und Wort für Wort noch einmal; ja, er gefällt mir und bezaubert mich. Ich liebe Ihre Schärfe mit ihren sprachlichen Köstlichkeiten, die sie zur Geltung bringen wie Damaszierungen auf einer feinen Klinge. Was mir vor allem an Ihrem Buch gefällt, ist, daß darin die Kunst den Vorrang hat. Außerdem besingen Sie das Fleisch, ohne es zu lieben, auf eine traurige und indifferente Weise, die mir sympathisch ist. Sie sind hart wie der Marmor und durchdringend wie der englische Nebel.«
Gustave Flaubert an Charles Baudelaire

»Baudelaire scheint mir eminent gebildet gewesen zu sein; womöglich war er in der Kunst der Verstellung Meister. Übertrug man ihm eine diplomatische Sendung? Nein? Jedenfalls stelle ich ihn mir als einen Salonmenschen von erster Qualität vor.«
Robert Walser

»Vielleicht hätte nur Walter Benjamin die Klassik von Terese Robinsons Baudelaire-Übertragung durch Modernität übertroffen.« *Alfred Andersch*

»*Les fleurs du mal* von Baudelaire: ein Buch fürs Leben, für *alle* Leben.« *Rainer Maria Rilke*

Joseph Conrad im Diogenes Verlag

Lord Jim

Roman
Aus dem Englischen von Fritz Lorch

Lord Jim, Conrads bekanntester Roman, erzählt die Geschichte eines jungen englischen Schiffsoffiziers, eines sensiblen und phantasiebegabten Menschen, der von Jugend an im Traum lebt, für eine besondere Aufgabe bestimmt zu sein und im Augenblick der Bewährung versagt. Der Alptraum seiner Verfehlung treibt Jim immer weiter nach Osten, und beinahe scheint es, als sei die Welt »nicht groß genug für ihn«.

»Mehr noch als Kipling wurde er, der Fremde, der Deuter des Besten, das in der englischen Seele liegt. Seine herrlichsten Erzählungen schildern den Kampf des Menschen mit dem Meere... Mehr noch als der Dichter des Meeres ist er der Künder der Tugenden, die das Meer erzeugt. Die Norm, die er aufstellt – und darin steht er Anton Čechov sehr nahe –, ist ein tätiger Pessimismus.« *André Maurois*

Der Geheimagent

Eine einfache Geschichte
Deutsch von Günter Danehl

London der Jahrhundertwende. Eine ausländische Gesellschaft versucht, die öffentliche Meinung gegen die Revolutionäre in der Stadt aufzuwiegeln. In den finsteren, schlammigen Londoner Hintergassen lebt der Doppelagent Verloc: Er hat sich als agent provocateur in Sachen Anarchismus anwerben lassen und leistet zugleich der englischen Polizei Spitzeldienste.

»Als ich vor Jahren Den Haag besuchte, hielt Galsworthy dort eben einen Vortrag über ›Conrad und Tolstoi‹. Ich hatte keine Ahnung, wer das sei, den man da mit dem russischen Giganten zusammenstellte; und mein Erstaunen wiederholte sich, als ich hörte, daß André Gide Englisch gelernt habe ausdrücklich, um Conrad im Original lesen zu können. Seitdem habe ich dies Erzählerphänomen kennengelernt in einigen seiner stärksten Werke: ich las die glänzende packende Kriminalgeschichte *Der Geheimagent*, las dies und das und bin voll genug davon, um mich nicht unberufen zu fühlen, unserem Publikum zum Beispiel den bewunderungswürdigen *Geheimagenten* persönlich ans Herz zu legen, eine spannende, ja aufregende Geschichte, eine Kriminalgeschichte, wie gesagt, und eine politische Geschichte dazu, die Geschichte einer ausländischen, allzu ausländischen Gesandtschaftsintrige und ihrer tragisch-menschlichen Auswirkungen...« *Thomas Mann*

Herz der Finsternis

Erzählung. Deutsch von Fritz Lorch

Kapitän Marlow steuert seinen Flußdampfer immer tiefer in die Wildnis des Kongo, ins Herz des Schwarzen Kontinents, wo er auf den zwielichtigen Elfenbeinhändler Kurtz stößt.

»Von allem, was er geschrieben hatte, bewunderte ich am meisten die furchtbare Erzählung *Herz der Finsternis*, die seine Lebensanschauung vollkommen ausdrückt: der leidlich moralische Kulturmensch auf dem gefahrvollen Weg über eine Kruste kaum erkalteter Lava, die jeden Augenblick durchbrechen und den Unvorsichtigen in heiß lodernde Abgründe sinken lassen konnte.« *Bertrand Russell*

»Ich mag auch alle Breiten und Palavers bei Conrad unendlich gern, finde sie interessant, mich fesselt jeder Satz. Weil sie gänzlich erfüllt sind vom Zweifelhaften, Klamaukhaften des Schreibens und Kunstmachens, daher dieser dauernde Positionswechsel, Abbrechen,

Ansetzen, Andeuten, Raunen, Vergessen. Dann gefällt mir, wie er kleine Züge so riesig aufbauscht, überhaupt ist er doch ein sehr sicherer Mann. Kennen Sie *Herz der Finsternis*? Kurz, sehr lesenswert!«
Gottfried Benn, Brief an F. W. Oelze

Das Duell

Sechs Erzählungen
Deutsch von Carmen Janetzki
Mit einer Vorbemerkung des Autors und
einem Nachwort von Günter Walch

Zwei Offiziere der napoleonischen Armee, die einander immer wieder zum Duell fordern; ein chilenischer Bauer mit überdurchschnittlichen Kräften, der aus Liebe zu einer Tochter aus gutem Hause zum Bandenführer im Krieg der Südamerikaner gegen die Spanier wird; ein Arbeiter aus Paris, der im Rausch aufrührerische Reden hält und unter die Anarchisten gerät; ein an Rheuma leidender Graf, der aus Angst vor der Camorra das gesunde Klima Neapels verläßt; ein Schiff, das auf jeder Reise jemanden umbringt; ein Meisterspitzel, der sich in London in eine Anarchistengruppe einschleicht und dessen Entlarvung bei einer Razzia einer Bürgertochter das Herz bricht – sie sind die Helden der sechs Erzählungen, die Joseph Conrad 1908 veröffentlichte.

»Joseph Conrad ist in meinen Augen einer der größten Erzähler und – wenn man ihn zu den englischen Schriftstellern zählt – einer der sehr wenigen wirklichen Romanciers, die England besitzt. Er besaß jedoch eine Art Reife und politische Einsicht, die man bei einem geborenen englischen Schriftsteller wohl zu jener Zeit vergeblich gesucht hätte.« *George Orwell*